Eine Magd der Kentucky Hills

Edwin Carlile Litsey

Writat

Diese Ausgabe erschien im Jahr 2023

ISBN: 9789358812466

Herausgegeben von
Writat
E-Mail: info@writat.com

Inhalt

KAPITEL EINS

IN DEM ICH ZU „CROMBIE" GEHE

Wenn ein dreißigjähriger Mann, der seit seiner Kindheit gesund und wohlauf ist, plötzlich erkennt, dass mit ihm etwas grundlegend nicht stimmt, kommt das fast einer Tragödie gleich.

Es war Mitte März, als ich zu der Überzeugung gelangte, dass ich „falsch" lag. Gegen Ende des Winters hatte ich einen stechenden Husten mit gelegentlichen Schmerzen in der Brust entwickelt, hatte mich aber mit maskuliner Unberührtheit geweigert, irgendwelche unangenehmen Symptome zu erkennen. Ich war kein Weichei, das mich von einer Erkältung erschrecken und zitternd zum Arzt schicken ließ. Ich begann an Fleisch zu verlieren und blasser zu werden, während ich zuvor von schöner Statur und ausgesprochen athletisch gewesen war. Dann entdeckte ich eines Tages nach einem starken Hustenanfall einen purpurroten Fleck auf meinem Taschentuch. Mit unsicheren Knien und einem kalten Gefühl im Rücken stand ich von meinem Schreibtisch auf und ging zu „Crombie". Er war allgemein als Abercrombie Dane, MD bekannt, aber wir wuchsen sozusagen Hand in Hand auf, und so ging ich zu „Crombie". Er war ein schönes, großes Tier; Kopf eines Herkules und Stärke eines Buben und Verstand wie Solon. Ein seltener Mann.

Ich erzählte ihm beschämt meine Geschichte, denn jetzt wurde mir klar, dass ich mich wie ein Narr verhalten hatte und dass mein Tag der Gnade vielleicht vorbei war. Er wusste, dass ich Angst hatte, denn er war trotz seiner Masse und scheinbaren Schroffheit sensibel. Bevor ich fertig war, lag Mitleid in seinen Augen, und ich musste mit mir selbst ringen, um die Feuchtigkeit von meinen fernzuhalten, sein Mitgefühl war so echt.

Dann gab ich ihm schweigend das Taschentuch mit dem verräterischen Fleck.

Er betrachtete es geistesabwesend und rieb es sanft mit der Spitze eines großen Fingers.

„Mein Sohn", sagte er – es war eine liebevolle Anrede, die er fast immer verwendete – „du gründest eine Kolonie."

Seine tiefe Stimme war sehr ruhig.

„Ein *was* ?" Ich forderte.

„Bugs", antwortete er lakonisch und sah mir direkt in die Augen.

„ *Käfer!* “ schrie ich und spürte die kalte Hand der Angst in meinem Herzen.

Er schloss fest die Lippen und nickte drei- oder viermal.

Für einige Momente war ich buchstäblich und geradezu gelähmt. Es kam mir vor, als hätte er das Todesurteil ausgesprochen. „Crombie hatte den Blick gesenkt und sein breites, starkes Gesicht war ernst.

Meine Natur ist lebhaft und sofort kam die Reaktion.

„Kriechen sie schon, Doc?“ fragte ich und ein Lächeln spielte um meine Lippen.

Ich kann jetzt nicht verstehen, warum ich diese Frage gestellt habe. Vielleicht war es ein törichter Versuch, angesichts einer ernsten Tatsache, die gerade erst entdeckt wurde, Mut zu machen.

Er hat nicht geantwortet. Er erkannte, dass die Frage leichtfertig war, und seine Natur war tiefgründig. Er saß lange Zeit da und blickte auf den Boden, und ich störte ihn nicht wieder in seinen Gedanken. Aber ich bildete mir ein, dass ich ein Kitzeln unter meinen Rippen verspürte, als ob viele winzige Füße bei der Arbeit wären. *Käfer!* Pfui!

Endlich kam Crombies struppiger Kopf hoch.

„Es gibt eine Chance – eine gute Chance“, sagte er, und ich spürte, wie sich Mut in mir ausbreitete wie Wein, denn „Crombie sprach nie hastig oder willkürlich.“

„Seereisen und große Höhen würden nicht schaden“, fuhr er fort, „aber du hast nicht das Geld dafür. Trotzdem musst du von der Stadt aus zu Fuß wandern, mein Sohn. Abwechslung ist in Ordnung, aber reine Luft und raue, raue Luft. Gutes Essen ist Ihr Stichwort. Das Knob Country ist nicht weit entfernt. Dort finden Sie alles, was Sie in New Mexico, Colorado oder Arizona finden würden, und sind obendrein in Gebetsnähe zum Allmächtigen. Ich kenne den Ort für Sie, Mein Sohn. Es ist ein großer Hügel, der inmitten einer riesigen Bergkette steht und von Kiefern und Zedern umsäumt ist. Finde oder baue dir eine Hütte darauf auf halber Höhe und bleibe dort ein Jahr lang. Das ist dein Rezept, mein Sohn."

„Das ist verdammt schwer zu ertragen!“ Ich protestierte in meiner Unwissenheit.

„Verurteilte Männer sind normalerweise nicht so wählerisch, was ihre Fluchtmethode angeht“, mahnte er mit einem halben Lächeln.

Dann begann er erneut nachzudenken, den Finger auf der Augenbraue. Es war eine eigenartige Einstellung, die ich noch nie bei jemand anderem gesehen hatte. Ich saß still und hoffte, dass er einen angenehmeren Plan für meine Erlösung entwickeln würde. Er versuchte, mich in einen Hinterwäldler zu verwandeln, einen Wilden! Ich schaute auf meine weißen Hände und sorgfältig gepflegten Nägel, auf meinen gepflegten Anzug und die glänzenden Schuhe, und eine langsame Rebellion erwachte in mir. Ich hatte gerade beschlossen, 'Crombie zu ignorieren und tröstenderen Rat einzuholen, als seine grollende Stimme erneut zu hören war.

„Es ist eine mächtige Autorität, die besagt, dass man nicht gegen die Stacheln treten darf. Versuchen Sie es nicht, mein Sohn. Bevor wir mit den letzten Vorbereitungen beginnen, möchte ich Ihnen eine Frage stellen. Haben Sie jemals von der Lebenspflanze gehört?"

Ich blickte ihn scharf an, denn die Frage roch nicht nach Vernunft. Ich wusste, dass seine Forschungen in der Botanik seinen Fähigkeiten in der Medizin fast ebenbürtig waren, aber irgendwie vermutete ich einen Trick. Sein Gesichtsausdruck entwaffnete mich. Es war nicht nur echt, sondern auch sehnsüchtig. Ich habe noch nie zuvor oder seitdem den gleichen Ausdruck in den Augen eines Mannes gesehen.

„Nein, ich habe noch nie davon gehört", antwortete ich. "Was ist es?"

Seine Antwort wurde langsam und nachdenklich gesprochen.

„Aus der gleichen Quelle, aus der wir auch unseren Hinweis auf die Stiche beziehen, lesen wir von einem Baum, dessen Blätter der Heilung der Völker dienen. Die Natur ist die Mutter der Medizin. Es gibt nichts in der Pharmazie, das nicht direkt pflanzlichen oder tierischen Ursprung hat." oder mineralisches Leben. Ich glaube, dass es für jedes menschliche Übel ein Heilmittel gibt, wenn wir es nur in die Hand nehmen könnten. Das bringt uns zu Ihrem Fall und der Lebenspflanze."

„Geben Sie mir gerade Ware, ‚Crombie'?" „Forderte ich und mein Verdacht wuchs erneut.

„Es ist eine halbe Legende, mein Sohn, das gebe ich zu, aber ich habe gute Gründe zu glauben, dass es sie gibt. Es ist eine indianische Geschichte."

„Wahrscheinlich Blödsinn", murmelte ich, mein gesunder Menschenverstand war im Zaum.

„Ich glaube nicht", antwortete er ruhig und nüchtern.

"Hast du es je gesehen?" Ich habe herausgefordert.

„Nein, aber das widerlegt es nicht. Hören Sie mir zu. Die Lebenspflanze ist das eigenartigste Gewächs in der Natur und kann mit nichts anderem verwechselt werden. Die Hauptbestandteile ihrer vollen Entwicklung sind reine Luft und Sonnenschein, daher auch der Name Man findet sie nur an stillen Orten in Wäldern und Tälern. Sie ist äußerst selten. Man könnte ein

Jahr damit verbringen, unter den günstigsten Bedingungen danach zu suchen, und nur ein einziges Exemplar finden. Auch hier könnte es sein, dass man keines findet. Soweit die Wissenschaft das weiß Wenn es verschwunden ist, wächst es weder aus Samen, noch aus einer Knolle oder Wurzel. Es scheint aus bestimmten elementaren Konjunktionen zu keimen, erlangt Reife, blüht und stirbt. Es kann in einer Felsspalte, an der Seite einer Bergkette oder in der Natur erscheinen Reicher Schimmel eines Tals. Es beansprucht keine besondere Jahreszeit für sich, kann aber sowohl im Dezember als auch im Juni auftreten. Es entspringt genauso häufig aus Schnee wie aus Sommergras. So sieht es aus. Es ist etwa zwölf Zoll hoch. Sein Stängel ist von leuchtendem Grün, seine Blätter sind dreieckig und haben eine leuchtend goldene Farbe, und die Blüte, die ganz oben steht, ist eine Ansammlung klarer kleiner Kügelchen, wie die Beeren der Mistel. Sie sind jedoch klarer und reiner als die Mistelbeere. Tatsächlich sind sie alles andere als durchsichtig und könnten leicht mit einer Ansammlung von Tautropfen verwechselt werden. Darin liegt die Wirksamkeit dieser seltsamen Pflanze. Pflücken Sie die Blüten vorsichtig, tauchen Sie sie zwölf Stunden lang in ein Glas Wasser und trinken Sie dann den Sud im Ganzen. Es wird Ihre Embryonenkolonie in die Flucht schlagen und Sie gesund und stark machen wie ich.“

Er lehnte sich zurück und schlug sich mit der offenen Hand auf die Brust.

„Du bist blöd, Crombie“, sagte ich zweifelnd, sehnte mich aber danach, ihm zu glauben.

Er drehte sich zu seinem Schreibtisch um.

„In Ordnung, mein Sohn. Du hast mich um Rat gebeten und ihn bekommen. Ich denke, dass ich meine Pflicht dir gegenüber erfüllt habe.“

„Oh, komm jetzt!“ Ich flehte, bereit zu versöhnen. „Das ist eine schreckliche Lügengeschichte, die du mir erzählt hast, und du darfst dich nicht ärgern, wenn sie nicht runterkommt, ohne zu ersticken. Ich werde versuchen, sie zu schlucken, Crombie. Ich weiß deinen Rat wirklich zu schätzen, und ich werde versuchen, sie zu nehmen; – aber erzähl mir mehr über diese höllische Blume.“

„Nicht höllisch“, korrigierte er besänftigt; „Aber übernatürlich. Ich glaube nicht, dass es mehr zu erzählen gibt. Ihr Trick besteht darin, zu suchen, bis Sie es finden, und dann den Anweisungen zu folgen.“

„Du sagst, es wächst irgendwo?“ Ich fuhr fort, Interesse vermutend.

„Wo es reine Luft und Sonnenschein gibt“, wiederholte er.

„Und wächst aus *Schnee* , Crombie?“

„Sowie aus warmer Erde", beteuerte er hartnäckig.

„Mir scheint, dass du verrückt bist, Crombie, aber ich hoffe, dass du es nicht bist, und ich werde nach deiner blühenden Lebenspflanze suchen. Aber die Frage ist jetzt: Wer geht mit mir in meinen Hügel?" Zuflucht?"

„Wer geht mit dir? Niemand! Wer würde mit dir gehen? Heutzutage haben die Menschen weder Zeit noch Lust, zwölf Monate lang in der Wildnis zu wühlen!"

Ich stöhnte, denn ich wusste, dass er Recht hatte. Das Martyrium hat nie Gesellschaft.

"Es gibt keinen anderen Weg?" Ich flehte. „Könnte ich nicht einen einheimischen Look für diese Heilblume für mich haben?"

Er schüttelte den Kopf. „Es verdorrt kurz nachdem es gepflückt wurde. Du solltest auf deinen Landstreichern besser einen verschlossenen Krug mit Wasser dabei haben."

Mit dieser Rede überkam mich Resignation. Meine eigene Torheit hatte mich dorthin gebracht, wo ich war, und mein Geist erwachte plötzlich, um der Not zu begegnen.

„Ich gehe, Crombie", sagte ich. „Vielen Dank für Ihr Rezept."

KAPITEL ZWEI

IN DEM ICH WIEDER ZU „CROMBIE" GEHE

„Crombie hatte mit erschreckender Offenheit gesagt, dass ich nicht das Geld für eine Seereise oder eine längere Reise hätte. Die Aussage war erschreckend wahr. Gerade als er und ich unsere College-Karriere beendeten, starb mein Vater. Entgegen der allgemeinen und auch meiner Meinung war er fast bankrott. Es war die alte Geschichte vom Gewinnwahn, den großen Risiken und dem totalen Verlust. „Crombie widmete sich der Medizin, während ich, angelockt von den Versprechungen eines launischen Schicksals, mich der Literatur zuwandte. „Crombie war weise; Ich war dumm. Wenn Menschen krank sind, wollen sie immer einen Arzt, aber wenn sie untätig sind, lesen sie nicht immer. Wenn es einen Weg zum Armenhaus gibt, der freier von Hindernissen ist als alle anderen, dann ist es der Weg des unbekannten Autors. Ich hatte eine natürliche Vorliebe für Briefe, war Chefredakteur des College-Magazins und hatte zwei oder drei Geschichten an Zeitschriften der Mittelklasse verkauft. Mit den rosaroten Illusionen der Jugend in ihrer Flut stellte ich mir vor, bald in der vordersten Reihe amerikanischer Schriftsteller zu stehen, und bereitete mich auf einen schnellen Sieg vor.

In sechs Monaten hatte ich ein halbes Dutzend Geschichten für annähernd hundert Dollar verkauft und genug Ablehnungsbescheide erhalten, um einen Raum zu tapezieren. Zu diesem Zweck wandte ich sie an und hatte eine traurige Freude daran, die peinlichen gedruckten Botschaften mit ihrem ewigen Refrain „Wir bedauern usw." zu lesen. Ich fragte mich, ob es den Herausgebern so leid tat, wie sie vorgaben. Und ich dachte auch an die enorme Größe ihrer Briefpapierrechnungen.

Aber ich habe durchgehalten. Die zehn Jahre, die meiner Einschiffung auf dieses tückische Meer folgten, waren nicht ganz ergebnislos. Ich schaffte es, sparsam zu leben, was durchaus in Ordnung war, und knüpfte erfreuliche Beziehungen zu zwei oder drei Zeitschriften, die meine Manuskripte mit erfreulicher Regelmäßigkeit kauften. Schließlich habe ich ein Buch bei einem renommierten Verlag platziert. Die Geschichte wurde von der Presse abgelehnt. Die Firma hat verloren und ich habe keinen Cent erhalten. Die Erfahrung war bitter. Ich hatte ein ganzes Jahr damit verbracht, dieses Buch zu schreiben, und ich hatte das Gefühl, dass meine Bewährungszeit vorbei sein würde, wenn ich eine Anhörung bekommen würde. Ich erhielt die Anhörung und war immer noch im Dunkeln. Das ist der typische literarische Anfang, und wer am Ende Erfolg hat, verdient alles, was er bekommt, denn er hat ein Herz aus Eiche. Mein angeborener Optimismus und mein hartnäckiger Wille trugen mich sicher durch die Nebel und Untiefen der Niederlage, und mit dem Sonnenlicht der Hoffnung, das meine Seele erneut durchflutete, ging ich weiter. Dann überreichte mir Crombie mein umgewandeltes Todesurteil.

Es ist wunderbar, wie Nachrichten dieser Art ins Ausland gelangen. Aber es breitet sich aus wie entkorkter Äther. Den Beweis dafür bekam ich zwei Tage später, als mein Pfarrer, ein alter und guter Mann, eine Kondolenzmission einberufen hatte.

„Gott hat es getan, mein Junge", sagte er, als er ging, „und du musst es ertragen."

Ich habe ihm nicht geglaubt. Ich glaubte, dass es der Teufel war und dass Gott mir helfen würde, es loszuwerden.

Da ich hinauf in die Wildnis musste, kehrte ich umso eher zurück, je früher ich ging, und ich stellte fest, dass meine Angst, nicht mehr da zu sein, von Tag zu Tag zunahm. Der Frühling war dieses Jahr ungewöhnlich früh. Der März war ein Wundermonat der Pflaumenblüten, der anschwellenden Knospen und des mit Blumen übersäten Grases. Auf den Fliederbüschen begannen sich kleine hellgrüne Speere zu zeigen, und aus dem Obstgarten und der Zaunreihe drangen flüchtige Vogelstimmen – aufgeblähte Tonblasen zerplatzten, bevor sie kaum noch zu hören waren.

Als ich begann, meine Vorbereitungen zu treffen, wurde mir klar, wie hilflos ich war. Was sollte ich an Lebensmitteln, Kleidung, Bettzeug, Utensilien und Medikamenten mitnehmen? Ich hatte noch nie in meinem Leben eine Nacht draußen gecampt. „Crombie müsste es mir sagen." Er wusste es, denn jedes Jahr wanderte er dreißig Tage lang nach Kanada und in die Adirondacks und lebte jede Stunde, in der er weg war, wie ein Höhlenmensch. Ich ging in sein Büro. Er war verlobt und sechs Personen saßen im Wartezimmer. Ich ging raus und rief ihn an. Er versprach, mich an diesem Abend um neun in seiner Wohnung zu sehen. Es war dann drei Uhr nachmittags, also machte ich einen Spaziergang. Ich konnte nichts mehr tun, bis ich mit ihm gesprochen hatte.

Lexington ist eigentlich nichts weiter als eine große Landstadt, aber wir lieben es. Ich erreichte die Vororte in einer halben Stunde, nahm dann den Hecht und ging zügig. Der Tag war wie eine riesige Blüte einer tropischen Orchidee gewesen. Im Gegensatz zum strengen Winter vor ein paar Wochen war es etwas, das das Herz jubelte und die Seele erhob. In der Nacht zuvor hatte es geregnet. Der Tag kam mit einem weltweiten Aufflackern gelben Sonnenscheins; ihr Kleid eine gemäßigte Brise. Gegen Mittag war ein Mantel unbequem und die Luft war voller Musik; die summende, bezaubernde, unaufhörliche Litanei der Bienen. Als mich um drei Uhr nachmittags ein seltsames Missgeschick auf die offene Straße fuhr, war das Wunder noch nicht vorüber. Wahrlich, Gottes Hände waren über die Erde ausgebreitet, und Seine Augen blickten dazwischen hinab. Ein paar Kumuluswolken türmten sich in fantastischen Gruppen Richtung Westen, als ich etwa drei Kilometer entfernt anhielt und langsam um mich blickte. Über ihnen herrschte Unendlichkeit und die Gegenwart des Schöpfers. Ich war von unzähligen Hektar dieses Bodens umgeben, auf den jedes Kind des Bluegrass stolz ist. Auf der Brust der Welt wurde das alljährliche Geheimnis verbreitet. Der Tod hatte sich in Leben verwandelt. Wo in letzter Zeit die warme Schneedecke gelegen hatte, erhoben sich Millionen und Abermillionen winziger Speere; Weizen, der durch den Schutz der Natur vor der klirrenden Kälte geschützt war. Wogende Felder in sattem Braun, auf denen die Pflugschar ein Beet für Saatmais und Hanf bereitet hatte. In meiner Nähe standen zwei Bäume. Ihre Wurzeln waren miteinander verflochten, denn ihre Stämme waren nicht mehr als einen Fuß voneinander entfernt, und ihre Zweige waren überlappend und miteinander verflochten. Sie wirkten fast wie ein einziges Gewächs. Es waren der Hartriegel und die Rotknospe, und beide standen in voller Blüte. Der Anblick hat mich zunächst geblendet. Die reinweißen, gelbherzigen Blüten, die vor der Masse purpurroter Blüten schimmerten, die eng an Zweigen und Ästen hafteten, erzeugten einen bemerkenswerten Effekt. Die härteren Bäume blieben kahl, unfruchtbar und scheinbar leblos. Sie brauchten mehr Umarmungen von der Sonne, mehr Küsse vom Regen, mehr flehende Seufzer des Windes, bevor die Umwandlung von Saft in Blätter vollzogen werden konnte.

Zufälligerweise blieb ich an einer Stelle stehen, wo kein Gehöft zu sehen war, und war völlig allein. Keiner kam vorbei, und auf den angrenzenden Feldern gab es weder Vieh noch Rinder. Es war ein schwacher Vorgeschmack auf die unmittelbare Zukunft, und ein eigenartiger Frieden überkam mich, als ich auf der harten, geölten Straße stand und spürte, wie ich eins mit dem universellen Licht und Leben der Erde und des Himmels wurde. Meine Brust bebte und ich holte schnell Luft. War es eine Nachricht? Eine Zusicherung aus dem mütterlichen Herzen der Natur, dass sie sich im Exil zärtlich um mich kümmern würde?

Ich drehte mich um und ging langsam und nachdenklich zurück in die Stadt, wo ich sie gerade erreichte, als die Abenddämmerung begann, von den strahlenden Bogenlichtern erleuchtet zu werden.

„'Crombie", sagte ich, zündete mir eine seiner erlesensten Zigarren an und setzte mich ihm gegenüber; „Du hast mich in ein schreckliches Durcheinander gebracht."

Du weißt, dass ich wegen Crombie viel Aufhebens machen könnte. Er war zu groß, um Anstoß zu nehmen.

„Wieso, mein Sohn?" antwortete er leichthin, sein großes Gesicht sanft humorvoll.

„Nun, ich fing an, für diese – ähm – Reise oder diesen Ausflug zu packen, und ich hatte keine bessere Ahnung, wie ich vorgehen sollte als ein Schwein. Was werde ich brauchen und was muss ich mitnehmen? Du hast mich da hineingezogen , und du musst mich dabei durchstehen.

„Das erste, was Sie brauchen, ist ein Dach mit guten, stabilen und dichten Wänden darunter. Denken Sie daran, dass Sie nicht dorthin gehen, um sich allein in der Sonne zu sonnen, sondern dass Sie den nächsten Winter dort verbringen werden!“

Ich schaute ihn an und stelle mir vor, dass mein Gesichtsausdruck so etwas wie der eines Hundes war, wenn ein Jugendlicher ihn belästigt, denn Crombie lachte.

„Ich möchte es nicht schlimmer machen, als es ist“, entschuldigte er sich; „Ich möchte auch nicht, dass Sie in irgendeiner Weise über die Bedingungen getäuscht werden. Aber wenn der Winter kommt, glauben Sie mir, Sie können unbeschadet in einer Schneewehe schlafen.“

Ich rauchte schweigend. Der Gedanke war nicht ermutigend.

„Ich glaube, dass Sie dort alles finden werden, was Ihnen sehr gut gefällt“, fuhr er mit nachdenklicher Stimme fort. „Sie erinnern sich, dass ich aus diesem Teil des Landes komme, und die Gegend ist Ihnen völlig vertraut. Ich war ein Dutzend Mal überall in Bald Knob. Vor acht Jahren stand eine Hütte genau dort, wo Sie Ihre haben wollten. Ich glaube, ein Kerl, der eine hatte Natürliche Liebe zum Wald baute es vor etwa achtzehn oder neunzehn Jahren, lebte dort eine Zeit lang und zog später in einen anderen Staat. Es besteht vollständig aus unbearbeiteten Baumstämmen und verfügt über ein Zimmer und eine Küche. Es sollte noch in gutem Zustand sein , weil es durch die Masse des Knaufs geschützt ist. Ich schätze, dass der Raum etwa sechzehn Fuß im Quadrat groß ist, und die Küche ist eine Kiste, aber groß genug. In der Nähe gibt es eine Quelle, die stark mit Schwefel imprägniert ist. Dieses Wasser kann es haben nichts als eine gute Wirkung. Wenn die Hütte noch steht, kann man sich sehr glücklich schätzen.“

Als er dieses Bild zeichnete, konnte ich nicht umhin, die prächtige Einrichtung des Zimmers zu betrachten, in dem ich saß.

„Wie nah ist die nächste Stadt?“ Ich fragte.

„Die nächstgelegene Stadt ist Cedarton, mein altes Zuhause, zehn Meilen von Bald Knob entfernt, aber im Umkreis von drei Meilen gibt es einen Weiler. Dieser besteht aus ein paar Cottages, einem Geschäft, einer Schmiede und einer Brennerei. Sie werden Gelegenheit haben, keines von beiden zu besuchen Wenn Ihnen der Proviant ausgeht, gehen Sie in das Dörfchen Hebron.

„Dann ist Abgeschiedenheit genauso notwendig wie reine Luft und einfaches Essen?"

„Um Sie daran zu hindern, sich eine Gewohnheit anzueignen, rate ich Ihnen, keine Menschen zu suchen. Der Mensch ist von Natur aus gesellig. Wenn Sie anfangen würden, einmal in der Woche in den Weiler zu gehen, würden Sie bald jeden Tag dorthin gehen, und Sie würden zu einer Cracker-Box verkommen." Philosoph oder Nagelfass-Politiker, der seine Zeit eher in hochschultriger Trägheit verbringt, anstatt auf der Suche nach der Lebenspflanze durch die gesundheitsfördernde Öffnung zu stapfen. Du gehst mit einem Ziel voran, mein Sohn; vergiss das nicht. "

Ich warf meinen Kopf zurück gegen das gepolsterte Leder und dabei fiel mein Blick auf einen prächtigen Elchkopf über dem Kaminsims.

„Du hast diesen Kerl getötet?" fragte ich und wich plötzlich und ohne Entschuldigung vom Thema ab, wie es unter alten Freunden erlaubt ist.

„Ja, im Norden von Maine. Ich folgte ihm zehn Tage lang, hungerte zwei Tage lang, durchbrach bei kaltem Wetter ein dünnes Seeeis, wanderte fünf Meilen mit angefrorenen nassen Kleidern, bevor ich an ein Feuer gelangen konnte, und schlief zwei Nächte unter fußhohem Schnee. Dann habe ich ihn getötet.

Ich starrte ihn neugierig an.

„Ich gestehe", sagte ich, „dass ich dachte, Sie würden mir ein Rezept geben, von dem Sie nichts wussten. Ich bitte um Verzeihung für meinen Unglauben."

Er lächelte und schüttete die Asche seiner Zigarre in das Tablett neben seinem Ellenbogen.

„Für ein Jahreseinkommen würde ich meine jährliche Reise nach Eden nicht verpassen", sagte er. „Während dieser dreißig Tage sammle ich Leben und Energie für die restlichen dreihundertfünfunddreißig."

Dann besprachen wir meine Abreise, und es folgte ein einstündiges Gespräch über Mittel und Wege. Um elf Uhr hatte ich eine Liste mit allem, was ich möglicherweise brauchte und was zu meinem Komfort und Wohlbefinden beitrug. Aber da war noch etwas; eine überragende Sache. Den ganzen Abend hatte ich versucht, es auszusprechen, aber es gelang mir nicht. Jetzt saßen wir Seite an Seite an dem Tisch, an dem wir meine Liste erstellt hatten, und plötzlich kam Mut. Ich ergriff die schinkenartige Hand, die nahe bei mir lag, blickte meinem Freund fest und flehend in die Augen und sagte:

„'Crombie, geh mit mir! Ich meine nicht, dass du bleibst. Ich bin nicht so ein elender, schnüffelnder Feigling. Aber begleite mich dorthin – zeig mir den

Weg – hilf mir, mich zu etablieren. Zwei Tage – nicht länger . Dieses Land ist neu für mich. Cedarton würde mich für einen entflohenen Verrückten halten, wenn ich bei einem Pferdestall einen Wagen beantragen würde, der mich und meine Habe zu einer Hütte bringen würde, die einst am Hang des Bald Knob stand. Tun Sie das nicht Siehst du? Die Leute kennen dich, und ein Wort von dir würde alles in Ordnung bringen. Ich bin dein Patient. Aber mehr als das: „Crombie, bedeutet, dass du dein gutes altes Selbst bei mir hast. Komm einfach mit mir zur Hütte, Hilf mir, meine Sachen zu platzieren, ermutige mich durch deine guten Männergespräche, lass mich glauben und *wissen* , dass ich auf dem richtigen Weg bin. Nur zwei Tage. Willst du es nicht tun, 'Crombie?'

Ich wusste, dass ich sehr viel verlangte, wahrscheinlich mehr, als ich sollte. Es scheint, dass es genügte, wenn ein Mann einem anderen zeigte, wo die körperliche Erlösung lag, ohne ihn bei der Hand zu nehmen und dorthin zu führen. Und achtundvierzig Stunden von der Stadt entfernt bedeuteten für den Mann neben mir jetzt einen finanziellen Verlust. Aber Gott schuf Männer wie Abercrombie Dane zu anderen Zwecken als zum Geldverdienen.

Jetzt schenkte er mir das süßeste Lächeln, das ich je auf einem Gesicht außer dem meiner Mutter gesehen hatte, während er seine andere große Hand auf meine legte.

„Ja, ich werde mit dir gehen, mein Sohn", sagte er.

KAPITEL DREI

IN DEM ICH EINE LODGE IN DER WILDNIS FINDE

Ich bin hier.

„Crombie begleitete mich nach Cedarton, engagierte zwei leichte, brauchbare Wagen, um uns und meine Habseligkeiten zu befördern, und fuhr dann mit mir hierher, um mir bei der Eingewöhnung zu helfen. Wir erreichten Bald Knob, gerade als die Sonne gestern Nachmittag unterging. Die Fahrt aus der Stadt heraus war wunderschön. Während der Reise redeten beide nicht viel. Ich konnte nicht und Crombie schien nachzudenken. Die Hauptstraße, auf der wir mehrere Meilen lang fuhren, bestand aus Schotter, der aus einem großen Bach stammte, der, wie ich erfahre, irgendwo in der Nähe fließt. Als wir die Straße verließen, wurde unser Weg ziemlich holprig. Es handelte sich lediglich um eine Reihe von schmalen Wegen, die für die Durchfahrt von vierrädrigen Fahrzeugen ausreichend verbreitert waren. Je tiefer wir in den Wald vordrangen, desto wilder und großartiger wurde die Landschaft. Wir sahen weite Schluchten, in denen die Erde viele Meter tief abfiel; gewundene Kanäle, in denen die heftigen Regenfälle einen Durchgang ins tiefere Gelände gepflügt hatten; Überall wuchsen Bäume aller Art, während Sträucher, Schlingpflanzen und Weinreben miteinander verflochten waren und schweigend um die Vorherrschaft kämpften. Einmal fuhren wir fast eine halbe Meile lang an einem breiten, flachen Bach mit einem Schieferbett entlang, der auf einer Seite von einer riesigen, bleiernen, gezackten Schieferklippe begrenzt wurde, auf der einige Flecken Frühmoos leuchtend grün schimmerten, genährt von der Feuchtigkeit, die durch das Wasser sickerte überlappende Schichten. Diese Klippe war düster; es war fast wie ein Schatten, der auf uns geworfen wurde. Aber als wir es passiert hatten, fiel der Sonnenschein herrlich durch eine Lücke in den Hügeln, und ich spürte, wie mein Geist dankbar aufsprang, um ihm zu begegnen.

Wir konnten Bald Knob kilometerweit sehen, bevor wir es erreichten, und als wir weiterfuhren, jeder rauchte und nicht redete, stellte ich fest, dass mein Blick immer wieder zu der kahlen, kegelförmigen Kappe wanderte, auf die wir zukrochen. Ich habe mich aus tiefstem Herzen gefragt, ob ich die Prüfung bestehen könnte, jetzt, wo sie mir ins Gesicht starrte. Es war eine Sache, in 'Crombies Ledersessel zu sitzen und sich bequem für diesen Weg zu entscheiden, und eine andere Sache, mich einer Hütte mitten in einem Urwald nähern zu sehen – und zu denken, dass ich dort zwölf Monate allein leben würde. Monat! Ich weiß, dass mein Gesicht kein gutes Modell für ein Bild von Hope gewesen wäre, als die beiden Wagen in der Schlucht vorfuhren, die teilweise den riesigen Hügel umgab, auf dem 'Crombie gesagt hatte, dass einst eine Hütte gestanden hatte. Endlich fanden wir eine Art Straße – es war eher eine Öffnung durch das dichte Unterholz als irgendetwas anderes – und durch viel Drängen der Fahrer und häufige Pausen gelangten wir schließlich auf ein kleines Plateau, vielleicht ein Viertel Die Fläche ist ca. 200.000 m groß, nicht ganz auf halber Höhe des Knaufs. Auf der anderen Seite des Plateaus befand sich ein kleines Gebäude, das am Fuß einer steilen Mauer aus Stein und Erde ruhte.

Dann schüttelte Crombie die ruhige Stimmung ab, die er den größten Teil der Reise mit mir geteilt hatte, und wurde urkomisch. Er jubelte, lachte, scherzte und hüpfte umher wie ein Schuljunge, der herumtollt, und um den lieben Kerl nicht zu verletzen, tat ich so, als würde ich mich seiner Stimmung anschließen. Ich hatte wirklich das Gefühl, als würde die Welt schnell untergehen.

Letzte Nacht konnten wir nichts anderes tun, als es uns so bequem wie möglich zu machen und früh zu Bett zu gehen. Heute haben wir hart gearbeitet und Ergebnisse erzielt. Ohne Crombie hätte ich mich nicht zurechtfinden können. Er verfügt über Fingerspitzengefühl, Einfallsreichtum und Einfallsreichtum und hat den größten Teil der harten Arbeit geleistet. Er meinte, es wäre besser für mich, mich nicht zu sehr anzustrengen, was albern klingt, wenn man bedenkt, dass meine Körpermaße fast seinen eigenen entsprochen hätten.

Jetzt sind er und die Kutscher und die Pferde und die Wagen weg. Vor einer halben Stunde erhaschte ich meinen letzten Blick auf ihn zwischen einer Buscheiche und einer Zeder. Er schaute zurück, sah mich, winkte gewaltig mit dem Arm, rief einen herzlichen Ruf und verschwand. Ich stand dreißig Minuten lang da, ohne mich von meinen Spuren zu rühren. Dann hörte ich aus der Ferne durch die wunderbar stille Dämmerungsluft eine Stimme singen. Aufgrund der Entfernung gingen die Worte verloren, aber die Melodie kam mir bekannt vor. Es war ein ausgelassener, alberner Song, den wir auf dem College gesungen hatten. „Crombie hat es mir als letzte Nachricht geschickt, um mich aufzumuntern. Ich neigte verzweifelt mein Ohr zum Begrüßungsgeräusch. Ich hielt den Atem an, während er immer schwächer wurde, mal unterbrochen, mal kaum noch hörbar. Endlich, so sehr ich auch meine Ohren anstrengen wollte, war es verloren.

Aber ein anderes Geräusch war an seine Stelle getreten. Die Sonne war untergegangen, und jetzt, in der Dämmerung, erwachte der Harfenist des Waldes und berührte seine zahlreichen Saiten. Er war heute in sanfter Stimmung; eine Stimmung voller Träume und Träume. Die Melodie war kaum hörbar; nur ein Rühren, ein Atemzug. Aber es schlich sich an meine Ohren als etwas Wunderbares, Süßes und Heiliges. So etwas hatte ich noch nie gehört. Ich stand gebannt da und lauschte der gespenstischen Farbskala, die leicht aus den kahlen Ästen und Zweigen der winterharten Bäume gerissen wurde, die noch nicht auf den Ruf der Jahreszeit reagiert hatten; aus den schlanken grünen Nadeln der Kiefer und den dichteren Büscheln, die die Zeder bekleideten, und opferte es mir. Als ich der Elfenharmonie lauschte, wurde mir ein gewisser Frieden bewusst. Die grenzenlose Einsamkeit, die sich ununterbrochen in alle Richtungen erstreckte, kam mir nicht so bedrohlich und bedrückend vor, wie ich sie auf Reisen gespürt hatte. Eine subtile Verwandtschaft mit dem Wind, den Bäumen und der Erde erwachte in meinem Geist, und auf eine vage Art und Weise, die einen Nervenkitzel mit sich brachte, hatte ich das Gefühl, nach Hause gekommen zu sein. All diese Dinge, vor denen ich gefürchtet hatte, kamen in dieser Dämmerungsstunde ganz nahe, und ich stellte mir vor, dass sie mit flehenden, einladenden Händen kamen, als ob sie einem lange verlorenen Sohn oder Bruder entgegenkämen, der sehr geliebt wurde. Als ich dann den Kopf hob, strich eine kühle, sanfte Brise über mein Gesicht und strömte durch meine Nasenlöcher, und ich roch den schwer fassbaren, belebenden Duft der immergrünen Pflanzen. Ich lächelte und saugte wiederholt einen Schluck der reinen Essenz tief in meine Lungen ein und füllte jeden Winkel und jede Ecke immer wieder . Als ich mich schließlich umdrehte und zur Hütte zurückging, kam es mir vor, als hätte ich Wein getrunken.

Ich zündete eine Lampe an, machte ein Feuer in meinem Küchenherd, bereitete eine bescheidene Mahlzeit zu und aß sie. Später setzte ich mich auf einen Stuhl vor der Tür und saß zwei Stunden lang da und dachte nach. Ein sehr wichtiger Gedanke kam mir in dieser Zeit. Mein Belletristikbuch verkaufte sich nicht; vielleicht würde es ein Buch mit Fakten tun. Deshalb habe ich beschlossen, eine Geschichte meines Exils zu schreiben. Heute Abend verspricht es sehr vielversprechend und ereignislos zu werden. Ich kann mir nicht vorstellen, dass irgendetwas geschehen könnte, was den Leser interessieren könnte. Aber die Aufgabe wird mir zumindest eine Beschäftigung verschaffen. Deshalb werde ich jeden Abend, bevor ich zu Bett gehe, alles aufschreiben, was an diesem Tag passiert ist. Wenn nichts passiert, werde ich auf den Vorfall warten, der es wert ist, erzählt zu werden. Heute Abend werde ich von meinem neuen Zuhause und seiner Umgebung erzählen.

Ich habe meiner Unterkunft den Namen „Wilderness Lodge" gegeben und darüber nachgedacht, wie sehr sich der unglückselige Byron an einem solchen Ort gefreut hätte. Wir fanden es so vor, wie Crombie es beschrieben hatte: einen großen, quadratischen Raum aus Eichenholzstämmen mit einem Boden aus unbearbeiteten Dielen. Es ist mit Schindeln gedeckt und das Dach ist regensicher. Die Vordertür ist schwer und kann innen mit einem großen Balken gesichert werden, der in Eisenklammern eingehängt wird. Im hinteren Bereich gibt es eine zweite Tür, die in die Küche führt, ein Raum, der den sprichwörtlichen Ausdruck „Nicht groß genug, um eine Katze hineinzupeitschen" sehr verdient. Es gibt zwei gegenüberliegende Fenster, die klein sind. Jeder ist mit einem Verschluss versehen, der oben angelenkt ist. Sie sind schräg mit Stöcken gestützt, um Licht und Luft hereinzulassen und Regen abzuhalten. Ein schönes Arrangement, finde ich. Der Vordertür zugewandt ist der Kamin; eine riesige, raue Steinanlage, groß genug, um darin zu schlafen, wenn man Lust dazu hätte. Es hat einen breiten Steinofen und ist mit schwarzen, gedrungenen Feuerböcken ausgestattet. Ich plane bereits, welche Freude ich im nächsten Winter an diesem Kamin haben werde. Heute Abend habe ich zur Aufheiterung, Gesellschaft und Vorsicht ein lebhaftes Feuer gemacht, denn der Ort ist seit Jahren unbewohnt und die Erwärmung der letzten Nacht hat nicht die ganze Feuchtigkeit vertrieben. Es ist wunderbar, wie befriedigend die tanzenden Flammen sind; Sie scheinen mir ihren Glanz und ihre Wärme zu vermitteln.

Meine Möbel sind sehr einfach, aber ausreichend. Ich habe ein Kinderbett mit reichlich Bettwäsche; ein Tisch, mehrere Stühle, darunter eine Wippe; zwei Stämme und einige Grasteppiche für den Boden. Natürlich gibt es Hunderte von kleineren Dingen, ohne die ich nicht auskommen könnte, aber obwohl sie ihren Platz haben, sind sie es nicht wert, katalogisiert zu werden. Es erübrigt sich auch zu erwähnen, dass einer der Koffer zur Hälfte mit Büchern gefüllt ist. Einige davon haben bereits den Weg auf den Tisch gefunden; Stevenson, Hearn, Rabelais, Villon, Borrow und einige andere.

Wenn ich von meinem Besitz erzähle, weiß ich nicht, wo ich die Grenze ziehen soll, denn es gibt keine Grenzmarkierungen, und ich kann mir leicht vorstellen: „Ich bin Herrscher über alles, was ich überblicke." Ich nehme an, ich habe einen Hof, denn so werde ich mir das Plateau vorstellen. Wer auch immer die Lodge gebaut hat, hat den ebenen Platz vor und um ihn herum von allen Bäumen und Büschen befreit. Es ist jetzt trocken und unfruchtbar und mit toten Blättern bedeckt, aber bald wird es ein neugieriges und stoßendes Vorstoßen kleiner grüner Köpfe geben, und ich werde beschäftigt sein, wenn ich nicht überrannt und vertrieben werden will. Ein dichtes Band aus Kiefern und Zedern, das ein kurzes Stück hinter der Lodge beginnt und sich etwa 30 Meter weiter nach oben erstreckt, umsäumt den Hügel mit einer Zone ewigen Grüns. Darüber hinaus nimmt die Vegetation ab, wird seltener und hört schließlich auf, so dass die Spitze des Noppens völlig kahl bleibt. Unterhalb meines Plateaus und um mich herum sind, soweit ich sehen kann, überall Bäume, Bäume, Bäume. Bäume jeder Größe und Art, die im Klima heimisch sind. Es überwiegen immergrüne Pflanzen. Es gibt Millionen von ihnen, aber es gibt auch weite Flächen mit Eichen, Eschen, Buchen, Bergahornen, Ulmen, Walnüssen und Hartriegel. Die meisten von ihnen haben noch nicht den kleinsten Trieb hervorgebracht. Aber hier und da in den braunen Dun-Strecken hat ein Hartriegel freudig tausend leuchtende Sterne ausgeworfen, die weiß und strahlend leuchten, ein Versprechen und eine Verheißung der nahen allgemeinen Auferstehung.

Einen Moment später legte ich meinen Stift nieder und trat hinaus. Wie riesig! Wie still! Wie grenzenlos! Ich hatte meine Bedeutungslosigkeit noch nie so deutlich gespürt. Ich schien ein winziges Staubatom zu sein. Aber als ich dastand und wieder die gedämpften Akkorde der mächtigen Harfe hörte und die geduldigen Planeten über mir wieder auf der Hut sah, wusste ich plötzlich, dass ich wirklich ein Teil des Ganzen war, und in meinem Herzen brachte die Hoffnung das Gebet zur Welt.

Jetzt zu Bett gehen, müde, aber in Frieden, mit weit geöffneten Fenstern – es ist „Crombies Befehl."

KAPITEL VIER

IN DEM ICH EINE DRYADE TREFFE

Eine Woche ist vergangen. Bis heute hatte ich Angst, dass mein geplanter Plan, ein Buch zu machen, scheitern würde. Man möchte nicht von einem Alltag lesen, der aus Aufstehen, Essen, Rauchen, Lesen, Herumschlendern und Schlafengehen besteht. Das ist alles, was ich bis heute getan habe, als etwas passierte. Aber bevor ich dazu komme, muss ich von der Mühe erzählen, die ich bei der Beschaffung von Wasser auf mich nehme.

Ich habe an anderer Stelle von einer Schwefelquelle gesprochen. Es befindet sich in einer anderen Schlucht gegenüber der Schlucht, die am Fuße meines Hügels liegt. Ich habe das Wasser pflichtbewusst getrunken, weil Crombie es mir gesagt hat, obwohl es meiner Meinung nach abscheuliches Zeug ist und ich mir nicht vorstellen kann, wie etwas mit einem so ausgeprägten Geruch von Nutzen sein kann. Ich glaube nicht, dass ich es weiß. Aber ich muss auch Koch- und Badewasser haben, und das kommt aus dem kleinen Bach, der mitten in der nächsten Schlucht fließt. Auf der Ebene wäre die Strecke nicht so groß, aber mit einem Eimer voll Wasser in jeder Hand den steilen Hang hinaufzuklettern, macht keinen Spaß. Zu meinem großen Unbehagen musste ich jeden Tag zwei Fahrten unternehmen. Das ist ein Problem, das ich lösen muss, sonst bleibe ich ungewaschen. Auch dann, wenn der Sommer kommt, wird der Bach unten höchstwahrscheinlich versiegen, obwohl Crombie mir versicherte, dass es das ganze Jahr über reichlich Schwefelwasser gäbe.

Ich wurde in den letzten sieben Tagen geortet; Erkunde meinen Zufluchtsberg und mache kleine Ausflüge in die benachbarten Festungen. Fast das Letzte, was Crombie mir sagte, war, mich an die Lebenspflanze zu erinnern, und je früher ich mit der Suche begann, desto besser wäre es für mich. Ich bin mit dieser Lebenspflanze nicht ganz zufrieden, obwohl ich weiß, dass Crombie über eine so ernste Angelegenheit nicht mit mir scherzen würde. Ich habe mich schließlich entschlossen, sein Wort stillschweigend zu glauben und eine systematische Jagd nach diesem höchst eigenartigen Gewächs zu beginnen. Mir geht es verdächtig gut. Mein Husten ist fast verschwunden, und es kommt mir fast absurd vor, dass ein stämmiger Mann von 1,80 Metern Größe auf der Jagd nach einer solchen Chimäre ist.

Heute Morgen stand ich vor Sonnenaufgang auf, ein Erlebnis, das ich seit meiner Kindheit nicht mehr kannte. Ich frühstückte reichlich mit Schinken, Eiern, Brot und Kaffee. Dann füllte ich mit dummem Erröten ein Pint-Einmachglas mit Wasser – süßem Wasser –, schraubte den Deckel fest zu, steckte das Glas hastig in meine Manteltasche, nahm meine Pfeife und einen dicken Stab, den ich vor einigen Tagen geschnitten hatte, und begann mit meinem erster Landstreicher für diese Lebenspflanze.

Ich bog die Straße hinunter – ich werde sie so nennen –, über die die Wagen gekommen waren, überquerte die Quelle und trank von dem kalten, übelriechenden Wasser, und während ich da stand und meine Pfeife paffte, fragte ich mich, welchen Weg ich gehen sollte. Es spielte überhaupt keine Rolle, aber es war menschlich, darüber nachzudenken, und ich dachte darüber nach. Vor mir ragte die gewaltige Masse meines Heimathügels auf. Hinter mir erhob sich ein weiterer, nicht ganz so imposanter, aber überaus steiler. Nach rechts und links schwebte die Schlucht, still und schattig im neugeborenen Morgen. Wir kamen von rechts. Ich wandte mich nach links, und plötzlich knirschten und klapperten die dicken Sohlen meiner schweren Wanderschuhe auf dem losen Schiefer, als ich am flachen Bachbett entlangging.

Ich bin an diesem Tag weit gegangen, habe einen Grat nach dem anderen erklommen, eine Mulde nach der anderen durchquert, immer mit offenen Augen nach meinem seltenen Schatz. Immer wieder stieß ich auf Ackerland, kleine Flecken bearbeiteten Bodens, den die hartnäckige Kraft des Menschen der Wildnis entrissen hatte, um seinen Bedarf zu decken. Diese Felder habe ich umrundet. Einmal sah ich von einem hohen Punkt aus ein kleines Dörfchen, hörte das Gackern der Gänse und hörte das Geräusch der Kühe.

Der Mittag kam und ging, bevor ich es merkte. Ich hatte kein Mittagessen mitgebracht. Es war nachmittags, als ich mich wieder meinem Zuhause näherte. Es bestand nie die Gefahr, dass ich mich verirrte. So weit ich an einem einzigen Tag auch gehen könnte, dieser gewaltige Gipfel würde immer noch sichtbar sein und sich in stiller Erhabenheit aufrichten, um mich zurück zu führen. Der Gedanke war tröstlich.

Ich näherte mich aus einer anderen Richtung als jemals zuvor, nämlich fast genau aus Westen. Ich war schnell einen leichten Abhang hinabgestiegen, der Hunger trieb mich in Eile, und war auf eine Lichtung am Rande eines der vielen Bäche gestürmt, die das Land durchzogen, als ich plötzlich stehen blieb.

Auf der anderen Seite der Lichtung stand ein Mädchen. Sie hatte mich nicht gehört, denn der von Blättern durchnässte Schimmel gab kein Geräusch von meinen unachtsamen Füßen zurück. Sie stand unter einem Hartriegelbaum, und in dem Moment, als ich sie erblickte, fiel die untergehende Sonne überall auf sie herab. Sie hatte eine Reihe von Zweigen vom Baum gepflückt, und als ich mit angehaltenem Atem dastand, begann sie, die weißen und gelben Blüten in ihr Haar zu weben, das in meinen Augen wie ein Spiegelbild aus brüniertem Kupfer glänzte. Sie sang, während sie webte, oder besser gesagt, sie sang, denn ich verstand keine Worte. Es war nur eine elfenhafte kleine

Melodie mit zitternden Moll-Tönen, die zu einem lustlosen Monoton aufgereiht waren. Sie war sehr, sehr einfach gekleidet; ein einteiliges Kleid in verblasstem Blau mit Gürtel in der Taille. Eine gleichfarbige Kopfbedeckung lag neben ihren Füßen auf dem Boden. Ihre Position im Verhältnis zu meiner war ein Halbprofil, sodass ich wenig von ihrem Gesicht erkennen konnte, aber ihre Gestalt war schlank und gerade, und ihre gebogenen Arme zeigten eine natürliche Anmut, als sie ihre Finger in ihr glänzendes Haar hinein und wieder heraus steckte. die sternförmigen Blüten an ihren Platz bringen.

Als ich verblüfft dastand und darüber nachdachte, was ich tun sollte, sah ich eine Aufregung in dem Baum, neben dem sie stand. Eine huschende Gestalt schoss auf den Ast, der dem Kopf des Mädchens am nächsten war, und sprang dann auf ihre Schulter, wo sie sich hinsetzte und an einer Nuss knabberte , sein Schwanz ein anmutiger grauer Federbusch. Ich glaube, mein Mund stand offen; Wenn nicht, hätte es das tun sollen, denn hier war Magie.

Das Mädchen – oder die Dryade, denn ich begann zu zweifeln, ob sie echt war – achtete nicht sofort auf das Eichhörnchen, sondern fuhr fort, ihr Lied zu summen und sich geduldig an den Blumen zu mühen. Ich stand da und beobachtete sie, auf meinen Stab gestützt, meinen einstigen Hunger vergessen. Würde sie in der Luft verschwinden oder würde sie in der Spalte einer Eiche verschwinden? Ich beschloss, nachzusehen.

In wenigen Augenblicken war ihre Krone angebracht. Sie senkte die Hände, hob aber fast sofort einen ihrer Arme und stieß einen leisen, dünnen, zwitschernden Ruf aus. Sie stand wie eine Statue da und wartete offenbar, dann wiederholte sie den Ton und variierte ihn nur durch einen schnell ansteigenden Tonfall am Ende. Wie ein Echo drang sanft eine Antwort aus dem Wald auf der einen Seite, und ich sah, wie ein brauner Streifen die Luft der Lichtung durchschnitt, als ein kleiner Waldvogel einer mir unbekannten Art sich auf den ausgestreckten Arm senkte und sich darauf niederließ das Handgelenk des Mädchens. Da saß es, den frechen kleinen Schwanz in einem spitzen Winkel und den Kopf sehr wissend zur Seite geneigt.

„Guter Gott!“ Ich platzte unwillkürlich heraus und biss mir zum Narren auf die Lippe.

Der Zauber wurde grob gebrochen; Ich hatte das Tableau verdorben.

Mit einer Schwanzbewegung ließ sich das Eichhörnchen auf die Hüfte des Mädchens fallen, sprang zu Boden und lief mit ängstlichen Sprüngen auf das dichtere Gewächs zu. Der Vogel verschwand wie der Ball zwischen den Fingern des Zauberers – er flog einfach, aber ich sah ihn nicht verschwinden – und das Mädchen drehte sich mit einer leisen Bewegung um, um zu sehen, wer der Idiot war.

"Wie bitte!" Sagte ich, ging mehrere Schritte vor und nahm meine Mütze ab. „Das – ähm – habe ich noch nie gesehen – weißt du – ähm – es tut mir wirklich leid, dass ich sie abgeschreckt habe!"

Sie stand vollkommen ruhig da, ihr Gewicht ruhte ziemlich unbeholfen auf einem Fuß, ihre Hände waren locker vor ihr verschränkt, während ich meine stotternde Rede hielt. Ich weiß nicht, warum ich so verwirrt sein sollte, es sei denn, es lag an ihrer seltenen Gelassenheit.

„Sie werden zurückkommen", sagte sie zuversichtlich und lächelte.

Ich kam näher. Ich konnte den Beweis meiner Augen nicht glauben. Als ich sah, wie sie die Hände reichte, wunderte ich mich; Sie waren weiß, schlank, glatt und keinerlei Spuren der Mühe. Jetzt ihr Gesicht. Es war frisch, süß – nicht schön – und von grauen Augen erhellt, was ein Gefühl in meinem Rückgrat hervorrief. Es war kein Gesicht, das ich im Kentucky Knob Country erwartet hätte. Zwar gab es einen oberflächlichen Ausdruck, der ihre Umgebung und ihre Mitarbeiter widerspiegelte, aber dieser erschien mir selbst in diesem Moment wie ein Schleier, der entfernt werden musste, damit die wahre Natur zum Vorschein kommen konnte. Ihre Stimme war leise, voll und hatte einen seltsam eindringlichen Ton, der im Herzen eines Mannes Unruhe auslöste. Sie war total wild; daran konnte ich nicht zweifeln. Analphabetin, grob, ein Kind der Gegend, aber als ich ihr zum ersten Mal ins Gesicht sah, als ich zum ersten Mal ihre Stimme hörte, wusste ich, dass ich vor jemandem stand, den das Schicksal betrogen hatte. Dass sie durch das plötzliche Auftauchen eines völlig Fremden nicht beschämt und nicht einmal erschreckt war, schrieb ich zu Recht ihrer Lebensweise zu, die frei von Konventionen, völlig natürlich und frei von den Zwängen war, die Künstlichkeit mit sich bringt.

„Du – wohnst in der Nähe?" Sagte ich und dachte nicht ein einziges Mal daran, weiterzugehen, nachdem meine Entschuldigung ausgesprochen worden war.

„Uh-huh; bei Lizard P'int. ‚Tain't fur – lauter brüllen ein bisschen."

Die einfachen Worte trafen mich fast wie ein Schlag. Die Stimme war in den tiefsten Tönen süß wie eine Flöte, die Lippen waren rot und geschwungen, aber die Sprache war die unhöfliche Umgangssprache der Hügel. Das Schicksal hatte sie tatsächlich betrogen.

Als ich nervös meine Pfeife herauszog und darüber nachdachte, was ich als nächstes sagen sollte, entdeckte sie einen Riss auf ihrer Schulter, wo die unvorsichtigen Krallen des verängstigten Eichhörnchens den Stoff ihres Kleides zerrissen hatten. Sie stieß einen kleinen, verärgerten Ausruf aus, steckte einen Finger in die zerrissene Stelle, schmollte für einen Moment wie ein Kind, dann lachte sie und warf ihren mit Girlanden geschmückten Kopf zurück.

„Ich mag es nicht! Oma wird es schon richten!"

Es war mein Stichwort.

„Wer ist Oma?"

„Oma?... Oh! *meine* Oma. Wir leben zusammen."

„Am Lizard Point", ergänzte ich. „Wohnt sonst niemand bei dir?"

Sie nickte strahlend mit dem Kopf.

„Ja, Großvater schon, aber er zählt nicht."

Ihre Offenheit war bezaubernd und ich versuchte, das Interview zu verlängern.

„Hast du keine Angst davor, so allein im Wald herumzulaufen?"

„Ich!... *Skeerd?* "

Einen Moment lang blickte sie mich mit gesenktem Kinn und einem leichten erstaunten Stirnrunzeln an, dann ergoss sich ein fröhlicher Strom von Lachen aus ihrem hochgehaltenen Mund und erfüllte den Wald mit plätschernden, widerhallenden Kadenzen. Ich blickte auf die runde, glänzende Säule ihres jungen Halses, milchweiß und fest, und ein subtiler, ursprünglicher Ruf regte sich in meiner Brust. Als ihre ausgelassene Fröhlichkeit nachgelassen hatte, konnte ich zwischen dem Scharlachrot ihrer geöffneten Lippen ihre Zähne sehen, die wie junger Mais aussahen, wenn die Schalen grün sind.

Ich bin noch näher gekommen. Ich war verwirrt, verwirrt, aber seltsam angezogen. Ich wusste kaum, was ich ihr antworten sollte.

„Sehen Sie", versuchte ich zu erklären, „das heißt, dass dort, wo ich herkam, junge Frauen ohne Begleitung nirgendwo hingehen, außer in die Stadt."

"Oh!"

Ihr Gesicht war jetzt ernst und sie schien zu versuchen zu verstehen.

„Warum bist du hergekommen?" forderte sie mit beunruhigender Plötzlichkeit.

„Aus Lexington."

„Was ist das?"

„Eine Stadt – eine kleine Stadt."

„Ich mag keine Stadtmenschen!"

Der Satz fiel spontan und sie sah unzufrieden aus.

"Warum?"

Ich habe keine Antwort bekommen. Sie trat mit der Spitze ihres hässlichen, groben Schuhs, der rostig war und an dem eine Schnur befestigt war, gegen einen kleinen Mooshaufen. Aber trotz seiner Formlosigkeit war der Schuh sehr klein.

„Warum magst du keine Stadtmenschen?"

„Weil Buck sagt, sie seien gemein und hochnäsig!"

Sie warf mir den Satz mit einem raschen, trotzigen Blick zu.

„Wer ist Buck?"

Jetzt brannte das Gesicht des Mädchens und tiefe Verwirrung erfasste sie. Haare und Haut waren nicht mehr zu unterscheiden. Aber sie warf tapfer den Kopf hoch und blickte mit brennenden Augen direkt in meine.

„Buck Steele. Er ist der Schmied von Hebron, und er ist – mein Freund."

Sie hatte Mut. Ich habe sie für diese Rede geehrt.

„Du weißt, dass ich ein Fremder bin", fuhr ich locker fort und tat so, als wollte ich meine Pfeife stopfen und ihr so über ihre Verlegenheit hinweghelfen. „Ich kam erst vor etwa einer Woche. Ich bin in dem Haus dort oben am Bald Knob. Die Stadt war nicht mit mir einverstanden und mein Arzt hat mich hierher geschickt, damit ich gesund werde. Ich bin nicht gemein und hochnäsig, Glauben Sie mir. Ich habe die schlechteste Meinung von mir selbst, obwohl ich ziemlich sauber gelebt habe. Jetzt möchte ich mit Ihnen und allen Leuten hier befreundet sein. Sie werden mir helfen, nicht wahr? ?"

Während ich redete, war ihre Selbstbeherrschung zurückgekehrt. Als ich aufhörte, lächelte ich und sah sie so offen und ehrlich an, wie ich konnte.

„Du bist doch nicht mickrig!" war ihre überraschende Erwiderung.

Ich habe einen anderen Weg eingeschlagen.

„Bitte sagen Sie mir, wieso die Vögel und die Tiere Ihnen gehorchen?"

„Ich liebe sie!" Sie antwortete prompt und mit Wärme. „Ich kenne sie, und sie kennen mich."

Sie drehte sich ohne Vorwarnung um und ging zum Ufer des Baches, der sich zu diesem Zeitpunkt mehrere Fuß über dem Wasser befand, beugte sich vor und spähte in das darunter liegende Becken. Hätte Eva schlichter sein können? Sie betrachtete ihr Spiegelbild im Bachspiegel!

Ich packte ihre Haube an einer der Schnüre und stellte mich dann neben sie. Ein Kompliment kam mir ungebeten über die Lippen, aber ich unterdrückte es. Es wäre nicht fair gewesen.

„Ich muss gehen“, sagte sie, richtete sich auf und drehte eine herabhängende Locke in der Nähe ihrer Stirn zurück unter ihr Haar.

„Bist du nicht –“

Ich fing an zu fragen, ob sie keine Angst hätte und ob ich nicht mit ihr gehen könnte, fiel mir aber rechtzeitig ein.

„– und deine Oma ist sehr einsam?“ Ich beendete lahm, aber sie schien es nicht zu bemerken.

„La! Nein! Die Tollers sind auf der anderen Seite des Bergrückens, und sie haben eine Menge Kinder. Keine Zeit, einsam zu sein!“

Mein Geist verkrampfte sich. Eine solche Sprache – von ihr!

Sie streckte eine Hand nach der Motorhaube aus.

Ich zog es langsam vor, hielt es immer noch an der Schnur fest. Ihre Hand ruhte für einen Moment auf meiner, als sie sie nahm. Zu diesem Zeitpunkt machte ich eine für mich bedeutsame Entdeckung. *Ihre Nägel waren gekürzt und sauber!* Es schien paradox, aber es war wahr. Ich habe damals nicht versucht, das Phänomen zu erklären, habe es aber später getan, ohne jegliche Ergebnisse.

„Wo genau liegt Lizard Point?“ Ich fragte, meine Stimme war ernster als während unseres Gesprächs.

Sie deutete mit dem Finger auf den Bach, der sanft und murmelnd nach Süden floss.

„Dieser Weg wird dich führen. Fast eine halbe Meile von hier entfernt.“

„Ich komme bald zu dir und deiner Oma. Darf ich? Du weißt, dass es für mich hier draußen einsam ist. Ich bin das nicht gewohnt. Darf ich kommen?“

Sie blickte mich einige Augenblicke lang mit festen grauen Augen an.

„Ye-e-es; ich vermute schon“, antwortete sie widerstrebend; „Wenn du einsam bist... Was hältst du von diesem Glasfell?“

Ihr Blick hatte es gerade erst erblickt, und jetzt war es an mir, rot zu werden.

„Das sage ich dir – wenn ich dich wiedersehe“, gab ich lachend nach.

Sie machte sich auf den Weg, blieb aber stehen und drehte sich um.

„Von Baldy leben, sagst du?“

„Ja; im alten Blockhaus dort."

„Ich gehe manchmal donnerstags. Vielleicht komme ich und sehe dich!"

„In Ordnung. Sie sind uns herzlich willkommen."

"Auf Wiedersehen."

"Auf Wiedersehen."

Sie blickte nicht zurück, und ich stand da, während mich ein deutliches Gefühl umhüllte, bis ihr kupfergoldener Kopf, gekrönt mit dem sternförmigen Hartriegel, außer Sichtweite war.

KAPITEL FÜNF

IN DEM ICH SAGE, WAS ICH WILL

Ein ungeheures Wunder ist geschehen.

Es ist noch nicht Mitte April, aber der Geist des Lebens hat sich in jedem Baumstamm und Ast bewegt; jeder Zweig und jede Ranke. Das Erwachen erfolgte so allmählich, so heimlich, so still, dass ich erst heute Nachmittag bemerkte, dass sich die weitreichende braune Welt, die ich täglich betrachtete, verändert hatte.

Ich hatte einige grobe Tischlerarbeiten durchgeführt und auf beiden Seiten meiner Tür draußen eine Bank gebaut, wobei ich ein breites Brett verwendet hatte, das ich zu diesem Zweck in der Küche gefunden hatte. Es stimmt, ich hatte Stühle, und Stühle sind bequemer, aber mir ist aufgefallen, dass die Lodge mit diesen Bänken davor besser aussehen würde; hätte ein fertigeres Aussehen. Also habe ich sie schnell hochgehauen. Jetzt wächst am weiteren Rand meines Plateaus eine einzelne Kiefer; ein hoher, vielgliedriger, anmutiger Baum. Irgendwie kam mir der Gedanke, dass eine Bank unter dieser Kiefer nicht fehl am Platz wäre, also ging ich darauf zu, um die Idee aus nächster Nähe zu untersuchen. Seine untersten Äste ragten mehr als einen halben Meter über meinen Kopf hinaus, und als ich unter ihnen hindurchging, bot sich mir ein frischer und ungehinderter Blick auf eine gewaltige Weite der Landschaft. Sofort hatte ich den Eindruck, dass etwas passiert war. Die gesamte Perspektive wurde subtil verändert.

Vor mir war nichts als Bäume – ein riesiges Tal voller; mit ihnen bekleidete Hänge und mit ihnen bedeckte Gipfel. Und jeder Baum war voller Geheimnisse; die vertraute, nie zu verstehende Umwandlung von Saft in Knospe und Blatt. Die Wirkung von meinem Standpunkt aus war nicht nur schön; es erweckte eine positive Ehrfurcht in meinem Herzen. Der riesige Bereich, den mein Blick erfasste, erlebte eine Wiederauferstehung. Schmerzlos, lautlos und ohne Anstrengung erwachte der uralte Wald wieder zum Leben; zum grünen, kräftigen, wogenden und tanzenden Leben. Der Prozess hatte noch kaum begonnen, aber er war bereits ein wahrhaftiges Versprechen der vollkommenen Erfüllung. Ein zarter Spitzenschleier aus blassem, schwer fassbarem Grün schien sich über alles Gewächs im Bereich meiner Sicht zu erstrecken. Es schien ein nebliges, unwirkliches Etwas zu sein; eine hauchdünne Hülle, die vor dem ersten Windhauch oder der Berührung der Sonne verschwinden würde. Aber nun ja, ich kannte die Wahrheit! Es waren die Sonne, der Wind und der Regen, die das Wunder umrahmten. Unter ihrer vereinten Kraft hatte sich der träge Saft zunächst in den verborgenen Wurzeln bewegt, und als der eindringliche Ruf immer mächtiger wurde, war er auf geheimnisvolle Weise durch aufeinanderfolgende Faserzellen aufgestiegen, hinauf und hinauf, in jeden Zweig, in jedes Glied, in das kleinste und der unbedeutendste Zweig, an dem die letzte wunderbare Alchemie der Natur vollbracht wurde und sich Feuchtigkeit in Knospen und Knospen in Blätter verwandelte. Ein Blatt mit perfekter Form und Ader, jedes für seinen eigenen Baum.

Die Dämmerung brach über mich herein, als ich entzückt hinsah. Sanft verschwand das Licht und die Schatten kamen. Jetzt war der Horizont eine Wand aus Düsternis, und dann überschwemmten samtige Wellen der Dunkelheit alles vor mir und verdunkelten alles vor mir. Aber ich weiß, dass der Spitzenschleier morgen einen tieferen Farbton haben würde und dass der Harfenist des Waldes, wenn er seine reaktionsfähigen Saiten berührte, bald, mit Millionen und Abermillionen von Blättern, ein noch großartigeres Maß zeichnen würde.

In dieser Nacht kam keine Bank unter die Kiefer, aber am nächsten Tag baute ich sie gut auf. Es ist ein schöner Ort zum Sitzen und Träumen – ein Zeitvertreib, den ich liebe.

KAPITEL SECHS

IN DEM ICH EINEN SATYR TREFFE

Zwei Wochen sind vergangen, seit ich mit der Dryade auf der Lichtung gesprochen habe.

Mir geht es prächtig. Das heißt, mein Appetit ist gut, ich schlafe die ganze Nacht durch und meine Beschwerden bleiben im Stillstand. Ich erwarte nicht, dass mich das sofort verlässt. Ich lese jeden Abend etwas davon. Die Tage, an denen ich mich zwinge, draußen zu verbringen. Wenn ich nicht trampele, streife ich um meinen Zufluchtsberg herum. Gestern habe ich eine bemerkenswerte Höhle gefunden, etwa zwanzig Meter von der Lodge entfernt, ungefähr auf dem gleichen Breitengrad. Hier gibt es einen unregelmäßigen, vorspringenden Felsvorsprung, und unter einer moosbedeckten Mulde fand ich ein Loch, das in den Knauf führte, dessen Eingang groß genug war, dass ich aufrecht darin stehen konnte. Ich bin also einem leichten Abenteuer nicht abgeneigt Ich begann eine vorsichtige Erkundung. Ich war jedoch erst ein paar Schritte weitergekommen, als ich stehen blieb. Ich habe etwas gehört. Ich hatte meinen Revolver bei mir – ich habe es mir zur Gewohnheit gemacht, ihn überallhin mitzunehmen –, also zog ich diesen und ging ein wenig weiter. Das Geräusch wiederholte sich, lauter und bedrohlicher. Ich hätte es für das Zischen einer Schlange gehalten, wenn es nicht die bemerkenswerte Lautstärke gehabt hätte. Ich schaute, konnte aber nichts sehen. Die Passage endete in Dunkelheit. Der Boden war mit kleinen Steinen und Kieselsteinen, vermischt mit feinem Sand, übersät. Ich hob einen der Steine auf und warf ihn scharf in die Dunkelheit vor mir. Die Reaktion erfolgte sofort. Das Zischen erklang erneut, doch jetzt wurde es von einem scharrenden Geräusch begleitet, und mir wurde bewusst, dass sich etwas Formloses auf mich näherte. Ich konnte sehen, dass der Großteil davon für mich funktionierte – aber das war genug! Ich drehte mich um und rannte schändlich los, wobei ich vor Schreck meine Waffe vergaß. Als ich mit Höchstgeschwindigkeit die Höhle verließ, packte ich verzweifelt einen nahegelegenen Schössling, beschrieb einen unregelmäßigen und unanmutigen Bogen und rettete mich so davor, den steilen Abhang hinabzustürzen, der vor mir lag, und schaffte es schließlich einige Dutzend Fuß weiter nach oben. Ich drehte mich um, um zu sehen, ob ich verfolgt wurde, aber da war nur eine ängstliche und fürsorgliche Bussardmutter im Höhleneingang, deren hässlicher Hals mir entgegengestreckt war und deren breite Flügel sich vor Zorn neigten. Ich lachte. Es war etwas spät für ihre Brutzeit, aber dieses hier hatte zweifellos ein Paar elender kleiner gelber Gänschen in seinem Loch.

Ich erzähle diesen Vorfall, um zu zeigen, wie ruhig mein Leben bis dahin war und wie ein solch unbedeutender Vorfall wirklich viel Aufregung in mir hervorrief.

Ich begann meine Chronik heute Abend mit der Aussage, dass es zwei Wochen her sei, seit ich mit der Dryade auf der Lichtung gesprochen habe. Warum sollte ich daraus Zeit rechnen? Ich habe den Satz unbewusst geschrieben. Wenn ich jetzt darüber nachdenke, wird mir klar, dass ich in den letzten zwei Wochen sehr oft an die Dryade gedacht habe. Sie müssen wissen, dass diese Erzählung nichts zu verbergen hat. Es soll eine Aufzeichnung der absoluten Wahrheit sein. Nicht nur das, was ich tue, sondern auch das, was ich denke und fühle, soll getreu niedergelegt werden. Sie – ich kenne nicht einmal ihren Namen! Ich verstehe nicht, warum ich mich von ihr hätte trennen sollen, ohne nach ihrem Namen zu fragen, da ich sie im kommenden Jahr aller Wahrscheinlichkeit nach noch oft sehen werde. Vielleicht waren es ihre Augen, die mich eine so wichtige Frage vergessen ließen. Ich habe noch nie Augen wie ihre gesehen – noch nie. Sie sind das irische Grau. Das ist ein anderes Grau als alle anderen, wie Sie vermutlich wissen. Fragen Sie mich nicht, wie sie sich unterscheiden, denn ich habe nicht vor, eine Erklärung zu versuchen. Aber sie sind es, und das trifft vor allem in den Augen der Frauen zu. Eine Frau mit irisch-grauen Augen kann gefährlich sein, wenn sie will. Zusätzlich zu ihrer bemerkenswerten Farbe haben die Augen der Dryade sehr weiße Lider, die ein wenig herabhängen und die Iris ständig beschatten. Sie ist so etwas wie ein Paradoxon. Sie hat kleine Füße, glatte Hände und sorgfältig gepflegte Nägel, aber ihre Sprache spricht zwar mit einer besonders angenehmen Stimme, ist aber so ungrammatisch und umgangssprachlich, dass mich Strenge überkommt. Ich sagte ihr, dass ich sie und ihre Oma besuchen würde, aber ich bin nicht hingegangen. Warum habe ich es nicht getan? Ich sagte ihr, dass ich sie besuchen würde, weil ich mich einsam fühlte. War ich einsam? Ja; sehr. Vor drei Tagen machte ich mich mutig auf den Weg zu der Lichtung, auf der ich sie gefunden hatte, mit der Absicht, dem Leitbach bis nach Lizard Point zu folgen. Bevor ich den Bach erreichte, bog ich ab und fuhr zehn Meilen in eine andere Richtung. Warum habe ich das getan? Ich möchte die Dryade noch einmal sehen. Sie interessiert mich; Ich habe das Gefühl, dass wir gute Freunde sein werden. Sie hat einen hellen und bereiten Geist und ist absolut natürlich. Sie sagt, was sie will, lacht, wenn sie will, tut, was sie will. Ich bin wirklich der Meinung, dass sie weder zur Täuschung noch zur List fähig wäre, aber da kann es sein, dass ich mich irre. Ich vermute, dass ich es bin. Solche Dinge sind keine Bedingungen, die aus Kultur und Verfeinerung resultieren; Sie gehören zum menschlichen Organismus, und so muss die Dryade sie kraft ihres Wesens besitzen.

Morgen fahre ich nach Lizard Point.

Heute Nachmittag kam ich vor Sonnenuntergang von einer sehr gemütlichen Wanderung von etwa vier Stunden zurück. Wann immer ich im Ausland umrühre, begleitet mich mein Pint-Einmachglas voller frischem Wasser, denn ich habe jeden Zweifel verbannt und glaube fest an die Lebenspflanze. Sie können sicher sein, dass ich immer auf der Suche bin und immer zuschaue. Das ist im Moment mein einziges Lebensziel. Ich habe das Gefühl, dass ich das Ding finden werde, wenn es in diesem Teil der Welt wächst, denn meine Suche muss äußerst gründlich sein. Bisher habe ich nichts entdeckt, was Hoffnung oder Vorfreude wecken könnte.

Ich bin heute früh nach Hause gekommen, weil ich einen Garten haben soll. Ich habe mich gestern Abend, nachdem ich im Bett war, dazu entschieden. Kurz bevor ich einschlief, fiel mir ein, dass der Boden links von der Hütte lehmig war, mit wenigen Steinen und nicht vielen Baumstümpfen. Deshalb schickte ich heute ein frühes Abendessen, nahm einen Rechen und begann, den Boden zu räumen. Es war eine schöne, leichte Arbeit, und ich stellte bald fest, dass mein Garten in der einen Richtung sechzig Fuß lang sein würde, in der anderen fünfundvierzig oder fünfzig. Es gab eine dicke Schicht verrottender Blätter, die man abkratzen musste, eine Reihe loser Steine und jede Menge Stöcke, die von den Bäumen gefallen oder weggeflogen waren. Nach etwa fünfzehn Minuten hielt ich an, um meine Pfeife wieder aufzufüllen, stellte fest, dass ich meinen Tabak auf einer der Bänke vergessen hatte, und ging und nahm mir etwas. Als ich das Streichholz an die Schüssel hielt, hörte ich eine hohe, rauhe Stimme, die in der schmerzvollsten Tonart, die man sich vorstellen kann, das folgende Doggerel-Reime sang:

„Kaninchen im Baumstamm. Da ist kein Hasenhund."

Ich hörte auf, am Stiel zu zeichnen, und drehte meinen Kopf in die Richtung des Geräusches. Der brennende Kiefernsplitter schnitt in meine Finger und ich ließ ihn fallen. Die verrückte Melodie kam von der Straße weiter unten, die nicht weit entfernt eine Kurve machte. Wieder einmal, lauter und in einem positiveren Ton, erklärte jemand:

„Kaninchen im Baumstamm, ich habe keinen Hasenhund. Küken auf meinem Rücken, Hund auf meiner Spur, ich mache Pelz für mein Shanty – Gott weiß!"

Das letzte Wort wurde in Schwankungen getragen, die fast einer Kadenz in einer Musikpartitur gleichgekommen wären, und als es in der Stille verklang, tauchte hinter der Kurve der Sänger auf.

Im Dämmerlicht bot er eine seltsame, fast groteske Gestalt, während er sich die Straße entlang quälte und dabei immer wieder seine eigentümlichen

Linien wiederholte. Ich stand vollkommen still da und beobachtete seine Annäherung. In seinem Gang war ein gewisses Hinken zu erkennen, gepaart mit einer entschiedenen Unsicherheit, die ihn noch unhöflicher erscheinen ließ, je näher er durch die Dämmerung kam. Sein Kopf war geneigt, und er bemerkte meine Anwesenheit erst, als er das Plateau erreichte und ein Stück darüber vorrückte. Dann schaute er auf, sah mich und blieb mit einer ruckartigen Bewegung stehen. Er war etwa sechs Meter von mir entfernt, als wir dastanden und Blicke austauschten.

Eine überaus große Person mit lockeren Gelenken stand mir gegenüber. Seine Kleidung war unscheinbar, größtenteils aus Lumpen und Fetzen. Seine an den Enden ausgefranste Hose blieb einige Zentimeter über den Spitzen seiner heruntergekommenen, rostigen Schuhe abrupt stehen, und die Zwischenräume zeigten eine staubverkrustete Haut. Er trug einen viel zu kleinen Mantel im Prinz-Albert-Muster. Darunter befand sich eine Art Hemd, das sich nicht beschreiben ließ. Sein Gesicht war hager und behaart. Ich werde nicht sagen, dass er einen Bart trug; der Begriff wäre falsch. Die Haare wuchsen in Büscheln; kränkliche, sehnige Strähnen mit einem zusätzlichen Büschel am Kinn, das sich seitwärts krümmte. Als ich dieses Kinnbüschel sah, fühlte ich mich unweigerlich an eine Ziege erinnert. Er trug einen farblosen, kegelförmigen Filzhut, breitkrempig und bandlos. Die Krempe setzte die Schräge der Krone in einer ununterbrochenen Linie fort und erzeugte einen verblüffenden Effekt. Da kam mir die Kopfbedeckung von Hendrik Hudsons Crew in den Sinn, wie sie im Stück von Rip Van Winkle dargestellt ist. Diese gespenstische Erscheinung hätte durchaus ein Gespenst sein können, wenn es nicht kürzlich Hinweise auf ein starkes Lungenpaar gegeben hätte. Unter einem Arm trug die Gestalt, an die Seite gedrückt, ein mit Wachstuch bedecktes Bündel.

Ein halbes Dutzend Atemzüge lang standen wir regungslos und sprachlos da. Dann begann die Gestalt langsam und nüchtern mit dem Kopf zu mir zu nicken, auf und ab, auf und ab, und bei jeder Bewegung zitterte das gebogene Kinnbüschel. Diese sinnlose Aktion hat mich irritiert. Ich weiß nicht warum, denn es hätte genauso gut für Belustigung sorgen können. Aber aus irgendeinem Grund spürte ich, wie die Wut in mir aufstieg; nicht gewalttätig, aber genug, um mir die Zunge zu bohren.

„Wer bist du und was willst du?"

Meine Worte waren scharf, aber dass sie nicht schnitten, wusste ich aus der lebhaften Antwort.

„Ich bin ein Geiger, und ich will nichts!"

Immer noch bewegte sich der Kopf, und das Ziegenbüschel zitterte.

„Du bist nichts dergleichen“, erwiderte ich; „Du bist ein Satyr und willst einen Schluck Whiskey!“

KAPITEL SIEBEN

IN DEM DER SATYR UND ICH Wange an Wange
sitzen

Er sah als Erster aus, und aufgrund seines albernen Gemüts war ich überzeugt, dass er bereits mehr als halb betrunken war. Aber ich war auf das Ergebnis, das meine Aussage hervorbrachte, völlig unvorbereitet.

Die eckige Gestalt geriet augenblicklich in maßloses Gelächter. Er schrie und schrie vor Freude, beugte sich vor, stieß nach hinten, hielt sich mit einer Hand die Rippen – die andere war mit dem Wachstuchbündel beschäftigt, das er nie vergaß –, drehte sein abstoßendes Kinn zum Himmel und schrie seinen wahnsinnigen, gackernden, dämonischen Geist Fröhlichkeit zu den ersten Sternen. Ich dachte, er würde sicherlich einen Anfall vor meinen Augen haben, so überwältigt war er vor Freude. Ich stand aufrecht und würdevoll da und wartete darauf, dass sein stürmischer Spott nachließ. Nach zwei Minuten lauter Verzückung beruhigte er sich etwas, zog eine Flasche von bemerkenswerter Größe hervor und neigte sie mit dem Hals zwischen seinen Lippen. Als er den Schluck ausgetrunken hatte, gab er ein schmatzendes, zufriedenes Geräusch von sich, taumelte halb, halb ging er auf mich zu und streckte mir die Flasche hin, als er kam.

„Gutes Fell rheumatisiert", sagte er, blieb auf Armeslänge abseits stehen und grüßte mich gutmütig, als er mich zum Mitmachen aufforderte.

Ich schüttelte den Kopf.

"Nein danke."

Auf seinem Gesicht lag ein Ausdruck, der mich von meinem Zorn befreite. Aus nächster Nähe suchte ich seine Gesichtszüge. Sie waren unregelmäßig und unentschlossen. Seine Nase war spitz – ein weiterer Satyr-Touch – und sein Hals lang, dünn und gefurcht. Ich konnte seine Augen nicht sehen. Aber etwas an ihm wirkte auf mich beruhigend und beruhigend. Es wäre für mich mehr als sinnlos, darüber zu spekulieren, was es war. Wahrscheinlich ein namenloses Etwas, das auf meinen Geist oder meine Natur einwirkte und sie in gewisser Weise verzauberte. Ich wusste, dass dieses Ding vor mir ein Fragment war, ein Stückchen Treibgut auf dem Meer des Lebens. Er konnte nichts anderes sein. Und doch – und doch, als er geduldig mit dieser riesigen Flasche unter meiner Nase und dem freundlichen, herzlichen, einladenden Blick auf seinem heidnischen Gesicht dastand, spürte ich plötzlich eine Verwandtschaft; ein schneller, mitfühlender Gefühlsausbruch, und während ich die Flasche mit meiner linken Hand beiseite schwenkte, streckte ich meine rechte aus und ergriff seine, die schlaff vor dem Bündel hing, das er immer noch mit dem Ellbogen an seine Seite drückte.

„Ich will deinen Alkohol nicht, Satyr", sagte ich; „Aber du kannst dich hinsetzen und mit mir reden, wenn du willst."

„Möchten Sie keinen guten Alkohol?" wiederholte er, schlug mit den Lidern und ließ die Flasche sinken, als wäre er unverständlich verwirrt.

„Nicht jetzt; nicht oft. Manchmal tue ich das. Aber was ist das für ein Zeug?"

Mir war gerade aufgefallen, dass der Inhalt der Flasche klar war.

„Weißer Blitz", antwortete er und verstaute es vorsichtig in einer Tasche, die ich nicht sehen konnte.

Da wusste ich es. Es war Mondscheinwhisky.

Plötzlich fiel mir seine Kadaverhaftigkeit erneut auf.

„Haben Sie zu Abend gegessen – oder zu Abend gegessen – oder gefrühstückt?" Ich verlangte mit solchem Elan, dass er hastig antwortete:

„Nö, weder noch, nichts."

Die Grammatik war schlecht, aber die Bedeutung war gut.

„Dann lasst uns essen – du und ich – und uns kennenlernen."

Ich sagte ihm nicht, dass mein Abendessen vorbei war, obwohl dieser Takt zweifellos unnötig war. Ich habe ihn auch nicht nach drinnen eingeladen. Es stimmt zwar, dass ich mich wirklich mit seinem Ausgestoßenen-Zustand angefreundet hatte, doch die Gastfreundschaft meines Daches wurde von diesem Gefühl nicht erfasst. Ich verspürte den Wunsch, ihn zu kultivieren, aber die Bekanntschaft muss im Freien wachsen.

Er grinste anerkennend über meinen Vorschlag, und ich sah, wie er sich verstohlen die Lippen leckte, nach der Art eines ausgehungerten Tieres, das Essen riecht.

„Beschäftige dich mit einem Feuer, und ich werde die Made finden", fuhr ich fort und wartete nicht auf die Zustimmung, von der ich wusste, dass er sie geben würde.

Damit ging ich ins Haus, holte aus meiner Speisekammer etwas Speck, Eier, Brot und Kaffee, was ich alles mit einer Pfanne ausführte. So schnell ich mich bewegt hatte, fand ich bei meiner Rückkehr das Feuer des Satyrs in Flammen. Dies hatte er aus trockenen Blättern und Stöcken gemacht, die ich bereits von meinem Gartengrundstück zu einem Haufen zusammengekratzt hatte.

Als Gastgeber habe ich das Essen zubereitet. Während es kochte, saß mir mein seltsamer Gast in einer äußerst unhöflichen Haltung gegenüber. Seine Schultern und ein Teil seines Rückens ruhten auf einem Baumstumpf; auf seinem Rücken saß er. Seine langen Spinnenbeine waren so gebeugt, dass seine scharfen Knie über seinem Kopf in die Luft schossen. Er hatte seinen staubfarbenen Hut auf den Boden gelegt, und ich konnte blasse, leblose Haarsträhnen auf seinem teilweise kahlen Kopf in der frühen Nachtbrise wehen sehen. Das Wachstuchbündel lag auf seinem Bauch. Während der wenigen Minuten, in denen Eier, Fleisch und Kaffee zubereitet wurden, sagte keiner ein Wort. Eine seiner klauenartigen Hände lag auf dem Bündel. Einmal sah ich, wie seine andere Hand ziemlich ziellos unter seinem Mantel herumirrte, aber wenn man sie zurückzog, brachte sie nichts zum Vorschein.

„Geh hin!" Sagte ich fröhlich, als alles erledigt war, schob ihm die Pfanne hin und stand auf, um eine Tasse für seinen Kaffee zu holen.

Als ich zurückkam, sah ich ihn mit der Pfanne zwischen den Knien, wie er den Inhalt mit der Gier eines ausgehungerten Wolfes verschlang. Er benutzte einen Stock und seine Finger, um das heiße Essen in seinen Mund zu führen, da ich vergessen hatte, Messer oder Löffel bereitzuhalten. Ich sah ihm verblüfft zu, denn er schoss den Speck und die Eier weg, wie es ein Hund tun würde. Es war ganz offensichtlich, dass er dringend Nahrung brauchte.

„Gut, Satyr?" „, fragte ich, ging in die Hocke und schenkte mir eine überlaufende Tasse dampfenden Kaffee ein.

Er versuchte zu antworten, aber die Worte waren wegen seines vollen Mundes unverständlich. Deshalb machte ich klugerweise keine weiteren Versuche, mich zu unterhalten, bis die Pfanne sauber war – im wahrsten Sinne des Wortes –, denn der hungrige Mann nahm Brotstücke und tränkte und wischte damit, bis das schwarze Eisen makellos glühte. Drei Tassen starken Kaffee trank er, drei große Tassen; Dann, weil vermutlich nichts mehr übrig war, zog er seinen zerschlissenen Ärmel über seinen Mund, seufzte und bedankte sich.

„Hölle und Flammen!"

Für ihn bedeutete es mehr als die ausgefeilteste Rhetorik eines Gelehrten.

„Freut mich, dass es dir gefallen hat", sagte ich. "Rauchen Sie?"

Um eine Antwort zu erhalten, begann er schweigend seine Kleidung zu durchsuchen und holte direkt eine Kolbenpfeife hervor, deren Aussehen ebenso bemerkenswert war wie ihr Besitzer. Zunächst wurde es aus einem Mammut-Maiskolben hergestellt. Ich glaube wirklich, dass es einen Durchmesser von fünf Zentimetern hatte. In der Mitte befand sich ein dunkler Streifen, durch den das Nikotin eingedrungen war. Der Rohrstiel war so kurz, dass er die Pfeife fast an die Lippen des Rauchers brachte. Er nahm sich die Tabakspirale, die ich ihm anbot, holte geschickt mit einem Stock eine rote Kohle vom Rand des Feuers, nahm die glühende Kohle dann absichtlich zwischen Finger und Daumen auf und legte sie auf die Pfeife. Ich hatte von diesem Kunststück gehört, aber nie geglaubt, dass es wahr sei.

Jetzt saß mein Gast wie ein Türke da und schnaufte zufrieden vor sich hin, also folgte ich seinem Beispiel auf meiner Seite des Feuers, nachdem ich noch ein paar Stöcke hineingeworfen hatte, um das Feuer am Laufen zu halten. Die rote Glut hätte zum Heizen ausgereicht, da die Nacht warm war, aber ich wollte mehr von diesem seltsamen Wesen sehen. Vor allem wollte ich seine Augen sehen. Dies konnte ich nicht tun, weil der Feuerschein flackerte, Rauch von den brennenden Stöcken aufstieg und der Mann buschige Brauen hatte.

Mehrere Minuten lang war kein Geräusch zu hören außer dem sanften Knistern der Holzfasern oder dem gelegentlichen Zischen eines kleinen Dampfstrahls, der aus seinem winzigen Gefängnis entwich. Dann hörte ich eine Frage, die mich fast erschreckte.

„Was könnte ein Satyr sein, nein, wie?"

Ich lachte leise und drückte die ausgespuckte Asche in meine Pfeife.

„Ein Satyr?" Ich wiederholte es und überlegte schnell, denn eigentlich wollte ich keine Beleidigung erregen. „Oh! Ein Satyr ist ein Kerl, der frei im Wald herumläuft. Das bist du, nicht wahr?"

Er schaute ins Feuer und begann plötzlich zu nicken.

„Ich halte es für Luft; ja, ich halte es für Luft."

„Aber du hast einen anderen Namen", fuhr ich fort; "Was ist das?"

„Jeff Angel."

„Das passt nicht", antwortete ich mutig. „Satyr ist viel netter als Angel. Wo wohnst du, bete?"

„Wie dem auch sei, jetzt schon. Ich benutze ‚durch's Land fahren, essen, schlafen und irgendwo hin und her gehen."

Da ich mich eingeengt fühlte, lehnte ich mich jetzt auf meinen Ellenbogen und hielt den Kopf vom Feuer fern. In dieser Position war mein Begleiter unsichtbar.

„Warum bist du heute Abend hierhergekommen?" Ich fuhr fort, zog gemächlich an meiner Dornenwurzel und bemerkte beiläufig, dass die Sterne viel dicker geworden waren.

„Ich werde in der Hütte schlafen", war die prompte Antwort. „Viele Male habe ich den Donnerstag geschlafen."

„Und jetzt habe ich dich ausgerottet. Es tut mir leid."

„Es gibt keinen Grund zur Sorge. Ich werde verdammt noch mal mit dem P'int fortfahren."

Ich drehte meinen Kopf mit einer schnellen Bewegung in seine Richtung.

„Der Punkt?... Lizard Point?"

„Lizard P'int."

Er zeigte keine Überraschung, dass ich den Namen kannte.

„Wen kennst du da?" Ich forderte.

„Alles auf sie. Oma, Oma, Lessie. Das sind meine Leute."

Ihr Name war also Lessie.

„Eure Leute! Was meint Ihr?"

„Oma ist meine Tante."

Das würde die Dryade und den Satyr zu Cousins machen! Himmel! Könnte das wahr sein? Ich sank auf meinen Ellbogen zurück und zog den Pfeifenstiel langsam über meine Unterlippe in meinen Mund. Irgendwie gefiel mir diese Nachricht nicht.

„Dann bist du eine Art Cousin von Lessie", murmelte ich verwirrt und bezweifle, dass er es hörte. Zumindest antwortete er nicht, und ich lag da und schaute in den Himmel und auf die düstere Masse des Waldes unten und dachte über diese seltsame Nachricht nach, die ich nicht verstehen konnte. War es möglich, dass das Blut einer hellen Kreatur in den Adern dieses Wracks fließen konnte? Die Idee passte nicht zu mir, und dennoch hatte ich keinen Grund, daran zu zweifeln. Mein Interesse ließ nach; Ich verspürte keine Lust mehr, Fragen zu stellen, und es herrschte langes Schweigen. Ich konnte meinen Gast nicht wegschicken, besonders nachdem er mir das Brot gebrochen hatte, aber ich würde es nicht bereuen, wenn er ging. Die Minuten vergingen; das Feuer sank tief. Meine Pfeife war durchgebrannt: Ich spürte, wie sie unter meiner Hand abkühlte. Eine Schläfrigkeit überkam mich. Ich muss mich an der Grenze des Schlafes befunden haben, als mir träumerisch eine seltsame, alles durchdringende Harmonie bewusst wurde. Ätherische Echos schienen in meinem Gehirn zu erwachen, und die stille Nacht war plötzlich auf einen Feentanz abgestimmt.

Voller Verblüffung drehte ich meinen Kopf herum, und mein Mund öffnete sich, und meine Brauen zogen sich zusammen, als ich sah, woher diese himmlischen Klänge kamen. Jeff Angel war wieder am Baumstumpf. Seine Knie ragten hervor wie der kaputte Rahmen eines Fahrrads, und unter seinem Kinn hatte er eine Geige. Das Ziegenbüschel war dünn über den Schwanz des Instruments ausgebreitet. Sein spitzer Schlapphut war ein erdfarbener Kegel, der neben ihm auf dem Boden lag, und daneben lag ein zerknittertes Stück Wachstuch. Seine Augen waren geschlossen und auf seinem heimeligen Gesicht lag ein Ausdruck tiefen Friedens. Seine langen, klauenartigen Finger mit den großen Knöcheln bewegten sich über die Saiten mit der scheinbaren Ziellosigkeit eines Papas mit langen Beinen auf seinen Spaziergängen, und sie erregten die Liebkosung seines ausgefransten Bogens wie die Lippen eines keuschen Liebhabers seiner Geliebten. Ich sprach weder, noch bewegte ich mich, denn ich war sprachlos, und die Nacht hatte sich in einen Elfenkarneval aus lieblichen Klängen verwandelt. Meine Fantasie wurde angeregt, und ich konnte fast sehen, wie sich Nymphen und Najaden aus dem dichten Bewuchs rundherum erhoben, summten, während sie von Waldfreuden kamen, und die Geschichten sangen, die ihnen der schwache Wind erzählte, als die Welt schlief. Die stille Schlucht war von einer Geistergesellschaft bevölkert, die traurige, unheimliche, aber hinreißend süße Musik machte, wie man sie im Himmel hätte hören können, wenn die Morgensterne gemeinsam sangen. Die Noten waren flüssig, lebendig, bunt. Manchmal herrschte kurze Stille zwischen ihnen, die von klopfenden Echos erfüllt war. Plötzlich strömte eine zitternde Flut leidenschaftlicher Geräusche auf Schwalbenflügeln in die sternenübersäte Nacht hinaus, und ich setzte mich keuchend auf.

„Jeff Angel!"

Ein nach unten gerichtetes Krachen des Bogens, das alle Saiten fürchterlich klirren ließ; dann Stille.

Der Mann war beschämt und verwirrt, denn er griff hastig nach dem Stoffbeutel und steckte Geige und Bogen hinein. Er sprach, während er nervös am Kordelzug herumfummelte.

„Ich wusste nicht, dass du kriechen würdest!" sagte er zerknirscht.

Er hatte meinen Ausruf falsch interpretiert.

„Pflege? Pflege!" Ich platze heraus und beuge mich mit den Handflächen auf dem Boden nach vorne. „Ich habe in meinem ganzen Leben noch nie solche Musik gehört, und ich habe Männer spielen hören, die tausend Dollar pro Nacht bekommen! Wo hast du sie her? ... Wie machst du das?"

Der Satyr befestigte seinen abgetragenen Mantel mit einem Knopf vor der Brust, beugte sich dann zu mir und antwortete ernst.

„Ich schätze, es ist mir angeboren. Ich habe noch nie von einem Kind gehört. Wuzn't shucks – nie. Jis' würde nicht funktionieren – ich konnte nicht. Sie haben keine Arbeit in mir. Als sie es versuchten Bring mich dazu, wegzulaufen. Ich rannte im Wald herum und lag den ganzen Tag herum, a-lis'n'n'. Ich habe das gehört. Er streckte einen hageren Arm aus und wedelte damit mit einer unsicheren, drehenden Bewegung. „Ich habe das gehört. Mehr Vögel zwitschern und zwitschern und Eichhörnchen bellen und kläffen „Bienen jubeln in den Blumen. Es sind andere Bienen – viele davon habe ich *gehört* . Weil es wechselhafter ist. „N' they ain't no en' to th' chune th' win' singt. Manchmal ist es faul und schläfrig, und du willst dich ducken und dösen, Und es ist kraftvoll, stark und laut und reißt dich fast mit seinem Geschrei in den Bann. Und das sind noch andere Dinge – darüber kann ich dir nichts sagen, weil ich es nicht tue Ich weiß, was sie ausstrahlen – aber ich höre sie. Ich kann meine Augen keinen Tag in den tiefen Wäldern wenden, wo sie nichts weiter als Wälder sind, und ich weiß, dass ich es bin Ich schwebe auf einer Wolke und die Musik rauscht ständig. Als ich ein Kind war, brauchte ich etwas zum Spielen, also fand ich eines Tages ein großes Rohr und machte mir ein Rohr 'le mit Löchern drin. Ich muss unbedingt spielen.' Er stand auf, steckte seine Pfeife weg, ohne die Asche auszuklopfen, und steckte sein Wachstuchbündel vorsichtig unter seinen Arm.
„Toll, gutes Abendessen, und ich wuz hungrig, *richtig* ! ‚Blige' an dich, sho. Auf Wiedersehen!“
Er drehte sich um und überquerte das Plateau.
Ich sprang schnell auf.
„Komm bald wieder zurück, Satyr!“ Ich rief. „Ein Abendessen zu jeder Zeit für zehn Minuten Gefummel!“
Er winkte mit der Hand, gab aber keine Antwort.
Ein paar Augenblicke später hörte ich von der Straße aus, immer schwächer werdend, erneut diesen fantastischen Reim:

„Kaninchen im Baumstamm, es gibt keinen Hasenhund.“

KAPITEL ACHT

IN DEM ICH FÜR EINEN NACHMITTAG MEIN ZELT IN RICHTUNG HEBRON AUFSTELLE

Ich war in Lizard Point.

Heute Morgen war ich vor Sonnenaufgang auf und draußen. Ich schlafe bei geöffneten Fenstern und geschlossenen Fensterläden, sodass mich die ersten Sonnenstrahlen wecken. Danach versuche ich nicht zu schlafen, sondern stehe sofort auf. Dies ist ein weiterer Befehl von Crombie. Er sagte, die Luft sei frischer und süßer und die Destillate aus der Erde und der Vegetation reiner und wirksamer. Er sagte, das würde mir alles gut tun, und ich versuche, seinen Wünschen buchstabengetreu nachzukommen, denn das Leben ist süß für mich und ich möchte gesund werden. (Ich muss sagen, dass ich mich nie vitaler gefühlt habe als heute Abend.) Anfangs fiel es mir schwer – dieses Aufstehen mit Spaß –, denn wie bei den meisten Buchmenschen war es meine Gewohnheit gewesen, mich hinzusetzen die frühen Morgenstunden und schlafe am nächsten Morgen lange. Mittlerweile gewöhne ich mich daran und ich liebe es. Ich finde, dass ich mich besser fühle; stärker, aktiver und aufmerksamer. Die Luft am frühen Morgen muss einige stärkende Eigenschaften haben, die mich auf diese Weise beeinflussen.

Die Welt ist nie so schön wie wenn sie aus dem Schlaf erwacht. Nicht einmal als ihre alte Frau, die Sonne, kurz vor Einbruch der Dunkelheit ihre goldene Bettdecke über sie wirft, erscheint sie so betörend schön. Als ich zum Beispiel heute Morgen aus meiner Tür trat, hatte ich das Gefühl, als sei ich durch Zauberei in ein neues und mystisches Land entführt worden. Wie eine Jungfrau, deren jungfräulicher Schlaf von friedlichen Träumen ihrer Geliebten erfüllt war, erwachte die Erde. Sanft – so sanft – schob sie die flauschigen Nebelschwaden von ihrer Brust. In der Ferne schienen sich die Falten der Nacht immer noch um sie zu klammern, als ob sie ihre Form nur ungern verlassen wollten. Näher, aber weit oben im Tal, wanden sich graue, wogende Nebel langsam und entfalteten dampfende Längen vor dem immer stärker werdenden Licht. In der Nähe strahlten Bäume, Büsche und Steine tausüß und sauber aus. Und als der Tag schließlich gesiegt hatte und ich den Rand einer goldenen Kugel erblickte, die die fernöstliche Bergkette überragte, pochte meine Brust vor lauter Freude, und ein Lied ertönte aus meinen Lippen.

Ich habe den Vormittag damit verbracht, an meinem Garten zu arbeiten. Es ist meine Besonderheit, dass ich, wenn ich etwas anfange, keine Ruhe finde, bis es fertig ist. Um zehn Uhr hatte ich die gesamte verfügbare Fläche geräumt und war mit meinen Bemühungen sehr zufrieden. Ich hatte hart gearbeitet, denn neben den Blättern und Stöcken mussten auch lose Steine beseitigt werden, von denen einige groß und schwer zu handhaben waren. Aber die Aussichten auf eine gute Ernte schienen ausgezeichnet. Es bestand kein Zweifel, dass es sich hierbei um jungfräulichen Boden handelte, und da er jeden Tag mehrere Stunden in der Sonne lag, gab es keinen triftigen Grund, warum er nicht reichlich produzieren sollte. Ich muss es jetzt ein paar Tage trocknen lassen , es dann aussäen und meinen Samen pflanzen. Samen! Ich hatte nicht einmal eine Erbse oder eine Bohne vor Ort, außer in Dosen! Ich hatte mehrere Säcke Kartoffeln, wollte aber einen abwechslungsreichen Garten. Fast sofort kam die Lösung. Ich würde nach Hebron gehen und so viel Saatgut kaufen, wie ich wollte. Von diesem Gedanken getröstet, bereitete ich mich auf ein frühes Abendessen vor. Ich summte zufrieden, während ich in meiner kleinen Küche herumtollte. Erst als ich mich zum Essen hinsetzte, wurde mir klar, dass das Lied, das ich beharrlich wiederholt hatte, die absurde Melodie war, die Jeff Angels Ankunft und seinen Abschied angekündigt hatte.

Später, als die Sonne genau auf dem Meridian stand, nahm ich meinen Stab und machte mich auf den Weg die Straße hinunter zur Lichtung der Dryade. Seit meinem kurzen Gespräch mit dem Mädchen spürte ich in mir ein langsames, stetiges Ziehen in Richtung des Baches, der nach Süden floss. Es machte mir keine besonderen Sorgen; Tatsächlich hat es mich überhaupt nicht beunruhigt – warum sollte es auch so sein? Aber es war da. Als ich angestellt war, war ich mir dessen nicht bewusst, aber wann immer meine Gedanken ruhten, floss hinein, wie das Wiederaufleben einer niedrigen, mondbeschienenen Welle, das Bild von jemandem, der am Ufer des Baches stand, mit kupferroten Locken gekrönt weiße Sterne. Es war ein angenehmes Bild, und ich habe nicht versucht, es zu verbannen.

Jetzt, da ich mich schon ziemlich auf den Weg gemacht hatte, wunderte ich mich, dass ich noch nie dort gewesen war. Ich bewegte mich mit unruhigem Eifer und erreichte bald die Stelle, an der ich dem Mädchen – Lessie – begegnet war. Der Name gefiel mir nicht. Es war leer, fade, bedeutungslos, hässlich; nur ein Geräusch, an dem man erkannte. Sie konnte natürlich nicht anders. Es könnte Mandy oder Seliny gewesen sein. Lessie wirkte nicht so schrecklich, wenn ich an andere viel Schlimmeres dachte, aber es passte nicht zu ihr.

Ich blieb einen Moment unter dem Hartriegelbaum stehen. Seine Blüten verblühten jetzt. Ich sah die gezackten Enden mehrerer niedriger Äste, an denen sie ihren Kranz abgebrochen hatte. Aber von Eichhörnchen oder Vögeln war nichts zu sehen. Als ich weiterging, stürzte ich mich in das Unterholz, das, soweit ich sehen konnte, das Bachufer säumte, und machte mich auf den Weg. Hier gab es so etwas wie ein Tal, und es wäre einfacher gewesen, näher an den Fuß des Hügels zu gelangen, der mehrere Ruten entfernt lag, aber der Bach verlief unregelmäßig, also klammerte ich mich am Ufer fest und kämpfte mich vorwärts. Es war eine mühsame Reise, und die halbe Meile schien endlos zu sein, als ich plötzlich schwitzend ins Freie platzte und feststellte, dass ich angekommen war.

Kurz vor mir teilte sich der Bach auf einer Landzunge oder einem Landkeil, der von einem riesigen Ausläufer im Hintergrund allmählich herabströmte. Die Formation formte sich zu einer scharfen Spitze, die durch einen riesigen, tief eingebetteten Bowler dargestellt wurde, und verbreitete sich schnell und großzügig nach hinten, wobei sie den halbierten Strom weit ablenkte. Eine Viertelmeile entfernt konnte ich ein Haus – oder eine Hütte – sehen, das von einem heruntergekommenen Zaun umgeben war und auf dessen Rückseite sich verschiedene Pferche und Nebengebäude in Miniaturform befanden. Im Vordergrund, links, befanden sich ein oder zwei Hektar bearbeiteter Boden. Parallel zur linken Gabelung des gespaltenen Baches verlief eine Bergstraße, die um die Landzunge herumführte und die rechte Gabelung durchquerte. Vor mir, die linke Gabelung überspannend, lag der Stamm einer riesigen Buche, deren Äste abgestreift worden waren, und dass dies eine Brücke war, die ein längst vergangener Sturm errichtet hatte, wusste ich sofort, denn eine einfache Leiter führte hinauf sein wurzelgepolsterter Hintern.

Einige Minuten lang stand ich keuchend vor Anstrengung da und spürte einen leichten Schmerz in meiner rechten Seite. Das beunruhigte mich nicht, denn ich war überzeugt, dass es nichts anderes als das war, was alte Leute einen „Stich" nennen, verursacht durch meinen kürzlichen anstrengenden Spaziergang. Ich hatte Lizard Point erreicht – ein höchst unbedeutender Name für einen so beeindruckenden Teil des Landes. Es war nur eine Wohnung sichtbar; Daher könnte es für mich nur einen Ort geben, an dem ich nach Lessie suchen könnte. Ich kam zur Leiter und hatte meinen Fuß auf die unterste Querstrebe gesetzt, als ich anhielt, und zog heimlich, obwohl kein Grund zur Geheimhaltung bestand, das Glas aus meiner Tasche und versteckte es unter den untersten Wurzeln des Baumes . Ich hatte Lessie versprochen, ihr zu sagen, warum ich es bei mir trug, wenn ich sie das nächste Mal sah, und das wollte ich nicht tun, denn sie würde es nicht verstehen und ich würde nur lächerlich erscheinen. Seltsam, wie ein Mann es scheut, lächerlich gemacht zu werden, aber schließlich ist es nur natürlich, besonders wenn man zur Sensibilität neigt.

Ich stieg auf den Baum und sah, dass die Rinde an der Oberseite völlig abgenutzt war. Offensichtlich wurde der Baum schon seit langem als Durchgangsmittel genutzt. Ich ging sicher und sicher hinüber und fand einen schmalen Pfad, der sich den leichten Anstieg zum Haus hinaufschlängelte. Dem folgte ich und behielt den Baumstamm vor mir im Auge. Als ich näher kam, erkannte ich eine kleine Veranda oder Veranda, auf der jemand saß. Es gab kein anderes Lebenszeichen, wenn ich einen knochigen, gelben Hund erwarte, der langsam um die Ecke in Sicht kam, und eine Reihe weißer Enten, die sich gemächlich zum Bach hinab bewegten. Ich ging durch eine Lücke im verrückten Zaun und überquerte den Hof. Jetzt sah ich, dass es eine alte Frau war, die auf der Veranda saß. Sie war sehr dick und saß mit gespreizten Knien in einem niedrigen Schaukelstuhl. Auf ihrem Schoß lag ein Wollknäuel, und sie strickte und schaukelte, strickte und schaukelte. Ihre große Masse verbarg ihre Unterstützung völlig, aber ich wusste anhand ihrer Bewegungen, dass es sich um einen Schaukelstuhl handelte.

Als ich am Rand der Treppe stehen blieb und respektvoll meine Mütze abnahm, knurrte der Hund leise, dann legte er sich hin und hielt ein Topasauge misstrauisch auf mich gerichtet. Die dicke alte Dame schenkte mir nicht mehr Aufmerksamkeit, als wenn ich eine Henne oder eine Ente gewesen wäre, sondern ließ ihre Nadeln umso schneller fliegen. Ich betrachtete sie einen Moment lang in stummer Verwunderung. Ihr Kleid war ein schlichtes, einteiliges Kleidungsstück aus dunklem, billigem Stoff, das bis auf eine Reihe glänzender weißer Hornknöpfe vorne völlig düster wirkte. Ihre Füße waren groß und flach und steckten in Teppichpantoffeln mit einem bunten Muster aus abwechselnden Purpur- und Grüntönen. Sie trug eine Brille mit Eisengestell, die so nah an ihrer pummeligen Nasenspitze saß, dass ich mich fragte, ob sie nicht herunterfiel. Ihr graues Haar war ganz präzise in der Mitte gescheitelt und dicht nach hinten gekämmt. Ihr Mund war dünn und hart und ihr Gesicht sah scharf aus.

„Uh-hh – guten Morgen", sagte ich und zog meine Hose hoch; eine unbewusst nervöse Aktion.

„ Marnin'! "

Ich zuckte zusammen – tatsächlich –, denn es war, als hätte sie mir eine Waffe direkt ins Gesicht abgefeuert. So eine Stimme hatte ich noch nie gehört. Essig? Also!

Ich legte meine Finger um mein Kinn und schaute den Hund an. Sein feuriges Auge hatte nicht gewankt. Dann schaute ich die Katze an – denn in diesem Moment war ich fest davon überzeugt, dass dieser alte Beldam eine Katze *war*. Ihr Mund war zu noch festeren Linien geformt und ihre Stirn war bedrohlich geworden. Noch immer fummelten ihre Nadeln an der halbfertigen Socke in ihren gelblichen Händen herum, und ihr Blick war nach unten gerichtet, wie zuvor.

„Mach das-"

Ich fing an zu fragen, ob hier Menschen mit Namen lebten, aber als mir der Name einfiel, konnte ich ihn nicht nennen; Ich hatte es noch nie gehört. Ich stammelte, hustete und merkte dann, dass ein Paar wilder kleiner grüner Augen mich ansah.

„Lüften Sie ein Pflaumenfeuer? Was lüften Sie Ihren Verstand und Ihre Zunge und Ihre Sünde? Kann man einem Körper nicht sagen, was man will, ohne ihn zu bremsen? Stutt'rin' 'n' nehmen' den ganzen Tag? Leute, die Arbeit zu erledigen haben, haben keine Zeit, mit Landstreichern und solchen zu verschwenden! *Reden!* "

Wie ein Wirbelsturm hüllte mich diese Tirade ein und brach mit hoher, krächzender Stimme an meinen Ohren vorbei, die wie eine Feile an meinen Nerven zerrte.

Ich wurde verzweifelt. Dieser alte Virago sollte mich nicht verdrängen. Ich streckte meinen Körper nach vorne und antwortete mit herausgestrecktem Kinn mit einiger Hitze:

„Wohnt hier Oma, Oma und Lessie? Das möchte ich wissen?"

„Um Himmels willen! Jony und der *Wal*!

Ihre Hände fielen in ihren Schoß; Sie legte den Kopf schief und betrachtete mich von neuem.

Während der darauffolgenden kurzen Stille hörte ich schlurfende Schritte drinnen und ein alter Mann erschien in der offenen Tür vor mir. Er trug ein Hemd aus Bettinlett; Seine Hose war wegen des Kaffeesacks, der ihn von der Taille bis zu den Schuhen umhüllte, nicht zu sehen. Er war kahl, sein weißer Bart fiel ihm ins Gesicht, seine Oberlippe war rasiert. Er trocknete einen weißen Teller aus dickem Eisensteinporzellan mit einem Tuch ab.

„S'firy!" sagte er mit kreischender, ängstlicher Stimme; „S'firy!"

Er kam nicht weiter.

Oma drehte ihren Kopf im rechten Winkel zum Lautsprecher und explodierte sofort.

„Jer'bome! Mach dich sofort wieder an die Arbeit! Mist! Lass mich dich nicht sehen und hören, bis das Geschirr abgewaschen und weggeräumt ist!"

Granf'er (es konnte niemand anderes sein) zog sich gehorsam und wortlos zurück. Omas Gesicht drehte sich wieder zu mir um.

„Wenn alle Menschen so unbedeutend und bösartig wären wie diese Luft von mir, weiß Gott, wozu die Welt kommen würde. Ewiges Verderben, schätze *ich*! Roun' 'n' chaws terbacker, so dass er einen Ketsch trägt, ist zurück. Pflaumenfaulheit, das sage ich dir! Aber ich will nicht, dass mich keine Landstreicher umkreisen. Jer'bome muss arbeiten Wie lange gehört er *mir*?

„Ich bin der Fremde, der in der Hütte auf Bald Knob lebt."

Zu diesem Zeitpunkt begann Oma wieder mit dem Stricken. Mir fiel auf, dass ihre glänzenden Nadeln miteinander zu kämpfen schienen, während sie fortfuhr:

„Schau mal, was ich jetzt für ihn mache! Ich arbeite daran, etwas zu besorgen, um seine Füße warm zu halten, der Winter kommt. Er ist nicht damit klar! Wie nicht, er wird eines dieser Gerichte knacken." „Er bringt sie fertig. Er ist so unerschrocken. Der unmoralischste Mann, den ich *je* gesehen habe … Ja, ich habe ‚von dir' gehört – zweimal."

„Ich hoffe, Sie haben einen angenehmen Bericht erhalten?" Ich habe es gewagt.

„Jes' letzte Nacht, als er die Geschirrtücher am Zaun des Grundstücks hängen ließ, das Kalb und sie oben. Am nächsten Tag hat er eine ganze Bande gefüttert Alte Küken haben Futter und Watte geholt, und sie sind angeschwollen und gestorben. Und Küken mit fünfzehn Cent pro Pfund im Laden! … Lessie ist vor Kurzem nach Hause gekommen mit einer Geschichte von einem Treffen mit einem Kerl. Ich sage ihnen, sie sollten besser alle Landstreicher in Ruhe lassen.

„Aber ich bin kein Landstreicher!" Ich protestierte. „Normalerweise gelte ich als Gentleman."

„Das ist es, was Jeffy gesagt hat. Er ist letzte Nacht hier – Porenmensch! – und hat uns gesagt, dass wir mit dir auf Baldy essen und einen Snack essen sollen – was im Namen der Sevin-Plagen einen Mann in Ist es richtig, dass ich von meinem Fell leben will? – sag mir das!"

„Ich finde es sehr angenehm –"

Dann ging das Licht aus, sanfte Hände drückten fest auf meine geschlossenen Lider und ein kühler, farnartiger Duft wehte in meine Nase. Ich spürte warme Handgelenke an meinem Kopf und ein unterdrücktes Kichern direkt hinter mir.

„Lessie!" Ich weinte und erinnerte mich an den Streich aus meiner Kindheit.

Die blendenden Hände wurden sofort zurückgezogen, und als sie zurücksprang, öffneten sich neue Fläschchen des Zorns.

„Von allen ausgefallenen Dingen!"

Oma hatte nur auf meinen Ausruf hin den Kopf gehoben, aber sie sah genug.

„Welche Luftgels kommen heute und wann? – sag mir das! Ich habe ihn noch nie gesehen, aber vielleicht war er ein auf frischer Tat getretener ‚Sasser' und – du bist ein Dieb – du – du – du bist irgendjemand *!* " 'N' all meine Lehren' in all den Jahren. Wenn ich dir *gesagt habe* , dass alle Männer 'aufgeschlossen' sind, 'n' dir *gesagt*, dass du nichts glauben sollst, was sie sagen, 'n' *toll* „ Du sollst nicht mit ihnen reden außer ‚Hallo' und ‚Auf Wiedersehen', und hier kannst du einen Fremden – einen Fremden – vor meinen Augen umarmen!"

Omas geleeartiger Körper zitterte wirklich vor Wut und ich begann, Angst vor dem Ausgang des Vorfalls zu haben. Natürlich spielte es überhaupt keine Rolle, was richtig oder falsch anging. Es war einfach ein natürlicher Ausdruck der ursprünglichen Einfachheit, die alle Bewegungen der Dryade kennzeichnete. Sie war ein Kind und hatte einem Kind einen Streich gespielt.

Sie stand jetzt ein paar Meter abseits und sah mich mit unverstelltem Erstaunen an, offenbar gleichgültig gegenüber dem Ausbruch der alten Frau. Sie war hübscher gekleidet als damals, als ich sie sah. Ihr Kleidungsstück war blassgrün mit kleinen wellenförmigen Streifen dunklerer Farbe. Auch ihre Schuhe waren eine Stufe besser, aber immer noch unbeholfen, und sie hatte eine Schleife im Haar, die ihr wie zuvor über die Schultern hing. Sie schien es abzulehnen, irgendetwas auf dem Kopf zu tragen, denn sie hielt ihre Haube – eine Kopfhaube, wie die, die ich ihr auf der Lichtung gegeben hatte – in der linken Hand.

Als sie mich mit ihren eigentümlichen irisch-grauen Augen voll und direkt ansah, verspürte ich das gleiche Gefühl wie damals, als ich sie zum ersten Mal gesehen hatte. Es war ein Gefühl, das ich nicht ausreichend beschreiben kann, weil mir kein bestimmtes Wort einfällt. Wenn das Wort existierte und ich es wüsste, würde ich es niederlegen. Ich wäre genauso froh zu wissen, was dieses Gefühl bedeutete wie Sie. Vielleicht wird es jeder von uns später herausfinden.

Sie blickte mich an und ich blickte sie an, und Oma blickte uns beide an. Unsere Blicke trafen sich, um tief Luft zu holen, und dann fielen meine Blicke irgendwie auf ihre Kehle. Wenn der Hals einer Frau schön ist, ist er genauso attraktiv wie ein schönes Gesicht. Die Kehle der Dryade war ein Gedicht. Wenn John Keats es hätte sehen können, wäre neben den berühmten Sieben eine weitere goldene Ode erschienen. Es war einfach eine perfekte Säule warmen, weißen, kraftvollen jungen Lebens. Nicht zu schlank und bis zu den Schultern in der sanftesten, wunderbarsten Kontur anschwellend. Während ich fasziniert über ihre Kehle nachdachte, sprach sie.

„Um Himmels willen!... Woher kennst du meinen Namen?"

„Der Sa-Jeff Angel hat es mir erzählt."

"Oh!"

Ihr Gesicht veränderte sich rasch, und im nächsten Moment war sie leichtfüßig auf die Veranda gesprungen, hatte ihre Arme um Omas Hals geschlungen und ihren Kopf an die Brust der alten Frau geschmiegt.

„Kümmere dich nicht um mich, Oma!" „Sagte sie in beruhigendem Tonfall, und wieder drang dieser undefinierbare, eindringliche Rhythmus in meine Ohren und ließ mich unruhig rühren, während ich da stand und die Szene beobachtete. Was für ein Stimmungsgeschöpf dieses Mädchen war!

Jetzt streichelte eine Hand Omas dicke Wange und eine andere glättete das glanzlose graue Haar. Der Ausdruck, der sich über das widerspenstige Gesicht schlich, ließ mich an das Sonnenlicht denken, das plötzlich auf eine bedrohliche Klippe fiel, und in diesem Moment wusste ich, wie tief und wunderbar die Liebe sein musste, die in diesem alten Herzen für Lessie schlug.

„La! Nun, Kind", sagte Oma, „mach, was du willst, wenn du musst, aber sei wachsam – sei immer wachsam. Besonders bei Männern, weil sie so voll von Sat'n'n sind ' Unfug."

Damit schnüffelte sie resigniert, hob die Brauen, befreite sich vorsichtig von den streichelnden Armen und hob die Socke und das Wollknäuel auf, die beide unter Lessies Ansturm zu Boden gefallen waren.

Als das Mädchen aufstand, erschien Granf'er ein zweites Mal. Als ich ihn zum ersten Mal sah, hatte er das Abzeichen der häuslichen Arbeit, das seine untere Hälfte umhüllte, nicht entfernt und zog einen niedrigen Stuhl mit flachem Boden hinter sich her. Mit einem Stoß und einem Klappern kam es die Stufe hinunter, die von der Veranda ins Haus führte, und Oma strahlte erneut.

„Jer *ist gekommen* . Schau dich an! Versuche, diesen Jubel in Splitter zu zerbrechen! Hast du nicht die Kraft, auch nur einen *Jubel zu tragen* ? Und ist das Geschirr abgewaschen und in die Küche gesteckt? Speisekammer, wo sollen sie sein?"

Granf'er hob stumm den Stuhl hoch, trug ihn steif in die hinterste vordere Ecke der Veranda und stellte ihn dort ruhig ab. Dann drehte er sich zu mir um und sagte würdevoll mit seiner dünnen Stimme:

„Setz dich hin!"

Ich betrat sofort die Veranda, trat vor und schüttelte dem alten Mann die Hand, dann nahm ich mit einem Dankeswort den angebotenen Platz ein.

Er drehte sich um, eilte ins Haus und kehrte sofort mit zwei weiteren Stühlen zurück, die mit dem ersten identisch waren. Eines davon reichte er der Dryade direkt gegenüber dem Verandaeingang, das andere brachte er herum und ließ es vorsichtig etwa einen Fuß von meinem entfernt auf den Boden fallen. Als wir alle saßen, streckte Granf'er ein Bein ganz aus, um freier an seine Tasche zu gelangen, und zog nach einigem Ziehen eine halbe Drehung Tabak heraus. Dies teilte er mir schweigend mit einer komischen

Gesichtsverzerrung mit, was eindeutig bedeutete, dass ich alles nehmen sollte, was ich wollte. Ich schüttelte den Kopf und lächelte.

„Light Burley!" er erklärte. „Skace hat Hühnerzähne. Kaust du nicht?"

„Hast du jemals einen Mann getroffen, um auf Terbacker zu *leben* ?" schnappte Oma, ohne aufzusehen.

„Nein", antwortete ich; "Ich rauche."

„Dann rauchen. Du kommst zu später zum Abendessen, also müssen wir jetzt stattdessen Terbacker mischen."

Mir wurde klar, dass es sich um eine Art Gastritual handelte, das er mir anbot, also zerkrümelte ich etwas von dem hellgelben Blatt in meine Pfeife und zündete es an. Dann kaute er einen befriedigenden Kaubonbon ab und verstaute den Rest.

Er schlug die Beine übereinander – inzwischen hatte ich herausgefunden, dass er Stiefel trug, deren Hosenbeine in den Oberteilen steckten –, auf die bequeme, schlaffe Art, die alle alten Männer haben, und mit einer Hand im Schoß, die seinen Ellbogen hielt, zupfte er sanft an der Vorderseite seines Schnurrhaars, während sein Kiefer unregelmäßig arbeitete, während er langsam die herzhaften Partikel in seinem Mund anpasste.

Jetzt sprach zwei oder drei Minuten lang niemand mehr. Es war auf jeden Fall eine neue Erfahrung für mich. Ein rascher Blick zeigte mir, dass die Dryade die Situation abgewogen hatte und amüsiert war. In ihren Augen tanzten fröhliche Kobolde, und ihr Mund verkrampfte sich, was mir verriet, dass sie sich mit großer Mühe unter Kontrolle hielt. Sie war sprachlos vor der Wahl; die anderen beiden aus der Natur.

Ohne Vorwarnung drehte Granf'er den Hals und schleuderte einen geschwungenen Strahl Bernstein aus. Es fiel mit einem Platschen auf den Rücken eines halb ausgewachsenen Huhns, das in der Nähe herumlungerte. Es gab ein erschrockenes Kreischen, ein Flattern, ein Hasten vor Gefahr.

"Das ist richtig!" schrie das Fettbündel. „Wenn du sie nicht anders töten kannst, ertränke sie mit Terbacker-Saft!"

„Oma hat es nicht gesehen!" setzte sich für Lessie ein. „Es steht unter der Aufsicht des Hundes und kann auf keinen Fall schaden."

Noch einmal sah ich ihre Zähne, wie zwei Reihen jungen Maises, wenn die Schalen grün sind.

Granf'er schenkte den Worten seines Helfers nicht mehr Beachtung, als wäre es der Wind gewesen, der durch den Schornstein wehte. Selbst sein Gesichtsausdruck veränderte sich nicht. Schon jetzt beschlich mich ein tiefes

Mitleid mit Granf'er in meinem Herzen. Es bedurfte weder eines Sehers noch eines Gedankenlesers, um zu erkennen, dass er zu der am meisten bemitleidenswerten Klasse aller Lebenden gehörte – ein Mann, der einfach zum Geschöpf einer Frau geworden ist. Ein Mann, der aus einem oder mehreren von hundert Gründen auf sein Königtum im Hause verzichtet hatte und eine Herrschaftsumkehr erlitt, die allen göttlichen Verordnungen und Naturgesetzen widersprach. Solch ein Mann verdient, was er bekommt, das ist wahr, er lebt in einem Herrenhaus oder einer Hütte. Der Mann wurde geschaffen, um zu herrschen, und die Frau weiß das. Nur indem er regiert, behält er ihre Liebe. Wenn seine Herrschaft endet, hört nicht nur ihre Liebe auf, sondern auch ihr Respekt. Schauen Sie sich um!

Granf'er fuhr sich mit der Handfläche mechanisch über die Lippen – und mit einer scheinbar sehr natürlichen Bewegung – glättete ein paar Falten in seiner Kaffeesackschürze und sprach. Er blickte auf die stille Majestät der umliegenden Hügel, aber ich wusste, dass er mich ansprach.

„Siehst du, Jeffy ist verrückt. Er hat sich geirrt, wir alle sind sauer. Irgendwie sind sie irgendwie in seinem Kopf, der ihn irgendwie aus dem Gleichgewicht bringt. Kein normaler Mann würde gehen Von morgens bis abends trampelt man durch den Wald und ist nichts anderes als eine Geigenfellfirma. Der Teufel ist drin –"

„Ich würde es am liebsten über einem Baumstumpf in Stücke zerschlagen!" interpolierte Oma.

wir irgendwie Jeffys Kratzen und Sägen gemacht. Lessies wirkliches Geplänkel hat darüber geknallt, und sie sind Jeffy über den Rumpf gefolgt Durn County, wenn wir ihn nicht überreden würden, mächtig zu sein.

„Mir scheint, Jer'bome, du kannst es nicht sagen, ohne zu fluchen. Erst letzten Sonntag musste ich mit Pater John darüber sprechen, dass deine Bosheit zunimmt!"

„Der Rumpf Durn County!" wiederholte Granf'er ruhig und nachdenklich, sein Blick immer noch auf die hohen Hügel gerichtet. „Sie hatten tolle Zeiten – diese beiden –, obwohl Jeffy bei seinen Besuchen am wenigsten auffällt. Manchmal ist es ein Monat, in dem wir ihn nicht zu Gesicht bekommen, und dann bleibt er einen Tag oder ein paar Tage bei uns Also auf einmal. Wir legen großen Wert auf Jeffy, denn der Herr hat es in seiner Weisheit für angebracht gehalten, ihn zu bezwingen. Das, was mit ihm zu tun hat, ist der Schnaps –"

„Ich wäre *ein bisschen* stolz, Jer'bome!"

„- und wenn er davon erfährt, wird er manchmal wahnsinnig verrückt. Weißt du, es sind die Shiners, von denen er das versteht." Die Ryavines über der

Luft voller Destillierhäuser, und Jeffy spielt mit ihnen herum, weil sie eine Flasche voller Schnaps haben. Ich glaube nur, dass ein bisschen Schnaps mächtig ist. Ich bin sehr zufrieden, aber S'firy meint, es sei nichts Gutes, um die Entwicklung zwischen den Leuten voranzutreiben …"

„Wenn es nach mir ginge, würde kein weiterer Tropfen in eine Flasche gehen!"

„- und ich stimme zu, dass ihre Argumentation etwas Unsinniges ist, obwohl ich der Überzeugung bin, dass ein weißer Mann etwas trinken muss, und zwar nicht einmal Whisky irgendetwas.

Er hielt inne, um seinen überfüllten Mund zu entlasten, öffnete die Beine und schlug sie wieder in die andere Richtung, „damit sie nicht schlafen", und fuhr fort:

„'Birnen zu mir', Lessie hat gesagt, du kommst von der Schule. Lass uns nicht – äh – ein paar kleine Wege weiter. Es ist nie Donnerstag. Bin gerade rüber zu Ced'rt'n gelaufen, aber Home'n'Hebrin ist gut genug für weuns. Wir sind nicht die wandernden Verwandten, könnte man sagen, aber wir leben friedlich und arbeiten an unserem …"

„*Arbeit!*"

„-arbeite unser Land, das Wenige, das wir haben, das fit ist. Du bist gut zu unserem Jeffy – zu S'firys Jeffy, das heißt, denn er ist nicht mit mir verwandt (nicht, dass ich es wäre). „Beschämt für Jeffy, Onderstan", weil er nicht richtig im Kopf ist) – also sage ich dir „hier und jetzt" mit S'firy 'n' Lessie als Zeugen, Als Oberhaupt dieses Hauses sage ich, dass Sie heute und an jedem anderen Tag hier willkommen sind!"

Dann, ganz unerwartet, legte er seine Hand auf mein Bein oberhalb des Knies und drückte mich, was weh tat.

Den Rest des Nachmittags verbrachte ich auf dieser kleinen Veranda. Granf'er unterhielt mich auf die von mir beschriebene Weise; eine Mischung aus Meinungen, einheimischer Philosophie und lokalen Nachrichten, mit gelegentlichen bissigen Unterbrechungen durch Omas zweischneidige Zunge. Lessie sagte sehr wenig – welche Chance hatte sie angesichts von Granf'ers Geschwätzigkeit? – und einmal ging sie ins Haus und blieb eine halbe Stunde. Als sie zurückkam, trug sie ein weiteres Kleid, dieses Mal reinweiß. Es gab ein paar Rüschen und Biesen und hier und da einen Hauch von Spitzenimitat. Ich bin mir sicher, dass es ihr Sonntagskleid gewesen sein muss. Sie stellte ihre Garderobe zur Schau, wie man es von einem Kleinkind mit acht oder zehn Jahren kennt.

Als ich aufstand, um zu gehen, hatte die Sonne auf dem Gipfel einer Bergkette einen Moment in ihrem Abwärtsgang angehalten.

Granf'er war in seiner Aufforderung „Kommen Sie wieder und legen Sie eine Weile" ausführlich; Oma nickte mir als Antwort auf meinen höflichen Abschied trotzig zu, und siehe da! Als ich mich umdrehte, um mich zuletzt von Lessie zu verabschieden, war sie bereits im Garten eingezogen und wartete auf mich! Seite an Seite machten wir uns auf den Weg den schmalen, ausgetretenen Pfad. Das heißt, sie nahm den Weg und ich ging durch das neue Gras, das ihn säumte.

„Ich gehe mit dir in die Hütte", sagte sie sittsam; dann, mit charakteristischer Irrelevanz: „Ain't Granny tur'ble?"

„Oma ist eifersüchtig auf dich, und ich nehme an, sie hat schon so lange an Oma genörgelt, dass es zu einer festen Gewohnheit geworden ist. Der alte Kerl, Dryad, tut mir wirklich leid."

„Was?"

Sie machte ein fragendes, verwirrtes Gesicht.

Ich lachte sanft und erklärte ihr die Bedeutung des Wortes.

„Es gibt eine Menge Dinge, die ich dir erzählen werde, wenn ich die Gelegenheit dazu bekomme", fügte ich hinzu. „Möchten Sie nicht etwas über diese große Welt wissen und über die vielen Arten von Menschen, die darin leben? Über die großen Städte und darüber, was die Menschen getan haben und tun? Möchten Sie nicht erfahren, wie die Bäume sind? wachsen, und was macht den Wind, den Blitz und den Donner? Über alle Vögel und Tiere; Bäche, Felsen und Hügel? Möchten Sie nicht all diese Dinge und noch viel mehr lernen?"

Während ich sprach, weiteten sich ihre Augen, und nun wuchs in ihrem frischen, faltenfreien Gesicht ein Staunen und ein Hunger. Es schien, als würde ihr brachliegender Geist darum kämpfen, aus einem dunklen, verborgenen Nebel aufzutauchen – aufzuspringen und dem Wissen zu begegnen, das ich versprochen hatte. Ein Ausdruck fast der Verzweiflung, geboren aus vergeblicher Sehnsucht. Wir kamen sehr langsam voran. Sie sprach.

„Ich habe – manchmal – wenn ich alleine war – meistens oft in den tiefen Wäldern – ich habe gespürt, wie jemand hier *hineinkriecht* "– *sie legte ihre Hand an ihren Kopf* – „*so etwas* „Ich wollte irgendwas sagen." Dann bin ich anders. Ich wollte nicht nach Hause zu Oma und Oma. Ich wollte woanders hingehen – weit weg, vielleicht, und ich würde mich irren, weil ich es nicht sagen könnte – ich könnte nicht erkennen, was „twuz" ist, weißt du. „N" danach würde es weit gehen „n" verlass mich, „n" ich würde keinen Tag oder so das richtige Fell bekommen. Ich frage Pater John „eines Tages" und „es sah so aus, als würde es ihm weh tun", „n" er sagte mir, ich solle es nicht tun

Habe die Zaubersprüche, wenn ich es tun würde. Sagte, sie wären nicht gut für mich. „Nein, na ja, wenn du mir alles erzählt hast, was du mir alles beibringen willst – es." Komm zurück – komm zurück, der Bach kommt herunter, wenn es in den Hügeln regnet – mit einem Ansturm und in Strömen, „n" – „n" – oh! Ich will es wissen! – Ich *will* wissen!"

Sie faltete ihre Hände mit einer Art tragischer Geste und starrte mit gerunzelter Stirn auf den Boden vor sich.

Ich antwortete ihr nicht sofort. Wie könnte ich? Eine neue Facette ihrer vielseitigen Natur war mir aufgetaucht und ich war ein wenig benommen. Wir erreichten die Baumbrücke, bevor ich versuchte zu antworten.

„Ich werde ein Jahr hier bleiben. Besuchen Sie mich auf Baldy. Oder kommen Sie an den Ort, an dem ich Sie zum ersten Mal gefunden habe, und ich werde Sie dort treffen. Ich werde Ihnen die Dinge geben, nach denen Sie sich sehnen. Ich kann tun es, aber nicht mit Granny oder Granf'er. Sie würden Einspruch erheben; sie würden es nicht verstehen.

Sie sah zu mir auf – denn ich war auf den Baum geklettert –, stumm und sehnsüchtig.

„Ich komme", sagte sie. Es war kaum mehr als ein halbes Flüstern.

Es gefiel mir nicht, sie in dieser Stimmung zurückzulassen.

„Alles klar, Dryade!" Ich kehrte fröhlich zurück. „Jetzt sag mir, wohin dieser Weg führt."

Mein Ziel war es, ihre Gedanken vorerst wieder in ihren gewohnten Zustand zu bringen. Auf meine Frage hin hellte sich ihr Gesicht auf.

„T' 'Ebron", sagte sie.

„Oh! Ja! Eines Tages werde ich bald dorthin gehen. Ich habe einen Garten zu Hause und ich werde dorthin gehen, um Saatgut zu kaufen."

Sie lachte darüber und ich war erleichtert.

„Auf Wiedersehen, Dryade."

Ich kniete mich auf den Baum, bückte mich und nahm ihre Hand in meine. Es war warm, weich und in diesem Moment anschmiegsam. Vorboten der Dämmerung waren gekommen, und die grauen Teiche ihrer klaren Augen veranlassten mich, ihre Hand loszulassen und aufzustehen.

Sie entfernte sich, und als ich mich umdrehte, um mein Gesicht in die entgegengesetzte Richtung zu richten, hielt mich plötzlich etwas auf.

Auf der Straße nach Hebron, etwa zweihundert Meter entfernt, sah ich die Gestalt eines Mannes. Ein junger, großer, barhäuptiger, grob gekleideter

Mann, der sehr aufrecht und still steht. Er hat mich gesehen; er sah mich an. Da war ich mir sicher. Seine Position war bei einem großen Stein, der ihn in tieferen Schatten warf. In seiner Haltung lag etwas Unheilvolles, so natürlich es auch war. Ich blieb stehen und erwiderte seinen Blick auf mich, aber er machte kein Zeichen, keine Geste. Trotz seiner Unbeweglichkeit hätte er ein Baum des Waldes sein können. Ein Gefühl, nicht der Angst, sondern einer Vorahnung, überkam mich, als ich über den Baum ging.

Ich wusste, dass es Buck Steele war, der Schmied von Hebron.

KAPITEL NEUN

IN DEM ICH AUF EINEM HÜGEL sitze und über keinen Vorteil nachdenke

Ich habe heute etwas getan, woran ich vage gedacht habe, seit ich meinen Wohnsitz in der Wildnis bezogen habe. Ich kletterte bis zur Spitze meines Zufluchtsberges.

Der Hauptgrund, warum ich es noch nie zuvor versucht habe, war, dass ich befürchtete, es würde zu viel für mich sein; würde zu viel Anstrengung erfordern. Und Crombie hatte mir zwar empfohlen und darauf bestanden, kontinuierlich Sport zu treiben, mich aber auch davor gewarnt, es zu übertreiben.

Heute Morgen fühlte ich mich mächtig wie Tubal Cain. Meine Spaziergänge, meine regelmäßigen Arbeitszeiten, meine gesunde Ernährung zeigen Wirkung. Ich fange an, braun zu werden. Um sieben Uhr, als ich mich rasierte, zeigte der Weg meines Rasiermessers eine feste, gebräunte Haut. Meine Augen sind klar und ich spüre, wie das Leben in mich eindringt. Oh, was ist das für eine herrliche Sache! Einfach einfaches, primitives Tierleben! Ich weiß nicht, wann ich gehustet habe. Ich kann meine Lungen aufblasen und mir die Bestürzung dieser „Kolonie" über die einströmende Flut dieser ozonbeladenen Luft vorstellen. Ich mache mir nicht vor, dass ich gesund bin. „Crombie sagte, es würde einige Zeit dauern, und „Crombie weiß es." Aber mir geht es besser. Meine letzten Spaziergänge haben mich nicht zum Keuchen und Pusten gebracht. Deshalb habe ich heute Morgen die Gewissheit gespürt, dass ich den Höhepunkt des alten Baldy überwinden und keine schlechten Ergebnisse verspüren könnte.

Letzte Nacht hat es geregnet. Es begann gerade, als ich zu Bett ging, und ich lag da und hörte ihm zu. Der Regen auf dem Dach nach dem Schlafengehen hat etwas ganz Faszinierendes. Letzte Nacht fiel es sanft, ein gleichmäßiges Murmeln. Es kam mir wie ein Wiegenlied der Natur in die Ohren. Ich konnte es draußen vor dem Fenster hören, in dessen Nähe ich schlafe. Das Prasseln, Prasseln und nach einer Weile das Plätschern kleiner Bäche über den Dachgesims. Ich erinnere mich daran, wie ich darüber nachdachte, was für eine gute Durchnässung mein Gartenplatz bekommen würde, und an die daraus resultierende Verzögerung, bis ich darauf warten musste, dass er austrocknete, bevor ich ihn aufspaten konnte, und dann schlafen ging.

Heute Morgen wurde ich vom Orchester der Vögel geweckt. Ich hatte schon früher vereinzelte Töne über den Tagesanbruch gehört. Liedfetzen, gebrochene Triller, einzelne Schreie und herausfordernde Rufe. Aber heute

Morgen war es anders. Ich weiß nicht, wie ich das erklären soll. Ob der Regen etwas damit zu tun hatte; ob sie sich zufällig oder durch Verabredung kennengelernt haben. Die Lösung dieser Frage ist jedoch eine Nebensache. Ich habe den vollen Nutzen aus der Versammlung gezogen. Ich habe noch nie eine Ausstellung gehört, die dieser Waldsinfonie gleichkam. Es muss fast ein Dutzend Vogelarten gegeben haben. Und jeder kleine Kerl sang aus vollem Herzen. Ich sage dir, sie haben Musik gemacht. Jeder hatte eine andere Melodie, und unter Menschen wäre das ein Chaos gewesen. Aber bei den gefiederten Tieren – glauben Sie mir, wenn Sie es noch nie gehört haben – war die Wirkung wunderbar. Es war ein großartiger Halleluja-Refrain, und die Luft erfüllte die süßeste Musik, die ich je gehört hatte. Viele der Sänger habe ich an ihren Liedern erkannt. Ich wusste, dass sich auf meinem Plateau der Kardinal, die Drossel, der Pirol, der Katzenvogel, der Eichelhäher und die Spottdrossel versammelten. Und wenn ich den Eichelhäher erwähne, soll niemand aufstehen und mit dem Finger der Verachtung auf den rauhen und schrillen Schrei dieses blau gekleideten Kerls zeigen. Mr. Caviler, Ihre Stimme ist auch hart und knirschend, wenn Sie sehr wütend werden, nicht wahr? Aber haben Sie noch nie den Liebesbrief des Eichelhähers gehört? Haben Sie noch nie im gesprenkelten Schatten, wenn ihre halbflüggen Nestlinge flattern und herumhüpfen und ihre höhlenartigen gelben Kiefer nach Würmern und Motten ausstrecken – haben Sie noch nie gehört, wie die Elternvögel, die in den Ästen über Ihnen wachsam sind, Liebe machen? Es gab nie einen süßeren, sanfteren und satteren Ton aus Flöte oder Harfe als den Liebeston des Eichelhähers.

Viele andere waren da, die mir fremd waren, aber die Wirkung des Ganzen war so süß, dass ich mich aus dem Bett schleppen musste, so entzückt war ich von diesem Refrain im frühen Morgengrauen.

Der Himmel war klar, als ich herauskam; ein tiefes, sattes, unergründliches Blau. Die Nacht hatte die Regenwolken mitgenommen, als sie verschwand. Ein holziger, feuchter, erdiger Geruch, wie es kein selteneres Parfüm gab, erfreute meine Nase. Alles wurde sauber gewaschen. Die Blätter, die Baumstämme, die Steine selbst. Dann, als ich dastand und spürte, wie die Macht der ewigen Hügel in mich eindrang, entschied ich mich für meine Aufgabe für den Tag. Es war noch zu früh. Der Boden war weich. Am Hang darüber wäre es nass und rutschig und vielleicht schlammig. Ich beschloss, ein oder zwei Stunden zu warten, also ging ich zu meinem Lieblingsplatz unter der Kiefer und nahm Spencers „Erste Prinzipien" mit, ein Buch, das darauf ausgelegt ist, zumindest den Verstand zu gebrauchen.

Es war elf Uhr, als ich auf die Uhr schaute – zu spät zum Bergsteigen an diesem Morgen. Als ich darüber nachdachte, erkannte ich, dass dies genauso gut war. Tatsächlich wäre der Nachmittag eine viel bessere Zeit für den Aufstieg. Die Sonne schien bereits seit mehreren Stunden großzügig und trocknete sowohl die Vegetation als auch die Bodenoberfläche aus. Mr. Spencer hatte mir also wirklich gut getan, als er mich durch den Vormittag getragen hatte. Ich ließ das Buch auf der Bank liegen und ging zurück zur Lodge, um meine Lektüre fortzusetzen, nachdem ich vom Gipfel zurückgekehrt war. Ich hatte nicht damit gerechnet, länger als anderthalb Stunden unterwegs zu sein, sodass ich genügend Zeit zum Ausruhen hatte.

Nach einem gemütlichen Abendessen nahm ich meinen Bergstock und stellte mir vor, am Fuße des Matterhorns zu sein, um Schwung zu verleihen, und meisterte mutig den Aufstieg.

Es war von Anfang an eine ziemlich harte Arbeit. Ich flankierte die Lodge ein paar Meter weit und begann dort, wo der Aufstieg vergleichsweise sanft verlief. Dies dauerte nicht lange. Bevor ich den umlaufenden Streifen immergrüner Pflanzen erreichte, musste ich mir einen Weg durch Büsche bahnen, die darauf bestanden, mir an die Nase zu klopfen, und durch Ranken, die ebenso entschlossen waren, sich über meinen Zehen zu verknoten und mir ein Bein zu stellen. Schließlich erreichte ich die dunkle Reihe aus Kiefern und Zedern, wo ich anhielt, um meinen Zustand zu untersuchen. Mein Atem ging ziemlich schwer, aber ich war nicht wirklich müde. Also ging ich nach ein paar Augenblicken Ruhe weiter. Solange die Bäume noch existierten, fiel es mir jetzt einigermaßen leicht, voranzukommen. Unter ihrem Schatten war die Erde unfruchtbar. Etwas halbtotes Moos und eine reichliche Prise Tannenzapfen waren alles. Als ich darüber ging, gaben sie sanft meinen Füßen nach und verbreiteten einen stechenden Geruch. Ich hörte hier keine Vogelstimmen, aber einmal flog eine Gestalt mit braunen Flügeln lautlos vor mir vorbei, tief über dem Boden. Alles war sehr still. Es wehte kein Wind. Der Gürtel erwies sich als düsterer Ort, und ich bereute es nicht, als ich ihn passiert hatte. Der dichte Schatten wirkte deprimierend.

Dann kam ich auf offenes Gelände; offen und kahl. Zweihundertfünfzig Fuß über mir erhob sich der Kopf des alten Baldy. Etwa die halbe Strecke lang strebte ein Gestrüpp im felsigen Boden nach Existenz; darüber hinaus war die Oberfläche völlig entblößt. Die Steigung war viel steiler geworden, aber der Boden war knorrig und uneben, an vielen Stellen von Abschürfungen durchzogen, und ich stellte fest, dass ich viel leichter vorankommen konnte, als ich erwartet hatte. Eine Viertelstunde später stand ich vor dem letzten Anstieg, der in seiner schieren Höhe alles andere als gefährlich war. Mein Personal war hier nutzlos; Hände und Füße müssen gewinnen. Also legte ich meinen Alpenstock hin, holte tief Luft und machte mich auf den Weg. Wie ich oben angekommen bin, kann ich nicht sagen. Aber in meiner Natur liegt ein großer Teil der Hartnäckigkeit, und ich kämpfte mit kantigem Kiefer und zusammengebissenen Zähnen weiter, rutschte aus, kletterte und streckte mich aus, bis ich gewonnen hatte. Ich kroch auf Händen und Knien über den Kamm und lag ganze zehn Minuten lang ausgestreckt da, um meinen Atem und meine verbrauchte Kraft wiederzugewinnen. Dann stand ich auf und schaute mich um.

Es war eine herrliche Aussicht; sogar feierlich und majestätisch. Vor mir lag eine gewaltige Weite des Landes. Ich zögere zu sagen, wie viele Meilen ich sehen konnte, denn in großer Höhe täuscht die Entfernung am meisten. Aber es war mehr die Topographie als die weite Aussicht, die mich beeindruckte. Ich stand inmitten einer neu geschaffenen Welt, dem einzigen Lebewesen. Meilen um Meilen unberührter Wälder flossen von meinem Aussichtspunkt zurück, bis die Perspektive in einem nebligen Unschärfe endete. Nach Osten und Westen erstreckten sich die mächtigen Gebirgszüge mit ständig auseinanderlaufenden Ausläufern, von denen jeder mit seinem eigenen Gewand aus grüner und glitzernder Pracht bekleidet war. Bald darauf verwandelten sich die alten Hügel in Täler, deren Länge keine sichtbare Grenze kannte, und es bedurfte nicht der Vorstellungskraft eines Dichters, um unter mir die Wirkung eines riesigen Meeres zu erblicken, das plötzlich zu dauerhafter Form erstarrt war. Wie grenzenlos! Wie überwältigend! Langsam wandte ich mich den verschiedenen Himmelsrichtungen zu. Weit im Norden verunreinigte ein Rauchschwaden den zarten Busen des Himmels, und ich schaute schnell in eine andere Richtung. Cedarton lag in dieser Richtung.

Eine halbe Stunde lang stand ich da und schaute, wunderte mich und dachte nach. Das war ein Anreiz zum Grübeln, und als ich endlich den Blick von dem verwirrenden Panorama abwandte, fühlte ich mich unendlich schwächlich, schwach und klein. Was war ich? Ein Partikel in einem Sonnenstrahl; ein Atom der Materie; nicht mehr.

Der Punkt, auf dem ich stand, war ein unregelmäßiger Kreis mit einem Durchmesser von etwa zehn Metern. Eine unvollkommene Steinformation markierte seine äußeren Grenzen; die Wirkung einer Erschütterung der Titanic in vergessener Zeit. An einer Stelle – im Südwesten – brach der Felsrand ab, und hier hatte sich die Erde vor dem jahrhundertelangen Krieg der Elemente abgestreift, sodass ein breiter, rinnenartiger Schacht entstand, der nach unten führte. Instinktiv zog ich mich von diesem Ort zurück, denn er deutete auf unbekannte Schrecken hin. Eine Art sandiger, körniger Niederschlag bedeckte die Oberseite des Knaufs; das Knirschen, das durch jahrelangen Wind und Regen verursacht wurde.

Meine Besichtigung des Gipfels nahm kaum eine Minute in Anspruch. Dann setzte ich mich genau in die Mitte, zündete meine Bruyèrewurzel an, umarmte meine Knie und erlaubte mir zum ersten Mal an diesem Tag, an das gestrige Erlebnis zu denken. Du konntest meinen ersten Gedanken nie erraten. Es war so, dass sich jetzt schnell Material für mein Buch ansammelte.

Ich spürte, wie sich die Dinge näherten – viele Dinge, und nicht alle davon waren angenehm. Tatsächlich trugen einige grausige Aspekte. Ich glaube an Vorahnungen. Ich weiß nicht, was sie sind oder was sie verursacht, oder irgendetwas über sie, außer dass sie existieren. Aber eines fiel mir ein, als ich heute Nachmittag auf der Spitze des alten Baldy saß, meine Pfeife rauchte, meine Knie umarmte und mich fast wie ein Vogel in seinem Horst fühlte. Ich war abwechselnd beunruhigt und hocherfreut; eine seltsame Erfahrung, aber allen gemeinsam. Es gab keinen Grund auf der Welt, warum ich deprimiert oder optimistisch sein sollte. Aber irgendwie erschien mir die nahe Zukunft voller Vorfälle, die nur auf ihre Chance warteten, und auf eine ungeformte Weise hatte ich das Gefühl, dass ich ganz unschuldig eine Reihe von Ereignissen in Gang gesetzt hatte, die mich schnell in ihre Abläufe einbeziehen würden. Ich sage, es war eine Vorahnung – eine Vorahnung – und ich glaube, ich habe Recht.

Ich kann noch nichts mit Lessie oder ihrem Haushalt anfangen. Granf'er und Granny haben ihre Prototypen unter denen, die sich selbst als ultraraffiniert bezeichnen. Jeder ist auf seine und ihre Art für mich interessant. Oma hat eine misstrauische Natur. Ich kann mir nicht vorstellen, dass sie so gemein und mürrisch ist, wie sie vorgibt. Vielleicht ist Granf'er unbedeutend und versucht es, und Oma muss ihn vielleicht mit der Zunge schlagen, um ihn in der Spur zu halten. Ich bin mir sicher, dass die Abneigung der alten Dame mir gegenüber echt ist, auch wenn ich mir im Moment nicht vorstellen kann, warum das so sein sollte. Ich habe den starken Verdacht, dass Oma tief in ihrem Herzen eine Verehrung für die Dryade empfindet und in allem, was sich in männlicher Form zeigt, einen möglichen Grund dafür sieht, dass Lessie sie verlässt. Das scheint der plausibelste Grund für ihre Abneigung zu sein. Lessie hat mich in ein Dilemma gestürzt, in dem ich überhaupt kein Licht mehr sehen kann. Ihre Persönlichkeit ist die komplexeste, die mir je begegnet ist. Sie ist absolut verblüffend. Ich kann nicht verstehen, wie sie mit mir gesprochen hat, als wir vor knapp vierundzwanzig Stunden den Weg vom Haus entlang gingen. Was war es in ihr, das die Dinge nahelegte, von denen sie sprach? Wenn sie eine Rede auf Latein gehalten hätte, wäre ich nicht überraschter gewesen. Sie – das Produkt vieler Generationen von Bergbewohnern, deren Intelligenz immer auf einem Minimum blieb, bei denen nie der Ehrgeiz zu spüren war und bei denen das Wissen nie den geringsten Fuß gefasst hatte – sie musste die Mühen eines gefesselten Geistes ertragen, der nach Licht strebte ; einer gefesselten Seele, die um Ausdruck kämpft! Was könnte es bedeuten? Und um die alles umgebende Dunkelheit noch dichter zu machen, *war sie die Cousine des Satyrs* ! Der Satyr! Dieser skurrile, unglückliche Taugenichts, der Tag für Tag durch den Wald schlenderte, weißen Whisky trank und Klänge von seiner alten Geige mitbrachte, deren unheimliche Süße einem das Gänsehautgefühl bereitete. Ist es ein Wunder, dass ich verwirrt war? Ich habe versprochen, ihr zu helfen, und ich werde es tun. Ich weiß, dass die Aufgabe angenehm sein wird. Ich werde der Monotonie entkommen, und sie wird sich verbessern, und auf diese Weise wird es für uns beide gut funktionieren. Ich werde beginnen – aber an diesem Punkt meiner Überlegungen schwebte plötzlich dieser große, dunkle Schatten über das Feld meiner Erinnerung, der still und streng auf der Straße von Hebron stand.

Ich nahm die Pfeife aus meinem Mund und stand auf. Die Sonne hatte ihre Reise vom Zenit zum Horizont mehr als zur Hälfte abgeschlossen. Ich machte einen weiteren Umweg auf der Suche nach dem besten Ort für den Abstieg. Ich fand es nicht weit von der Stelle entfernt, wo ich heraufgekommen war; fast ein Weg, überraschend leicht zu begehen. Ich notierte sorgfältig seinen Standort anhand der Himmelsrichtungen und stieg praktisch ohne Mühe hinab. Ich wusste bereits, dass ich zurückkommen sollte, denn der Ort übte eine starke Anziehungskraft auf mich aus. Nicht nur wegen der Aussicht, die an sich schon ein ausreichender Ausgleich für den Aufstieg war, sondern auch wegen des Gefühls völliger Einsamkeit – und diese Besonderheit habe ich. Manchmal möchte ich dort sein, wo mich niemand sehen oder mit mir sprechen kann. Ich möchte ganz allein sein, ohne die Möglichkeit einer Unterbrechung. Ich wusste, dass ich einen solchen Ort auf dem Gipfel des Bald Knob gefunden hatte.

Als ich die immergrünen Bäume erreichte, wurde mir klar, dass es auf dem Plateau fast schon Dämmerung sein musste. Zumindest ein kühlender, dankbarer Schatten war da und die Philosophie von Spencer.

Wenige Augenblicke später stürzte ich durch den Busch im hinteren Teil der Lodge, kam herum, warf meine Mütze wie ein Junge auf eine der Bänke neben der Tür und eilte dann auf die einsame Kiefer zu. Als ich ein halbes Dutzend Schritte zurückgelegt hatte, schaute ich auf und blieb abrupt stehen.

Lessie stand unter dem Baum und hielt „First Principles" aufgeschlagen in ihren Händen.

KAPITEL ZEHN

IN DER ICH EINE ANGENEHME STUNDE VERBRINGE UND EINIGE NEUIGKEITEN HÖRE

Sie sah mich im selben Moment und ihre Augen leuchteten vor Freude, während langsame Wellen von Farbe in ihre Wangen strömten. Sie lächelte und stand regungslos da und wartete darauf, dass ich näher kam.

Ich verlor keine Zeit, sie willkommen zu heißen. Als ich zur Begrüßung ihre Hand nahm, war der Kontakt elektrisch – ich gebe zu, das war vielleicht nur meine Einbildung –, aber ich bin mir sicher, dass ich das Gefühl hatte, als wäre eine Art Ladung auf mich projiziert worden.

„Was ist das für ein Buch?" „„ fragte sie und schloss die Lautstärke, hielt sie aber immer noch mit einer klammernden Berührung fest. Für mich war es, als wollte sie es zu einem Teil von sich machen, ihre Hände und Finger waren so umhüllend in ihrem Griff.

„Das ist Ketzerei – Ketzerei vom Rang!" Ich lachte. „Wenn Pater John sehen würde, wie ich das lese, würde er dir sagen, du sollst so schnell wie möglich vor mir weglaufen."

Sie blickte mit einer äußerst attraktiven Mischung aus Beunruhigung und Belustigung auf.

„Warum hast du es dann gelesen?" sie verlangte.

„Es wurde von einem der klügsten Männer geschrieben, die die Welt je gekannt hat, und ich möchte herausfinden, was er denkt. Wir müssen nicht alles glauben, was wir lesen, wissen Sie. Wir können aus verschiedenen Gründen lesen."

Ich sah, dass sie es nicht verstand.

„Setz dich", fuhr ich fort. „Hier, die Bank ist groß genug für zwei. Ich bin so froh, dass du heute zu mir gekommen bist. Du hättest mich fast verpasst; ich war oben auf Baldy."

Wir saßen Seite an Seite. Es war kaum Platz genug; So wie es war, kamen unsere Hüften in Kontakt. Dann erzählte ich ihr von meiner kleinen Reise in die Wolken. Ich bin sicher, dass sie überhaupt kein Interesse hatte. Tatsächlich hatte sich nach der ersten Aufhellung ihres Gesichts im Augenblick meines Erscheinens eine Art Schatten darauf gelegt, als wäre sie von einem unruhigen Geist geworfen worden. Ich beobachtete sie, während ich redete, und ich wusste, dass sie meinem Vortrag keine Beachtung schenkte. Sie spielte mit dem Buch, drückte die Seiten zusammen, krümmte sie in ihren Fingern und ließ sie mit einem Rascheln unter ihrem Daumen hindurchgleiten. Jetzt sah ich ihr Haar zum ersten Mal aus der Nähe und es war wirklich eine Krone des Ruhms. Salomos Weisheit war nicht schuld. Das Haar einer Frau birgt für einen Mann eine geheimnisvolle Kraft, die genauso stark ist wie jeder ihrer anderen Reize. Es steckt Zauberei darin – und manchmal Liebesträume – und manchmal Vergessenheit – und manchmal Wahnsinn! Als ich die Haare der Dryade betrachtete, wurde meine Stimme unbewusst zu einem leblosen Monoton. Schnell bemerkte ich eine Tatsache, die eine passende Ergänzung zu meinen früheren Erkenntnissen über die Pflege ihrer Person darstellte. Nach allen berechtigten Überlegungen hätte ihr Haar strähnig, glatt, ungepflegt und – schmutzig sein sollen! Aber ich sah es in jeder Hinsicht umgekehrt. Keine im Boudoir gezüchtete Miss einer Stadt hätte besser gepflegte Haare hervorbringen können. Jeder seidene Strang lag getrennt von seinen Artgenossen. Die ganze Masse glänzte sauber, frisch und locker; Die wohlgeformten Ohren waren durchsichtig makellos, und ihr Hals, an dem das noch feinere Haar nach oben wuchs und an dem winzige Ringe aus Spinnwebengold flatterten, war makellos. Fellowman, wundern Sie sich, dass meine Geschichte über die Besteigung des Gipfels fast im Gelaber endete?

Als ich ziemlich verlegen anhielt, verlor sie den Halt am Buch und es rutschte von ihren Knien auf den Boden. Jeder bückte sich, um es wiederzuerlangen. Ich war schneller, aber in der Vorwärts- und Abwärtsbewegung, die sie ausführte, fielen die Haare der Dryade über ihre Schultern auf meinen Hals, meinen Kopf und mein Gesicht, in einem subtil duftenden, glatten, kitzelnden Netz. Es dauerte nur einen Moment; Ich denke, der kürzeste Moment meines Lebens. Wir kamen lachend hoch, beide Gesichter rot. Aber das Gesicht ist immer rot, wenn man sich bückt, um etwas aufzuheben.

Ich öffnete das Buch vorne, fand ein großes A, deutete darauf und fragte Lessie, was es sei.

Sie schüttelte den Kopf.

"Ich weiß nicht."

Wie schade! Ich konnte ihrer Antwort kaum Glauben schenken.

„Möchten Sie es wissen? Möchten Sie alle großen und kleinen Buchstaben in diesem Buch kennen, damit Sie sie auf einen Blick lesen können?“ Ich fragte.

Wieder überkam sie dieser hungrige, hilflose Blick.

"Oh ja!"

Das erste Wort wurde mit einem scharfen, gespannten Atemzug gesprochen. Der letzte fiel einen Moment später leise.

„Das sollst du, Dryade. Es ist eine Schande, dass du es jetzt nicht kannst. Gibt es hier – in der Nachbarschaft – in Hebron keine Schule? Warum warst du nie in der Schule?“

„Sie hatten eine Schule in Hebron. Oma wollte mich nicht gehen lassen.“

Sie betastete verlegen eine Rüsche an ihrem Kleid direkt über ihren Knien.

„Würde dich nicht gehen lassen!“ Rief ich empört ... „Warum?“

„Ein Mann hatte es – ein junger Mann – und Oma hasst Männer, besonders junge Männer.“

„Warum hasst sie junge Männer?“

„Ich weiß nicht – du hast gehört, was sie über sie gesagt hat. Das predigt sie mir immer.“

Ich hielt meine frühere Interpretation von Omas Haltung jetzt für richtig, aber ich sprach nicht mit Lessie darüber.

„Oma hat dir großes Unrecht getan“, sagte ich ernst; „Wie ehrlich ihre Absichten auch sein mögen. Ich werde dafür sorgen, dass du eine Chance hast, Dryade. Aber wenn ich dir helfen will, muss ich genau über die Dinge sprechen, wie sie sind, und es wird viele Korrekturen geben müssen. Du hast gewonnen.“ Das macht Ihnen nichts aus, oder? Ich meine, Sie werden verstehen, warum das so ist – dass es für Sie absolut notwendig ist, miteinander auszukommen. Sie werden sich nicht beleidigen lassen – werden nicht wütend sein, oder?“

Sie blickte mir tief in die Augen, ihr bewegliches Gesicht war für den Moment ernst und ruhig.

„Ich werde *alles tun*, um zu lernen – zu wissen! Oh! Ich bin so ein einsamer Kerl – Pelz, der *weiß* ! Ich bin völlig beschissen, und das sind Dinge in meinem Kopf und hier drin, die mir auf die Nerven gehen rausschmeißen!"

Sie legte ihre Hand auf ihre Brust. Sie hatte die Augenbrauen zusammengezogen und ich wusste, dass jedes Wort die genaue Wahrheit war.

„In Ordnung, es ist ein Schnäppchen“, antwortete ich. „Wir fangen genau in dieser Minute an. Ist dir aufgefallen, dass ich anders rede als du und Oma und Oma?“

Ihr Mund war fest zusammengepresst, während sich ihr Kinn auf und ab bewegte. Ich glaube, sie hatte zu Beginn ihres Unterrichts ein wenig Angst.

„Ich spreche richtig, und Sie sprechen falsch. Das ist schwer zu sagen, aber wir können nicht ohne solide Wahrheit als Grundlage aufbauen. Sie sollten in sehr kurzer Zeit lernen, richtig zu sprechen, wenn Sie sehr vorsichtig sind, und versuchen Sie es." Es wird länger dauern, Lesen und Schreiben zu lernen, aber selbst das wird keine so große Aufgabe sein. Nun antworte mir: Warum bist du heute hierher gekommen?"

„Ich komme, weil ich es wollte!"

Blitzschnell war ihre Antwort herausgekommen, und ich konnte sehen, dass sie mich fasziniert und besorgt beobachtete. Ich lächelte, um sie zu beruhigen.

„Man sollte sagen: ‚Ich *bin gekommen, weil* ich es wollte.' Sag es so."

„Ich – bin – weil ich es wollte!"

In ihrem ängstlichen Ernst lag etwas fast Mitleidiges. Dies war der Beginn der Öffnung einer versiegelten Tür, vor der sie so lange gestanden hatte, ohne dass jemand die Verschlüsse für sie gelöst hätte. Sie hatte eine Hand auf den dunklen Stamm des Baumes gelegt, und nun waren ihre Fingerspitzen rund um die Nägel weiß von dem Druck, den sie unbewusst ausgeübt hatte, und sie zitterte ein wenig. Die arme kleine Dryade in ihrem fensterlosen Haus! Es muss eine Tortur für sie gewesen sein.

Wie seltsam klang dieser einfache Satz in meinen Ohren. Es war das erste perfekte Wort, das sie je gesprochen hatte, und sie sprach es mit schmerzhafter Präzision aus und atmete jedes Wort voller Angst aus.

"Gut!" Rief ich und klatschte in die Hände, woraufhin ihre Anspannung verschwand und ihre Haltung zu der einer etwas verwirrten, aber glücklichen Person wurde. „Vergiss das jetzt nicht. Sag immer ‚Ich bin gekommen'. Viele Ihrer Wörter sind gar keine Wörter, sondern schreckliche Verfälschungen, die durch langen Gebrauch und Nachlässigkeit noch schlimmer geworden sind. Dann lassen Sie Ihr „gs" unverschämt fallen, aber das ist ein Fehler, den Sie durch Übung überwinden werden."

So saßen wir eine Stunde lang auf der schmalen Bank unter der hohen Kiefer, während ich sie eine Frage nach der anderen auf ihre eigene Art beantworten ließ und sie sie dann noch einmal richtig sagen ließ. Ihre Eignung war erstaunlich. Ihr Geist schien die elementaren Anweisungen, die ich ihr gab, zu erfassen und zu absorbieren, wie eine ausgedörrte Pflanze Feuchtigkeit. Sie blieb stets aufmerksam, wachsam und bereit; Und als mich schließlich die langsam immer dunkler werdenden Schatten darauf aufmerksam machten, dass sie gehen sollte, und ich ihr sagte, dass die Unterrichtsstunde für heute vorbei sei, sah ich, dass sie aufgeregt und aufgeregt war und ihre Augen leuchteten, als wären sie vom Wein erhellt.

„Oh, du bist ein toller Schüler!" Ich machte ihr ein herzliches Kompliment, als wir aufstanden und einen Moment nebeneinander standen. „Wie würdest du mir jetzt antworten, Dryad?"

Sie warf mir einen Seitenblick zu; teils schelmisch, teils schüchtern, teils ernst.

"Ich bin froh!" sagte sie schnell.

Ich wusste, dass sie meiner Falle geschickt ausgewichen war, und ich stellte ihr keine weitere Falle.

„Jetzt musst du gehen.“

Ich sprach zögernd, denn die Stunde war für mich ungewöhnlich reizvoll gewesen. Ich hatte immer behauptet, dass ich lieber ein Wegbereiter als ein Schullehrer sein sollte, und im Allgemeinen halte ich immer noch an dieser Idee fest. Aber ich kann mir kein herrlich angenehmeres Erlebnis vorstellen, als ich Lessie unter der Kiefer am Rande des Plateaus ihren ersten Unterricht erteilte.

Bei meinen Worten sprang der Schatten wieder auf ihr Gesicht, deutlicher als zuvor. Es war jetzt fast ein Ausdruck der Verzweiflung.

„Was ist los, Dryade?“ fragte ich plötzlich; „Was macht dir Sorgen?“

Sie antwortete nicht, sondern stand nachdenklich da, die Fingerspitzen auf ihrer Unterlippe ruhend, und ihr Blick konzentriert nach unten gerichtet.

„Komm“, fügte ich hinzu; „Ich muss etwas Wasser aus dem Bach holen, und so weit gehe ich mit dir – noch weiter, wenn du lässt, denn es wird spät sein, bis du nach Hause kommst.“

"Ach nein!" platzte es mit scheinbar unnötiger Heftigkeit heraus. Dann änderte sich ihr flinker Verstand und sie fügte hinzu: „Aber warum holst du dein Wasser nicht aus dem Brunnen?“

Ich verzichtete darauf, sie zu korrigieren. Der Unterricht war vorbei und ich durfte sie nicht beunruhigen.

"Also?" Ich wiederholte mit offenem Mund. „Welcher Brunnen?“

„Der Brunnen dort drüben – der Brunnen, den der Mann gegraben hat!“

Sie zeigte auf eine entfernte Ecke des Hofes, die von einer heterogenen Grünmasse überwuchert war.

Ich hätte fast nach Luft geschnappt. In all den Wochen hatte ich hier vor meiner Nase einen Brunnen gehabt, einen Brunnen mit kühlem, gutem Wasser, und ich hatte rebellisch gekämpft, um meinen Bedarf aus dem Bach unten zu decken, der in letzter Zeit von Kaulquappen befallen war!

"Zeig es mir!" Ich weinte.

Mit einem herzlichen „Alles klar!“ Sie fing an zu rennen und ich folgte ihr in einem flotten Schritt. Es war genau wie sie, zu rennen. Sie war ein impulsives

Wesen. Ich sah zu, wie sie über den Boden flog und leicht über kleine Hindernisse sprang, während ihr weizengoldenes Haar zitterte. Als ich heraufkam, hatte sie einen Stock und stupste fleißig im Unkraut, den Weinreben und den Brombeersträuchern herum.

„Es ist hier", murmelte sie, konzentriert auf ihr Geschäft. „Ich habe es gesehen und bin davon getrunken. Es ist genauso kalt wie der Frühling zu Hause, während Oma Milch und Butter für ihn bereithält. Wenn ich –"

Mein Blick war auf ihr Gesicht gerichtet, und jetzt erinnerte sie sich offenbar und kontrollierte sich absichtlich, denn ich sah, wie ihre Zähne für einen Moment ihre Lippe umklammerten. Dann ging sie sanfter und langsamer weiter, ohne jemals aufzublicken.

„Als – ich – kam – es war Zeit – *hier* !"

Mit dem letzten Wort streckte sie ihren Stock nach unten und richtete sich triumphierend auf.

Ich drängte mich an ihre Seite und spähte in den Busch. Das Ende ihres Stocks ruhte auf einem Stück Holz. Mit einem Wort an Lessie, einen Moment zu warten, eilte ich zurück zur Lodge und holte eine Sense aus dem Vorrat an verschiedenen Dingen, die mich begleitet hatten, als ich herauskam, um mich mit der Wildnis anzufreunden. Kaum hatte ich die Oberseite des Brunnens freigelegt, eine Oberfläche aus vier Fuß im Quadrat großen Eichenbrettern. In der Mitte lag ein großer, glatter Stein, der das Loch bedeckte, das den Zugang zum Wasser darunter ermöglichte.

„Bei Gott! Mädchen, wie kann ich dir danken?" Ich weinte, hocherfreut über die Entdeckung. „Ich habe Schwefelwasser getrunken und mit Kaulquappen gebadet, ohne zu träumen, dass das hier wäre!"

„Das wird eine große Ersparnis sein", stimmte sie zu. „Tot'n' Water ist gewaltige harte Arbeit."

Sie drehte sich zum Gehen um. Ich ließ meine Sense fallen und sagte:

„Du musst mich einen Teil des Weges gehen lassen. Ich weiß, dass du keine Angst hast, aber nicht wahr? Mir würde es besser gehen."

Sie faltete die Hände, rang sie einmal und machte schweigend zwei oder drei Schritte vorwärts. Mit Lessie stimmte etwas nicht, aber nichts wie eine echte Lösung kam mir in den Kopf, bis sie innehielt, sich halb umdrehte und mit zusammengepressten Lippen …

„Es geht um Buck!"

Bock! Die unheilvolle Gestalt, die ich am Tag zuvor in der tiefen Dämmerung beobachtet hatte. Bock! Natürlich, Buck! Er hatte gesehen, wie ich mich von Lessie trennte; er war gleich darauf zu ihr gekommen und hatte ihr zweifellos einige Dinge erzählt, die ihrem Seelenfrieden nicht förderlich waren. Ist der Mensch am Tiefpunkt wirklich ein Wilder? Welche Gefühle hatte ich in dem Moment nach Lessies intensiver Ankündigung der Ursache ihres Kummers? Einfach diese. Mir kam die Erkenntnis in den Sinn, dass auch ich ein Mann von körperlicher Stärke war; dass auch ich riesige Oberschenkel-, Brust- und Armmuskeln hatte; dass die Schwierigkeiten, die mich hierher geführt hatten, sicherlich gemildert wurden, da ich spürte, wie meine Kraft von Tag zu Tag zunahm, und dass ich, wenn jemand kämpfen wollte, ihm sein Bestes gönnen würde, anstatt mich dazu zwingen zu lassen, Lessies Gesellschaft aufzugeben – denn dessen war ich mir bereits sicher Das war die Last von Buck Steeles Forderungen.

Etwas von all dem musste sich in meinem Gesicht abgezeichnet haben, als ich bewusst an Lessies Seite trat und eine ihrer Hände nahm, denn ich sah Spuren von Entsetzen in den grauen Augen.

„Yo' – yo' darf sich nicht zusammenreißen!" „, rief sie stürmisch und ihre Finger schlossen sich mit einem Griff um meine, der mich zum Staunen brachte. „Oh! Das darfst du nicht! – Das darfst du nicht! Du kennst Buck nicht; er kann kein Hufeisen biegen!"

„Lessie", sagte ich, erwiderte ihren Griff und sah sie entschlossen an; „Ich habe keine Angst vor einem Mann, der lebt und sich bewegt. Ich glaube nicht an Gewalt, aber es gibt Zeiten, in denen sie notwendig wird. Und wenn die Notwendigkeit in meinem Leben entsteht, werde ich mich ihr stellen. Das haben Sie." sagte, dass du wolltest, dass ich dir helfe, und wenn du immer noch so denkst, wird mich nichts und niemand daran hindern, meinen Teil der Vereinbarung zu erfüllen. Ich habe das Gefühl, dass ich ziemlich genau weiß, was letzte Nacht passiert ist, aber du musst es mir jetzt sagen, während wir weitergehen. Wir müssen darüber reden – komm."

Ich hielt ihre Hand, bis ich sie umdrehte und wir ein kurzes Stück zurückgelegt hatten. Dann ließ ich es los.

„Sehen Sie", begann Lessie mit verwirrter leiser Stimme und ohne auf weiteres Drängen zu warten, „Buck kommt jedes Jahr hin und wieder zu mir. Er ist der einzige junge Kerl, den Oma sehen wird." Er hat sich sehr gut zu mir verhalten, und – nun ja, er hat mich gebeten, ihn zu heiraten. Aber ich liebe Buck nicht. Ich kann ihn nicht lachen „Ich bin es, weil er so gut und freundlich ist und alles auf der Welt tun würde, was ich von ihm verlangen würde. Er belästigt mich nicht, wenn ich komme, und auch nicht." und ich habe nicht das Gefühl, dass ich ihn sehe, er wird weitergehen, sanftmütiger Mensch, und sich nicht beschweren. Und nachdem wir hier sind, wird er wieder zurück sein und versuchen, es mir zu sagen Das ist mein Gefühl. Irgendwie hat er gehört, dass du hier rausgekommen bist, und hat mich am

Hartriegelbaum gesehen Tag – ich erwarte, dass Oma es mir erzählt, weil ich es niemandem außer den Heimbewohnern erzählt *habe* . 'n' er hat gesehen, wie du mir auf der Brücke Lebewohl gesagt hast. 'N' nachdem du gegangen warst, kam er - 'n' ich hatte ihn noch nie so aussehen sehen, wie er damals aussah. Seine Augen waren schwarz und hatten Feuer in ihnen und sein Gesicht war wie ein Stück grauer Stein und seine Stimme war unterschiedlich und immer wieder, und dann schüttelte er sich am ganzen Körper.

Ihre Worte wurden immer schneller, bis sie, als sie aufhörte, so schnell sprach, dass ich kaum verstehen konnte, was sie sagte.

„Ja", antwortete ich, aber nichts weiter, bis wir am Fuß des Knaufs angelangt waren. Hier, als wir uns nach Westen zum Bach wandten, der nach Lizard Point führte, sprach ich erneut.

„Er hat natürlich mit dir gesprochen, Dryad. Jetzt musst du mir alles erzählen und nichts zurückhalten – nichts. Auch wenn er sehr hässliche Dinge gesagt hat – Dinge, die dich vielleicht erschreckt haben, musst du sie mir auch erzählen."

Sie bückte sich, um ein Büschel kleiner Wildblumen zu pflücken, die an einem einzelnen Stiel wuchsen, und stieß dabei einen leisen Freudenschrei aus. Dann antwortete sie, als sie die Blumen in ihrem Haar über das von mir entfernte Ohr drehte.

„Ja, er hat mit mir geredet. Ich habe versucht, ihn zum Schweigen zu bringen, aber er hat es nicht geschafft. Das liegt hauptsächlich an dir. Er sagte, er kenne Stadtbewohner und sie seien alle böse und gefährlich „Und dass du wirklich versuchst, mit mir wegzulaufen, um mir die Zeit zu vertreiben und mich zum Narren zu halten – aber ich habe es nicht geglaubt!"

Mit den letzten Worten wandte sie mir ein offenes und ehrliches Gesicht zu.

„Nein, Dryad; du darfst ihm nicht glauben, wenn er so redet. Ich bin sicher, dass Buck von Natur aus ein guter Mann ist, aber er war aufgeregt, als er dir das sagte. Es gibt einige böse Männer in den Städten und dort Es gibt einige böse Männer auf dem Land. Es gibt mehr böse Männer in der Stadt, weil es mehr Menschen in der Stadt gibt. Aber er hat sich völlig geirrt, als er von meinen Beweggründen sprach, mit Ihnen zu gehen – fahren Sie fort."

„Er sagte, er würde dich nicht zu mir kommen lassen, und ich muss versprechen, dass ich dich nie wieder sehen werde. Ich habe ihm gesagt, dass ich das nicht tun kann, weil du es bist Ich werde mich lernen. Dann ist er völlig verrückt geworden, hat geflucht und verdammt, hat einen großen dicken Stock, den er in seinem Haus hatte, zerbrochen und ihn weiter zerbrochen, bis Es war alles in kleinen Stücken in „is fis" – und dann warf er sie alle auf den Boden und schaute mich an, als würde er mich schlagen, aber er tat es nicht. Wir sind unten Am Ende des Weges neben der Straße waren wir noch nicht zum Haus hinaufgegangen. Ich war eine Weile mit dem Fell beschäftigt, er sah so groß aus und er ist so verrückt. Ich kannte keinen Kerl Ich wäre so verrückt nach – wegen eines Mädchens, oder?"

Ihre Offenheit überraschte mich immer wieder. Sie schien sich überhaupt nicht bewusst zu sein, dass irgendetwas in ihr existierte, was einen Mann auf die gefährlichen Höhen der Liebe führen könnte, wohin dieser muskulöse Mann offensichtlich gegangen war.

„Ja", antwortete ich langsam. „Wenn ein Mann ein Mädchen liebt, Dryade, wird er alles tun, wenn die Umstände vorliegen, die dies erfordern." Als mir dann klar wurde, dass ich ihr Rätsel aufgab, fügte ich hinzu: „Ich meine, wenn ein Mann verliebt ist, besonders wenn er ein starker Mann ist, lässt er nicht zu, dass irgendjemand oder irgendetwas ihm in den Weg kommt, wenn er …" kann helfen. Und genau das ist Bucks Position. Er denkt, dass er nicht ohne dich leben kann, und er ist ein großes, stämmiges Tier, dessen Gefühle ihn größtenteils kontrollieren. Wenn ein anderer Mann auf dich zukommt, wird er eifersüchtig, und Eifersucht ist am schlimmsten Die köpfigste, unvernünftigste und gemeinste Leidenschaft der Menschheitsfamilie … Was hat Buck sonst noch gesagt?

Es war jetzt zu dunkel, als dass ich ihren Gesichtsausdruck hätte erkennen können, aber als sie antwortete, zitterte ihre Stimme vor Besorgnis, und dieser eindringliche Ton – wie ein seltener Moll-Akkord in der Musik –, der mich bei unserer ersten Begegnung so bewegt hatte, hatte sich seltsamerweise hineingeschlichen und dominierte die natürliche, leichtere Qualität ihrer Sprache.

"Oh!"

Ein Ausruf, der aus einem zitternden Seufzer bestand, war ihr erstes Wort, aber sie fuhr fast sofort fort.

„Er – er hat *schreckliche* Dinge gesagt! Er sagte, er könne es nicht mehr *ertragen*, mich und dich zusammen zu sehen, und er sagte, er wird – er wird – dich *töten* , wenn – wenn –"

Hier brach Lessie zusammen und begann in kleinen, krampfhaften Schnupfen zu weinen, wie man es bei kleinen Kindern gesehen hat.

Ich nahm erneut ihre Hand und versuchte, ihre Ängste zu lindern, während wir unter den großen Waldbäumen durch die schattige, schwach leuchtende Atmosphäre weitergingen. Ich erzählte ihr, dass Buck in der Hitze des Zorns gesprochen hatte und dass er nicht wirklich meinte, was er sagte, und dass seine Leidenschaft mit seiner Diskretion durchgekommen sei und ihn dazu gebracht habe, sehr dumm zu handeln. Am Ende lachte ich über die

Drohungen und behandelte sie wie einen Scherz, aber mein Begleiter wollte das nicht.

„Du kennst ihn nicht! Du kennst ihn nicht!" beharrte sie und fuhr sich mit dem Rücken ihrer freien Hand über die Augen. „Er *hat* es ernst gemeint, und er *wird* es tun – ich weiß, dass er es tun wird!"

„Glaubst du nicht, dass ich auf mich selbst aufpassen kann?" Ich fragte.

„Ich weiß es nicht; vielleicht – aber Buck ist so stark!"

„Ich bin auch stark, Dryad."

Sie antwortete nicht und bald kamen wir zur Lichtung. Hier blieb Lessie stehen und sah mich an.

„Du *darfst nicht* weiterkommen", sagte sie so nachdrücklich, dass ich fast blinzelte. „'N'-'n'-yo' darf nicht mehr zum P'int kommen und ich werde nicht mehr zu Baldy kommen'n'-"

„Warum, Lessie!"

Ich ließ ihre Hand los und legte allen Vorwurf, den ich aufbringen konnte, in die Worte.

„Weißt du – na ja –"

„Und gib all die Dinge auf, die ich dir beibringen werde, nur weil –"

Es war zu viel. Sie drehte sich mit einem verletzten, verzweifelten Schrei um, der mich irgendwie brutal verletzte, und rannte schnell vor mir über das offene Gelände davon. Ich sah das neblige Flattern der Kleidungsstücke in der Dunkelheit, nahm den matten Glanz ihres fliegenden Haares wahr und wusste dann, dass ich allein war.

Ich habe gerade an Crombie geschrieben. Ich habe ihm von keinem der Menschen erzählt, die ich getroffen habe. Ich schrieb einen geschwätzigen Brief, in dem ich mein tägliches Leben, meinen verbesserten Zustand und meine bisherige Unfähigkeit beschrieb, die Lebenspflanze zu finden. Aber in diesem Punkt hatte ich Hoffnungen. Ich bin sicher, er wird sich am Kopf kratzen, wenn er meinen Nachtrag liest, und sich fragen, ob ich Gehirnprobleme habe. Hier ist mein Nachtrag:

„Senden Sie mir bitte sofort eine Fibel und ein Heft per Post nach Hebron."

KAPITEL 11

IN DENEN ANDERE CHARAKTERE IN UNSERE GESCHICHTE KOMMEN

Ich bin heute nach Hebron gefahren, um meinen Brief abzuschicken und einen Vorrat an Gartensamen beizulegen.

Es war noch früher Morgen, als ich Lizard Point erreichte und auf die Straße stieß, die zu meinem Ziel führte. Die Sonne hatte den hohen Noppenbereich noch nicht erreicht; Die Luft war kühl, mild, feucht vom Tau und klar. Nachdem ich die Brücke überquert hatte, blieb ich einen Moment stehen und blickte aufmerksam zu Lessie hinauf. Hätte ich sie gesehen, hätte ich sie angerufen und ihr gesagt, wohin ich gehe. Hellblauer Holzrauch stieg aus dem Küchenkamin auf und stieg spiralförmig in große Höhen auf, bevor er sich auflöste – ein sicheres Zeichen für schönes Wetter, wurde mir mitgeteilt. Bald erkannte ich Granf'ers gebeugte Gestalt, die durch den Hinterhof trottete. Er trug immer noch seine Kaffeebeutelschürze und hatte einen Teller mit Wasser in der Hand. Diesen leerte er in einen Hühnertrog und trottete zum Haus zurück. Aber Lessie erschien nicht, also drehte ich mich um und ging weiter.

Die Straße verlief fast eine Meile lang parallel zu diesem Bacharm und verlief am Fuß einer stetig geschwungenen Landzunge entlang. In Anbetracht der Lage war es auch keine schlechte Straße, und es bereitete mir Freude, durch den gelben Staub zwischen den Spurrillen zu stapfen, die die Räder vorbeifahrender Fahrzeuge hinterlassen hatten. Auf der Bachseite befand sich ein rutenbreiter Grünstreifen; blühendes Unkraut, erstickt von langem, zähem Gras, Büschen aller Art und gelegentlich einem Baum. Auf der Noppenseite begann der Anstieg am äußersten Rand der Autobahn. Hier gab es Moos, tote Blätter, viele Arten von Schlingpflanzen, Sumach, wilde Weinrebe und hin und wieder Eglantine, deren flache, rosa-weiße Blüten den dichten Schatten erhellten. Auf dieser Seite der Straße verweilte mein Blick häufiger, denn in meiner Tasche befand sich der Krug mit frischem Wasser und in meinem Herzen die Hoffnung auf die ultimative Belohnung. Allerdings hatte ich nichts gefunden, was der Lebenspflanze auch nur im Geringsten ähnelte, und ich war schon weit gereist. Aber ich war auf Enttäuschungen vorbereitet und in Geduld geschult. Der Preis war zu wertvoll, um leicht an ihn heranzukommen. Ich hatte diese große Wahrheit bereits gelernt: Die Dinge, die sich lohnen, sind die Dinge, für deren Erhalt man sein Herzblut gibt. Nichts, was Sie durch bloßes Ausstrecken Ihrer Hand begreifen können, ist auch nur die geringste Anstrengung wert. Es ist ein Naturgesetz und ein Lebensgesetz, dass harte Arbeit der Preis für wahren

Erfolg ist; dass Errungenschaft Opfer bedeutet; dass die natürlichen Neigungen und Wünsche des Fleisches gefesselt und gefesselt werden müssen, bevor wir irgendeine Erhabenheit erreichen oder eine edle Aufgabe erfüllen können. Dieser unumstößliche Grundsatz des Lebens galt auch für diesen Fall, und ich beugte mich ihm. Ich würde warten und suchen; Ich machte weiter, bis der letzte Tag meines zwölfmonatigen Exils vorbei war, in dem Glauben, dass meine Belohnung früher oder später kommen würde.

Jetzt mündete meine Bergstraße in eine Kreisstraße, die aus Schotter bestand, gut befestigt und glatt war. Einen Moment lang war ich überrascht und fragte mich, woher dieser ganze Kies kam. Dann fiel mir ein, dass in der Nähe ein Fluss floss, und das Geheimnis lag auf der Hand.

Als ich mich wieder auf den Weg machte, kam die Sonne heraus und ergoss ihr immer schneller werdendes Licht in einer wundersamen Kaskade schimmernder Schönheit über das dunkelgrüne Blättermeer. Die Blätter raschelten willkommen, und eine Brise erhob sich, die einem Seufzer der Dankbarkeit aus dem großen Herzen der Erde glich. Dieser Gruß der Natur an die Natur an diesem stillen Morgen berührte mich irgendwie zutiefst; Ich konnte die Erregung dieser Antwort in meiner Brust spüren, und ich blieb stehen, nahm meine Mütze vom Kopf und blickte der großen goldenen Kugel mit einer, wie ich mir vorstelle, fast der Begeisterung eines Sonnenanbeters entgegen. Ich war allein mit meiner alten Mutter; die Mutter, von der ich kam und zu der ich zurückkehren würde, und klarer als je zuvor in meinem Leben spürte ich die Verwandtschaft der robusten Bäume und wusste, dass der Saft und die Fasern von allem, was um mich herum wächst, ein wesentlicher Bestandteil meines Wesens waren . Winzige Gefühlswellen begannen in meinen Nerven zu kribbeln, als ich barhäuptig dastand, eins mit dem Universum, und dann wuchsen die Wellen langsam an Stärke, bis jede Ader und Arterie von einer mächtigen Woge der Freude überschwemmt wurde.

Ein Windstoß wehte einen Brombeerstrauch über meine Wange und kratzte sie mit einem Dorn. Ich zuckte zusammen und schaute, und stellte fest, dass ich unwissentlich an den Straßenrand gekommen war.

Eine Viertelmeile weiter sah ich an einer Biegung den Weiler. Fünf oder sechs Häuser, ein Bahnhof, der Überbau einer Eisenbrücke und an einer Seite ein beeindruckendes Backsteingebäude, bei dem ich zu Recht vermutete, dass es sich um die Brennerei handelte. Zwischen mir und dem Weiler lag ein Stück gerodetes Land, das in Felder eingezäunt war. Ich sah eine Weizenfläche, grün und voller Ähren; ein anderer aus Hafer, nicht so groß und mit einem eigenartigen bläulichen Farbton. Andere Felder waren einfach kahle, braune Abschnitte frisch umgegrabener Erde, die für Mais oder Tabak vorbereitet waren.

Nun kam zu meinen Ohren ein Ton, den man gehört hat, seit die Welt jung war; der musikalische Klang von Eisen gegen Eisen; das Lied der Schmiede. Über das Tiefland schwebte es auf mich zu, verlor dabei jegliche Härte und fiel in angenehmen Tönen in die Luft. Ich wusste, dass es keine unsichere Hand war, die den Hammer hielt, denn die Schläge waren kraftvoll und im Takt, unterbrochen von Zeit zu Zeit durch das trommelartige Rollen, wenn der Hammer auf dem Amboss tanzte. Ich ging gemächlich weiter, überquerte einen Bach auf einer Hängebrücke einheimischer Bauart und stieg dann eine leichte Anhöhe hinauf, bis ich in der breiten Tür der Schmiede stand. Der auf seine Aufgabe konzentrierte Arbeiter hatte meine Annäherung weder gesehen noch gehört. Ich stand da und sah ihn schweigend an.

Er war ein junger Mann, ungefähr in meinem Alter. Er war ungefähr so groß wie ich und vielleicht etwas schwerer. Er trug einen kurzen braunen Bart. Sein Flanellhemd war am Hals bis zu zwei oder drei Knöpfen offen und gab den Blick auf seinen dicken Hals und die geschnürte Brust frei. Seine Ärmel waren bis über die Ellenbogen hochgekrempelt und seine Unterarme waren voller Muskeln. Sein Gesicht war ziemlich schwer und nicht intelligent. Er schweißte einen Eisenreifen und ich beobachtete seine geschickten Manipulationen voller Bewunderung. Ganz bestimmt war er kein Stümper. Nach einer Weile warf er die Kühleisen zurück ins Feuer, und während er mit einer schmutzigen Hand den Griff seines Blasebalgs ergriff, sprach ich.

„Guten Morgen, Buck Steele.“

Er drehte sich mit der schnellen Bewegung um, wie man sie bei überraschten Katzen sieht, und seine braunen Augen weiteten sich deutlich. Er kannte mich. Ich sah, wie sich sein Mund zusammenzog und die äußeren Augenwinkel sich zusammenzogen. Bei diesem ersten langen Blick, den er mir zuwarf, sagte er kein Wort und bewegte sich auch nicht. Ich musste daran denken, was für ein großartig aussehender Kerl er war, seine Haltung war von natürlicher Anmut und Würde geprägt, und gleichzeitig spürte und erkannte ich die Feindseligkeit, die von seiner gesamten Person ausging. Ich begegnete seinem Blick unbeirrt und mit direktem Blick. Ich konnte sehen, wie sein Blick von meinem Kopf zu meinen Füßen wanderte, und wusste, dass er eine Bestandsaufnahme von mir machte. Dann richtete sich sein kompromissloser Blick auf mein Gesicht und augenblicklich nahm ein bitter feindseliger Ausdruck seinen Ausdruck an. Ein paar Augenblicke standen wir so da, dann hob sich seine große Brust zu einem tiefen, langen Atemzug, sein Mund wurde noch enger, seine schmutzigen Finger schlossen sich um den Griff des Blasebalgs und begannen, nach unten zu ziehen, dann drehte er mir ruhig den Rücken zu und nahm seine Arbeit wieder auf. Mein Gruß war unbeantwortet geblieben.

Ich wandte mich ab. Es tat mir leid, aber ich konnte nichts tun. Hätte ich mich dazu gezwungen, seine Aufmerksamkeit zu erregen, hätte das zu Gewalt geführt, da war ich mir sicher, und wahrscheinlich auch zu einer Katastrophe für mich selbst. Ich ging an ein oder zwei Häusern vorbei bis ich den Laden erreichte, ein niedriges, schmales Gebäude neben einer Eisenbahnstrecke. Ein Mann, barhäuptig und in Hemdsärmeln, saß auf einer Keksdose auf der kleinen Veranda, den Rücken an die Wand gelehnt, die Hände friedlich im Schoß gefaltet.

„Haben Sie Gartensamen?" fragte ich und blieb vor ihm stehen.

Er hob träge seine trüben, rotgeränderten Augen und sah mich unbewegt an. Absolute Leere lag auf seinem Gesicht. Er zuckte mit den Lidern und starrte mich an, seine Unterlippe war leicht herabhängend. Sein Schweigen wurde so lang, dass ich lächelte und meine Frage wiederholte. Eine Art Grunzen kam von ihm, bald gefolgt von –

„Was für ein Gartensamen?"

Ich habe die Sorten benannt, die ich wollte.

Wieder grunzte er – ein lauteres Grunzen als beim ersten Mal, denn jetzt bereitete er sich darauf vor, aufzustehen. Dies gelang ihm bald, und er ging in den Laden und ließ seine Füße über die Bretter der Veranda gleiten. Mit der Zeit bekam ich meinen Samen.

"Was ist da los?" fragte ich, als wir zusammen herauskamen, und zeigte auf einen Hügel auf der anderen Seite der Eisenbahnstrecke, den der Hecht in gewundenen Schlangen hinaufschlängelte.

Der Ladenbesitzer ließ sich auf die Crackerschachtel fallen und nahm die gleiche Position ein wie damals, als ich ihn ansprach, bevor er antwortete.

„Chu'ch 'n' pa's'nage; s'p'intend'nt's Haus. 'Stillery dort drüben; Fluss unter der Brücke."

Daraufhin verfiel er sofort in seine frühere Trägheit und ich verzichtete auf weitere Fragen.

Ich beschloss, einen Blick auf den Fluss zu werfen. Hebron lag vor meinem Blick: kleine, schlecht gepflegte Häuser; kleine Höfe mit einigen düsteren Versuchen der Blumenzucht; schmutzige Kinder und arbeitsmüde Frauen. Letztere erblickte ich, als ich zur Eisenbahn ging, an Fenstern und auf Veranden und starrte den Fremden apathisch an. Bald erreichte ich die Brücke, die, wie ich feststellte, einen Fluss von beträchtlicher Größe überspannte. Es hatte ein Kiesbett und seine Ufer waren dicht von Bäumen gesäumt. Die westliche Ausrichtung war von meinem Standort aus besonders reizvoll, und ich entschloss mich sofort zu einer näheren Bekanntschaft, denn der Tag hatte gerade erst begonnen und es bestand für mich keine Notwendigkeit, nach Hause zu eilen. Nach kurzer Suche fand ich einen Weg, der mich zum Bachufer führte. Der Kanal war hier ziemlich schmal und das Wasser schien tief, sein Fluss war sanft und ruhig. Zu meiner Überraschung führte der Weg weiter und verlief wurmartig zwischen den dichten Weiden- und Bergahornwäldern hindurch. Ich ging ziellos weiter und ließ mich lediglich einem müßigen Geist und dem Charme eines unbekannten Weges durch den Wald an einem Fluss hingeben. Ich war vielleicht eine halbe Meile gegangen, nie mehr als einen Dutzend Fuß vom Rand entfernt, als ich ein Boot entdeckte, das gemütlich am Strand lag und an einer struppigen Eiche festgemacht war, deren Wurzeln teilweise unter Wasser lagen. Warum nicht mitfahren? Der Gedanke wurde augenblicklich geboren und nahm schnell die Form einer Entschlossenheit an. Hier lag eine entzückende Abwechslung für mich bereit. Ich liebte es, ein Ruder zu ziehen, und die glänzende, dunkelgrüne Oberfläche vor mir schien einladend zu sein. Ich legte mein Samenbündel auf den Boden, zog meinen Mantel aus, warf es über einen Ast und ergriff dann den Maler. Es war nicht verschlossen, wie ich halb befürchtet hatte. Das Boot war ein zartes, formschönes, weiß gestrichenes Ding, und ich wunderte mich, dass ein so zierliches Boot hier in der Wildnis rund um Hebron vertäut werden konnte. Der Maler war locker, und einer meiner Füße war im Boot, als ich mich gerade zum Abstoßen bereit machte, als …

„Ich bitte um Verzeihung", hörte ich; „Aber darf ich mein Boot für eine Weile haben?"

Ich stand auf und hielt den Maler in meiner Hand.

Eine junge Frau stand mir gegenüber. Klein und schlank, in Braun gekleidet, vom flotten Strohhut bis zu den rostroten Schuhen; kurzer, perfekt geschnittener Gehrock; ein geschnürtes Mieder, das sehr tief im Nacken sitzt; in einer Hand einen Fischeimer aus Blech. Offensichtlich hatte sie mich für einen der Bauern in der Nachbarschaft gehalten, denn ich konnte sehen, dass sie genauso überrascht war wie ich. Ein Blick genügte, um mir ihre Geschichte zu erzählen. Eine abgestumpfte Frau aus der Gesellschaft, alt und *gleichgültig* mit ihren Zwanzigern, die nichts außer einem Gespür für die Welt und alles, was darin war, hatte. Sie war erbärmlich jung, um diese Zeichen der Erfahrung auf ihrem Gesicht zu tragen. Ihre Gesichtszüge neigten zur Spitze; Ihr Kinn war scharf, ihre blauen Augen so müde, trotz des kurzen Lichts, das jetzt in ihnen aufblitzte. Um ihren instabilen Mund herum waren leichte Falten zu erkennen, und an ihren Augen zeichneten sich deutlich ausgeprägte Krähenfüße ab. Sie muss seit ihrer frühen Jugend hart und wütend gelebt haben, um diesen unbeschreiblichen Ausdruck zu erlangen, der keiner Interpretation bedarf. Wer auch immer sie war und was auch immer sie war – und ich war überzeugt, dass sie sich des Blutes sanfter Leute rühmen konnte –, sie hatte in ihren zwanzig Jahren etwas Lebendiges gesehen.

„Ich schätze, wenn ich um Verzeihung bitten müsste, dann sollte ich darum bitten", antwortete ich und nahm beim Sprechen meine Mütze ab. „Ich wusste nicht, dass es deins ist. Ich bin ein Fremder. Ich war spazieren und rannte auf das Boot, und ich konnte mir nicht vorstellen, dass es schaden könnte, es eine halbe Stunde lang zu benutzen. Soll – das heißt, darf Ich helfe Ihnen, über Wasser zu kommen?"

Während ich sprach, hatte sie alle Zeichen der Überraschung beseitigt. Jetzt trat sie mit der Bereitschaft einer Frau von Welt vor und hielt ihr den Eimer hin.

„Das darfst du verstauen... Ich werde meine Zeilen besichtigen."

"Linien?" Ich wiederholte verständnislos.

„Trablinien", erklärte sie und rückte eine Nadel in ihrem Hut zurecht, als ich absolut sicher war, dass so etwas unnötig war. „Ich habe sie gestern Nachmittag eingestellt."

„Oh! Du bist ein Fischer!" rief ich aus. „Nun, ich hoffe, du hattest Glück."

Sie stieg ins Boot, bevor ich ihr helfen konnte, stieg aus, nahm die Ruder – und blieb dann stehen. Sie schien nachzudenken. Ich war bereit, mich bei ihrem Wort abzustoßen. Plötzlich blickte sie mit einem halben Lächeln auf.

"Möchten Sie gehen?"

Ich war nicht überrascht. Armes kleines, von der Welt abgenutztes Geschöpf. Wie viele Männer hatte sie mit diesem halben Lächeln geformt! Ich antwortete ohne zu zögern.

"Sicherlich!"

Es konnte keinem von uns schaden. Es war unkonventionell, aber Konventionalität ist ein schreckliches Schreckgespenst. Sie war einsam, das wusste ich, und das Echo einer zivilisierten Welt, das ich in ihrer Gesellschaft erleben würde, würde mir sehr willkommen sein.

„Dann komm schon. Vorgestern habe ich einen Barsch gefangen, der mich fast erschöpft hätte, bevor ich ihn an Bord holen konnte. Du siehst, du könntest bei einer solchen Gelegenheit behilflich sein."

Ich bot an, das Ruder zu übernehmen, aber sie lehnte ab und zeigte anschließend ein Maß an Rudergeschick, das mich überraschte. Sie nahm die Mitte des Baches und ließ sich von der trägen Strömung treiben. Von meiner Position im Heck aus blickte ich sie an, und da ich spürte, dass ein Gespräch geradezu unerlässlich war, sagte ich:

„Sie wohnen doch doch nicht in Hebron?"

Sie lächelte – ein strahlendes, gewinnendes Lächeln, das irgendwie ein tieferes Mitleid in mir weckte. In diesem Gesichtsausdruck schien sich ihr wahres Wesen zu offenbaren. Sie war nicht böse; Nicht von Natur aus schlecht, aber willensschwach, leicht zu beeinflussen und anfällig für Assoziationen und die Umwelt. Einer, der den glatten Weg des Vergnügens mehr liebte als den steinigen Weg der Rechtschaffenheit; eine, die den Duft der frischen Blume ihrer Kindheit unentgeltlich und unentgeltlich verschenkt hatte. Gutherzig, warmherzig mitfühlend, impulsiv im Temperament, verantwortungslos.

„Ja", sagte sie mit einem fröhlichen Nicken; „Ich lebe in Hebron."

„Aber du gehörst da nicht *hin* ?" Ich bestand darauf.

Sie lachte in einer hohen, nicht unmusikalischen Tonart, tauchte plötzlich ihre Ruder ein und begann, das Boot schnell durch das Wasser zu treiben. Beim Rudern kommt ein anmutiges Mädchen voll zur Geltung, und meine Begleiterin war in diesem Bereich reich begabt. Ihre kleinen rostroten Schuhe waren fest angezogen, und der kurze Rock gab den Blick auf ein paar Zentimeter spitz zulaufende, hellbraune Strümpfe frei. Ihre braunen Hände umklammerten die Ruder fest, und als sie sich mit den rhythmischen Schlägen vorwärts und rückwärts bewegte, verspürte ich ein Gefühl der Bewunderung für ihr Können. Nach wenigen Augenblicken hatten wir eine Kurve umrundet, und hier sah ich eine Linie, die sich über den Fluss erstreckte und von der aus kleinere Linien in den Bach hineinreichten. Das Mädchen warf einen Blick über die Schulter, senkte ein Ruder und steuerte das Boot geschickt auf einen bestimmten Haken zu, bevor sie sprach.

„Ich gehöre dorthin – für den Sommer", sagte sie.

Ich folgte ihrer kurzen Geste und entdeckte auf einem Hügel zu meiner Rechten etwas, das ich für eine Backsteinkirche hielt, mit einem Backsteinhaus daneben.

Als ich mich umdrehte, um zu antworten, sah ich, dass etwas passierte. Das Mädchen tat ihr Bestes, um eine der versunkenen Leinen einzuholen, aber die verborgene Kraft unter der Oberfläche kämpfte erbittert gegen ihre Kraft. Bevor ich helfen konnte, hatte sie ihren Halt gelockert, und sofort schoss die Leine heraus und zog sich zusammen, schwankte hin und her und schnitt lautlos durch das Wasser.

„Ich glaube, ich habe einen Wal!" erklärte sie mit großen Augen und Ernsthaftigkeit, veränderte ihre Position und kniete nieder, bevor sie ihre Aufgabe erneut aufnahm. „Nein, hilf mir noch nicht " – während ich eine

Vorwärtsbewegung machte – „es macht viel mehr Spaß, seinen eigenen Fisch zu landen!"

Sie beugte sich erneut zu der vibrierenden Leine, während ich das Boot ruhig hielt und gespannt auf die weitere Entwicklung wartete.

„Ich komme aus Kansas City", warf sie plötzlich über die Schulter, „und ich verbringe den Sommer mit meinem Onkel, Rev. Jean Dupré – Pater John, wie ihn die Dorfbewohner nennen. Ich bin Beryl Drane."

Die Katastrophe kann nicht im Detail erzählt werden. Es mag zum Teil meine Schuld gewesen sein, denn meine Wache war im Moment nachlässig. Bevor mir klar wurde, was passiert war, war Miss Drane verschwunden und ich lag im Wasser und klammerte mich an das umgedrehte Boot. Ein saugender, gurgelnder Strudel bewegte sich flussabwärts, und die Kabelleitung war verschwunden. Für einen Moment kroch ein kalter Horror in meine Eingeweide und ließ mich so frösteln, dass ich mich nicht bewegen konnte. Dann überkam mich meine Pflicht mit einem schnellen Ansturm, und als ich das Boot losließ, tauchte ich verzweifelt ab. Wahnsinnig schwenkte ich meine Arme nach links, rechts und überall hin und griff blind nach der Berührung von Fleisch oder Kleidung. Ich schien mir vage bewusst zu werden, dass ich in gewissem Maße für den Unfall verantwortlich war und dass ich das verlorene Mädchen finden musste. Hin und her kämpfte ich mich wild durch das Wasser, meine Lunge schmerzte, mein Kopf pochte. Ich konnte nicht aufgeben. Ich musste sie finden. Sie war dort, irgendwo in diesem stillen, tückischen Element. In meinem chaotischen Kopf sprang der Gedanke auf, dass sie vielleicht an die Oberfläche aufgetaucht war. Sofort gab ich meine Bemühungen auf und stand auf. Ich wischte mir die strömenden Tropfen aus Augen und Mund, holte tief Luft und blickte mich verzweifelt um. Schweigen; Einsamkeit; ein leuchtender, scheibenförmiger Fleck, an dem sich die Sonne spiegelte und einen Dutzend Fuß über dem glitzernden Boden des Bootes lag. Das war alles. Eine Männerlänge weiter südlich sah ich einige Blasen aufsteigen und platzen. Ohne Luft kann es keine Blasen geben. Vielleicht-

Wiederauflebende Hoffnung erfüllte meine Brust, als ich erneut nach unten stürzte und mit aller Kraft zuschlug. Ich ergriff ein durchnässtes Etwas. Ich öffnete meine Augen. Das Wasser war klar und das Sonnenlicht fiel schwach durch. Eine verwirrte, schattenhafte Gestalt stand vor mir. Ich konnte keine Umrisse hinbekommen. Einen Augenblick später berührte ich eine Hand und wusste, dass es Beryl Drane war. Dann kam eine Vorstellung von der Wahrheit. Als der Fisch, oder was auch immer es war, sie über Bord gezogen hatte, hatte sie sich in den Leinen verheddert, und das Ding, das die Macht hatte, sie aus dem Boot zu ziehen, hatte auch die Macht, sie unter der Oberfläche zu halten, während es um die Flucht kämpfte. Ich nahm sie in meine Arme, zog sie und gemeinsam schossen wir nach oben. Ich sah sie an, als wir Licht und Luft erreichten. Sie war schlaff und allem Anschein nach völlig leblos. Ihre Lippen hatten einen bläulichen Schimmer und waren leicht geöffnet. Ihre Augen waren halb geschlossen; sie atmete nicht.

Voller Vorahnungen, die an der Grenze zur Gewissheit zitterten, schwamm ich zum Ufer. Die Entfernung war kurz, und plötzlich kämpfte ich mich mit der bewusstlosen Gestalt des Mädchens die rutschige Schlammbank hinauf. Meine Gedanken waren während des Schwimmens beschäftigt gewesen. Sollte ich an Land anhalten und eine Wiederbelebung versuchen, oder sollte ich zum Haus des Priesters eilen, das gleich oben auf dem Hügel liegt? Ich entschied mich für die letztere Vorgehensweise, weil sie die zweckmäßigste war, da die Verzögerung praktisch gleich Null sein würde und geeignete Wiederherstellungsmittel im Haus verfügbar waren. Wahrscheinlich gab es eine Straße. Direkt den bewaldeten Hang hinauf stürmte ich. Meine Anstrengungen im Wasser hatten mich ermüdet, und als ich nun durch das dichte Unterholz den steilen Hügel hinaufging, spürte ich eine starke körperliche Erschöpfung. Aber ich machte grimmig weiter, mit einer Angst im Herzen, die jede körperliche Schwäche bei weitem überwog.

Endlich erreichte ich einen Zaun. Wie ich es mit meiner Last überstanden habe, weiß ich nicht. Hinter dem Zaun befand sich ein Weidegrundstück mit nur leichtem Gefälle, über das ich raste. Ein weiterer Zaun, der Hinterhof des Pfarrhauses, durch den kreischende Hühner flohen, als ich vorbeiraste, um das Haus herum zur Veranda, wo ein kleiner alter Mann in einem Schaukelstuhl saß, gekleidet in ein Priestergewand. Ich wusste, dass es Pater John war. Er las ruhig und rauchte eine Meerschaumpfeife mit einem Stiel, der so lang war wie mein Arm, aber das Geräusch meiner Füße erregte ihn und er hob den Kopf.

„*Mon Dieu!*" rief er, sprang auf, ließ sein Buch fallen, hielt sich aber an seiner Pfeife fest, mit der er wild wedelte. „Im Namen des Himmels, meine Güte! Was ist denn passiert?"

Die Haustür stand offen und ich stürmte ins Haus, ohne zu antworten. Im Flur stand eine Couch, auf die ich die Gestalt des Mädchens legte. Pater John, sein faltiges Gesicht voller Angst und Angst, war augenblicklich neben mir.

„Madonna! Jesus!" er jammerte. „Mein gesegneter Bereel!"

Ich begann mit der Behandlung des Ertrunkenen und erklärte ihm hastig, wie es zu dem Unfall gekommen war.

„Rufen Sie Ihre Haushälterin an!" Ich fügte hinzu. „Ihre Kleidung muss gelockert werden. Schnell! Wenn kein Arzt in der Nähe ist, ist es sinnlos, sie zu schicken. Ich weiß, was zu tun ist. Bringen Sie Brandy oder Whisky mit – beeilen Sie sich!"

Pater John rannte aus der Halle und weinte bei jedem Schritt:

„Marie! Marie! Marie!"

Seine zitternde Stimme verstummte im Hintergrund.

Ich öffnete den Gürtel des Mädchens, riss ihre Kleidung an der Taille auf, und während ich fieberhaft arbeitete, wurde ich mir bewusst, wie eine hagere, strenge Frau von fünfundfünfzig oder sechzig Jahren plötzlich neben mir auf die Knie fiel und das enge Korsett öffnete, das ich trug grobe Eile hatte entlarvt. Danach arbeiteten wir schweigend zusammen, bewegten die Arme auf und ab und bemühten uns um künstliche Beatmung. Pater John schwebte gerade außer Reichweite, eine entkorkte Flasche in einer zitternden Hand; die langstielige Pfeife, die er nie verlassen hatte, in der anderen. In der völligen Stille, die unsere Bemühungen begleitete, konnte ich hören, wie er unzusammenhängende, aber inbrünstige Gebete in seiner Muttersprache flüsterte.

Ich beobachtete genau das blasse Gesicht – das arme, spitze Gesicht, das so viel gesehen hatte, von dem eine Frau nicht wissen sollte, dass es existiert –, aber auf den wächsernen Wangen flackerte kein Signal auf. Ich nahm die Flasche und goss vorsichtig etwas Brandy zwischen die geöffneten Lippen – arme Lippen, von denen ich wusste, dass sie Küsse angenommen hatten, die nicht aus Liebe gegeben waren. Die feurige Flüssigkeit tropfte ihr in den Hals, aber es gab keine Bewegung, keinen Versuch zu schlucken. Ich gab mehr, denn dies war die höchste Prüfung für mein Leben. Es kam eine Strenge auf mich zu, die so gering war, dass ich mir ihrer nicht ganz sicher war. Mehr Brandy. Ein Schauer überlief die schlaffe Gestalt; Aus ihrer Kehle drang ein würgendes, keuchendes Geräusch, gefolgt von einem schmerzerfüllten Stöhnen. Ich stand aufrecht da und blickte aufmerksam auf sie herab. Fast unmerklich zeigte sich ein schwaches Leuchten in der marmornen Blässe ihrer Haut. Sie erwachte wieder. Die Gefahr war vorüber. Die hagere Frau, die zu meinen Füßen kauerte, blickte stumm und fragend zu mir auf.

„Machen Sie weiter ihre Hände und Füße", sagte ich. „Halten Sie alle ihre Kleidungsstücke locker. Geben Sie ihr von Zeit zu Zeit sehr kleine Mengen Alkohol. Sie sollte mich besser nicht sofort nach dem Aufwachen sehen."

Dann nahm ich den Priester bei der Hand und führte ihn schweigend auf die Veranda hinaus. An einem Ende des Geländers war ein Holzsofa angebracht. Ich führte ihn hierher und wir setzten uns. Meine Kleidung war noch nass, aber ich dachte nicht darüber nach.

Ich versicherte Pater John zunächst, dass seine Nichte praktisch außer Gefahr sei, und erzählte dann im Detail alles über den Unfall im Fluss. Er hörte gespannt und schweigend zu, sein Gesichtsausdruck war immer noch von Erstaunen und Kummer geprägt. Ich sah ihn an, während ich redete. Er war ein sehr kleiner Mann. Seine Haut war gelbbraun, wie Pergament. Seine Brauen hoben sich; seine Augen waren schwarz und scharf; seine Nase war gerade und dünn, aber ziemlich groß. Sein Kinn ragte ziemlich spitz hervor und sein Mund war der empfindlichste, den ich je bei einem Mann gesehen habe. Seine Lippen waren wunderschön gebogen und hatten ihre Farbe behalten. Sie befanden sich nie in völliger Ruhe, wurden aber ständig von etwas geplagt, das ich als „unsichtbare" Zuckungen bezeichnen möchte. Während ich weitersprach, wurde er allmählich ruhiger und zündete nach einer Weile seine Pfeife wieder an. Dies schien eine magische Wirkung auf ihn zu haben, denn kurz nachdem er zu rauchen begann, verschwand der wilde Ausdruck aus seinem Gesicht.

„Du bist also der Fremde auf dem Bal' Knob?" fragte er, als ich mein Konzert beendet hatte.

„Ja, ich bin auf der Suche nach Gesundheit."

"Gesundheit?" wiederholte er und ließ seine scharfen Augen in offenem Erstaunen über meine kräftige Gestalt schweifen.

„Ich scheine kein Invalide zu sein, das gebe ich zu", beeilte ich mich hinzuzufügen. „Aber hier ist etwas losgegangen" – ich berührte meine Brust – „und der Arzt hat mich in den Wald geschickt."

„Ah! Ze – ze – ze Lungen ... Du hast mich nie mit so einer Schwindsucht in Erstaunen versetzt. Du bist ein starker Mann."

„Es war nur ein Anfang – eher eine Angst als eine Realität. Ich bin seit einem Monat dort und es geht mir schon viel besser."

Die Haushälterin erschien in der Tür.

„Miss Bereel ist wach und hat nach Ihnen beiden gefragt", sagte sie.

Als wir wieder neben der Couch standen, versuchte das Mädchen, meine Hand zu ergreifen, war aber zu schwach. Als ich ihre Absicht erkannte, begriff ich stattdessen ihre.

„Danke", sagte sie mit dünner, gespenstischer kleiner Stimme. „Es war nicht seine Schuld, Onkel; er hat mich gerettet. Komm mich irgendwann einmal besuchen, dann gehen wir – wieder rudern!"

Sie versuchte zu lächeln, war aber zu erschöpft.

„Ich werde auf jeden Fall kommen und mich nach Ihnen erkundigen", antwortete ich und legte sanft ihre Hand auf. „Ich fürchte, ich war etwas schuld, und ich hoffe, dass es dir bald wieder gut geht."

Sie sah mich mit einem schwachen Licht der Dankbarkeit in ihren Augen an, und ein paar Augenblicke später verabschiedete ich mich auf der Verandastufe von Pater John.

„Kommen Sie noch einmal, M'sieu", sagte er und drückte herzlich meine Hand. „Sei herzlich willkommen!"

Ich dankte ihm, brachte erneut meine Hoffnung und Überzeugung zum Ausdruck, dass es seiner Nichte in ein oder zwei Tagen wieder gut gehen würde, und machte mich auf den Weg nach Hebron.

KAPITEL ZWÖLF

In dem ich einem Oratorium beiwohne

Es ist ein Uhr morgens – und ich bin um neun ins Bett gegangen!

Sie werden sich fragen, was passiert ist, dass die strenge Routine, die meine Nachtstunden bestimmt, so unerhört durcheinander gebracht wurde, und ich werde es Ihnen sagen, denn das ist der Zweck dieser Chronik.

Es ist jetzt drei Tage her, seit ich nach Hebron ging. Nachdem ich das Haus des Priesters verlassen hatte, stieg ich den Hügel hinunter, stapfte zurück zum Fluss, um meinen Mantel und Gartensamen zu holen, und machte mich dann auf den Heimweg. Die Sonne war mittlerweile heiß, meine Kleidung trocknete schnell und ich habe seitdem keine negativen Auswirkungen mehr gespürt. Ein weiteres Zeichen, so scheint mir, für meine zunehmende körperliche Robustheit. Diese drei Tage sind vergangen, ohne dass eine Seele zu sehen oder zu hören war. Ich habe in meinem Garten herumgewerkelt und das hartnäckige, heterogene Gewächs niedergemäht, das mich nun täglich zu befallen droht; Ich habe einen großen Raum um meinen kostbaren Brunnen herum freigeräumt – dessen Wasser übrigens glitzernd, klar und kalt ist – und habe heute Morgen zwei Stunden oder länger in meinem Garten gesät.

Was folgt, kann ich nicht erklären, aber kurz vor neun, als ich gerade dabei war, meine Schlafenszeitpfeife anzuzünden und mich zu einem Lacher mit dem alten heidnischen Mönch Rabelais hinzusetzen, verspürte ich den Ruf, nach oben zu gehen. Wie gesagt, ich kann keine Erklärung anbieten. Aber wir alle waren schon oft in unserem Leben plötzlichen, unerklärlichen Sehnsüchten ausgesetzt; Stille Sehnsüchte, so kraftvoll und real, als hätte eine Stimme sie gesprochen. Eine Spezialisierung ist nicht erforderlich. Wenn Sie einen Funken Temperament haben, werden Sie es verstehen, denn Sie werden so etwas erlebt haben. Sie haben dieses geheimnisvolle Ziehen zu einer bestimmten Sache gespürt, obwohl es nichts auf der Welt gab, das es hervorrufen könnte. Was war es? Ich habe es heute Abend gespürt, als ich in der einen Hand meine Pfeife und in der anderen ein brennendes Streichholz hielt; fühlte, wie es wuchs und sich ausdehnte, bis es zu einem heftigen Verlangen wurde. Ich warf mein halb abgebranntes Streichholz zwischen den Holzscheiten im Kamin, steckte meine gefüllte Pfeife in die Tasche und zog mit einer Art Ehrfurcht im Gesicht meine Mütze auf den Kopf und ging leise nach draußen.

Es war eine perfekte mondlose Mainacht. Ich hatte die Sterne noch nie heller oder näher gesehen. Ich hatte das Gefühl, dass ich sie fast erreichen könnte, wenn ich auf Zehenspitzen ging. Und ihre Zahl hat mich verblüfft. Der

Himmel blickte mit einer Million Augen auf mich herab, und jedes Auge war eine Stimme, die sagte: „Komm rauf! Komm rauf!“ Ich ging, ohne innezuhalten, um Fragen zu stellen, zu analysieren oder zu kämpfen. Etwas Unwiderstehliches drängte mich, den Gipfel zu erklimmen, und ich machte mich auf den Weg zum Aufstieg. Als ich aus der stygischen Düsternis des immergrünen Gürtels herauskam, wusste ich, dass eine subtile Veränderung stattgefunden hatte. Die Atmosphäre hatte ein anderes Gefühl; ein anderer Geruch. Es wehte kein Wind, aber als ich meinen Blick umherschweifte, sah ich viele Wolken am Horizont; gezackte, bergig aussehende Umrisse, überall schwebende Fragmente. Einige der Wolkenfragmente berührten sich und verschmolzen, während ich sie beobachtete. Ich wusste nicht, welche Bedeutung es hatte, falls es welche gab. Ich wandte mich wieder dem Hang zu. Vor dem letzten steilen Stück habe ich das zweite Mal angehalten. Soweit ich sehen konnte, wurde die Perspektive von einer schwarzen, hoch aufragenden Mauer begrenzt, die jeden Moment höher zu werden schien. Auf dieser Mauer befanden sich fantastische Türme und Türme, die nach Belieben schwankten, sich verlängerten, ausdehnten oder verschwanden. Selbst in der großen Höhe, die ich bereits erreicht hatte, wehte immer noch kein Wind. Der Tag war heiß gewesen und der Schweiß strömte aus mir. Ich atmete sanft und lauschte. Kein Ton außer dem monotonen Ruf der Nachtinsekten, außer von einem Punkt weit unten, wie der gedämpfte Schrei einer verlorenen Seele, die um Gnade flehte, die unbeschreiblich traurigen Töne eines Peitschenarmen, der schwach durch die Dunkelheit pulsierte. Ich drehte mein Gesicht nach oben. Die ruhigen Sterne riefen immer noch und ich antwortete.

Im Moment konnte ich nicht weitergehen. Ich stand auf dem Gipfel meines hohen Hügels und ein Jubel des Geistes ließ meine Brust tiefer atmen, als meine Anstrengung verursacht hatte. Dann, bevor ich wusste, was ich vorhatte, hatte ich meine Arme ausgestreckt und nach oben gestreckt, in Richtung der riesigen Tiefen, aus denen der stille Ruf gekommen war, den ich im stillen Frieden der Loge gespürt hatte. Ich fühlte mich unwirklich; Ich zitterte. Ich wusste nicht, was bevorstand, aber die Luft war von elektrischer Spannung erfüllt, und der Schleier völliger Stille, der über der Welt hing, war voller Bedeutung. Meine Arme sanken und eine süße Ruhe überkam mich. Langsam richtete ich meinen Blick in alle Richtungen. Diese riesige Wand aus Schwärze umgab die Erde in einer ununterbrochenen Linie und stieg nun schnell zum Höhepunkt auf. Wie großartig der Anblick! Ich entblößte meinen Kopf vor dieser Majestät. Wie glichen Zinnen und Wällen die düsteren Weiten, gekrönt von ihren wechselnden Türmen! Und um den Vergleich noch wahrer zu machen, sah ich jetzt das Aufblitzen der Kanonen durch die gezackten Schießscharten und hörte in der Ferne den Donner ihrer Detonationen. Schnell wuchs der Konflikt. Norden, Süden, Osten und Westen und alles dazwischen, die Batterien des Himmels wurden enthüllt.

Noch nicht laut, aber immerwährend und wütend, da kein donnernder Ton zu hören ist. Es gab ständiges Knurren und unaufhörliches Aufblitzen, während die Herausforderungen über das Luftschlachtfeld hin und her geschickt und beantwortet wurden. Nun bildeten die Blitze einen Gürtel der Herrlichkeit, der den mittleren Himmel in Zonen unterteilte, und immer weiter nach oben erhoben sich die Mauern, als würden sie von in der Erde verankerten Kräften angetrieben, verdunkelten Tausende von Sternen und näherten sich stetig einem gemeinsamen Treffpunkt direkt über ihnen an . Dann wusste ich zum ersten Mal, dass der Harfenist des Waldes erwacht war.

Die unnatürliche Stille wurde durch Bewegung gestört, die zu einem Hauch von Musik wurde. Ich beugte mich unwillkürlich vor, die Lippen auseinander, die Hände von mir ausgestreckt, in der Haltung, die man unbewusst einnimmt, wenn man aufmerksam zuhört. Aus der dichten Dunkelheit, mehrere hundert Meter unter mir, nahm ich die ersten schwachen Pianissimo-Noten von einer Million Saiten wahr, die alle durch den unfehlbaren Einfluss der Natur gestimmt waren. In sanften Klangwellen erhob sich das gewaltige Vorspiel, das meine Seele mit unheimlicher Freude erfüllte und mich dazu veranlasste, tief und schaudernd Luft zu holen. Dann kroch ich zum Rand des Gipfels und setzte mich demütig und erhaben zugleich. Jetzt spürte ich schwach den Grund für diesen gebieterischen Ruf. Jeder weitere Takt, den der unsichtbare Harfenist schlug, wurde lauter, süßer und gewaltiger. Es schien, als wäre die gesamte Schöpfung ein einziges mächtiges Instrument, und ein Meister mit unzähligen Fingern fegte über die pochenden Saiten. Die Wolken waren jetzt ein Baldachin ohne Riss. Von einem Dutzend Punkten gleichzeitig zuckten und zuckten die Blitze in blendender Pracht über das Zobelfeld. Es gab keine gewaltigen Donnerschläge. Aber wie beim Pedalbass einer Pfeifenorgel gab es den allgegenwärtigen gedämpften Nachhall, als würden weit entfernte Kanonen gleichzeitig abgefeuert. Dann nahmen die Stärke und das Können des Harfenisten gleichzeitig zu, und Wellen barbarischer Melodien strömten nach oben. Es gab Schreie und Stöhnen; Es waren lebendige Stimmen, die schrecklich in einem wilden Refrain vermischt waren, und in kurzen Pausen zitterten Töne, die so süß waren wie das Gute-Nacht-Lied einer Mutter für ihr Baby. Flötenartig und voller zarter Farben erklang eine Kadenz voller Waldfreuden, und als ihre letzten sprudelnden Töne noch wie Apfelblüten an meinen entzückten Ohren flatterten, wurden sie von einem krachenden Diapason majestätischer Harmonie übertönt und überwältigt, der rauschte auf breiten Flügeln über Meilen und Meilen Wald; eine donnernde Tonalität, die sich ängstlich zu einem unbeschreiblich erhabenen Oratorium verschmilzt! Wild und schrill erklang ein pfeifenartiger Ruf aus dem Westen, der in einem zitternden Rhythmus siegreicher Flucht aus der Dunkelheit pfiff. Dann vermischte es sich mit einer Vielzahl gelöster Akkorde und überflutete mich wie ein wogendes, strahlendes Meer aus betäubender Melodie.

So schritt das Oratorium voran und ich saß gebannt da.

Der Blitz nahm zu. Nicht für einen einzigen Atemzug herrschte absolute Dunkelheit. In den lebhaften Blitzen konnte ich die sich biegenden Baumwipfel tief unten und die sich hin und her bewegenden, schwankenden Äste sehen. Und immer in meinen Ohren war der schreckliche Klang dieser übernatürlichen Musik; so voll, so tief, so erfüllt er das ganze Universum mit seinem wechselnden Rhythmus! Es lag etwas von der Stimme des Ozeans darin, wenn der Wind ihn in Aufruhr versetzt. Ich saß benommen da und verstand nur unvollständig, was vor sich ging, war mir aber die ganze Zeit über ein körperliches Gefühl exquisiten Vergnügens bewusst. Musik hatte schon immer so auf mich gewirkt, aber vor der Anwesenheit dieser neuen und seltsamen Manifestation wurden meine Empfindungen um das Zwanzigfache gesteigert. Ich wusste erst später, dass ich drei Stunden lang auf dem Gipfel war. Ich hätte gesagt, dass es nur ein paar Minuten waren.

Als alles vorbei war und die Saiten der Harfe wieder still waren oder nur noch als Echo vibrierten, stand ich schwindelig und schwach auf. Alles war dunkel. Auch der Blitz hatte aufgehört. Doch als ich meinen Blick nach oben richtete, zeigte sich ein Riss in der Wolkendecke, und durch diesen fiel ein blutroter Meteor brennend auf die Erde zu. Ich wusste also, dass der Maestro mit der Aufführung zufrieden war und von den blühenden Feldern oben eine Blume als Zeichen seiner Gunst niedergeworfen hatte.

KAPITEL DREIZEHN

IN DEM ICH VIER SCHOCKS ERLEBE, DREI VON DER ERDE UND EINEN vom HIMMEL, UND EINE ANDERE MÄDCHEN BEIM FISCHEN ERLEBE

Nun ist das geschehen, was ich schon ahnen konnte, als ich zum ersten Mal auf dem Dach des alten Baldy saß und meine Knie umarmte. Aus diesem Grund schreibe ich heute Abend mit grob bandagiertem linken Handgelenk, weil ich mir heute Morgen eine Verletzung zugezogen habe. Der Tag war voller Abenteuer und Überraschungen, und es fällt mir schwer, mein sprunghaftes Gehirn zu zügeln, wenn ich mit der Aufzeichnung meiner Ereignisse beginne. Ich habe wahrlich genug erlebt, was mich in Aufruhr versetzte, und zwei lange, volle Pfeifen seit dem Abendessen haben weder zur Beruhigung noch zur Beruhigung beigetragen. Aber die Ereignisse des Tages müssen niedergeschrieben werden, bevor ich zu Bett gehe.

Kurz nach dem Frühstück ging ich zur Post, um zu sehen, ob eine Antwort von Crombie eingegangen sei. Ein Paket und ein Brief erwarteten mich. Mir kam der Gedanke, den Hügel hinaufzulaufen und mich nach Beryl Drane zu erkundigen, aber das tat ich nicht. Ich kann nicht sagen, warum ich es nicht getan habe. Stattdessen fragte ich lediglich den faulen Ladenbesitzer nach ihr und erfuhr von ihm, dass sie ein „Putty-Pearl" sei und im Haus unterwegs sei. Als ich an der Schmiede vorbeikam, sah ich, dass die Tür offen stand, aber niemand drinnen war. Ich wollte den Ladenbesitzer fragen, wo Buck sei, verzichtete dann aber auf einen zweiten Gedanken und begab sich stattdessen auf die Eisenbahnstrecke, in der Absicht, über einen Umweg nach Hause zu gelangen. Mittlerweile war ich mit den Gegebenheiten des Landes ziemlich vertraut und verspürte ohnehin eine natürliche Sehnsucht nach Erkundungen. Dann hatte ich tief in meinem Kopf den Plan geschmiedet, den riesigen Ausläufer von Lessies Haus hinunterzusteigen und sie mit einem kurzen Besuch zu überraschen.

Ich folgte der Eisenbahn etwa eine Meile lang, berechnete die Entfernung und den Standort, stieg dann in eine dicht bewaldete Schlucht hinab und setzte meinen Weg in nordöstlicher Richtung fort. Ich war noch nie zuvor in diesem Teil der Noppen gewesen und fand das Land, wenn möglich, rauer als das, an das ich gewöhnt war. Während ich weiterging, suchte ich den Boden vor mir und auf beiden Seiten genau ab, so weit meine Augen reichten. Ich hatte kaum Hoffnung, die Lebenspflanze hier zu finden, denn eine ihrer Voraussetzungen war Sonnenschein, und der Schatten war so dicht, dass ich in einer Art kühlem, grünem Düsternis umherging, das wunderbar für die Sinne anziehend war. Hin und wieder kam ein

Sonnenstrahl zitternd und schwankend herab und erhellte den braunen Waldboden mit leuchtenden, zitternden hellgelben Flecken. Aber keine Pflanze mit grünen Stängeln und goldenen Blättern erhob sich aus dem Schimmel, um mich zu konfrontieren. Ich habe angefangen zu glauben, dass meine Suche fast genauso schwer zu fassen ist wie die nach dem Heiligen Gral, aber wie Sir Launfal werde ich durchhalten.

Ich vertiefte mich in die natürliche Schönheit der Senke, die ich durchquerte, und vergaß meinen heimlichen Entschluss, bei Omas Haus vorbeizuschauen. Nach einiger Zeit öffnete sich die Schlucht und weitete sich zu einem kleinen Amphitheater mit Grasbewuchs und dschungelartiger Wildheit. Aber es gab hier nur wenige hohe Bäume. Auf allen Seiten wuchsen Dutzende kleinerer Exemplare, und viele von ihnen waren mit dem duftenden grünen Mantel der wilden Weinrebe bedeckt. Auch die Vögel hatten diesen Ort aufgesucht, und die Luft war erfüllt von Zwitschern, Zwitschern und Gesang. Ich hielt inne, um mich an der verschwenderischen Schönheit der Natur zu erfreuen, und als ich tief Luft der Befriedigung und Wertschätzung einatmete, hörte ich etwas, das mir schon einmal zu Ohren gekommen war. Eine langgezogene Vogelnote, schrill, aber süß, die mit einem schnellen Aufwärtston endet. Ich zuckte schuldbewusst zusammen und wusste, dass mein ganzer Körper kribbelte. Dann schaute ich mich um und versuchte, das Geräusch zu lokalisieren. Wieder hörte ich es und wieder war ich begeistert. Geradeaus, hinter dieser wuchernden Graswand. Eifrig machte ich mich auf den Weg, mein Puls beschleunigte sich. Ich erreichte die schützenden Blätter und streckte eine Hand aus, um einen Weg freizumachen, aber in diesem Moment bildete ein vagabundierender Windstoß eine Spur für meine Augen, und im nächsten Moment taumelte ich zurück, würgte, murmelte wie verrückt, mein Gesicht brannte, mein Die Brust ist angespannt, als ob sie durch einengende Stahlbänder gefesselt wäre. Gott oben! Angenommen, ich wäre durchgestürzt, was ich eine Sekunde später getan hätte! Mit zusammengebissenen Zähnen und starren Augen schlich ich auf Zehenspitzen – weg – irgendwo hin, sodass dieser Platz der Natur und ihr überlassen blieb!

Sie war dort und badete in einem geschützten Pool im abgeschiedenen Herzen der ewigen Hügel. Mein einziger flüchtiger Blick hatte mir die Dryade in ihren Verstecken gezeigt. Die lockige Masse ihres kupfergoldenen Haares hatte sie rücksichtslos auf ihrem kleinen, wohlgeformten Kopf aufgetürmt; sie war fast völlig untergetaucht; Sie hatte mir den Rücken zugewandt, und ich sah nur ihren Kopf mit der verwirrenden Krone, eine aus dem Wasser ragende elfenbeinfarbene Schulter, die im Sonnenlicht wie nasser Marmor glänzte, und einen nackten, ausgestreckten Arm, auf dem der kleine Vogel saß, den sie herbeigerufen hatte. Kein Grund zur Verwunderung, dass ich schwankte, mir schwindelig wurde von dem hart gepumpten, heißen Blut, das mein Gehirn überschwemmte, und ich wie ein Dieb aus diesem verborgenen Teich kroch – geduckt, mit starrem Gesicht und angehaltenem Atem. Lieber Christus! Wie dankbar war ich, dass das schützende Wasser sie bedeckt hatte! Wäre es anders gewesen; Hätte mein widerwilliger Blick von Kopf bis Fuß auf ihrer offenbarten Schönheit geruht, hätte ich mir aus Scham wahrscheinlich das Leben nehmen können. Sicher ist, dass ich nie wieder in diese ehrlichen irischen grauen Augen hätte schauen können. Es war das, was hätte sein können und nicht das, was war, was den Vulkan in meiner Brust pflanzte und mich durch die von Vögeln gesungene Stille dieses geheimen, heiligen Tals zittern und zittern ließ. Als ich ging, hörte ich ein sprudelndes Lachen und das Klirren fallender Wassertropfen.

Jetzt war ich bald einem weiteren, fast ebenso großen Schock ausgesetzt. Wie weit ich gegangen war, kann ich nicht sagen, aber plötzlich wusste ich, dass ich auf eine etwa dreißig Zentimeter hohe Pflanze mit grünem Stiel und gelben Blättern herabblickte. Ich blieb stehen, als wäre ich zu Stein geworden, aber ich dachte nicht nach. Ich konnte nicht denken. Mein Verstand verweigerte sein Amt und blieb angesichts dessen, was ich für eine bedeutsame Entdeckung hielt, stehen. Fast zeitgleich mit der Entdeckung dieses bedeutenden Wachstums kam der dritte Schock, der auf seine Art genauso schwerwiegend war wie die beiden anderen und weitaus bedrohlicher.

„Was zum Teufel schleichen Sie hier herum?"

Die Stimme war hart und tief; Empörung und Wut durchströmten ihn.

Die wilden Töne brachten mich zu mir selbst; Sie wirkten auf meine Sinne wie eine Batterie auf mein Fleisch. Ich stand aufrecht und warf meinen Kopf nach oben. Der Schmied war kein Dutzend Schritte entfernt. Woher er kam, wie er dorthin gekommen war und warum er dort war, konnte ich nicht erraten. Er war so gekleidet, wie ich ihn bei meinem ersten Besuch in Hebron in der Schmiede gesehen hatte; offensichtlich war er nicht in diesem Gewand zum Hofieren gekommen. In einer Hand hielt er eine große Keule in einer fast bedrohlichen Position. Ich setzte einen ernsten, entschlossenen Gesichtsausdruck auf und blickte ihm direkt in die Augen. In diesem Moment, als wir schweigend dastanden, breitete sich Dunkelheit über das Tal aus, und ein kühler Hauch wie aus einer sommerlichen Gewitterwolke wehte auf uns zu; Ich sah, wie es die braunen Haare auf der Stirn des Mannes, der mir gegenüberstand, hob und fallen ließ. Er hatte mich im Nachteil. Er hatte mich zweifellos aus der Richtung des Teichs kommen sehen, und schwächere Indizien als diese haben so manchen Mann verurteilt. Wenn er einen Moment lang annahm, ich hätte die Privatsphäre des Mädchens, das er liebte, ausspioniert – und dass diese Idee völlig in seinem Kopf war, daran zweifelte ich nicht –, dann braute sich Unheil zusammen, und aus seiner Sicht war das zu Recht so. Wären unsere Positionen vertauscht gewesen, hätte ich gesehen, wie er sich von diesem grünen Rand wegschlich, ich bezweifle, dass ich ihm die Chance gegeben hätte, die er mir geboten hat. All dies ging mir in der kurzen Zeit nach seiner schwierigen Frage schnell durch den Kopf, und obwohl mein erstes Gefühl, ein sehr menschliches, von kaltem und hochmütigem Groll war, unterdrückte ich dies sofort als gefährlich und ungerecht und beschloss, fair mit ihm zu sprechen und ehrlich. Also sagte ich:

„Das Gleiche könnte ich auch von dir verlangen, Buck Steele."

Ich habe meine Stimme absichtlich leise gehalten. Nicht, dass ich befürchtet hätte, dass sie es hören würde, denn mir war klar, dass der Pool von unserem Standort aus außer Hörweite sein musste, aber es gibt einen gewissen tiefen Ton, der eine Modulation und Betonung ermöglicht und eine größere Überzeugungskraft hat, als wenn er in einer höheren Tonart gesprochen wird. Nach meinem ersten Satz hielt ich nur lange genug inne, um Luft zu holen, und fuhr dann fort.

„Es geht Sie nichts an, was ich hier mache, aber ich werde es Ihnen sagen, weil Sie in gewisser Weise ein Recht darauf haben, es zu erfahren."

Da kam mir der Gedanke, dass ich auf Zeit spielen muss. Wenn Lessie den Pool nicht verlassen hätte, würde sie bald gehen, denn ein Sturm drohte. In welche Richtung sie gehen würde, um nach Hause zu gelangen, hatte ich keine Ahnung. Sie könnte direkt das Tal hinunterkommen, in dem wir waren. Auf jeden Fall wäre es besser, wenn es zu Schlägen kommen würde, und in meinem Herzen glaubte ich, sie würden kommen, bevor wir uns trennten, wenn das Mädchen nicht in der Nachbarschaft wäre. Dieser Gedankengang kam und ging vorüber, ohne meinen Redefluss zu unterbrechen.

„Es ist nicht meine Schuld, dass wir keine Freunde sind. Ich bin als völliger Fremder in diese Gegend gekommen, mit der Absicht, jeden richtig zu behandeln. Aber als ich in Hebron mit dir gesprochen habe, hast du mir den Rücken gekehrt. Warum hast du das getan? Ich weiß." Warum, und in gewisser Weise verzeihe ich es. Aber es war keine männliche Sache. Ich werde offen zu dir reden, Buck. Ich bin froh über diese Chance, es hier draußen im Wald zu haben. Aber Bevor wir weitermachen, sagen Sie mir Folgendes: Was ist das für ein Ding?"

Ich zeigte auf die Pflanze vor mir.

Meine Kühnheit machte ihn verblüfft. Er blinzelte mich mit finsterer Stirn an – mich und die Pflanze – und hielt mich wahrscheinlich für verrückt.

„Ich meine es ernst", beharrte ich; „Ich mache dir nichts vor. Sag mir, was das für ein Ding ist, wenn du es weißt, und dann erzähle ich dir, was ich hier draußen in der Wildnis mache."

„Das ist ein Maiapfel", sagte er plötzlich und widerstrebend.

„Möge Apfel!" Ich schnappte nach Luft, meine großen Hoffnungen waren zerplatzt und verschwunden. „Ich wusste es nicht; ich bin dir verpflichtet."

Dann erzählte ich ihm den Zweck meines Aufenthalts in den Bergen, sparte nicht mit Worten, um meine Geschichte zu verlängern, und fragte ihn abschließend, ob er jemals die Lebenspflanze gesehen, jemals davon gehört oder jemals von jemandem gehört hätte, der davon gehört hätte Es. Er schüttelte bei jeder Frage den Kopf und sagte dann mit Nachdruck:

„Das ist doch kein Ding!"

Ich wusste, dass die Dryade zu diesem Zeitpunkt sicher und weg war, also kam ich nun auf das aktuelle Thema zurück. Tatsächlich hatte der Schmied meiner Rede mit immer größerer Unruhe zugehört. Ich glaube, er vermutete, dass ich meine Erklärung hinauszögern wollte, aber ich bezweifle, dass er den wahren Grund dafür erraten hat.

„Sie haben mich am Anfang gefragt, was ich hier mache, und ich werde es Ihnen sagen, und zwar die *Wahrheit* ; wohlgemerkt – die *Wahrheit* . Ich habe nie gelogen, seit ich alt genug war, um zu wissen, wie Es war eine Sache, die es war. Ich machte zwei Schritte auf ihn zu. „Sie verdächtigen mich, Buck Steele, des niedrigsten, verabscheuungswürdigsten, höllischsten und heimtückischsten Tricks, den jemand begehen kann, der sich als Mann bezeichnet. Ich werde es nicht in Worte fassen, weil es zu verdammt abscheulich ist!"

Während ich sprach, begann der Schmied vorwärts zu gehen; kurze, hastige Schritte, wie man sie macht, wenn man kurz vor dem Sprung steht. Doch was auch immer seine Impulse sein mochten, er beherrschte sich und wartete, sein breiter Brustkorb hob und senkte sich in unruhigen Atemzügen, sein Gesicht war verzerrt, seine Augen waren voller Adern und traten hervor. Ich wusste, dass ich einer tödlichen Gefahr gegenüberstand. Ich wusste, dass der Mann in diesem Moment sicherlich verrückt war; dass Vernunft, Argumentation oder Logik in seinen Wahrnehmungen keinen Platz finden konnten. Er hatte die Idee begriffen, dass ich wissentlich und willentlich die Heiligkeit dieses geheimen Ortes verletzt hatte, und nichts, was ich sagen konnte, konnte diese Illusion aus seinem verwirrten Gehirn verbannen. Er sah rot. Die Blutdurst packte ihn in ihrer ganzen ursprünglichen Kraft; In jedem Zug seines verzerrten Gesichtsausdrucks stand das Wort „töten".

Ein starker Windstoß fegte über die Schlucht und ließ das Rauschen der Blätter erbeben, und mit seinem Aufkommen verschärfte sich die Dunkelheit. Die Gestalt vor mir nahm im gedämpften Licht ein beeindruckenderes Aussehen an, aber ich empfand keine Angst. Ich dachte an meinen Revolver – und schämte mich. Dennoch könnte es einen Zweck erfüllen. Es könnte helfen, diesen Verrückten zur Besinnung zu bringen. Ich zog es schnell aus meiner Tasche, hielt es in meiner Handfläche hin und sagte:

„Ich könnte dich töten, Mann; ich könnte dich abschießen, und niemand würde jemals auf die Idee kommen, dass ich es getan habe. Du bist auf Ärger aus, du bist bereit, nichts zu glauben, was ich sage. Aber für diesen Revolver bin ich unbewaffnet." Ich werde Sie nicht unfair ausnutzen. Sehen Sie?" Ich habe die Waffe zerbrochen, die Patronenlager geleert und dann die Patronen und den Revolver in getrennte Taschen gesteckt.

Die Tat hatte keine erkennbare Wirkung. Vielleicht ist es der Ausdruck vertiefter Wildheit; sicherlich gab es keine Anerkennung für meinen Versuch, unsere Beziehungen auf eine gleichberechtigte Grundlage zu stellen. Jetzt wusste ich, dass nichts weniger als körperliche Gewalt eine Reaktion auf den Verstand hervorrufen würde, und einen Moment zögerte ich. Die Versuchung, der ganzen Wahrheit auszuweichen, überfiel mich unheilvoll. Etwas in mir sagte mir, dass ich diesem Riesen in einer persönlichen Begegnung nicht gewachsen wäre; dass Tod oder Invalidität auf die Offenbarung warteten, über die ich nachdachte. Das Etwas, das diese Warnung gab, deutete auch auf das Heilmittel hin – die Lüge, durch die ich Buck Steele mit gesunder Haut und empörtem Gewissen überholen könnte. Ich glaube, ich habe geschwankt. Ich glaube, für eine kurze Zeit war ich kurz davor, nachzugeben, dann setzte sich meine Männlichkeit in einem schnellen Ansturm durch, bevor Bucks Worte mir das Blut heiß machten.

„Mach weiter, du verdammter Schleicher! – Was hast du getan, als ich dich gesehen habe? – Whur? – Whur?"

Als ich antwortete, zog ich meinen Mantel aus, denn ich wusste, dass Arbeit vor mir lag. Und Buck lachte, als ich das Kleidungsstück beiseite warf; ein heiseres, knurrendes Lachen, in dem keinerlei Heiterkeit zu finden war. Es war lediglich ein Hinweis darauf, dass er mit der Bedeutung der Tat zufrieden war; dass die heidnische Lust, Schläge zu versetzen und einzustecken, die ihn beherrschte, befriedigt werden würde.

„Ich werde es dir sagen. Ich bin heute Morgen nach Hebron gefahren und bin an der Eisenbahnlinie nach Hause gefahren. Ich kenne dieses Land nicht so gut wie du, und als ich mich auf den Weg zurück zu Lessies Haus machte – denn ich wollte um mit ihr zu reden – ich bin an diesen Ort gestolpert.

Ein bösartiges, ungläubiges Grinsen begrüßte diese Rede. Die Unverschämtheit des Kerls ärgerte mich, aber ich machte weiter.

„Ich hörte einen Vogelruf, den ich kannte – den ich sie schon einmal gehört hatte. Ich machte mich auf die Suche nach ihr. Ich kam zu der Reihe von Büschen, die den Teich säumen; ich bereitete mich darauf vor, sie auf meiner Suche nach ihr zu durchqueren , als der Wind die Blätter zur Seite blies und ich sah –"

Mit einem Brüllen wie ein verwundeter Stier war er auf mich los. Er hatte sich mit diesem Geständnis zurückgehalten. Zu spät wurde mir klar, dass ich einen Fehler gemacht hatte. Ich hätte die Lösung vielleicht behutsamer angehen können; Ich hätte ihn vielleicht auf die Dinge vorbereiten können, wie sie tatsächlich waren, anstatt ihm durch meine extreme Offenheit zu erlauben, anzunehmen, dass die Dinge schlimmer waren, als sie wirklich waren. Er schwang seinen Schläger, während er rannte, und er zischte über mir. Ich ging in die Hocke, sprang zur Seite und schlug blindlings mit aller Kraft nach oben. Ich hatte meinen linken Arm ausgestreckt, um das Gleichgewicht zu halten, und der herabfallende Schläger traf mein Handgelenk mit einem schrägen Schlag. Ich bin mir jetzt sicher, dass es kaum mehr als berührt hat, aber ein Pfeil heftigen Schmerzes schoss durch meinen gesamten Arm. Der Knüppel schlug mit einer Wucht auf die Erde ein, die ihn in ein Dutzend Stücke zersplitterte, und Buck drehte sich mehr als zur Hälfte um, denn meine Faust hatte seine Rippen getroffen. Selbst als er sich mit einem harten, brüllenden, wortlosen Fluch umdrehte, war ich bei ihm. Ich stieß absichtlich, kühl, aber mit aller geballter Kraft zu und zielte über seine Schulter auf seinen Hals. Er sah den Schlag kommen, aber in der Haltung, in die mein vorheriger Schlag ihn gezwungen hatte, konnte er parieren, aber wirkungslos. Seine Schulter hob sich, meine Faust glitt darüber und traf ihn mit dem ganzen Gewicht meines Körpers am Ohr. Dann taumelte er zurück, seine Windmühlenarme wedelten gewaltig und ziellos, seine Knie wackelten, seine Füße glitten unsicher über das kurze Gras. Er ging immer wieder zurück und schien zu versuchen, anzuhalten, aber es gelang ihm nicht, bis uns wohl fünfzehn Schritte voneinander entfernt hatten. Ich bin ihm nicht gefolgt, obwohl ich es wohl hätte tun sollen. Ich glaube, ich war ein wenig benommen über meinen Erfolg, und das Schauspiel, wie sich der große Körper des Schmieds wie verrückt rückwärts bewegte und mit breiten Armen die Luft über seinem Kopf wirbelte, muss unbewusst als Hemmnis für jeden weiteren Angriff gedient haben.

Als fast zwanzig Meter zwischen uns lagen, kam Buck zu sich. Er ließ die Arme sinken, schüttelte die Schultern, betastete sein verletztes Ohr, das jetzt voller Blut war – und sah mich. Sofort machte er sich bereit, mich zu überstürzen. Er besaß in vollem Umfang den Instinkt, den alle kämpfenden Tiere besitzen und der es ihnen nicht erlaubt, aufzugeben. Solange er auf den

Beinen stehen konnte, würde er kämpfen. Ich richtete mich auf und wartete auf seinen Angriff. Mein vorübergehender Vorteil hatte mich nicht getäuscht. Ich wusste zu gut, dass der Zufall bei den gerade abgeschlossenen Operationen eine Rolle spielte und dass es ein wundersames Ereignis wäre, wenn es mir letztendlich gelingen würde, Buck Steele auszupeitschen. Ich sah, wie er seinen Körper beugte, um voranzukommen, dann vermischten sich Erde, Himmel und Luft zu einem brennenden, blendenden, ohrenbetäubenden, feurigen Chaos. Meine Trommelfelle vibrierten unter einer Lautstärke, die ich nicht für möglich gehalten hätte; Ein weißes Schwert von blendender Helligkeit wurde über meine Augen gelegt, versengte die Kugeln und verstreute unzählige farbige Funken, die durch mein Gehirn tanzten und abprallten. Vage kam es mir vor, als würde ich sehen, wie eine Eiche hinter Buck ihre Rinde abstreift wie eine Schlange ihre Haut – schüttelt sie aus und schüttelt sie von ihrem weißen Stamm weg; sah, wie es seine eigenen Gliedmaßen abriss und sie zu Boden warf; sah, wie es seine Blätter in riesigen Büscheln nahm, sie aus ihrem Griff riss und sie wie Federn in alle Richtungen verstreute. Begleitend zu diesem Phänomen sah ich meinen Feind versinken. Es geschah alles im Bruchteil einer Sekunde, denn nach dem Aufprall und dem schrecklichen Licht breitete sich eine große Schwärze und Stille über mich aus.

Ich erwachte mit zitterndem, angezogenem Atem und wusste, dass mir die kleinen Fäuste eines heftigen Regens ins Gesicht schlugen. Langsam erfasste mein Verstand die Situation. Ich kämpfte mich auf Hände und Knie, meine Arme zitterten unter meinem Gewicht und blickte Buck an. Er lag vollkommen still. Er war dem Baum, der den Bolzen erhalten hatte, viel näher gewesen als ich, und die Angst, er sei tot, befiel mich. Unter Schmerzen schleppte ich mich über das nasse Gras auf ihn zu, mein Kopf summte und schwamm und pochte vor seltsamen, unnatürlichen Schmerzen. Ich erreichte seine Seite, ergriff sein Handgelenk und ließ meine Fingerspitzen hinter den kleinen Knochen gleiten, an dem sich der Puls manifestiert. Ich hielt vor Angst den Atem an und war mir sofort bewusst, dass ich keine Bewegung wahrnahm. Ich wartete noch ein paar Augenblicke, aber das Signal des Lebens blieb aus. Dann packte ich das Hemd fest an der Stelle, an der es sich am Hals öffnete, und riss mit einem schnellen Ruck die restlichen Knöpfe ab. Eine große, tiefe Brust, bedeckt mit schwarzen Haaren, kam zum Vorschein. Ich weiß, dass ein Stöhnen von mir kam, als ich meinen Körper über seinen zog und über ihn fiel, mein Ohr an sein Herz gedrückt. Während ich lag, belebte mich der prasselnde Regen immer mehr, das Pochen in meinem Kopf verstummte, und dann hörte ich gedämpft, schwach, aber real das schwache Schlagen des Motors des Lebens. Ich konnte nichts für ihn tun, aber ich saß da und wartete darauf, dass er wieder zu Bewusstsein kam, wohlwissend, dass es falsch wäre, ihn völlig hilflos zurückzulassen. Für einen Moment kam meine Kraft zurück, und als Buck anfing, sich zu bewegen, war ich in der Lage, aufrecht zu stehen. Also ging ich sofort weg und erkannte, dass seine eiserne Konstitution ihn schnell wieder aufrichten würde.

Ich brachte es nicht übers Herz, zu Abend zu essen, aß aber so viel kaltes Zeug, wie ich finden konnte, ging dann zum Sitzplatz unter der hohen Kiefer und dachte nach. Ich hatte keine Angst. Der Schrecken machte sich in meinen Gefühlen überhaupt nicht bemerkbar, doch als ich den Vorfall Revue passieren ließ, war ich zuversichtlich, dass Buck mich besiegt hätte, wenn es nicht das unerwartete und überraschende Eingreifen gegeben hätte. Er war zweifellos der stärkere Mann, und wenn ich ihn besiegt hätte, wäre das auf meine Fähigkeiten im Faustkampf zurückzuführen. Die Wissenschaft des Rings war mir nicht fremd, obwohl ich Preiskämpfe verabscheute. Ich glaube, dass es die Pflicht eines jeden Menschen gegenüber sich selbst und denen, die er liebt, ist, sich körperlich für die Kämpfe des Lebens zu wappnen. Also hatte ich trainiert und blieb im Training. Aber der Schmied hatte sich in einen wütenden Dämon von einem Mann verwandelt; Seine große natürliche Kraft hatte sich verdoppelt, vervierfacht, und wenn seine umklammernden Hände mich einmal gefunden hätten, wäre es mir ergangen wie Carver Doone durch die Hände von John Ridd.

Ich war im Herzen krank wegen dem, was diese Dinge, die gerade passiert waren, vorhergesagt hatten. Würde Buck Lessie gegenüber seinen höllischen Glauben an meine Schmähungen zum Ausdruck bringen? Bei dem Gedanken schüttelte mich ein Schauer; Es kam mir vor, als ob ein tausendbeiniger Wurm mit Füßen aus Eis entlang meines Rückgrats gelegt würde. Dann brannten mein Hals und mein Gesicht, und meine Kehle schnürte sich zu, so dass mir der Atem schwerfiel. Was hat mich geplagt? Nie zuvor hatte mich ein solches Gefühl erfasst. Warum war es so wichtig, was Buck erzählte? Ich wusste, dass ich keinerlei Unrecht hatte – was zählte sonst noch? Ich weiß, dass die gute Meinung unserer Mitgeschöpfe es wert ist, angestrebt und aufrechterhalten zu werden, aber warum sollte ich mir so viele Gedanken darüber machen, was diese Bergbewohner von mir denken? Noch ein paar Monate und ich wäre weg und würde sie in meinem ganzen Leben nie wieder sehen. Warum – dann tauchte plötzlich, mitten in meinen Überlegungen, das Gesicht der Dryade vor meinem geistigen Auge auf, und ich sah es so, wie es aussehen würde, wenn Buck ihr grob, aber ernst sagte, was er für wahr hielt. Ich sah ihren Gesichtsausdruck, als sie die hasserfüllten Worte hörte; das schnelle, reagierende Blut, das ihre Wangen in rote Pfingstrosen tauchte – der Schrecken und die Scham in ihren Augen – die Qual des verratenen Glaubens – und in diesem Moment wusste ich, dass mir mehr daran lag, was Buck zu Lessie sagen würde, als an irgendetwas anderem in der ganzen Welt Welt. Ich stand auf, atmete schnell und blickte auf das große Tal aus wogenden Bäumen. Früher hatte dieser Anblick eine magische Wirkung; es brachte eine süße Ruhe und Zufriedenheit. Heute Nachmittag verspürte ich nicht die Reaktion, die ich gewohnt war. Stattdessen wusste ich, dass der Krieg in meiner Brust war und dass jeder Moment, der verging, einen lauernden Teufel mit einer Form der Angst losließ. Frieden kann nicht von außen kommen, wenn es im Inneren Streit gibt. Hatte Buck es ihr bereits gesagt? Ich habe mich gefragt. War er nach seiner Genesung direkt zu ihr gegangen und hatte ihr die vergiftete Geschichte erzählt? Er würde es tun, da war ich mir sicher. Seine Leidenschaft hatte ein Stadium erreicht, das diesen Kurs nicht nur nahelegte, sondern erklärte, und er, rau, ungeübt, ohne die zurückhaltende Leine der Zivilisation und Vornehmheit, die ihn zurückhalten konnte, würde sofort aus seiner vermeintlichen Entdeckung Kapital schlagen, um seine Werbung voranzutreiben. Wenn ich sie zuerst sehen könnte –

Ich stürzte meinen Zufluchtsberg hinunter, barhäuptig und ohne Mantel. Auf der bekannten Route lief ich zu Dyrads Lichtung, zu dem Bach, der nach Süden floss, zu dem Baum, der den Bach überspannte. In der Mitte des Baumes saß das Ziel meiner Suche: Angeln. Unter ihr breitete sich ein Teich von einiger Tiefe aus, und hier wurde ihr Haken ausgeworfen. Ihre Rute war eine schlanke Rute aus Hickoryholz, während eine rostige Blechdose an ihrer Seite ihren Köder enthielt – die Angelwürmer unserer Kindheit. Als ich erschien, hielt sie an und machte sich sofort daran, einen dicken Köder am Haken aufzuspießen. Mit größter Lässigkeit zog sie das zappelnde Ding über den Widerhaken und erblickte mich gerade, als die Operation abgeschlossen war. Sie lächelte, und die Welle der Erleichterung, die mich überkam, drohte mich mit allen Gliedern zu überschwemmen. Daran wusste ich, dass ich sie zuerst erreicht hatte. Als ich dann eifrig nach oben kletterte, schürzte sie absichtlich die Lippen und spuckte auf den Wurm!

"Hallo!" sagte sie und warf ihre Leine.

Ich sagte eine Zeit lang weder Hallo noch irgendetwas anderes – eine beträchtliche Zeit lang. Ich kam mir dumm vor; leichtsinnig, leichtfüßig, überall leicht. Etwas in meiner Brust schien sich immer weiter auszubreiten, und ich wollte singen – wahnsinnig schreien. Dieses äußerst offene Geständnis wird beim Leser wahrscheinlich schwerwiegende Verdächtigungen hervorrufen, aber das spricht sehr für eine Erzählung, die sich stets eng an die Wahrheit hält. Hätte ich vorgehabt, irgendeine Täuschung zu begehen, hätte ich genau hier begonnen, denn nachdem ich das oben Gesagte geschrieben habe, ist mir klar geworden, dass ich mich fast jeder Anschuldigung aussetze, die man im Sinne allgemeiner Idiotie erheben möchte. Warum der gewöhnliche Anblick eines Mädchens auf einem Baumstamm beim Angeln – noch dazu ein Mädchen aus dem Hinterland – einem Mann von Welt, der die Pubertätsphase längst hinter sich gelassen hat, Lust auf Singen, Tanzen und Schreien machen sollte, kann ich nicht erklären . Wer liest, soll seine eigenen Schlüsse ziehen.

„Das hast du zum Glück getan, nicht wahr?" Ich fragte, als ich Schneidermode neben ihr saß. Es war ein Kindheitsglaube von mir gewesen; Ich war einfach darüber hinausgewachsen. Sie war immer noch primitiv.

Sie nickte, legte einen Finger auf ihre Lippen und blickte mich warnend mit großen Augen an. Offensichtlich vertrat sie die andere Überzeugung, dass Fische nicht beißen, wenn man redet. Ich drehte mich zu ihrem Korken um – einem alten Flaschenverschluss – und sah, dass er wackelte; kurze kleine Enten seitwärts, die für mich an eine Elritze erinnerten. Aber die Dryade war von den Aussichten völlig fasziniert und beobachtete aufmerksam die Bewegungen des Stoppers. Dann ging es in einem schrägen Schwung nach unten, und die Stange kam schnell und kräftig wieder hoch. Ein Sonnenbarsch von der Größe eines kleinen Blattes glitzerte und sprang am Ende der Schlange. Geschickt schwang das Mädchen ihre Beute in Reichweite, löste geschickt den Haken aus seiner Halterung in einer Kieme und ließ ihren Fang in einen Blechmilcheimer auf ihrer anderen Seite fallen.

„Das sage ich dir!" sagte sie triumphierend und bezog sich dabei auf ihre Behandlung des Wurms, bevor sie ihn dem Bach überließ.

Sofort begannen ihre spitz zulaufenden Finger auf der Suche nach mehr Köder in der Erde zu wühlen, die die Dose zur Hälfte füllte.

„Warte, Dryade!" Ich flüsterte. „Lass das Angeln ein paar Minuten, es sei denn, du erlaubst mir auch zu reden.

„Ich sage dir, dass du nicht mehr kommen sollst", sagte sie und musterte mich genau, um die Wirkung ihrer Worte zu sehen.

„Aber du hast nicht geglaubt, dass ich wegbleiben würde!" Ich erwiderte und ihr Gesicht erhellte sich sofort vor Lachen. „Du Schurke!" Ich fuhr fort; „Ich bin ohnehin länger geblieben, als ich sollte."

Einer der schnellen Übergänge, die sie kennzeichneten, vollzog sich nun, und im Handumdrehen wurde sie ernst, und ihre Augen wurden dunkler, so wie stilles Wasser sich verändert, wenn eine Wolke die Sonne verdeckt.

„Wenn Buck dich hier sieht, wird es Ärger geben; du solltest besser zu Baldy gehen."

„Buck hat mich heute gesehen und es gab Ärger", antwortete ich. „Jetzt lass mich dir alles darüber erzählen."

Wie verängstigt sie war, obwohl ich mich bemühte, sachlich zu sprechen. Sie betrachtete mich, als würde es ihr nach dem „Ärger" mit Buck schwer fallen zu glauben, dass ich wirklich existiere, und ihr Gesicht wurde weiß, sodass ihre Sommersprossen seltsam deutlich hervortraten. Auch ihre Stange neigte sich, so dass das andere Ende unter Wasser ging. Sie saß also da, die Hände im Schoß, die Füße mit den hässlichen, formlosen kleinen Schuhen schaukelnd, und hörte meiner Geschichte zu. Ich erzählte es mit absoluter Wahrhaftigkeit, aber sehr vorsichtig, und duldete sogar Bucks Eifersucht. Sie blieb ganz still, während ich redete, aber als ich an die Stelle kam, an der ich sie versehentlich im Pool gesehen hatte, senkte sie mit einem kurzen, zitternden Keuchen den Kopf und wurde purpurrot. Dann schaute auch ich weg und versuchte ihr zu sagen, wie leid mir der Vorfall tat, und versuchte gleichzeitig deutlich zu machen, dass ich Opfer eines Unfalls war. Ich beschäftigte mich nicht weiter mit der Situation, sondern beeilte mich bald zu meiner Begegnung mit dem Schmied.

„Ich wollte, dass du hörst, wie es war", beendete ich; „Weil Buck dir eine andere Geschichte erzählen wird. Du glaubst mir, nicht wahr, Dryad; und wir sind immer noch gute Freunde, nicht wahr?"

Ich habe keine sofortige Antwort erhalten. Ihr Kopf blieb gesenkt und ich konnte nicht viel von ihrem Gesicht sehen. Der Teil, den ich sah, war immer noch gerötet, aber nicht heftig. Ich wartete, wohlwissend, dass ich meinen Standpunkt so gut dargelegt hatte, wie ich konnte, und in der Überzeugung, dass eine weitere Auseinandersetzung gefährlich sein würde. Der Platz, an dem wir saßen, war der natürliche Ort der Stille. Jetzt konnte ich nur noch den sanften Atem des schwachen Windes hören, der durch die Blätter raschelte, das musikalische Gurgeln des Wassers und den süßen Gesang einer Drossel, die sich im Laubwerk zu meiner Linken versteckte. Während die Stille anhielt, wurde ich unruhig: Befürchtungen kamen auf, und die finstere Form der Angst warf ihren Schatten auf mein Herz. War sie unentschuldbar beleidigt? Hatte das Schicksal diese Falle für mich vorbereitet, um sie mir zu rauben — was dachte ich? Was bedeutete mir dieses Mädchen, dass ich mit zusammengebissenen Zähnen und sanftem Atem auf ihre nächsten Worte warten sollte? Dass ich jetzt mit innerlichem Zittern das Wunder ihrer Haare und das Wunder ihres Gesichts betrachten sollte, aus Angst, sie könnten für immer von mir verschwinden? Dass das Echo ihrer Stimme zu einem spöttischen, wahnsinnigen Refrain in meinem Bewusstsein wurde und die Zauberei ihrer einfachen Anwesenheit mein Gehirn zum Schwimmen brachte? Dieses Waisenkind des Waldes; dieses Fragment aus einer der unteren Zivilisationsschichten; Dieses halbwilde, unwissende, namenlose, plebejische Geschöpf — was sollte es sein, dass mir bei dem schrecklichen Gedanken, dass wir von dieser Begegnung an als Fremde gingen, das Blut in den Adern gefrieren konnte? Ich kann nicht antworten. Überlassen Sie die Lösung dem Biologen oder Soziologen. Ich kenne die Tatsache nur so, wie sie existierte. Ich hätte lieber gesehen, wie diese grauen Augen in diesem Moment vertrauensvoll auf mich aufblitzten, als am nächsten Morgen die Sonne aufgehen zu sehen!

Was dachte sie? Keine Bewegung, kein Ton, kein Zeichen. Wie ein Bild aus Flammen und Schnee und mit einem moosgrünen Gewand behängt, saß sie an meiner Seite, so nah – so nah. Dann wusste ich etwas darüber, was Tantalus fühlte, als das kühle Wasser direkt unter seinen rissigen und brennenden Lippen aufstieg und zurückwich, als er sich zum Trinken beugte. So nah, dass ich sie mit einer Armbewegung zu mir hätte ziehen können, aber stumm und unveränderlich, als wäre sie aus Stein.

Im Moment konnte ich es nicht mehr ertragen. Ich legte meine Handflächen rechts und links auf den Baum und beugte mich vor.

„Dyrad – Lessie – kleines Mädchen! Um Gottes willen – sprich!"

Dann kam das Wunder.

Wieder zuckte sie zusammen, als wäre sie sehr unsanft unterbrochen worden. Schnell und freudig hob sie den Kopf, und ihre großen, feuchten Augen blickten voller zärtlichem Glauben in meine. Ich weiß, dass der Anbruch eines ewigen Tages mich niemals so begeistern wird wie dieser. Ich zog mein Gesicht näher an ihr heran.

„Dann verzeihen Sie? Warum haben Sie so lange geschwiegen, Dryade?"

„Ich denke darüber nach, ob Buck – dein Licht – dich getötet hätte!"

„ *Who-aaa-Lessie! Who-aaa-Lessie! Whur Air yo'* ?

Wir zuckten zusammen, und in meiner Kehle schwoll ein Gefühlsabstoß an, der mich beinahe ersticken ließ. Granf'er kam den gewundenen Weg vom Haus herab. In einer Hand hielt er einen braunen Krug. Er hatte angehalten, um zu rufen, und einen Augenblick später war Lessie auf den Beinen, schwenkte ihren Sonnenhut und stieß einen lustvollen Schrei aus.

KAPITEL VIERZEHN

In dem noch ein fünfter Schock eintrifft und den Tag abrundet

Dies war sicherlich ein großer Tag, der erste, der zwei Kapitel meiner Geschichte erforderte. Ich hätte zwar alles auf einen Nenner bringen können, aber ich glaube, dass es eine allgemeine Vorliebe für häufige „Haltestellen" gibt, und ich werde mich dieser Meinung anschließen, vielleicht auch deshalb, weil ich sie selbst voll und ganz unterstütze. Granf'er erblickte Lessie sofort, hob und senkte seinen Krug zweimal auf Armeslänge, um ihn zu erkennen, und setzte seinen Weg mit dem schlurfenden, den Ellenbogen hebenden Gang fort, der normalerweise bei Männern in fortgeschrittenem Alter üblich ist, wenn sie es eilig haben.

Wie gerade der junge Körper des Mädchens war! Obwohl ich wusste, dass sie kein Korsett tragen musste, entsprachen die Linien ihrer Figur den Anforderungen körperlicher Schönheit. Von ihrer natürlich schlanken Taille, die nur mit dem Band ihres einteiligen Kleides gegürtet war, verjüngte sich ihr Rücken bis zu den Schultern, die selbst unter dem schlecht sitzenden Kleid wohlgeformt waren. Während sie Granf'er beobachtete, hielt sie den Kopf jetzt mehr als gewöhnlich hoch und ruhte edel auf einem festen, runden Hals, der, wie ich mit größter Freude feststellen kann, keineswegs schwanenähnlich war. Ich möchte nebenbei hinzufügen, dass ich noch nie ein Mädchen mit einem Schwanenhals gesehen habe. Wenn solche existieren, ist ihr natürlicher Platz in einem Groschenmuseum oder einem Zoo. Eine solche Monstrosität würde aufgrund der Natur ihres Leidens entweder wie eine Schlange oder eine Gans aussehen, von denen keines als Schönheitstypen in die Annalen der Menschheit eingegangen ist. Ich muss jedoch zur Ehre der meisten Modernen sagen, dass die Dame mit dem Schwanenhals nur selten vorgeführt wird, damit wir sie bewundern können. Der Hals der Dryade hatte keine Krummen oder Schlingen. Es war wie ein Säulenabschnitt; glatt, perfekt, Schwellung an Brust und Schulter.

Ich kam hinter ihr auf die Füße, verfluchte im Geiste den harmlosen, gastfreundlichen, schwankenden alten Kerl, der sich näherte, und sang gleichzeitig in meiner Seele ein Freudenlied. Solche Dinge können sein. Die Brise frischte auf und begann mit der schillernden, selbstgemachten Frisur auf dem Kopf der Dryade zu spielen. Sie hatte es nicht gelockert, seit sie aus dem Bad kam, und deshalb konnte ich die klassischen Umrisse ihres Kopfes und Halses so deutlich erkennen. Der wilde Wind erfasste auch ihr Kleid, als sie dem Wind in der Schlucht ausgesetzt war, und strich es geschickt über ihre Hüfte und Oberschenkel; fest, glättete es sanft, nahm dann die verbleibende Fülle, flatterte und schüttelte sie wie eine Fahne aus. So wusste ich, wiederum ohne mein Verschulden, dass dieses Mädchen, das noch nie von einer Modistin gehört hatte – von ihrer Fähigkeit, Gliedmaßen oder Büsten nach Maß anzufertigen –, mit einer Figur aufgewachsen war, die Aphrodite besessen haben könnte. Sie wusste nicht, dass die Brise ihr einen Streich gespielt hatte; oder wissend, habe mir nichts dabei gedacht. Die Samen unserer gröberen Natur keimen leichter in der Brutstätte eines Salons der „kultivierten" Gesellschaft als auf den windigen, von der Sonne desinfizierten Hektar im Freien.

Sie sprach.

„Oma ist heute beim Pickeln. Ihr ist der Essig ausgegangen und sie hat Oma geschickt, damit sie mich dazu bringt, in die Stadt zu gehen und noch mehr zu trinken."

„Lass mich mit dir gehen!" Ich drängte.

„Nein", antwortete sie prompt; „Das würde nicht gehen. Verstehst du das nicht?"

„Ich verstehe, was du denkst", antwortete ich, da ich wusste, dass sie dachte, ich würde den Schmied wahrscheinlich wiedersehen; „Aber ich würde trotzdem gerne gehen."

„Nein, du musst hier bleiben."

Sie sagte es bestimmt, und mein vernünftigeres Urteilsvermögen sagte mir, dass sie recht hatte. Es wäre für mich eine dumme Aufgabe gewesen.

„Ich weiß, dass es das Beste ist", stimmte ich widerstrebend zu, „aber *warum* musste Oma heute Nachmittag keinen Essig mehr haben?"

Lessie warf mir einen amüsierten Blick über die Schulter zu, brach in schallendes Gelächter aus und fing an, ihre Angelrute in weiten Kreisen über ihrem Kopf zu schwenken, wobei sie auf diese Weise ihre Leine aufwickelte. Als dieser angebracht war, ergriff sie den Haken zwischen Finger und Daumen und steckte ihn in den Stopfen.

„Du bringst den Fisch und den Köder mit", sagte sie und rannte trittsicher und flink wie ein Eichhörnchen am Baum entlang.

Ich nahm die Dose und den Eimer und folgte ihnen. Ich schaute mir ihren Fang an und sah, dass es sich lediglich um ein halbes Dutzend Elritzen handelte. Granf'er wartete auf der Straße auf uns. Er hatte den Krug bereits an Lessie übergeben und ihr Anweisungen gegeben, als ich zu ihm kam und ihm herzlich die Hand schüttelte.

"Wie kommst du damit zurecht?" war meine Begrüßung, während ich klugerweise die Ungeduld, die ich empfand, unterdrückte.

„Oh!

Er legte seine linke Hand an seine Seite und holte keuchend Luft.

Lessie übergab ihre Angelrute in Granf'ers Obhut, lächelte zum Abschied und machte sich auf den Weg nach Hebron. Es hat mich erschüttert, dass sie diesen schönen Spaziergang alleine begonnen hat. Sie war zwanzig Schritte entfernt, als sich der alte Mann plötzlich umdrehte.

„Gehen Sie nicht in den Wald, wo das Fell fließt! Oma wartet auf den Luftessig!"

Sie winkte mit der Hand als Zeichen, dass sie es hörte, gab aber keine Antwort.

„Ein viereckiges Mädchen!" überlegte Granf'er und begann, in seiner Hosentasche nach seiner Wendung zu suchen. „Fust 'n' las', sie verstehen es nicht. Sie wäscht sich im Wald und spielt mit den Vögeln und den Tieren. Oncommin quare, von Gosh!"

Er öffnete den Mund und ließ sein zerkautes Quid daraus herausrollen, fuhr sich mit dem krummen und rissigen Zeigefinger über das Zahnfleisch, um alle Blattpartikel zu entfernen, die vielleicht noch verborgen geblieben waren, und kaute noch einmal.

„Aber sie ist trotzdem eine äußerst attraktive junge Dame", wagte ich zögernd, steckte eine Hand nach meiner Pfeife in die Tasche und streckte die andere in dummer Bitte aus. Ich erinnerte mich an die Gastzeremonie bei meinem ersten Besuch und vermutete, dass dieser Schritt von mir dem alten Mann gefallen würde. Das tat es.

„Lak it, nicht wahr?" Er grinste und sein faltiges Gesicht leuchtete vor Vergnügen, als er eifrig den Tabak in meine Handfläche drückte. „Light Burley ist es, und Skace hat Hühnerzähne. Mein Craps Plum ist letztes Jahr gescheitert, aber ich habe viel für dich und mich gewachsen – ja, für dich und mich!"

Der Gesichtsausdruck löste in ihm ein krächzendes, krächzendes Lachen aus.

„Das ist gutes Zeug, Granf'er", stimmte ich zu und kompromittierte mein Gewissen, indem ich annahm, dass es sich gut kauen ließe, obwohl es mir beim Rauchen abscheulich auf der Zunge brannte und einen grünen Geschmack hatte. „Seit ich das letzte Mal hier war, wollte ich zurückkommen, um dich, Oma und Lessie zu besuchen, aber das eine und das andere hat es verhindert. Ich hoffe, es geht euch allen gut?"

Ich wandte mich dem Weg zu und ging ein paar Schritte vorwärts, als ginge ich davon aus, dass wir jetzt zum Haus hinaufgehen würden. Aber Gran'fers Gedanken stimmten nicht mit meinen überein.

„Nun? Ja; das heißt, erträglich." Sein Auftreten war etwas aufgeregt. „Oma, weißt du, sie ist heute am Pickl'n, und wenn sie am Pickl'n ist, ist sie turbulent beschäftigt und turbulent – turbulent technisch ... Feiner Terbacker, nicht wahr? ?" als er sah, wie der blassblaue Rauch von meinen Lippen aufstieg. „Ja, uns geht es gut, aber Oma ist in letzter Zeit irgendwie widersprüchlich, und sie ist immer noch wählerisch, und ich habe dich und mich auch richtig hingesetzt Hier und hier ist unser Chat.

Er versuchte, auf gewöhnliche Weise zu sprechen, aber in seiner ehrlichen, offenen Seele herrschte keine Simulation, und ich wusste, dass er das Gefühl hatte, gegen die Regeln der Gastfreundschaft zu verstoßen, als er vorschlug, dass wir uns vom Haus fernhalten sollten. Der Gedanke beunruhigte ihn und er konnte ihn nicht verbergen.

"In Ordnung!" Ich antwortete herzlich und legte mit vollkommener Leichtigkeit den Umhang des Heuchlers an. (Dies ist einer der Vorteile unseres hochzivilisierten Staates.) „Frauen sind sowieso anders als Männer und nehmen Vorstellungen und Ideen auf, die wir akzeptieren müssen. Und manche Menschen sind von Natur aus so beschaffen, dass sie in Ruhe gelassen werden müssen, wenn sie es tun." sind beschäftigt."

„Ja! Ja! Das ist es! Vorstellungen und Ideen!" Gran'fer stimmte eifrig zu. „Ich verstehe nicht, wie du so viel übers Ehefrauen wissen kannst, wenn du noch nie verheiratet warst ... Vorstellungen und Ideen!" Er kicherte mit einem trockenen, rasselnden Geräusch, rieb sich das Bein und klopfte mit dem Ende der Angelrute der Dryade auf den Boden. „Meine Güte! Ideen und Ideen!" wiederholte er zum dritten Mal, seine Augen wurden schmaler und sein Gesicht weitete sich in einem starren Ausdruck ungetrübten Vergnügens.

„Angenommen, wir sitzen hier auf dem großen Felsen?" Sagte ich mit einer Geste in Richtung des riesigen Steins, der die Spitze der Spitze bildete.

Ich ging darauf hinaus, während ich sprach, und der alte Kerl schleppte sich hinterher, wobei er zweifellos noch immer an die zufällige Phrase dachte, die ihm in den Sinn gekommen war. Der Stein war ein Dutzend Meter breit und seine Bachseite erhob sich senkrecht aus dem Wasser, wobei seine Spitze fünf Fuß oder mehr von der Bachoberfläche entfernt war. Hier saßen wir und ließen die Beine hängen, wie es Jungen tun würden. Ich rauchte und Gran'fer kaute. Er kaute wirklich nicht viel, denn ich bin mir sicher, dass er von Natur aus gegen die geringste unnötige Anstrengung war, aber ab und zu befleckte er die klare Reinheit darunter, eine Tatsache, die mich davon überzeugte, dass er seinen wunderbaren Tabak viel mehr genoss als Ich war.

„Wimmin *gehört* Curi", begann Gran'fer, als wir es uns gemütlich gemacht hatten. Er drehte zufrieden und gemächlich seine kurzen, komisch aussehenden Daumen. An jedem Ende hing ein bemerkenswert langer, schwarzer und dicker Nagel. „Ich nehme an, dass sie nötig sind, damit der Herr sie nicht hierher bringt, aber es ist eine Lüge, dass sie sie nicht lesen und nicht sagen, was sie sind." gunta do. S'firy 'n' me, come November twoty-fust, nex', hev ben hat zweiundvierzig Jahre geheiratet. Genau dort in Hebrin haben wir geheiratet, vor zweiundvierzig Jahren, gekommen November twoty-fust, nex'. In der katholischen Kirche auf dem Hügel, das gleiche, was jetzt Pater Johns ist. Er war die Tage nicht hier. „Andere Priester" haben uns geheiratet. S'firy ist ein Katholik und ich war es Nichts, aber ich wurde von protestantischen Eltern geboren. Und da habe ich den ersten Fehler gemacht. Nur wenn zwei Menschen den gleichen Glauben haben, sollten sie nicht heiraten. „Weil Ärger kommt, Ufers Sünde."

Er nahm seinen abgenutzten, schmutzigen und formlosen Strohhut ab, um sich am Kopf zu kratzen.

„Ich vermute, dass Sie damit vollkommen Recht haben. Ich kenne eine Reihe unglücklicher Ehen aus diesem Grund."

Gran'fer grunzte zweimal.

„S'firy ist ein dralles Mädchen, so heißt es so schön", fuhr er in Erinnerungen fort. „Purties' Mädel hierher, sie wuz, wenn ich es sage, aber es ist alles Feuer auf ihrer Zunge. Jes' lak ein bisschen Puder ihr Min' wuz, 'n' das ist' dünn' würde es auslösen. Es liegt in der Natur junger Menschen, nach vorne zu schauen, aber ich habe noch nie versucht, mit S'firy zu leben. Ein verliebter junger Mann ist der verdammte Idiot in der Luft. Ich bin so... ich konnte es nicht ertragen.

Er schüttelte langsam den Kopf und begann mit den gebogenen Fingern seinen losen Schnurrbart zu kämmen.

Ich habe nicht geantwortet. Das Konzert des alten Mannes interessierte mich nicht besonders. Ich hatte bereits praktisch alles erraten, was er mir erzählte. Mein Kopf war voller anderer Dinge; Meine Gedanken waren zurück auf der Straße nach Hebron, wo ich den Spuren des Mädchens mit dem Krug folgte.

„Aber ich bin fit, ich bin der Boss meines eigenen Hauses", unterbrach die mürrische, brüchige Stimme meine Überlegungen. "Siehe hier?" Er fuhr mit der Handfläche über seine lange, rasierte Oberlippe und blickte mich listig aus seinen kleinen blauen Augen an. „Ich kannte damals einen Mann, der seinen Bart auf diese Art trug, und er ist der Star der Familie. Die Frau hat sich um ihn gekümmert, er ist ein Mädchen, das ist er." Ein Falke. Was er sagte, sie *hätten es getan* , und zwar ohne Argumentation. Ich hatte den Eindruck, dass, wenn ich mir auch die Lippe rasierte, ein bisschen wilder und harter Kerl aussah, dass ich Ich würde S'firy schaffen. Eines Morgens greife ich also zu meinem Rasiermesser und repariere die Lippe, und als ich mich selbst sah, hatte ich das Gefühl, ich könnte jeden kommandieren, ich sah so gemein aus. Also komme ich rein zu S'firy, 'n' tol' 'äh, irgendwie dreist, dass ich wollte, dass ich mich 'n' mir selbst mache, 'n' irgendwie meine Hände auf die Hüfte stecke j' Ints, das Gleiche habe ich auch bei den anderen gesehen, weißt du ... Chris' Jesus! ... Was ist passiert? Das ist schon lange her und ich kann nicht alles mitbekommen Aber sie hat mich einen Pavian-Faust genannt, und dann hat sie mich angepisst ... Nun, ich rasiere mir weiterhin die Lippe, weil ich den Stil bewiesen habe, aber ich habe es getan. Ich werde S'firy nicht mehr befehlen, denn ich bin von Natur aus ein Mann des Friedens.

„Wie viele Kinder hattest du, Gran'fer?" Ich fragte sofort.

„Jes' zwei. Der erste und letzte Junge, der an Anfällen gestorben ist, als er zwei Wochen alt war. Der nächste und letzte Ar'minty, Lessies Mutter. Sie ist gestorben Lessie ist noch mehr ein Baby.

„Was war mit ihr los?" Ich fragte.

Blitzschnell drehte sich Gran'fer zu mir um, auf seinem Gesicht zeigte sich ein Ausdruck von Besorgnis und Wut. Was hatte ich getan? Sicherlich war meine Frage einfach und natürlich genug. Er sah meine Überraschung und mein Erstaunen und seine Gefühle milderten sich sofort.

„Sie sehnte sich nach Lak", antwortete er, senkte den Blick und strich mit der Handfläche der anderen über den Handrücken. „Hatte kein Fieber, nur nichts. Jes' ließ sich hängen, wie eine Tomatenpflanze, wenn es am weitesten draußen ist und es nicht regnet. Wurde immer schwächer. Ich würde nichts essen '. Ich habe nicht versucht zu leben. Konnte nichts mit ihr anfangen. Also ist sie verwelkt und gestorben, weil sie eine Tomatenpflanze in der Sonne liegen hat ... Ar'minty.'

Der schlichte, kurze Vortrag bewegte mich und weckte in mir ein staunendes Interesse. Gran'fers Kopf war jetzt tief, so tief, dass sich die Haare an seinem Kinn fächerartig über sein ausgeblichenes, kariertes Hemd ausbreiteten. Seine Hand hatte aufgehört, sich streichelnd zu bewegen, und lag über der anderen. Ich konnte sehen, dass jeder eine leichte gelähmte Bewegung hatte. Die kleine gebeugte Gestalt an meiner Seite kam mir in diesem Moment unendlich erbärmlich vor. In der Tat musste ich langweilig gewesen sein, wenn ich nicht den Schatten einer schrecklichen Tragödie gespürt hätte, die sich in den von ihm erwähnten Jahren ereignete. Seit einigen Tagen quälen mich vage Vorstellungen und allerlei Vermutungen mit ihrer unbefriedigenden Präsenz. Ich wusste schon seit einiger Zeit, dass Lessie nicht das war, was sie zu sein schien, und jetzt, in diesem Moment, stand ich an der Grenze der Erleuchtung. Ein ungewohnter Nervenkitzel durchfuhr mich, Flammenspitze und Eifer. Mein Herz klopfte seltsam und meine Augenlider fühlten sich heiß an den Eiern an. Sofort war ein Gedanke entstanden, und es war die Akzeptanz dieses Gedankens, die diesen kribbelnden, vibrierenden Strom durch mein ganzes Wesen jagen ließ. Woher hat Lessie ihre verfeinerten Gesichtszüge? Wo der Instinkt, sich gewissenhaft um ihre Person zu kümmern? Wo war diese stumme, schmerzhafte Sehnsucht nach etwas, das sie nicht benennen konnte? Von Generation zu Generation stiergesinnter Bergvölker? Unmöglich! Von ihnen kam ihre wunderbare Einfachheit, ihre extreme Natürlichkeit, ihre Verbundenheit mit den wilden Orten und den Dingen, die dort lebten. Aber – ich hatte jetzt das Gefühl, als ob eine Kraftpumpe mit meiner Brust verbunden wäre und dass sie jeden Moment zerplatzen könnte. Darf ich Gran'fer fragen? Kann ich es, fast ein völliger Fremder, wagen, hier einzudringen und hinter den Schleier zu blicken, den diese alten Leute zwischen ihrem Enkelkind und der Welt gezogen haben? Ich nahm mir vor, die Mühe zu machen, aber mit großer Vorsicht und mit sorgfältig gewählten Worten. Ich wollte nicht beleidigen, aber der Wunsch, die Wahrheit über die Dryade zu erfahren, war fast überwältigend. Es war keine vulgäre, müßige Neugier. Denn ich wusste, dass die Tiefen bewegt waren; dass hinter allem anderen das seltsame, volle Pochen einer neuen Kraft lag.

Also legte ich freundlich eine Hand auf die schlaffe Schulter des alten Mannes und sagte leise:

„Und ist Lessies Vater –"

Ich kam nicht weiter.

Es war, als hätte ich ihn mit einem stromführenden Kabel in Kontakt gebracht. Sein herabhängender Körper richtete sich auf, seine Stiefelabsätze klapperten auf der Oberfläche des Steins, und seine steifen Arme schossen über seinen Kopf.

„Verdammt! *Verdammt! Verdammt!* ", rief er schrill, wobei jeder Schimpf eindringlicher war als der vorherige. Er warf seine geballten Fäuste in den Himmel und folgte einem so grellen Strom von Verwünschungen, dass ich es in Anbetracht eines liliengesinnten Lesers nicht aus der Hand legen möchte. Ich war fast beunruhigt über den Sturm, den meine glücklose Rede ausgelöst hatte; es schien für kurze Zeit, als ob Gran'fer wirklich einen Krampf bekommen würde. Seine Lippe kräuselte sich brutal nach hinten, bis seine Zähne sichtbar wurden, während sein Gesicht hässlich gefurcht, gefurcht und verzerrt war. Die bösen Erinnerungen, die ihn erfassten, zerrissen ihn mehrere Augenblicke lang, dann war seine Leidenschaft erschöpft und er hatte rote, leuchtende Augen, hebende Brust und zitternde Arme. Ich habe nichts aus seinem vulkanischen, sintflutartigen Regenguss von Flüchen gelernt, der das Rätsel, das ich unbedingt lösen wollte, in irgendeiner Weise erleichtert hätte. Es war lediglich ein bedeutungsloses Durcheinander hitziger Beschimpfungen, vorgetragen mit tödlichem Ernst und den eindringlichsten Akzenten.

Zuerst war ich dumm. Seine Gewalt überkam ihn so plötzlich und schnell. Aufgrund des Wenigen, das ich von ihm gesehen hatte, hatte ich ihn für einen eher sanftmütigen Charakter gehalten; die Männlichkeit, die er früher vielleicht aus ihm herausgepickt hatte; eine Entität, zwar, aber nichts weiter. Als der Schock vorüber war, versuchte ich nicht, ihn zu beruhigen. Mein Urteilsvermögen sagte mir, dass dies nicht klug gewesen wäre. Es gibt Menschen, vor allem auf dem Land und andere ohne Bildung, die keine Linderung vertragen. Tatsächlich wirkt es auf Flammen wie Öl und nicht wie Wasser. Ich glaubte, Gran'fer sei von dieser Art, und obwohl ich keinen Zweifel daran hatte, dass seine Wut sowohl gerechtfertigt als auch echt war, ließ ich sie nach, bevor ich wieder sprach.

„Ich bitte um Verzeihung, Sir; aber ich wusste es nicht."

Er schluckte zweimal; Ich konnte sehen, wie sich sein haariger Adamsapfel hob und senkte.

„Wir – reden nicht über ihn. ‚N' – du darfst nicht fragen!"

Die Töne waren jetzt zitternd und schwach, aber es lag Würde in ihnen. Ich empfand ein Gefühl echten Respekts vor Gran'fer. Da war etwas Sterlingsilber in ihm. Ein Mann kann auf dem Bauch vor einer scharfzüngigen Spitzmaus kriechen und dennoch das in sich behalten, was auf Befehl der Notwendigkeit auftauchen wird; fassungslos und fassungslos, der Wert wird durch Zufall, Gelegenheit oder Not beschleunigt.

Jetzt stieg in mir ein weiterer Wunsch auf – ein wildes Verlangen, noch etwas anderes zu wissen. Es würde niemandem schaden, es mir zu sagen, und für mich bedeutete es viel.

„Gran'fer", sagte ich; „Ich bin dein Freund – dein wahrer Freund. Vielleicht sollte ich es so ausdrücken, dass ich Lessies Freund bin. Ich entschuldige mich für das, was ich gesagt habe; ich hatte nicht die Absicht, dir etwas Böses zu tun. Ich verspreche, das Thema dir gegenüber nicht noch einmal zu erwähnen. Aber ich Bete, dass du mir das erzählst – weiß Lessie etwas über ihren Vater – wer er war – und alles?"

Ich wartete innerlich zitternd auf seine Antwort. Er schien nachzudenken. Die Wolke war wieder vor seinem Gesicht angekommen, und er begann, mit den Knöcheln zu knacken, eine Folge bösartiger kleiner Schnalzer. Dann platzte ein Wort aus ihm heraus, hart wie eine Bleikugel.

"NEIN!"

„Danke", sagte ich.

Dann herrschte Stille zwischen uns. Gran'fers Gedanken waren zurück in der Vergangenheit und ich tappte blind im Nebel des Staunens und der Vermutungen. Es gab also einen Grund für die komplexe, kriegerische Natur der Dryade. Wie sehr sehnte ich mich danach, die ganze Wahrheit zu erfahren! Aber ich konnte hier nicht weiter gehen. Es war ein schmerzhaftes Thema, ein gehütetes Geheimnis für den alten Mann, der gebeugt neben mir saß, und ich muss meine Neugier vorerst im Zaum halten. Die Offenbarung würde kommen. Ich war entschlossen, die Geschichte auf die eine oder andere Weise zu erfahren, obwohl ich nicht im Entferntesten erraten konnte, aus welcher Quelle.

Gran'fers gewohnte Geschwätzigkeit hatte ihn verlassen; er vergaß sogar, ins Wasser zu spucken. Als meine Pfeife durchgebrannt war, habe ich nicht nachgefüllt. Ich weiß, dass wir beide bedrückt waren und durch den Gedanken an dieses große Unrecht, das uns vor fast zwanzig Jahren zugefügt wurde, beruhigt wurden. So kamen die schleichenden Schatten auf uns zu, und jenseits des hohen westlichen Ausläufers leuchtete der Himmel lachsfarben, goldfarben und malvenfarben. Ich hörte das plötzliche Geplapper einer Kreischeule und direkt vor uns drehte sich eine verrückte Fledermaus in einer weiten Kurve. Die Oberfläche des Baches nahm eine bleierne Farbe an, und die mächtige Harfe des Alten Waldes zitterte sanft als Reaktion auf die schwache Dämmerungsbrise. Gran'fer regte sich und stand steif auf. Ich tat das gleiche. Irgendwie war ich beeindruckt. Hier draußen schien die Schöpfung so gewaltig, so *neu* , dass man kaum glauben konnte, dass die Spur der Schlange auch über diesen Ort geführt hatte. Wir drehten uns schweigend um und gingen zurück zur Straße.

Von unten in Hebron ertönte Gesang. Nicht übertrieben laut und schrill, sondern sehr sanft und satt. Es war die Stimme einer Frau. Eine Veränderung hatte sich in mir vollzogen, und ich wollte sie in diesem Moment nicht noch einmal treffen. Sie hätte den Unterschied markiert. Ich drehte mich um und streckte meine Hand aus. Gran'fer nahm es und drückte es kräftig. Seine Augen waren feucht und sein Gesicht sah gequält aus. Als ich am anderen Ende der Brücke die Leiter hinunterstieg, blickte ich zu ihm herüber. Er stand dort, wo ich ihn verlassen hatte, und blickte auf die Straße, die das Mädchen hinaufkam, mit dem Lied unbeschwerter, unbeschwerter Jugend auf den Lippen.

Ich zog schnell weg.

KAPITEL FÜNFZEHN

IN DEM DER HISTORIKER SICH UNVERBESSERT ALS MENSCH ZEIGT

Den ganzen Tag habe ich auf der Bank unter der einsamen Kiefer verbracht.

Als ich gestern Abend von Lizard Point wegkam, ohne auf Lessie zu warten, wusste ich, dass ich sie liebte. Deshalb bin ich nicht geblieben. Ich habe das Kommen dieser Zuneigung schon seit einiger Zeit gespürt, und ich habe sie noch nie abgelegt, weil ich sicher sein wollte. Heute Abend bin ich mir sicher. Letzte Nacht war ich mir sicher, aber ich wollte ein wenig Zeit, um dieses Gefühl zu analysieren und positiv darüber nachzudenken. Mein Schlaf war nach dem Verhandlungstag besonders süß und friedlich. Ich weiß nicht, dass ich geträumt habe, aber wohltuende Wellen der Ruhe durchströmten mich vollständig, und mehrmals war ich gerade genug bei Bewusstsein, um zu wissen, dass dieses ungewöhnliche Gefühl mich erfasste. Heute habe ich kein Buch mehr angerührt – der erste Tag seit Jahren! Denk daran. War das nicht allein schon ein Vorzeichen? Ich habe mechanisch gefrühstückt. Die Küchenutensilien sahen fast seltsam aus, und ich nahm eine Schüssel, drehte sie um und betrachtete sie, als hätte ich so etwas noch nie zuvor gesehen. Merkwürdig, nicht wahr? Ich frage mich, ob irgendein anderer Mann, der noch bei Sinnen ist, so gehandelt hat. Wenn ja, wage ich zu behaupten, dass er es nicht der Welt zum Lesen zur Verfügung stellen würde. Aber warum nicht? Wir sind alle Kinder und spielen unsere kleinen Spiele, die gleichen weltalten Spiele in verschiedenen Händen. Und als ich heute Morgen innehielt und auf meine Pfanne starrte, während ich sie abwusch – und starrte, bis sie sich in ein wunderschönes, lachendes, sommersprossiges Gesicht verwandelte, umrahmt von Gold, war das nichts, was mich beschämte. Ich erinnere mich jetzt an die Tatsache mit der vollen Gewissheit, dass die große Mehrheit meiner Mitmenschen die Tat nicht dem Wahnsinn zuschreiben wird.

Als ich an der Haustür stand, sah der Hof gleich aus, aber auch anders. Der Bereich, den ich für den Garten gerodet hatte, war trocken und verlangte nach meinem Spaten. Nicht jetzt, Herr Erde! Du sollst noch einen Tag Ruhe haben, bevor ich die Stahlzinken wieder in dich treibe! Ich ging hin und her; denken, nicht denken. Manchmal summte ich; manchmal lächelte ich; Manchmal stand ich mit offenen Augen, die nichts sahen, still. Mir war die ganze Zeit über ein gewisser Mangel bewusst, aber erst um neun Uhr merkte ich, dass ich keinen Hauch von Rauch gerochen hatte. Der Gedanke ließ mich nicht erröten und brachte mich auch nicht in Verlegenheit. Ich ging leise hinein und fand meine Pfeife auf dem Regal, wo ich sie aufbewahrte. Es blieb nicht länger als zwei Minuten brennen. Ich stand an der Stelle, wo die Straße hinunterführte, als mir klar wurde, dass ich die Atmosphäre allein durch den Stiel zwischen meinen Zähnen aufnahm. Dann ging ich zur Bank unter der Kiefer hinunter, steckte die Hände in die Hosentaschen, setzte mich und schlug die Beine übereinander.

Ich war mein ganzes Leben lang ein vernünftiger Mann, bis auf den Tag, an dem ich meinen Lebensunterhalt mit der Literatur verdiente. Ich bin nicht nervös; Plötzliche Ereignisse erschrecken mich nicht . Ich habe das Leben ehrlich und mutig angenommen und glaube, dass ich allen Bedingungen, die das bloße Leben mit sich bringt, mutig entgegengetreten bin. Aber heute Abend muss ich erzählen, dass ich auf dieser harten Bank saß, ohne meine Position zu ändern, bis ich um zwei Uhr nachmittags zufällig meine Uhr herauszog. Die bloße Haltung der Hände löste eine mentale Reaktion aus, oder ich sollte sagen, sie diente als starkes mentales Stimulans, denn bis zu dieser Stunde bin ich mir keines einzigen zusammenhängenden Gedankens bewusst. Ich hatte die ganze Zeit in gedankenloser Apathie gesessen. Dann begann ich nachzudenken. Mein erster Schimmer von Intelligenz informierte mich darüber, dass meine Uhr falsch sein musste. Dann erlangte ich genug Verstand, um in die Sonne zu schauen und stellte fest, dass sie den Meridian bereits deutlich überschritten hatte. Es folgte sofort eine scharfsinnige, introspektive Frage, auf die es keine Antwort gab. Dann atmete ich sicher sanft: „Du verdammter Idiot!" und wurde wieder ein Mann.

Ich aß kein Abendessen – was den Körper für einen Fehler des Geistes bestrafte –, sondern rauchte stattdessen. Meine Pfeife ging kein zweites Mal aus. Stunde für Stunde blieb die Schale aus schwarzem Dornbusch brennend heiß, und Stunde für Stunde trieb ich meinen Geist, nun vollkommen erregt und unter Kontrolle, auf den verschiedenen Wegen des Denkens, Handelns und Vorfalls, die zu Füßen der Dryade einen gemeinsamen Treffpunkt hatten. Es erforderte für mich eine Anstrengung, dies zu tun – eine große Anstrengung. Wäre ich meiner Neigung gefolgt, hätte ich sie mir einfach im Nachhinein vor Augen geführt und das Bild den ganzen Tag über angestarrt. Aber sie war kein Vorfall mehr. Sie war eine Realität – eine bleibende Realität – eine konkrete Tatsache, die sich scharf auf den Horizont meines Lebens auswirkte. Ich war nicht beunruhigt, als ich wusste, dass ich sie liebte, und ich wunderte mich darüber. Vielleicht gab es wirklich keinen Grund zur Besorgnis, aber es gab viele beunruhigende Elemente, die einen solchen Gefühlszustand begleiteten; eine Anzahl von Personen und Dingen, die gewogen und berücksichtigt, klassifiziert und ihren relativen Plätzen zugewiesen werden müssen.

Als ich alles zusammenfasste, wurde ich mit dem Ergebnis konfrontiert: Habe ich sie gut genug geliebt, um sie zu heiraten? Ich stammte aus einer guten Familie und hatte den höchsten sozialen Status. Sie war fast namenlos.

Und da schlich sich ein unheimlicher, einschmeichelnder Gedanke durch einen unteren Korridor meines Gehirns; ein schleichender, schleichender, teuflischer Gedanke, den ich auffing und erstickte, als hätte ich einen tollwütigen Hund vor meiner Tür. Als ich das schädliche Ding getötet hatte, wusste ich, dass ich sie wirklich genug liebte, um sie zu heiraten.

Welche Gefühle hatte sie mir gegenüber? Sie mochte mich, aber mir fiel kein einziges Wort oder Ausdruck ein, der darauf schließen ließe, dass ihr Herz berührt war, es sei denn, es war der Vorfall auf der Holzbrücke, als sie so lange geschwiegen hatte, und sie Worte, als sie endlich sprach. Sicherlich war ihr Interesse, eine solche Rede zu diktieren, mehr als nur zufällig. Wenn Gran'fer nicht gekommen wäre, hätte ich es ihr damals, glaube ich, gesagt, denn der einfache Satz hatte eine Pulverspur in meiner Brust ausgelöst.

Ich glaube an die Kaste. Ich bin so etwas wie ein Demokrat und vor allem ein Sozialist. Während der Traum von der universellen Brüderlichkeit im weitesten Sinne von Natur aus utopisch ist, hat doch die gesamte Menschheit einen Anspruch auf uns, denn der Körper von Sokrates und der Körper von Lazarus wurden aus demselben Material gefertigt. Dennoch ist die Kaste, wenn sie richtig und nicht beleidigend und arrogant angewendet wird, wie es häufiger der Fall ist, für die Gesellschaft nahezu unverzichtbar. Du würdest nicht zulassen, dass deine Tochter einen Fuhrmann heiratet, noch dass dein Sohn eine Magd heiratet. Das meine ich, wenn ich sage, dass ich an die Kaste glaube. Aber während wir die Unterscheidungslinie ziehen und aufrechterhalten, können wir dennoch ein angemessenes und angemessenes Maß an Höflichkeit an den Tag legen.

Ich habe gesagt, dass ich Lessie so sehr liebe, dass ich sie heiraten möchte, aber ich habe nicht gesagt, dass ich sie so sehr liebe, dass ich sie so heiraten kann, wie sie ist. Ich weiß, dass das ein Fehler wäre, den ich bereuen würde, wenn sie so bleiben würde, wie sie ist. Aber sie gehört nicht in ihre jetzige Umgebung. Da bin ich mir so sicher, wie ich lebe. Das Schicksal hat sie betrogen, ihr aufgezwungen und ihre Hilflosigkeit grob ausgenutzt. In der Grundlage ihres Wesens liegen träge, aber reale, viele wundervolle, schöne und geheimnisvolle Eigenschaften und Eigenschaften, die den perfekten, ausgefeilten Charakter der Verfeinerung ausmachen. Das weiß ich auch, weil ich Zeuge ihres erbärmlichen Kampfes gegen die entwürdigenden Fesseln der Unwissenheit geworden bin, die das Leben um sie geknüpft hat. Sie spürt diesen besseren Teil, der zweifellos ihr wahres Selbst ist, aber sie weiß nicht, was es ist; Für sie ist es einfach eine verborgene, mächtige, innere Kraft, die sie mit ungreifbarem, wortlosem Protest und Rebellion quält. Sie versucht zu gehorchen – das hat sie mir gesagt –, weiß aber nicht, was sie tun oder sagen soll. Arme kleine Dryade! Wie sollte sie?

Als ich Crombie wegen der Fibel und des Hefts schrieb, bewegte mich nur das aufrichtige Interesse an einem hübschen Ignoranten, in dem ich gleichzeitig eine Gelegenheit sah, mir die Langeweile zu ersparen, die viele Stunden allein hier mit sich bringen. Jetzt, da sie gekommen sind, weiß ich, dass ich sofort damit beginnen werde, die gefangenen Gedanken und Gefühle in meinem Schüler für einen anderen Zweck zu lösen. Wird sie schnell lernen? Keine Angst davor. Ich denke, ich werde für die ersten drei Leser schreiben, wenn ich heute Abend mein Tagebuch fertig habe. Den Büchern lag ein langer, treuer und herzlicher Brief bei. Ich werde es nicht transkribieren, denn es würde meine Seiten füllen, ohne meine Geschichte voranzutreiben, und das sei das Gegenteil von Handwerkskunst, wurde mir gesagt. Aber ich muss sagen: „Crombie hatte die Idee, dass ich eine Schule mit zwei oder drei Schülern eröffnen würde – eine natürliche Idee übrigens – und riet mir dringend davon ab, da dies eine gewisse Beschränkung bedeuten würde, die funktionieren würde." gegen mich. Er gab auch verschiedene Anweisungen und Vorschläge und bestand in unterstrichenen Zeilen darauf, dass ich meine Suche nach der Lebenspflanze gewissenhaft verfolge.

Wer war Lessies Vater? Ich bezweifle nicht, dass dies der Schlüssel zum ganzen Geheimnis ihrer paradoxen Persönlichkeit ist. Er war kein Bewohner der Wüste Hebron. Er war ein Mann von geistiger Stärke; ein Mann aus der höheren Welt des Handelns, des Fortschritts und der Leistung. Sicherlich war er ebenfalls ein gewissenloser Schurke. Er hatte Araminta – Gran'fers Ar'minty – verraten; Lessies Mutter. Ein Mann, der das tun würde, ist der beste Kandidat für die Hölle, den man sich vorstellen kann. Ich bin kein heuchlerischer Moralist, der auf die Gelegenheit zur Plünderung wartet. Sehr häufig ist es eines dieser Stinktiere, das sich am lautesten gegen solche Dinge wehrt. Aber ich vertraue darauf, dass ich die Rechte der Menschheit anerkenne.

Stellt Lessies unbekannte Abstammung ein Hindernis für die Entwicklung meiner Liebe dar? Nein. Das beunruhigt und beunruhigt mich überhaupt nicht. Es ist wahr, dass sie es ist – sie muss es sein, die Frucht einer kurzen Verbindung, die weder von einem Prediger noch von einem Priester gesegnet wurde. Das macht sie nicht weniger charmant, weniger menschlich, weniger liebenswert. Sie ist so tadellos, so natürlich, so unvermeidlich wie jedes andere reine und makellose Wachstum, das aus niederen Elementen entsteht. Die Tatsache, dass Lessie nicht in der Lage sein würde, die Heiratsurkunde ihrer Eltern vorzulegen, stellte nicht das geringste Hindernis für meine Zuneigung dar. Als ich darüber nachdachte, wurde mir tatsächlich eine zusätzliche Zärtlichkeit bewusst; ein Wunsch, die schützende Kraft meiner Arme über ihrem sonnigen Kopf auszubreiten. Die Welt ist so bereit, sich über Gebrechen lustig zu machen und Gebrechlichkeiten vorzuwerfen. Aber ich muss den Namen ihres Vaters herausfinden und erfahren, was aus ihm geworden ist. Ich kann dieses Thema den beiden alten Menschen, mit denen sie zusammenlebt, nicht vorstellen.

Vielleicht würde Pater John es wissen. Ich frage mich, wie lange er diese Gemeinde schon innehat? Höchstwahrscheinlich für viele Jahre. In abgelegenen ländlichen Gegenden wechseln Priester, insbesondere alte Priester, nicht oft ihr Arbeitsgebiet. Morgen werde ich wieder zum Haus des Priesters gehen und ihn fragen. Ich weiß nicht, ob er es mir sagen wird, aber er birgt das Geheimnis. Wenn es ihm unter dem Siegel des Beichtstuhls zugegangen ist, wird er es natürlich nicht preisgeben. Aber ich habe den Verdacht, dass es sich zu dem Zeitpunkt, als es geschah, um Klatsch vom Land handelte, und ich werde Pater John nicht bitten, sein Vertrauen zu missbrauchen, wenn ich ihn wegen dieser Informationen aufsuche. Außerdem habe ich länger gewartet, als ich sollte, um mich nach Beryl Drane zu erkundigen, dem Mädchen mit dem Gesicht von Zwanzigern und der Erfahrung meines Lebens. Vielleicht wäre es besser, sie zuerst zu sehen, bevor sie ihren Onkel auf das Thema anspricht. Ich bin mir nicht sicher, ob mir das gelingt, ohne Misstrauen zu erregen, denn ich bin davon überzeugt, dass Beryl Drane einen Verstand hat, der zu scharfen und klaren Schlussfolgerungen fähig ist, und ich habe noch nicht den Wunsch, dass meine Liebe zu Lessie allgemein bekannt wird. Aber ich werde es versuchen.

Meine Liebe zu Lessie! Ich betrachte den auf diesem weißen Papier niedergeschriebenen Satz mit meiner eigenen Hand, und etwas strahlt durch jeden Winkel meines Körpers. Ich bin verliebt – verliebt in eine ungezähmte Dryade der Eichenlichtung, den tiefen, klaren Teich, die sonnendurchfluteten Räume des flüsternden Waldes. Warum liebe ich sie? Ich frage mich. Warum geht die Biene zur Blume, der Vogel zu seinem Nest, das Eichhörnchen zu seinem Baum? Ich liebe sie; lass das genügen. Allein hier in meiner Hütte, auf dem Schoß des alten Baldy, neben meinem Tisch, schreibe ich diese Worte in einer Stimmung, die mich noch nie zuvor besessen hat. Ich bin rücksichtslos glücklich. Ich habe – soll ich es schreiben – ich habe meine Feder gerade lange genug stehen lassen, um eine Viertelstunde lang mit verträumten Augen dasitzen zu können ; mir den warmen jungen Körper vorzustellen, der fest in meinen Armen liegt; diese irisch-grauen Augen blickten lange und tief in meine; diese roten, roten Lippen auf meinen eigenen und der blendende Schimmer ihrer Haare um und um mein Gesicht und meinen Hals. Gott! Bei dem Gedanken klopft mein Puls schneller und in meinen Schläfen, und meine Kehle fühlt sich voll und dick an. Mein Bruder, hast du dich noch nie so gefühlt? Dann fehlt Ihnen ein großer Teil Ihres menschlichen Erbes.

Wann soll ich es ihr sagen? Nicht sofort, denke ich. Es ist besser, ihr zuerst etwas beizubringen. Und – Buck! Durch einen seltsamen Zufall habe ich heute nicht mit Buck gerechnet. Mit Buck muss gerechnet werden. Er wird sich nicht verstecken, und ich respektiere ihn umso mehr, je mehr er das nicht tut. Diplomatie, Schlichtung und klare Vernunft kommen für Buck nicht in Frage. Wenn ich mit ihm rechnen muss, werde ich es durch die Kraft meines guten rechten Arms tun. Es ist die alte, alte Methode des Mittelalters, eine Schwierigkeit zu lösen, bei der es um die Gunst einer Dame geht, aber sie ist eine ehrenhafte Methode, wenn sie fair durchgeführt wird, und ich vermute, dass sie genauso gut ist wie jede andere. Ich muss mit einem körperlichen Training beginnen, damit ich für den letzten Kampf fit bin. Das wird ein harter Kampf, meine Herren!

Vor acht Wochen fürchtete ich mich vor der langweiligen Monotonie, die mich an diesem verlassenen Ort erwartete!

Nun, noch ungeborene Ereignisse liegen auf den Knien der Götter. Ich beabsichtige, mein Ziel so direkt zu erreichen, wie mein Urteilsvermögen und mein Wille mich tragen können. Ich habe nur geschrieben, dass ich der Dryade noch nichts von meiner Liebe erzählen werde. Jetzt möchte ich diese Aussage ändern und sagen, dass ich es ihr nicht sagen werde, wenn ich es verhindern kann. Denn plötzlich habe ich das Gefühl, dass meine Leidenschaft größer und intensiver wird, und ich werde keine Versprechungen machen – nein, nicht ein einziges. Jetzt, in diesem Moment, zittere ich bei der Erinnerung an ihr rhythmisches Lachen; Ich zittere, als ich wieder die Augen sehe, die einen Mann aus Holz verrückt machen könnten. Ah! Dryade, wenn du heute Abend hier wärst – wenn du hier wärst – wenn du hier wärst –

KAPITEL SECHZEHN

Darin wird viel zusätzliches Licht auf Miss Beryl Drane geworfen, aber nur ein Schimmer auf mein Problem

„Das ist ein wunderschöner Tag."

Das war meine überaus originelle und äußerst interessante Begrüßung an Beryl Drane heute Morgen. Ich kam um acht Uhr am Haus an, fand, wie ich dachte, niemanden, der sich bewegte, und wollte gerade klopfen, als ich die junge Dame entdeckte, die fleißig Rosen aus einer Hecke im hinteren Teil schnitt. Es kommt nicht oft vor, dass ich in völlige Banalität verfalle, aber ich kann meine einleitende Bemerkung nicht entschuldigen, als ich hinter ihr über das Gras kam. Sie war ein wenig erschrocken. Sie drehte sich schnell mit einem kurzen „Oh!" um. und sah mich neugierig an. Irgendwie gefiel mir der Look nicht. In gewisser Weise war es besitzergreifend; intim, als ob wir ein Geheimnis teilten oder so etwas in der Art. Sie war in ein gepunktetes braunes Gingham-Karomuster gekleidet und hatte eine alte Haube auf, deren vorspringende Kapuze die Linien milderte, die nach den Dingen zu schreien schienen, aus denen sie bestanden. Ein niedriger Kragen umschloss eng ihren festen Hals. Sie trug Halbhandschuhe aus Leder, hielt in einer Hand eine Schere und am Ellenbogen ihres anderen Arms hing ein Weidenkorb, der zur Hälfte mit üppig roten, tauglänzenden Rosen gefüllt war. Sie betrachtete mich mit diesem subtil lächelnden, nach oben gerichteten Blick, den Koketten haben, und in dieser Morgenluft, mit den Blumen, unter der schützenden Haube, war sie hübsch. Sie war zu geschickt, um die Pose zu übertreiben. Es dauerte kaum zwei Ticks von der Standuhr an, dann lächelte sie offen, legte geschickt die Schere an einen Finger ihrer linken Hand und streckte ihren Arm aus.

„Ich freue mich *so* , dich zu sehen!" „sagte sie gewinnend, und ich konnte nicht anders, als zu spüren, wie mein Herz als Reaktion auf ihren Tonfall wärmer wurde. Ach, kleine Sibylle! Du hast den Geist von mehr als einem Menschen in tödliche Unbesonnenheit versetzt, aber du hast dafür bezahlt, kleine Motte mit den rußfleckigen Flügeln!

"Bist du?" Ich antwortete überrascht, als ich ihre griffige, schlanke Hand ergriff und sie entblößte.

„Sicher!... Glaubst du nicht, dass Hebron für mich nach den Fleischtöpfen Ägyptens ein wenig eintönig ist?"

„Ich hatte gedacht, dass du – nicht wütend, aber unzufrieden und angewidert von mir sein würdest, weil ich nicht früher gekommen bin."

„Oh! Ich habe gelernt, Rücksicht auf Männer zu nehmen!" sie erwiderte leichthin mit einer Kopfbewegung und einem halben Schmollmund; „Und ich hätte keinen Respekt vor einem Mann, der einer Frau von den Füßen getreten werden müsste. So etwas habe ich gesehen. Ich ging davon aus, dass du kommen würdest, wenn es deiner Neigung entsprach."

Sie wandte sich bewusst wieder der Hecke zu und ging auf Zehenspitzen, um eine schwere Blüte zu ergreifen, die eingeschlafen zu sein schien, betäubt von ihrem eigenen Duft. Sie konnte es nicht erreichen.

„Lass mich", sagte ich und trat vor, fing die dornige Gischt auf und zog sie zu sich. Die Aktion ließ einen kleinen Regen aus Wassertropfen auf ihr nach oben gerichtetes Gesicht prasseln, und ein einzelnes Blütenblatt in satten Farbtönen verschob sich, glitt sanft nach unten und blieb tatsächlich in der Spalte ihrer leicht geöffneten Lippen hängen. Beide lachten über den Vorfall, denn er war ungewöhnlich.

„Das sollst du haben", sagte sie, nachdem sie es abgeschnitten hatte, „von mir."

In gewisser Weise kam ich mir dumm vor, als sie auf mich zukam und hier und da an ihrer Taille und dem Busen ihres Kleides herumfummelte.

„Hast du eine Anstecknadel?" fragte sie schelmisch, und bevor ich antworten konnte, suchten ihre schnellen weißen Finger den Aufschlag meines Mantels ab. „Hier ist eins", fügte sie sofort hinzu und zog es heraus.

Dann befestigte sie die Rose an meinem Mantel und stand so nah bei mir, dass der Saum ihres weiten Rocks meine Beine berührte.

„Sie sind sehr nachsichtig und sehr freundlich", versicherte ich ihr, „und ich danke Ihnen für den Gefallen. Ich bin sicher, dass ich ihn nicht verdiene."

„Verdienen Männer jemals das, was sie von Frauen bekommen?" war ihre verblüffende Antwort, und sie sah mir dann nicht in die Augen, sondern befingerte stattdessen mit abgewandtem Kopf das Durcheinander von Jaqueminots im Korb. Sicherlich war diese Nichte von Rev. Jean Dupré, die zur Ruhe nach Hebron gereist war, nicht konventionell. Ebenso wahr war, dass sie über ein ungewöhnlich hohes Maß an Intelligenz verfügte und es gewohnt war, ihre Meinung zu äußern.

Ich zögerte kurz. Nicht, dass ich im Zweifel gewesen wäre, was ich sagen sollte, aber unter uns Männern des Südens kämpft die alte Ritterlichkeit gegenüber Frauen, die immer hartnäckig und oft grundlos ist, immer noch stark. Und es ist wahrlich eine gute Sache, diese gleiche Ritterlichkeit; aber die Wahrheit ist besser.

„Ich denke schon", war meine feste Antwort und ich hielt meinen Blick bereit, um ihren zu treffen, aber sie bewegte ihren Kopf nicht. Nur die weißen Fingerspitzen mit ihren noch weißeren Nägeln vergruben sich noch in der duftenden Masse aus Grün und Rot.

„Das tust du?... Wie kannst du das sagen? Onkel sagt das auch – aber er ist Priester."

„Ich sage es, weil ich es für wahr halte. Ich bin mir sicher, dass Sie nicht zulassen würden, dass ich lüge, nur um Ihnen zu gefallen. Ihr Standpunkt muss eingeschränkt und eingegrenzt werden, denn ich weiß, dass Sie es ernst meinen. Die Frage ist wirklich zu umfassend, um sie zu beantworten tatsächlich eine bestimmte Antwort zugeben. Viele Frauen geben alles und bekommen nichts; viele Männer geben alles und bekommen nichts. Viele geben und empfangen auf gleicher Basis, und sie sind diejenigen, die glücklich sind. Es hängt einfach von der eigenen Erfahrung oder Beobachtung ab, wie Er beantwortet Ihre Frage. Mein Leben führt mich zu der Überzeugung, dass Männer in aller Aufrichtigkeit ihren Teil voller und weitaus gerechter tun werden als eine Frau. Vielleicht hat Ihr Leben Sie davon überzeugt, dass genau das Gegenteil der Fall ist ... Aber um Himmels willen, lasst uns das tun heute Morgen nicht in einen soziologischen Streit abdriften.

„Auf keinen Fall. Ich wollte nur wissen, was du denkst ... Jetzt muss ich mich dafür entschuldigen, dass ich dich zurückgehalten habe. Du bist gekommen, um Onkel zu sehen?"

Sie ging auf das Haus zu, als wollte sie ihn rufen, aber ich packte sie am Arm und sie blieb stehen.

„Ich bin in erster Linie gekommen, um dich zu sehen. Erstens, um mich zu vergewissern, dass du dich wirklich ganz von deinem Ertrinken erholt hast – ich habe dich unten im Laden gebeten – und zweitens, um ein mächtiges Geheimnis mit dir zu besprechen."

„Du hast wirklich – nach mir gefragt?" Sie kam mit hochgezogenen Augenbrauen zurück. „Du wusstest, als du an diesem Tag gegangen bist, dass ich mich dank deiner Fähigkeiten erholen würde. War das nicht genug?"

Ich war genervt. Es schien, als ob sie versuchte, mir ein tieferes Interesse einzugestehen, als ich wirklich besaß.

„Der gesunde Menschenverstand hätte mich dazu gebracht, mir selbst zu versichern, dass Sie keine schlimmen Nachwirkungen haben", antwortete ich.

„Oh, das war es?" antwortete sie, dachte ich etwas kühl. Dann – „Du hast ein Geheimnis erwähnt. Wie um alles in der Welt könnte es an diesem einsamen Ort ein Geheimnis geben? mitten beim Frühstück.

Sie ging auf ein kegelförmiges Stück Grün zu und ich stellte mich an ihre Seite. Es stellte sich heraus, dass es sich um ein Gitterwerk handelte, das die Form eines Quadrats mit einer spitzen Spitze hatte und das Ganze vollständig von einer üppigen Ranke bedeckt. Sogar die Tür war so dicht verhängt, dass wir die Girlanden zur Seite ziehen mussten, um einzutreten. Im Inneren wurde das Licht auf einen graugrünen Ton abgemildert. In der Mitte des Platzes war eine Hängematte aufgehängt, und auf allen Seiten außer dem Eingang waren Bänke aufgestellt. Miss Drane stellte ihren Korb ab und ließ sich sofort in die Hängematte fallen, wo sie sich in eine bequeme Haltung drehte. Sie nahm offenbar keine Notiz davon, dass ihr Kleid sechs bis zwanzig Zoll über ihren wohlgeformten Knöcheln hochgezogen war, sondern lockerte leise die Schnüre unter ihrem Kinn und warf die Haube auf den Boden, dann warf sie ihre Arme über ihren Kopf und schnürte sie Finger und drehte sich zu mir mit einem Lächeln um, das halb humorvoll und halb erbärmlich war.

„Jetzt bin ich geheilt. Beruhige dich so gut du kannst und lass uns das Geheimnis hören."

"Darf ich rauchen?" fragte ich, schlüpfte unter eines der Seile hindurch und kam um mich herum, damit ich ihr gegenübersitzen konnte.

"Sicherlich."

"Ein Rohr?"

„Oh ja! Ich bin durch und durch rauchgeheilt."

Ich ließ mich auf eine Bank fallen und holte meine Materialien hervor, während sie da lag und mich mit ihrem unergründlichen Blick ansah.

„Du bist ein lustiger Mann!" erklärte sie plötzlich und ihre flexiblen Lippen verzogen sich zu einem seltsamen Lächeln.

Ich kicherte und stopfte den Tabak in die Schüssel.

„Wie kommst du darauf?" Ich habe es gewagt.

„Warum hast du nicht darum gebeten, die Hängematte mit mir zu teilen?"

Obwohl ich nun etwas über die Sitten und List der Frau wusste, spürte ich, wie mir die Röte in die Wangen stieg, und um es zu verbergen, ließ ich das Streichholz, das ich in der Hand hielt, fallen und beugte mich vor, um es aufzuheben. Offensichtlich war die Nichte seiner Ehrwürdigkeit auf einen Flirt aus, um sich die Tage ihres Exils zu vertreiben. Es versteht sich von selbst, dass ich in meinem gegenwärtigen Geisteszustand kein Herz für solche Affären hatte, aber mir wurde klar, dass ich sie nicht beleidigen durfte, also zündete ich das Streichholz an meiner Schuhsohle an und zündete nachdenklich meine Pfeife an Es fällt mir die ganze Zeit schwer, was ich sagen soll.

„Du sahst so bequem aus", antwortete ich scherzhaft zwischen den Zügen, „dass ich mich nicht dazu durchringen konnte, diese Bitte zu äußern. Und – du legst dich hin, weißt du, als wolltest du alles für dich alleine haben."

Mit einer schnellen, geschmeidigen Bewegung drehte sie sich auf die Seite, legte ihre Wange auf ihre Hand und erwiderte:

„War diese Idee wirklich in deinem Kopf, bevor ich sprach? Die Wahrheit, wohlgemerkt!"

Ich fühlte mich völlig unwohl. Ich konnte nicht erraten, worauf Beryl Drane genau hinaus wollte, aber ich wusste, dass das einfache Gespräch, das ich mit ihr geführt hatte, plötzlich die Ausmaße einer Aufgabe angenommen hatte. Es wäre albern und egoistisch zu glauben, dass dieser kleine Körper in mich verliebt war, und doch, als sie auf Armeslänge wie ein Kätzchen zusammengerollt auf Armeslänge dalag, lag eine Ernsthaftigkeit in ihrem Gesicht und in ihrem Verhalten, die mich viel mehr beunruhigte als meine letzte Antwort auf sie Frage wäre.

„Nein, das war es nicht", antwortete ich und sah ihr fest in die Augen.

„Nicht alle Männer sagen die Wahrheit", war ihre unerwartete Erwiderung; „Aber das tust du... Glaubst du nicht, dass ich es wert bin, dabei zu sitzen?"

Himmel! Warum beharrte sie auf dieser Belastung? Warum? Gott habe Mitleid mit ihr, das wusste ich. Ich wusste, dass ihr Geburtsrecht auf Weiblichkeit und unbefleckte Reinheit vor langer Zeit gegen das Gericht der Treulosigkeit und vorgetäuschter Vergnügungen eingetauscht worden war und dass nun Tag für Tag der überaus bittere Schrei in ihrer Seele widerhallte. Sie hatte das Wesentliche, das Wirkliche, das Wahre und das Gute auf dem schattigen Altar des Genusses geopfert. Sie hatte die Frucht beiseite geworfen, um die Schale zu verschlingen, und die Strafe war ein unersättliches Nagen der bösen Zähne, die sie zuvor mit ihrer eigenen Hand bis ins Innerste ihres Wesens geführt hatte. Ich zitterte innerlich, als diese Gedanken blitzschnell durch meinen Kopf schossen und mein Gesicht sich zu Linien der Schwerkraft formte.

„Kleines Mädchen", sagte ich sanft; „Ich würde gerne neben dir sitzen, aber was nützt es in diesem Fall? Wir sind wie zwei Vögel, die mitten in der Luft fliegen. Bald wirst du gehen; bald werde ich gehen. Lasst uns gute, ehrliche Freunde sein, während wir bleiben."

Ich beugte mich zu ihr und sprach ernst, wobei ich versuchte, jeden Vorwurf in meiner Stimme zu verbergen. Sie antwortete nicht, sondern errötete leicht, drehte den Kopf teilweise ab und senkte die Wimpern. Ich rauchte ein paar Augenblicke schweigend, um ihr Gelegenheit zum Sprechen zu geben, aber sie blieb stumm, und ich sagte direkt und legte meine Stimme in eine fröhlichere Tonart:

„Wenn Sie mir bei der Aufklärung meines Geheimnisses helfen wollen, müssen wir uns beeilen. Unsere paar Minuten auf dem Fluss haben nicht lange genug gedauert, als dass wir uns wirklich gut kennengelernt hätten, aber wahrscheinlich hat Pater John Ihnen gesagt, dass ich es noch ein paar Monate lang versuchen werde auf einem bestimmten großen Hügel im Wald. Ich habe ein paar Leute getroffen und –"

Armer, hoffnungslos dummer Menschenverstand! In meiner Aufregung, die durch die Haltung verursacht wurde, die Beryl Drane mir gegenüber für angebracht gehalten hatte, hatte ich vergessen, dass das Vertrauen, das ich zu vermitteln beabsichtigte, ein anderes Mädchen betraf – ein wunderschönes Mädchen! Jetzt war es zu spät, sich zurückzuhalten. Zwei Schlitzaugen starrten mich zynisch an und ein leises Lachen kam aus ihrer Kehle.

"Wer ist sie?" verspottete Beryl Drane, die auf der Welt lebte.

"Ich weiß nicht!" Ich antwortete kühn. „Das ist es, was ich möchte, dass du mir hilfst, es herauszufinden."

"Wie heißt sie?"

Wie kalt die Worte waren; wie kleine spitze Eiszapfen. Ah! Weiblichkeit! Samtweich, eisenhart; die Taube ist barmherzig, der Tiger ist grausam; vom Himmel gesäumt, von der Hölle bewaffnet; Honiglippig, Gallenzunge!

„Sie nennen sie Lessie."

Als sie den Kopf schüttelte, hatte sich ihr sanft gebogener Mund in eine gerade Linie aus Scharlachrot verwandelt.

„Ich gehöre hier nicht zum Pöbel."

Sie sprach mit Cut, und es gelang ihr. Die unverschämten Worte waren bissig und ein flammender Groll ließ eine heiße Antwort auf meiner Zunge liegen, aber ich hielt sie zurück. Ich wartete eine Weile, damit meine Rede meine Aufregung nicht verriet.

„Sie lebt mit ihrer Oma und ihrer Großmutter am Lizard Point. Sicher haben Sie sie in der Kirche gesehen? Oma ist sicher sehr gewissenhaft bei der Ausübung ihres Gottesdienstes –"

„Ich gehe nie in die Kirche!" unterbrach Pater Johns Nichte. „Aber ich glaube, ich kenne die Leute, auf die Sie sich beziehen", fügte sie sofort hinzu. „Ich kann mich jedoch nicht an den Namen der Familie erinnern ... Sie müssen außerordentlich dumm sein, ihren Nachnamen nicht gelernt zu haben, da Sie in sie verliebt sind."

Offensichtlich wusste Miss Drane nichts von den Umständen rund um die Geburt der Dryade, und eine Welle der Erleichterung überkam mich, als mir das versichert wurde.

„Ein Mann liebt den Namen eines Mädchens nicht", dachte ich. Dann sagte ich:

„Es scheint tatsächlich so zu sein."

Ich kann mir nicht vorstellen, was in diesem unschuldigen Satz eine Beleidigung auslösen sollte, aber sofort warf das Mädchen in der Hängematte ihre Füße auf den Boden, stand auf und hob ihre Haube und ihren Korb auf.

„Ich finde dich überhaupt nicht nett!" Sie sagte. „Machen Sie weiter und lieben Sie Ihr kleines Hüttenluder, wenn Sie wollen! Sie wird traurigerweise klüger sein, wenn Ihre Liebe vorbei ist und Sie dorthin zurückgekehrt sind, wo Sie hergekommen sind. Ich kenne euch Männer – alle gleich!... Wenn ihr das wollt Sehen Sie Onkel, Sie werden ihn um diese Zeit in der Bibliothek finden.

Dann wechselte sie, ohne auch nur ein „Guten Tag" zu sagen, und ließ mich verblüfft auf die Ranken anstarren, die sich hinter ihrer verschwundenen Gestalt bewegten. Ich hatte viele Arten von Frauen gekannt: gereizt, verwöhnt, gemein; liebenswürdig, charmant, gut. Ich wusste, dass die meisten von ihnen der Logik nicht zugänglich waren und sich manchmal über ein Lächeln oder einen falschen Tonfall ärgerten. Aber als Beryl Drane mir diese leise Anspielung ins Gesicht warf, war ich verärgert. Es entbehrte völlig jeder Grundlage und jedem Grund. Es bestätigte eindrucksvoll die Meinung, die ich zuvor über sie gebildet hatte, und als ich dasaß und die Angelegenheit in Gedanken durchging, wusste ich sofort, dass ich Mitleid mit ihr hatte. Denn es gibt keinen traurigeren Anblick auf der breiten Brust der Welt als eine Frau mit einer gefleckten Seele. Die Wahrnehmungen dieses armen Kindes waren völlig schief, ihre Gefühle waren zerrissen und verdreht, und in diesem Moment hätte ich fast das Schicksal verflucht, das ein solches Sakrileg zulassen würde. Mein Groll war verschwunden oder richtete sich gegen die unverständlichen Kräfte, Mächte – nennen Sie sie, wie Sie wollen –, die bei ihrem Wirken so oft die makellose Lilie unter die schmutzige Schnauze eines Schweins warfen und die weiße Seele eines Mädchens hineinschleuderten eine Grube voller Schmutz und Schleim! Nennt mir die

Gründe, ihr graubärtigen Gelehrten! Ihr seid Kinder, die im Dunkeln tappen. Du weisst es nicht.

Ich stand auf und ging ohne den Blättervorhang vorbei. Miss Drane war verschwunden. Ich ging zur Veranda, fand die Haustür offen und betrat den Flur, ohne anzuklopfen. Ich vermutete, dass sich die Bibliothek auf der rechten Seite befand, und klopfte an die Tür. Die Stimme des alten Priesters forderte mich auf: „Komm!" Ich ging hinein, und als er mich über die Schwelle treten sah, sprang Pater John mit einer nervösen Beweglichkeit auf, die angesichts seiner vielen Jahre unpassend war, und eilte vorwärts.

„Ah-hh! Ze Vergnügen! Wo sind Sie gewesen, M'sieu?"

Er lächelte herzlich und führte mich zu einem Sessel am Tisch, wobei er meine Hand hielt, bis ich einigermaßen Platz genommen hatte.

„Hauptsächlich durch den Wald streifen", antwortete ich locker und bemerkte die äußerst komfortable Einrichtung der Wohnung. „Ich bin schon seit einer halben Stunde hier, sollte ich sagen. Ich habe Miss Drane beim Rosenschneiden getroffen und bin stehengeblieben, um mit ihr zu plaudern. Scheint es ihr vollkommen gut zu gehen?"

Pater John verzog das Gesicht und breitete die Hände aus.

„Zat chil'! Ich liebe sie, aber sie versucht mich. Sie quält mich mit ihren Streichen, dann kommt sie mit ihren Armen um meinen Hals – also – eine fixe Lösung."

Zur Veranschaulichung versuchte er zuvorkommend, sich selbst zu umarmen, und ich nickte verständnisvoll.

„Du wirst sie zweifellos vermissen, wenn sie dich verlässt?"

Er verzerrte seine Gesichtszüge wie vor einem plötzlichen Schmerz.

„Ich kann mir das nicht vorstellen, meine Güte. Sie hat mir drei, vier, fünf Wochen gutgetan, sie ist ein Kind, aber sie macht mich glücklich, ja . "

Er ließ sich etwas tiefer in seinen weichen Sessel sinken und zog zufrieden an seiner langstieligen Pfeife.

Es fiel mir schwer, das Thema in meinem Kopf anzusprechen. Zweimal öffnete ich die Lippen, um die Diskussion zu eröffnen, aber jedes Mal bezog sich der folgende Satz auf eine ganz andere Sache. Wir sprachen also eine ganze Weile über das Wetter, die Ernte, die Gemeinde, und während wir über die Nachbarschaft sprachen, wusste ich, dass meine Chance gekommen war.

„Ich interessiere mich sehr für die Familie in Lizard Point. Kennst du sie gut?"

„Vair gut. Madame ist sehr releegious; eine gute Frau. M'sieu ist – ist – unaufrichtig; Ma'mselle – ah, die junge Ma'm'selle!"

Erneut streckten seine gespreizten Hände ausdrucksstark seine Hände aus und er schüttelte mit gerunzelter Stirn den Kopf.

Innerlich lächelte ich, aber äußerlich war mein Gesicht von Zierfalten gezeichnet.

„Gehört die Enkelin nicht zu deiner Herde?" Ich fragte.

„Ah! m'sieu; wir versuchen es. Wir versuchen ihr ganzes Leben lang, sie zur Christin zu machen. Aber sie wird – sie wird wie der Vogel im Wald. Sie ist ein halb verrückter Jeff – der Geigenspieler – Zey heazen, m'sieu. Zey verdunkelt nie die Tür der Kirche. Zey rennt in den Vordergrund, fummelt und tanzt, und der Teufel lacht und hüpft an ihrer Seite!"

Er legte die Hände zwischen die Knie, Handflächen an Handflächen, und wiegte sich in echter Verzweiflung hin und her. Da mir im Moment keine passende Antwort einfiel, schwieg ich.

„Ich habe großes Mitleid mit diesem Kind, armer Singer!" er fuhr sofort fort. „Sie hatte keine Chance, wie die Ozzer. Vielleicht hat der Fluch von ihr das Gesetz gebrochen, folge ihr; ich weiß es nicht – ich weiß es nicht!"

Er seufzte und ließ seine schmalen Schultern in einer zugleich traurigen und nachdenklichen Haltung nach vorne hängen.

„Erzählen Sie mir davon, wenn Sie können, Pater John", sagte ich, stützte meine Ellbogen auf die Tischkante und beugte mich zu ihm. „Ich werde Ihnen im strengsten Vertrauen sagen, dass ich großes Interesse an Lessie habe; es ist keine müßige Neugier, die mich zu dieser Frage veranlasst. Ich weiß, dass ihr Vater ihre Mutter verraten und im Stich gelassen hat; Gran'fer hat mir das praktisch zugegeben, aber er wird nicht weitergehen. Sie müssen den Namen des Mannes kennen – wie war es?"

Pater John hob den Kopf und sah mich an.

„Zat, m'sieu, ich kann es Ihnen nicht sagen."

"Warum?"

Ich ließ seinen Blick beharrlich, aber respektvoll auf ihn gerichtet.

„Weil M'sieu nicht das Recht hat, es zu tun."

Ich fühlte mich zurechtgewiesen. Da er ebenso wenig über mich und meine Gefühle für die Dryade wusste wie er, hatte er recht. Soll ich ihm mehr erzählen? Meine Worte wären bei diesem sanften alten Mann sicher.

„Angenommen, ich liebe das Mädchen, Pater John? Hätte ich dann nicht das
Recht, alles über ihre Abstammung zu erfahren?"

Ein blasses Lächeln huschte über seine dünnen Lippen.

„M'sieu – macht Witze mit mir. Du, der Herr, der größte Verräter – den
kleinen Willen zu lieben, Ma'm'selle? *Je crois que non!* "

„Es mag für Sie unglaublich erscheinen, aber ich liebe sie. Ich habe das
Gefühl, dass ich Ihnen das Geheimnis anvertrauen kann, denn nicht einmal
sie weiß es noch. Glauben Sie mir, ich flehe Sie an. Ich meine es sehr ernst."

Der zweifelnde Ausdruck verschwand aus dem Gesicht des Priesters und
wurde von einem Ausdruck des Staunens abgelöst.

„Wahrscheinlich verstehen Sie das nicht", beeilte ich mich hinzuzufügen;
„Und ich sollte Ihnen keine Vorwürfe machen. Aber Sie, die Sie schon als
junger Mann in heiligen Orden stehen und deren Geist und Zeit in spirituelle
Dinge vertieft sind, haben kein genaues Wissen über den machtvollen Ruf
des Mannes zur Frau und der Frau zum Mann. Es ist soweit Ich unerwartet,
schnell, sicher; hier in der Wildnis. In der Stadt ist es an mir vorbeigegangen.
Aber ich liebe die kleine wilde Ma'm'selle wirklich. Hören Sie sich meinen
Plan an. Ich habe vor, sie weit auf dem Weg zur Bildung zu bringen und
Verfeinerung; ich habe die Absicht, das große Gute zu entwickeln, das in
ihrem Geist und ihrer Seele erstickt lauert; dann, wenn sie will, werde ich sie
heiraten. Aus diesem Grund bitte ich Sie, mir von diesem Mann zu erzählen."

Pater John war überzeugt, dass ich die Wahrheit gesagt hatte. Ich konnte es
sehen, bevor er antwortete.

„Ze – ze *aieul*, ze *aieule* ; hat m'sieu tol' zem?"

Ich starrte ihn verwirrt an.

„Ze madame und ze m'sieu she live wiz!" platzte er verzweifelt heraus. „Wie
nennt man dich Zem?"

„Oma und Gran'fer – ihre Großeltern!" rief ich aus.

„ *Bien!*... Na, Zen?"

„Ich habe es ihnen nicht gesagt. Ich habe es Lessie nicht gesagt. Ich selbst
wusste es bis letzte Nacht nicht."

„ *Soit.* Aber das Geheimnis, M'sieu, ist Zeirs."

„Ist das Mädchen nicht besorgt, mein guter Herr?" Ich forderte.

„Celeste?"

„Celeste!"

„Ze wil' ma'm'selle, du nennst Lessie. Ich taufe mich, M'sieu; ihr Name ist Celeste."

„Und diese Idioten haben es Lessie verdorben!" Ich hätte fast geschrien.

„Zey konnte sich Celeste nicht merken", lächelte Pater John.

Eine Zeit lang schwieg ich und betrachtete die Vision in meinem Kopf, die den süßen Namen Celeste anstelle des bedeutungslosen Namens Lessie trug.

„Hat sie denn in dieser Angelegenheit keine Rechte?" Ich blieb hartnäckig und bei den Worten wusste ich, dass sich meine Stimme verändert hatte. Pater Johns offene und sachliche Offenbarung hatte mich irgendwie völlig erfüllt. Mir ist bewusst, dass es keinen guten Grund dafür gab, aber Menschen, die tief verliebt sind, haben eine ständige Abscheu vor allem und jedem, was auch nur annähernd an Vernunft grenzt.

„Sollte sie, meine Frau, nach Informationen suchen, werde ich es ihr sagen."

Die Worte waren süß ernst und höflich, und selbst in meiner Ungeduld erkannte ich, dass sie gerechtfertigt waren.

„Sehr gut, Vater. Aber ich muss dir noch eine andere Frage stellen, die du meiner Meinung nach beantworten kannst, ohne dein Gewissen zu beleidigen. War Lessies – war Celestes Vater ein gelehrter Mann, ein Mann, der die höheren Lebensbereiche beschritt, oder war er es? einfach ein Landsmann?"

Nur einen Moment zögerte er.

„Er war vom Wesen her ein großer Herr – ein Gelehrter – ein Senker. Sein Herz war schwarz!"

„Das muss es gewesen sein", hauchte ich, als ich aufstand.

Mein Gastgeber folgte mir erneut zur niedrigen Steinstufe am Eingang zur Veranda, protestierte gegen meine Abreise und bat mich, zum Abendessen zu bleiben, das um die Mittagszeit kam. Ich sagte ihm, dass ich wiederkommen würde, und das meinte ich ernst.

„Du warst sehr nett", sagte ich zum Abschied, „und ich möchte dir für die Dinge danken, die du mir erzählt hast. Mit der Zeit wird Celeste ihre Forderungen einbringen, vertrauen Sie mir."

„Vair gut, m'sieu!" „, schrie er und verzog sein Gesicht zu einem Labyrinth aus gutgelaunten Falten.

Am Tor drehte ich mich um, winkte ihm erneut zu und suchte dabei mit meinen Augen nach einem Zeichen von Beryl Drane.

Diese höchst seltsame junge Frau war nirgends zu sehen.

KAPITEL SIEBZEHN

Darin hege ich ernsthaft eine ritterliche Vorstellung zu meinem großen Nachteil

„A, B, C, D, E, F, – H?“

Wir saßen Seite an Seite am Rand der Veranda, die Füße auf der niedrigen Steinstufe. Fünfzehn Minuten lang hatte ich Celeste das Alphabet beigebracht.

Aber es bedarf kaum einer Erklärung, um meine Position im feindlichen Lager deutlich zu machen. Heute ist Sonntag. Als ich zum ersten Mal aufstand, begann ich, einen Weg zu planen, um Celeste – Lessie ist nicht mehr für mich! – ohne unangenehme Umstände zu erreichen. Kürzlich hatte mir der Gemeindepfarrer versichert, dass Oma „eine fromme Frau“ sei, und auf dieser Tatsache baute ich nun meine Pläne auf. Wahrscheinlich besuchte Oma am Sonntag zweimal die Messe; Ohne Zweifel war sie einmal dort. Als sich meine Idee zu kristallisieren begann, war die Frühmesse schon vorbei, aber die Chancen standen gut, dass Oma zu den späteren Gottesdiensten gehen würde, weil zu Beginn jedes Tages eine Menge Hausarbeit zu erledigen war. Dann bewegte sich Omas großer Körper langsam und der Weg nach Hebron war lang. Als ich zu diesem Schluss kam, war ich sehr getröstet, und gegen zehn Uhr bewaffnete ich mich mit Fibel und Heft und machte mich auf den Weg in den Himmel.

Ich wünschte, der Leser – ob sanft oder nicht – hätte diese Reise mit mir machen können und sich so gefühlt wie ich. Ich wünschte, jeder auf der Welt könnte sich jederzeit so fühlen wie ich auf diesem gemütlichen Spaziergang zum Lizard Point. Es würde keine Sünde und keinen Kummer mehr geben, meine Brüder! Es war meine erste Pilgerreise zum Heiligtum meiner anerkannten Zuneigung, und meine Füße traten nicht auf die gute Erde, sondern auf einzelne kleine Kissen aus komprimierter Luft. Der Tag ließ für die Kritischsten nichts zu wünschen übrig. Es war eine große, duftende Blüte aus Licht und Farbe, die wie ein Juwel in der Hand des Meisters leuchtete. Und inmitten all dieser Perfektion war ich der einzige Mann, der die eine Frau suchte.

Als ich die Brücke erreichte, schlich ich wie ein wilder Indianer durch den Wald und betrachtete das Haus mit zunehmender Ungeduld. Aber ich wurde in nur wenigen Minuten belohnt, die laut meiner Uhr vergingen. Omas üppige Gestalt huschte geschäftig auf die Veranda, und sie watschelte wie eine überfettete Gans den Weg entlang. Sie hatte ihre sonntäglichen Fixins; ein glänzendes bombasinschwarzes Kleid und eine winzige schwarze Haube, die auf ihrem großen Kopf tatsächlich klein aussah. In der einen Hand ein Palmblattfächer, in der anderen ein Rosenkranz und ein Taschentuch; So machte sich S'firy an diesem Morgen auf den Weg, während ich versteckt im Schatten stand und grinste, gekitzelt wie jeder Schuljunge, der sieht, wie ein Wachmann ein Wassermelonenfeld verlässt. Ich konnte sie schnaufend hören, als sie die Straße erreichte und ihren Marsch nach Süden fortsetzte – die arme alte Frau! Vor ihr lag eine lange, heiße Zeit voller Hin und Her, und ich war überzeugt, dass sie den Segen verdiente, den sie sich erhoffte.

Auf diese Weise habe ich mich heute Morgen in die feindlichen Reihen geschlichen und angefangen, die kleine wilde Ma'm'selle zu unterrichten.

Sie war überrascht, aber froh, als sie mich sah. Sie können sicher sein, dass ich ängstlich ihr Gesicht untersuchte und ihr einladendes Lächeln und ihr warmer, fester Händedruck mein Herz höher schlagen ließen. Ich erzählte ihr sofort, weshalb ich gekommen war, und fragte, wie lange Oma wegbleiben würde. Mindestens drei Stunden, das habe ich gelernt. Sie war bereit und begierig darauf, mit dem Unterricht zu beginnen. Ich erkundigte mich auch nach Gran'fer, als wir zusammen am Rand der Veranda saßen, und hörte, dass das Abendessen in seiner Obhut gelassen worden war und er daher Dienst in der Küche hatte, aus der er kaum herauskommen würde, bis Ablösung kam . Das Feuer sollte aufrechterhalten werden und bestimmte Gefäße mit Kochgemüse sollten mit Wasser gefüllt gehalten werden. Gran'fer würde kaum das Risiko eingehen, die Bohnen oder Kartoffeln anbrennen zu lassen, und die Chance auf glückliche drei Stunden schien tatsächlich gut zu sein.

Celeste trug eine weiße Hemdbluse, einen braunen Rock, einen Ledergürtel – und *Hausschuhe* ! Ich konnte die letzte Tatsache kaum glauben, als meine Augen sie bemerkten. Wo um alles in der Welt hatte sie Hausschuhe her, die mit einem Riemchen über dem Spann zugeknöpft waren? Sie trug schwarze Strümpfe (und hier möchte ich nebenbei sagen, dass schwarze Strümpfe meiner Meinung nach die passendste Farbe sind, die eine Frau tragen kann) und wirkte insgesamt weitaus zivilisierter als je zuvor. Ich legte die Fibel auf ihre Knie, und während sie sie offen hielt, begann ich, ihr die Buchstaben beizubringen, wobei ich meinen Zeigefinger als Zeigefinger benutzte. Ihr sonniger Kopf neigte sich eifrig der Aufgabe, und als ich ihr Gesicht betrachtete, sah ich, dass jede Sommersprosse zu einer winzigen Insel in einem Meer aus Purpur geworden war. Sie errötete vor Hitze, wahrscheinlich aus der einfachen Tatsache, dass sie sich endlich auf den unbekannten Weg begeben hatte, der sie hinauf und hinaus aus dem düsteren Tal der Unwissenheit führen würde, in dem sie immer gelebt hatte. Ich weiß, dass meine Wangen rot wurden, denn sie begannen zu brennen. Wäre ich sicher gewesen, dass Gran'fer seinem Gemüse treu bleiben würde, hätte ich es ihr in diesem Moment gesagt, denn noch nie war eine sterbliche Frau so lieblich und verführerisch gewirkt, und noch nie hatte mein Herz so laut an der hartnäckigen Tür meines Willens gehämmert. Mir wurde klar, dass meine Entschlossenheit, den Mund zu halten, bis sie einigermaßen unterrichtet war, eine idiotische Entschlossenheit war und dass ich es beweisen würde, damit ich Celeste beim ersten Mal dort erwischen konnte, wo wir vor Störungen sicher waren.

Durch die sechsundzwanzig Hauptstädte gingen wir immer wieder. Dann nahm ich das Buch und bat sie, das Alphabet aufzusagen. Sie stürzte sich auf G, aber wenn jeder Misserfolg von dem zweifelnden, ängstlichen, mitleiderregenden, durchaus fesselnden Gesichtsausdruck begleitet wäre, der diesen auszeichnete, würde kein Täter jemals ein Wort des Tadels hören.

Ich hoffe, ich bin nicht ermüdend. Die Wahrheit ist nicht immer interessant, und Sie dürfen meine Wahrhaftigkeit nicht in Frage stellen. Heute Abend werde ich nicht zugeben, dass mein bisher ausgeglichener Geist vollkommen ausgeglichen ist. Seit ich meinem Tagebuch gestanden habe, habe ich herausgefunden, dass ich in die Stromschnellen geschossen bin, und dieses Mädchen mit Haaren wie ein Potpourri aus Sonnenstrahlen und irisch-grauen Augen, die einen zitternden Mechanismus in mir auslösen, wird das Größte und Wichtigste sein mein Leben.

Natürlich lachte ich, als sie H statt G sagte, aber es war kein Lachen, das weh tat. Es war derjenige, der beruhigt und verzeiht. Sie lachte auch, und wieder sah ich eine obere Zahnreihe — weiß wie junges Mais und genauso gleichmäßig. In einer halben Stunde hatte sie den Trick gemeistert und konnte außerdem jeden Buchstaben benennen, den ich auf den ersten Blick auswählen konnte. Ja, ich war damals stolz auf sie, und — ja, das habe ich ihr gesagt; würdest du nicht? Wir gingen dann ein- oder zweimal die kleinen Buchstaben durch, aber ich habe sie heute Morgen nicht gebeten, eines davon zu lernen. Celeste konnte nicht verstehen, warum die großen und kleinen Buchstaben nicht gleich waren, und ich konnte es auch nicht, daher kam keine Erklärung. Dann wurde die Fibel beiseite gelegt und ich holte das Schreibheft hervor. Das Interesse der Dryade war ebenso groß, als sie auf diesen Zweig ihrer Ausbildung aufmerksam gemacht wurde.

„Ist das geschrieben?" fragte sie misstrauisch und deutete auf die Textzeile oben auf der Seite.

„Ja, das ist Schreiben ", sagte ich, aber mein Blick war freundlich.

„ Dann ing ing! "„Erwiderte sie etwas energisch, aber ich wusste, dass sie über sich selbst verärgert war und nicht über mich." Dann setzte sie sich ganz aufrecht hin und hakte trotzig jedes Wort ihres nächsten Satzes auf ihrer Handfläche ab, wobei sie eine absurde Faust als Kontrolle benutzte.

„Es – sieht – nicht – nach – Gran'fers – Schrift aus !"

Ich brüllte heftig darüber, denn ihre Kampfeslust war unwiderstehlich.

Zuerst war sie über meinen Ausbruch erstaunt, denn ihr Ernst hatte sie daran gehindert, zu erkennen, wie attraktiv ihre kleine Rede gewesen war. Aber während ich weiter lachte, gesellte sie sich zu mir, und gemeinsam sorgten wir für so viel Aufruhr, dass Gran'fer sich beeilte, der Sache nachzugehen. Ich sprang auf, nahm seine Hand und schaffte es, mich so weit zu beherrschen, dass ich ihm den Grund nennen konnte.

„Meine Güte! Gut, dass S'firy nicht hier ist!" rief er und blickte mit funkelnden gutmütigen Augen von einem zum anderen. „Sie würde dich am Sabbat zum Schweigen bringen und *dich* nicht zu Baldy zurückschicken!"

Er stieß mir einen krummen Finger in die Rippen, streckte seine Mitte vor und seine Schultern nach hinten und gab eine Reihe durchdringender Kreische von sich, was meiner Meinung nach seine Art war, überragende Heiterkeit auszudrücken.

Ich legte meinen Arm wie ein Kumpel um seine Schulter und zog ihn beiseite.

„Ich habe mich versteckt und ihr beim Gehen zugeschaut", flüsterte ich.

Erneut schrie er.

„Du bist ein verdammter Klugscheißer!" sagte er, jetzt. „S'firy ist irgendwie böse auf dich, aber ich habe Witze gemacht, als ich gesagt habe, dass sie dich zu Baldy zurückschicken würde. Sie würde sich nichts Böses antun ' so, sehen Sie'n' wie sie keine unbedeutende Beschwerde gegen Sie hat', 'cep'n' du bist ein junger Mann 'und' gutaussehen'n', 'n'" – er senkte seine Stimme und nickte der Dryade zu, die offenbar in ihr Heft versunken saß – „Sie schätzt es nicht, jemals zuzulassen, dass ein Mann mit diesem Mädchen Liebe macht, und sie hat dich in dieser Hinsicht umgehauen – siehst du?"

„Gran'fer, ich rieche etwas Brennendes!" namens Celeste.

Der alte Mann drehte sich mit einem zitternden, leisen „Guter Gott!" um. und rannte ins Haus, und sofort hörte ich einen Blechdeckel auf dem Küchenboden klappern.

„Was hast du Gran'fer gesagt, als du ihn dorthin gebracht hast?" fragte Eva, als ich wieder neben ihr war.

„Die Wahrheit", antwortete ich und genoss ein ähnliches Geständnis ihr gegenüber nicht gerade.

"Sag mir auch!" sie forderte sofort.

„Angenommen, ich werde es nicht tun?“ Ich parierte und nutzte die sich bietende Gelegenheit, ihren Charakter auf verschiedenen Ebenen abzuwägen.

Sie dachte einen Moment nach und kniff die Augen seltsam zusammen.

„Nun, wenn du es nicht willst – ich weiß nicht!“

Es war nicht gehässig, sondern vollkommene Offenheit.

„Ich habe ihm erzählt, dass ich dort unten im Wald gewartet habe, bis Oma in die Kirche gegangen ist“, sagte ich.

Sie lächelte und breitete das Heft erneut aus.

„Das brauchst du nicht zu tun. Ich habe mit Oma gesprochen, und sie wird dich kommen lassen, genauso wie sie es mit Buck tut … Ich habe ihn überredet.“

„Segne dein Herz, Dryade! Wie hast du das geschafft?“

„Oma wird fast alles für mich tun“, antwortete sie schlicht. „Ich habe dir gesagt, dass du es mir lernen wolltest, und dass ich es lernen wollte – so sehr; und dass es nichts kosten würde. Also fragte sie Pater John, und er sagte: Es wäre alles in Ordnung. Er sagte, er kenne dich.“

„Ja, ich habe Pater John getroffen – und seine Nichte.“

„Ich mag sie nicht“, sagte Celeste und drehte müßig die Blätter.

„Warum magst du sie nicht, Dryad?“

„Weil – weil – oh je, weil!“

Sie schmollte leicht und schüttelte den Kopf.

Also hatte auch sie diesen unbeantwortbaren Grund, den alle Frauen behaupten können.

„Sie tut mir leid, denn ich glaube nicht, dass sie glücklich war. Sie hat ihr ganzes Leben in Städten gelebt, und die Städte haben ihr etwas genommen, was sie niemals zurückgeben können.“

„Was?“

„Alle Dinge, die Sie, die Sie hier in den Hügeln leben, besitzen und die die wertvollsten Gaben einer Frau sind: Reinheit, Unschuld, Weiblichkeit.“

„Ich weiß nicht genau, was du meinst.“

„Ich werde jetzt nicht versuchen, es einfacher auszudrücken, Dryade. Aber in den Augen aller wahren Menschen bist du mehr wert als tausend Beryl Dranes.“

Sie schürzte die Lippen und stieß einen erstaunten Pfiff aus.

„War Buck in letzter Zeit hier?" Ich fragte.

„Nicht, seit ich dich auf der Holzbrücke gesehen habe."

Dann schwiegen wir eine Zeit lang. Der Tag war sehr heiß. Die zunehmende Sonne verbrannte den gelben Hund, der im Hof gelegen hatte, und er stand widerstrebend auf und kroch in den tieferen Schatten neben dem Fundament des Hauses – in ein staubiges Loch, das er zweifellos zuvor auf der Suche nach Abkühlung gegraben hatte. Dort nagte er an seinen Rippen und runzelte dabei seltsam seine schwarze Nase, ließ sein Kinn auf den Boden sinken und schloss langsam die Augen. An der Seite, an der sich der nicht gefangene Floh noch aufhielt, herrschte eine steife Kälte, dann schlief der Hund mit einem Seufzer ein. Eine braune Henne schlenderte mit ausgebreiteten Flügeln und offenem Schnabel benommen durch die schimmernde Luft und sang dieses schmerzliche, unmusikalische, dröhnende Lied, das von der Temperatur erzeugt wurde. Ich habe dieses Lied noch nie aus einem Hühnerhals gehört, wenn das Thermometer unter neunzig Grad war. Es muss eine Auswirkung der Hitze gewesen sein. Dahinter erstreckten sich die grünen Weiten endlos – bis dorthin, wo die große, böse Welt pochte, brodelte und kämpfte. Alle diese Äußerlichkeiten vergingen im Handumdrehen vor meinem Blickfeld, und dann richtete sich mein Blick wieder auf das Mädchen, das ruhig neben mir saß und mit Augen, die ihrem Gehirn keine Botschaft übermittelten, auf die geschwungenen Linien blickte, die Wissen bedeuteten. Ihr Haar war heute wieder hochgesteckt – aus körperlicher Bequemlichkeit, schätze ich – und feuchte, gekräuselte Strähnen hingen flach an ihrem milchweißen Hals. Darunter standen winzige Feuchtigkeitstropfen, wie kleine Perlen auf Porzellan. Ich konnte mich nicht an die umwerfende Wirkung ihrer aufgetürmten Locken gewöhnen. Ich konnte weder Kamm noch Haarspange noch Nadeln sehen, aber zweifellos waren einige der „unsichtbaren" Varianten der letzteren irgendwo in den Feinheiten dieser unvergleichlichen Krone versteckt.

Ich fragte, ob es dort Feder und Tinte gäbe. Sie glaubte, dass das der Fall sei, und kehrte direkt mit beidem zurück. Dann entstand der Bedarf an etwas Geeignetem, um das Heft aufzubewahren, während sie ihre ersten Buchstaben nachzeichnete. Ich wusste, dass es im Esszimmer einen Tisch geben musste, aber ich blieb lieber dort, wo wir waren.

Wie ich jemals auf so etwas gekommen bin, kann ich mir nicht vorstellen, aber ich schlug das Bügelbrett vor, und eine Minute später lag es auf jedem unserer Knie, und ich drehte den Stiftstab in Celestes warmen Fingern in den richtigen Winkel. Ihr Zeigefinger beharrte darauf, sich am ersten Gelenk nach innen zu biegen, und ich richtete ebenso fleißig den gegenüberliegenden Finger auf, ohne dass mir die Aufgabe überhaupt nichts ausmachte, aus irgendeinem okkulten Grund. Natürlich war das erste Ergebnis ein riesiger Fleck, und die Dryade wollte ihn ablecken, wie sie es einst bei Gran'fer gesehen hatte. Ich sagte ihr, dass das nicht schön sei, und legte die Tinte zum Trocknen in die Sonne, da kein Löschpapier verfügbar war. Als sie endlich anfangen konnte, schnitt das Mädchen bemerkenswert gut ab. Es war ganz offensichtlich, dass sie Talent in dieser Richtung hatte. Ich erlaubte ihr, die Modellreihe in der Mitte der Seite umzuschreiben, und teilte ihr dann mit, dass der Unterricht für heute vorbei sei. Ich habe es auch nicht versäumt, ihr ein paar wohlverdiente Komplimente für ihre Eignung zu machen.

Oma war zwar drei Stunden weg, aber ich war trotzdem erstaunt, als ich sie kurze Zeit später den gewundenen Pfad hinaufarbeiten sah. Alles in allem war ich bestimmt nicht länger als dreißig Minuten dort gewesen! So weit sie auch entfernt war, als ich sie zum ersten Mal sah, schien die Art und Weise, wie sie sich über den Boden bewegte, etwas Bedrohliches zu sein. Als sie schnell näher kam, bemerkte ich, dass ihr rundes, rotes Gesicht von wütenden Zornlinien gezeichnet war, und sie öffnete und schloss keuchend ihren Mund, wie es ein Fisch an Land tut. Trotz der Versicherung, die mir die Dryade gegeben hatte, sagte mir ein subtiles Gefühl, dass ich das Objekt ihrer Wut war. Ich drehte mich zu Celeste um und sah Staunen und Erstaunen auf ihrem Gesicht erkennen.

„Was zum Teufel hat Oma?" Sie flüsterte.

„Gott weiß es! – und wir werden es jetzt auch wissen"; denn die alte Dame war eine Männerlänge entfernt stehengeblieben, ein wirklich beeindruckendes Schauspiel.

Ihre Emotionen waren im Moment tatsächlich so stark, dass sie nicht sprechen konnte. Ihre Kehle rollte rot und dick über den Kragen ihres Kleides und sie zitterte sichtlich. Ich wusste, dass der Sturm bald losgehen würde, obwohl ich völlig im Unklaren darüber war, was ich getan hatte, um einen solchen Sturm zu entfachen, also nahm ich vorsichtig das Bügelbrett von unserem Schoß, lehnte es vorsichtig an einen Pfosten und stand auf Ich könnte die Explosion im Stehen ertragen. Ich grüßte nicht und unternahm auch keinen Versuch der Beschwichtigung. Doch als das erste Fläschchen entkorkt wurde, war mir fast der Atem ausgegangen.

„*Du* Schleicher! Mach Liebe zu Pater Johns Nichte und versuch dann, meine Lessie zu täuschen und zu ruinieren!"

Ich wich einen Schritt zurück und warf die Hand hoch. Ein tödliches, betäubendes Grauen breitete sich in mir aus. Bevor ich mich genug zum Sprechen erholen konnte, war Omas nadelscharfe Zunge wieder in Bewegung.

„Ich kenne dich! Ich kenne dich schon lange, aber dieser blöde Jer-bome und dieses dumme Mädchen sagten: „Ich liege falsch und sind zu hart zu dir", das habe ich ihnen schon vor langer Zeit gesagt Was hast du denn mit Pelz zu tun, was für *ein Schlingel* ? Wenn ein weißgesichtiger, schlauzüngiger Großstädter wie ein Mädchen auftaucht, das lebt, was das tut, was? Ich kann es nicht aus der Hand legen, er macht die Arbeit des Teufels. Ich wusste es, ich sage dir, und du hast *mir* nichts vorgemacht! Ich hatte 'Sperma ' 'ence'ith sich, 'n' onct in a life's 'nough, der Himmel weiß es! Jetzt nimm yo' seff off, yo' hyp-hyp-yo' 'ceiv'n', 'ceptious vilyun, 'n „Sehe mein Mädchen – mein liebes Mädchen – nie wieder zu Gesicht, ich werde sie dir aus dem Kopf *kratzen !*"

Ich habe dieser reißerischen Denunziation kaum Beachtung geschenkt. Nach der erstaunlichen Enthüllung ihrer ersten Rede bemühte ich mich, meinen Geist wieder in Ordnung zu bringen, da er vorübergehend gelähmt war. Bevor der flüchtige, bittere Wortfluss aufgehört hatte, wusste ich, was passiert war, und mein Gesicht war rot vor Scham und Wut. Ich wagte es noch nicht, das Mädchen zu meinen Füßen anzusehen, um zu sehen, wie sich diese harte Anschuldigung auf sie ausgewirkt hatte. Oma sah das Rot in meinen Wangen und bekam erneut einen Sonnenbrand.

„Du könntest wohl erröten, du Faulpelz; du kommst mit deinen höllischen Vorstellungen davon, diesem mutterlosen Kind Schaden und Leid zuzufügen! Yo' –"

"Stille!" Ich weinte und näherte mich in meinem tiefen Ernst der verärgerten alten Frau. „Sagen Sie diese Dinge nicht noch einmal in ihrer Gegenwart! Das sind Lügen! Alles, was Sie gesagt haben, ist eine schwarze, feige Lüge!"

Wagst du es, mir zu sagen, dass seine Ehrwürdigkeit, dieser heilige Priester, mich angelogen hat? Yo'-yo'-"

Sie streckte ihre Hände zu meiner Kehle und bewegte ihre Finger krampfhaft.

Ich beherrschte mich, ergriff ihre Handgelenke und ließ ihre Arme nach unten gleiten, dann schaute ich ihr fest in die Augen, als ich antwortete:

„Nein, Pater John hat nicht gelogen, aber Beryl Drane hat gelogen. Ich habe nie ein Wort der Liebe zu ihr gesprochen. Ich habe sie nur zweimal gesehen. Einmal, als ich sie aus dem Fluss holte, als ihr Boot kenterte, und ein zweites Mal." als ich Pater John besuchte. Ich glaube, ich habe sie damals unbeabsichtigt beleidigt, aber ich habe aus den besten Gründen nie mit ihr geschlafen – ich habe kein Mitgefühl für sie, außer Mitleid. Sie erzählte ein gefährliches, heimtückische Lüge, als sie ihrem Onkel erklärte, ich hätte von Liebe zu ihr gesprochen. Ich schwöre, dass all dies die Wahrheit ist; am

Kreuz, in der Bibel, bei der heiligen Ehre meiner Mutter! Und ich respektiere und ehre Lessie, wie ich es tun würde meine eigene Schwester!"

Die Wahrheit allein ist eine mächtige Waffe, und ich konnte sehen, dass Oma beeindruckt, wenn auch nicht überzeugt war. Sie betrachtete mich immer noch voller Aufsässigkeit und Abscheu, aber es gab eine subtile Veränderung in ihrem Verhalten. Ich konnte es mehr fühlen als sehen. Ich wartete, wohlwissend, dass ich mit meinen Verzichtserklärungen nicht zu eifrig sein durfte. Oma stand offensichtlich verblüfft da, und als sie sprach, hatte sich ihre Stimme auf ihren natürlichen Tonumfang gesenkt.

„Ich weiß nicht. Das kommt mir nicht richtig vor... Was für einen Grund hat ein Mädchen, sich so ein Garn auszudenken? – sag mir das!"

Sie warf mir die Frage mit triumphierendem Ton entgegen.

Ich zögerte. Soll ich den wahren Grund nennen? Sollte ich erzählen, wie dieses Mädchen versucht hatte, mit mir zu flirten, und dann, als ich mich weigerte, diesen teuflischen Plan ausgeheckt hatte, an den nur eine schlechte Frau hätte denken können? Ich schuldete ihr nichts, nicht einmal Rücksichtnahme, und sie hatte einen kühnen Schachzug gemacht, um mich in den Augen von Celeste unwiederbringlich in den Schatten zu stellen. Aber irgendetwas hielt mich zurück. Ich konnte ihre Niedrigkeit nur als letzten Ausweg verraten. Ich stand mit gesenktem Blick da und dachte nach. Der alte Beldam, der mir gegenüberstand, glaubte, es läge aus Scham und meiner Unfähigkeit, ihre Frage zu beantworten. Ich schwieg.

„Du hast mich angelogen!" ertönte ihre Stimme, wieder schrill und mit siegreichem Unterton. „Welchen Grund hat sie, sage ich? Du weißt nicht. Denn nichts, ich weiß nicht! Du kannst nicht antworten, du bist von diesen Räumlichkeiten weggegangen und hast sie nie betreten wieder!"

Daraufhin hob ich den Kopf und antwortete mit leisen, gleichmäßigen Worten.

„Ich weiß, aber ich kann es Ihnen nicht sagen. Aber glauben Sie mir, ich bin an dieser Anklage unschuldig."

Unter Omas rachsüchtigen, spöttischen Schrei mischte sich ein herzzerreißendes Stöhnen von der Türschwelle. Ich drehte mich schnell um und sah meine Celeste, die Hände vor den Augen, weinend durch das Haus rennen.

KAPITEL ACHTZEHN

IN DEM ICH IN DIE HÖLLE FAHRE

Ich bin in die Hölle hinabgestiegen.

Ich hatte keine Ahnung von der Intensität meiner eigenen Natur, bis die Tiefen bewegt wurden. Nur wenige von uns erlangen jemals eine vollständige Erkenntnis darüber, was wir sind oder werden könnten. Ich habe immer mit einem gewissen Stolz geglaubt, dass meine Bekanntschaft mit mir selbst perfekt war. Darüber hinaus war ich mir sicher, dass mein Ego völlig meinem Willen unterworfen war. So war es bis jetzt immer. Aber der Grund dafür ist, dass ich auf der Erdkruste des Lebens gelebt habe, ruhig und selbstbewusst auf den Gipfeln der Dinge gewandert bin. Es ist in der Tat ein armer Narr, der sich selbst in seinem Verhältnis zu den Oberflächlichkeiten seines täglichen Lebens nicht kennt. Wie zufrieden war ich! Wie bereit, Notfälle und Anforderungen zu erfüllen, in dem festen Glauben, dass ich mit all diesen fertig werden kann. Ich glaube nicht, dass ich in dieser Hinsicht eine Ausnahme von meinen Mitgeschöpfen bin. Alle Menschen, deren Natur wohlgeformt und ausgeglichen ist, haben die gleiche Vorstellung. Es ist für ihren Fortschritt von entscheidender Bedeutung. Wir müssen unbedingt an unsere eigenen Fähigkeiten glauben, bevor wir etwas erreichen können. Deshalb schäme ich mich nicht, diese Worte zu schreiben. Ich war nie eingebildet oder aufgeblasen. Ich hatte keinen Grund dazu, aber ich glaube nicht, dass ich das getan hätte, wenn ich Gründe dafür gehabt hätte – oder was dumme Leute als Gründe nennen, denn eigentlich gibt es nie eine Rechtfertigung für eine solche Geisteshaltung.

Ich schäme mich auch nicht zu sagen, dass ich in die Hölle hinabgestiegen bin. Auf den ersten Blick mag es wie eine Schwäche erscheinen, aber bei näherer Betrachtung wird sich herausstellen, dass das Gegenteil der Fall ist. Ich habe den Sprung nicht freiwillig gewagt, obwohl mein vielleicht törichtes Festhalten an einer Donquijoten-Theorie zweifellos dazu beigetragen hat, mich in den Abgrund zu stürzen. Durch die Tatsache, dass meine Füße in der vergangenen Woche auf den düsteren, mit Dornen gesäumten Pfaden der Hölle umherirrten, bin ich zu einem neueren und wahreren Wissen über mich selbst erwacht. Wären meine Gefühle nur an der Oberfläche gewesen, wäre ich in den letzten sieben Tagen philosophisch durch die Waldnischen auf der Suche nach meiner mystischen Lebenspflanze getrottet, eifrig in meinem Garten beschäftigt gewesen oder hätte es mir in einem Sessel gemütlich gemacht und eine meiner Bücher gelesen Favoriten. Keines dieser natürlichen Dinge habe ich getan, aus dem einfachen Grund, weil ich stattdessen ein Bewohner der Hölle war und es in diesem düsteren Reich weder Lebenspflanzen noch Gärten noch Bücher gibt. Aber es gibt Folter in exquisiter Vielfalt. Der Weltmüde und Zyniker mag schnüffeln und behaupten, dass ein Mann jenseits der Dreißig dieses sentimentale, affektierte Alter hätte überstehen müssen. Ich weiß nicht, wie das sein kann. Ich kann nicht antworten. Ich kann nur das niederschreiben, was mir widerfahren ist, und ich entscheide mich dafür, die Eigenschaft, die es mir ermöglicht hat, wie eine verdammte Seele zu leiden, eher als Stärke denn als Schwäche zu betrachten. Wenn jemals ein Zweifel am Horizont meines Gewissens aufflackerte, wurde dieser Zweifel sicherlich hinweggefegt und völlig ausgelöscht. Ich bin von einer Legion Teufel besessen, die mich stündlich auf meinem Weg begleiten; grinsende, teuflische, schlaflose Teufel, die mir mit Spott und Fluchen um die Füße springen und in einer feurigen Sarabande auf meinem Kissen tanzen, wenn ich im Schlaf am liebsten vergessen würde. Schlafen! Wann habe ich geschlafen? Sonntag Nacht? Nein, Gottes Gnade! Sonntagnacht wanderte ich barhäuptig und ohne Mantel kilometerweit umher, Stunde um Stunde. Ich habe meinen Weg nicht gewählt. Ich habe nicht einmal die Straße genommen, die vom Plateau hinunterführt. Ich glaube, ich muss mechanisch etwas gegessen haben, dann kam ich aus der Hütte, deren Wände mir den Atem raubten, und machte mich direkt auf den nächsten Abstiegspunkt zu. Es war in der Nähe einer einsamen Kiefer, zwischen Zedernbüschen, die mein unachtsames Gesicht rücksichtslos kratzten. Hier war der Abhang steil und rau. Hätte ich mich in der Welt bewegt, hätte ich es nie genommen, aber in der Hölle kann man seinen Weg nicht wählen. Ich bin runter gegangen. Ich fiel. Ich bin grob mit Baumstämmen zusammengestoßen. Ich stolperte, ich stolperte, ich fluchte und ging weiter. Ich kam an eine Klippe. Es sank steil ab, und darunter herrschte Dunkelheit. Ich legte mich hin, rollte meinen Körper herum, hing an meinen Händen und ließ mich fallen. Ich wusste nicht und kümmerte mich auch nicht, wo ich landen könnte. Ich planschte in ein flaches Becken, das nicht tiefer als einen Meter unter mir lag. Dann folgten Meilen nach Meilen unermüdlichen Gehens. Ich habe weder Entfernung noch Zeit notiert. Schließlich stürmte ich auf einen riesigen, flachen Felsen, der über ein Tal von majestätischer Länge und Breite hinausragte. Ein gewölbter Mond erhellte den Himmel und versilberte die Hänge um mich herum. Dann war ich für ein paar Augenblicke wieder auf der Erde, zurückgeholt von der magischen Schönheit der Szene. Aber meine Atempause war tatsächlich kurz. Der schwarze Abgrund des Verderbens schloss sich erneut über mir, als die gnadenlose Hand des Schicksals erneut das Eisen in meiner Seele verdrehte und ich mich mit klappernden Zähnen von diesem Blick auf die Erde abwandte. Wie weit war ich vom Weg abgekommen? Himmel weiß. Aber es war nach Mittag, als ich wieder den wächterartigen Gipfel erblickte, unter dem ich Schutz suche.

Am nächsten Abend saß ich die langen, einsamen, schrecklichen Stunden von Angesicht zu Angesicht mit dem Teufel zusammen. Ah! aber er ist ein trügerischer Schurke! Es gab nie eine Zunge auf Erden, die seiner glich. Aber ich begegnete seinen Argumenten mit einer Art Bulldogge, gemeiner Kampfeslust. Also unterhielten wir uns dort draußen vor der Lodge hin und her. Ich saß auf einer Bank, er auf der anderen, und unser Treffen war grauenhaft. Wie voller Arglist, eleganter Andeutungen und plausibler Überzeugung war er. Anfangs war seine Methode gewalttätig – aber ich werde zuerst erzählen, wie es zu der Begegnung kam.

Nachdem ich beim Abendessen etwas vorgetäuscht hatte, klammerte ich mich gesellig an meine kalte Pfeife und kroch zum Sitz hinaus. Ich habe nicht geleuchtet. Das Verbrennen von Tabak ist meistens ein Trost, aber ich wusste, dass mein einst so geliebtes Gras eine Beleidigung meines Geschmacks sein und mir in dieser Nacht einen Gestank in die Nase treiben würde. Und als ich vornübergebeugt saß und fast zitterte wegen der starken Gefühle, die mich seit achtundvierzig Stunden und mehr gequält hatten, und an alles dachte, was ich verloren hatte, sprang der Prinz der Dämonen völlig unerwartet mit voller Waffe auf mich zu, und sein Angriff war heftig. Zuerst habe ich mich unheimlich darunter gekauert, wie es ein Mann tut, der von einem Übel überrascht wird. Doch im nächsten Augenblick waren mein Herz, mein Verstand und meine Seele gleichzeitig zu meiner Rettung aufgestanden, und gemeinsam kämpften wir einen guten Kampf. Ich bezweifle, dass viele ungeschriebene Schlachten härter ausgetragen wurden. So ließ die Gewalt des Feindes unter dem hartnäckigen Widerstand meiner treuen und treuen Verbündeten nach. Aber sofort wusste ich, dass er nur seine Taktik geändert und sich nicht zurückgezogen hatte. Denn dort kauerte er scheinbar unverletzt auf der Bank direkt gegenüber von mir, während ich mit großer Trauer und Scham feststellte, dass jeder meiner Champions Spuren des Konflikts trug. Ich blieb stumm und hoffte, dass mein unwillkommener Besucher verschwinden würde, aber stattdessen begann er jetzt, mich einschmeichelnd anzugrinsen und zu grinsen.

"Was willst du?" Ich fragte mürrisch, denn mein Geist tat weh und diese Anwesenheit war höchst widerwärtig.

Der Teufel sagte: „Was willst *du* ?"

Daraufhin grinste er gespenstisch und schüttelte den Kopf, während mir das Herz schlecht wurde und meine Eingeweide zitterten. Aber ich antwortete:

„Ich will das, was so weit von dir und deiner verfluchten Macht entfernt ist wie Gott und seine Engel – die Liebe einer echten Frau!"

Jetzt lachte er vor lauter Freude.

„Und das ist es, was Sie verloren haben – indem Sie den Narren gespielt haben! Ist es nicht so?"

„Das ist es, was ich verloren habe – vielleicht weil ich mich zum Narren gehalten habe", antwortete ich.

Der Teufel sagte zu mir:

„Und am selben Tag bist du gegen Sonnenuntergang zurückgekehrt, getrieben von den Widerhaken deiner Leidenschaft, um der alten Frau die Wahrheit zu sagen. Du konntest keinen Zutritt zum Haus erhalten. Du hast niemanden gesehen. Du warst zweimal zurück. Du hast gelegt." auf der Lauer. Aber es ist Ihnen nicht gelungen, mit irgendjemandem im Haus ins Gespräch zu kommen. Ist es nicht so?"

Ich nickte zustimmend.

"Dann was?" fuhr der Teufel fort.

„Verdammt – und du!" Ich erwiderte verzweifelt.

Dann rückte der Teufel über die Planke näher an mich heran; er schien sich darüber zu winden, als hätte er einen verletzten Rücken. Es machte mir Gänsehaut, ihn zu sehen. Er beugte sich durch den Zwischenraum zu mir, streckte seinen hässlichen, schlangenartigen Hals vor und zischte:

„Ehre und Tugend sind Lügen! Vergnügen ist Wahrheit. Nimm sie –"

Ich sprang auf, die Faust an der Schulter, und stürzte mich mit der ganzen Kraft meines Körpers auf dieses teuflische Gesicht. Ich traf nichts, der Schwung des Schlages ließ mich völlig herumwirbeln, und da stand mein Feind, die Hände in die Hüften gestemmt, zitternd vor lautlosem Lachen.

Ich stand da und starrte ihn wütend und hilflos an.

"Leicht leicht!" er gluckste. „Sie sind nicht der Erste, der davor zurückschreckt, eine geschätzte Chimäre aufzugeben. Sie sehen, ich bin viel älter als Sie und kenne alle Schwächen und Fantasien der Menschheit. Ich bin Ihr Freund. In Ihrem Kopf haben Sie daraus einen Engel erschaffen ein Stück unedler Lehm. Hören Sie zu, während ich Ihnen beweise, dass ich Ihr Freund bin, und Ihnen einen Weg zum Erfolg zeige.

Daraufhin wurde seine Niederträchtigkeit so kühn und abscheulich, dass ich dieses weiße Papier nicht mit einer Abschrift davon beschmutzen würde, und ich sank auf eine Bank, die Ellbogen auf die Knie und das Gesicht in die Hände, und lauschte dem verabscheuungswürdigen Geschwätz, weil ich nicht anders konnte. Mein Besucher war jenseits persönlicher Gewalt – sehen Sie sich meinen jüngsten erfolglosen Versuch an, ihn zu schlagen –, sonst hätte ich mich ihm immer wieder angeschlossen und ihn getötet oder wäre getötet worden. Schauer der Scham und der Wut überkamen mich von Kopf bis Fuß und meine Wangen wurden so heiß, dass sie meine Handflächen verbrannten. Stunden vergingen. Manchmal entspannte sich der Teufel und es herrschte eine Art Waffenstillstand, dann erneuerte er seine gnadenlosen Pläne für meine Vernichtung, und wie glatt und einfach erschien der Weg unter der Magie seiner Stimme! Die ganze Nacht blieb ich zusammengekauert und zitterte immer wieder, wenn ein besonders teuflischer Satz an meine unwilligen, aber hilflosen Ohren drang; Ich hielt den Mund, weil ich wusste, dass keine meiner Worte ausreichen würde, um das Monster an meinem Ellbogen zu bewegen.

Habt ihr jemals die Nacht mit dem Teufel verbracht, meine Brüder? Mir kommt der Gedanke, dass jeder, der lebt oder gelebt hat, diese Erfahrung gemacht haben muss. Es ist wahrlich ein blutrünstiges Erlebnis; Zumindest wenn Widerstand geleistet wird. Erst als das Tageslicht geisterhaft durch die stillen Gänge des uralten Waldes schlich, verschwand mein Feind, und ich stand auf, zitternd wie jemand, der aus einem Bett schwerer Krankheit erwacht, tastete mich hinein und fiel mit einem Stöhnen auf meine Füße Kinderbett.

Den ganzen Tag habe ich geschlafen und bin am späten Nachmittag erfrischt aufgestanden. Mein Problem war geistiger Natur und diese lange Ruhe für mein Gehirn war äußerst wohltuend. Ich unterdrückte meine Gedanken so streng, wie ich nur konnte, und machte mich methodisch daran, mein Abendessen zuzubereiten. Wenn ich heute Abend zurückblicke, während ich schreibe, weiß ich, dass meine Bewegungen unregelmäßig und angestrengt waren. Ich machte in aller Ruhe mein Feuer im Küchenherd, aber bald darauf machte die Erinnerung eine Lücke in der schwachen Mauer der Zurückhaltung, die ich aufgebaut hatte, und das Chaos begann von neuem. Ich habe mein Essen verbrannt. Ich habe zwei Gerichte zerbrochen. Ich habe mir am heißen Ofen Blasen an den Fingern geholt. Dann aß ich gefräßig, fast bösartig, ließ die Dinge ungewaschen und riss sie heraus, um mich an meine große Schar treuer Bäume anzuschließen. Lesen? Ich hätte meine Augen in dieser Nacht genauso wenig auf gedruckte Linien richten können, wie ich den Durchmesser der Sonne messen konnte. Das Buch sagt, dass es für alles eine Zeit gibt. Diese Woche war für mich die Zeit, die Unterwelt zu besuchen, während ich noch am Leben war. fast wahnsinnig zu werden und dabei einen gewissen Sinn zu behalten. Es kann sein, dass ich dieses Kapitel ganz weglasse, wenn ich das Ende meiner Geschichte erreicht habe. Ich schreibe es heute Abend, weil ich damit ein Sicherheitsventil öffne. Ich wurde von den intensivsten Gefühlen furchtbar überhäuft und finde, dass es mir eine gewisse Erleichterung verschafft, sie auf den Seiten meines Tagebuchs auszudrücken. Wenn ich wieder zu dem vernünftigen Mann werde, der ich letzten Sonntag war – falls ich das jemals tue –, werde ich diese Zeilen noch einmal lesen. Wenn sie pervers, unnatürlich, überzeichnet erscheinen, werde ich sie auslöschen, aus Rücksicht auf den sanften Kritiker, der nie eine rothaarige Dryade gesehen hat und daher nicht im Geringsten verstehen kann, worauf ich in der Aufzeichnung dieser Nacht hinauswill. Ich weiß, dass ich bereits Gedanken und Gefühle niedergeschrieben habe, die den phlegmatischen Zyniker dazu veranlassen werden, meine Geschichte als unwirklich und banal zu verdammen. Ebenso weiß ich, dass es andere gibt – ich fürchte, sie werden kaum in der Kritikerklasse zu finden sein –, deren Herzen sich in herzlichster Anteilnahme für mich erwärmen werden. Vielleicht handelt es sich hierbei um Menschen mit ebenso exzessivem Temperament, die die Schönheit auf ihre Kosten gesehen haben. Ja, wie Priamos und Menelaos und dieser alte Kriegshund, Odysseus selbst und die Scharen anderer, deren Augen die verderbliche Schönheit der argivischen Helena erblickten. Auf ihrem Pylonenturm sang sie, und Männer starben, wahnsinnig und hoffnungslos und kämpften um ein einziges Lächeln! Warum waren alle berühmten Schönheiten der Geschichte und Mythologie rothaarig? Wer kann antworten? Seit jeher scheint es eine Art Vollkommenheit zu sein. Ich weiß, was es für mich bedeutet – lieber Christus! – seit jenem Frühlingstag, als ich es mit Hartriegelblüten verflochten sah. Heute Abend – ich schreibe in meiner Verzweiflung, damit ich vielleicht etwas Schlaf bekomme, wenn ich mich am Tisch, an dem ich sitze, erschöpft habe – sage ich heute Abend, dass ich lieber für immer mit Celeste hier auf Baldys Schoß leben würde Gattin; hier, in der Loge, allein mit ihr, als die Gemahlin der mächtigsten Königin der Erde zu sein!

Ich eilte zu den schützenden Armen meiner treuen Bäume und stellte mich zwischen sie. Ich hatte nichts auf meinem Kopf. Der Mond war größer und in seinem Licht schien ich an einem verzauberten Ort zu sein. Dann trieb mich der Drang, mich zu bewegen, zu gehen, in die Schlucht hinunter. Gedankenlos wandte ich mich der Lichtung der Dryade zu. Nach einer Weile blieb ich stehen, plötzlich überwältigt von dem übernatürlichen Glanz, der jeden Winkel dieser ausgedehnten Wildnis durchdrang. Genau dort, wo ich stand, waren die Bäume nicht so dicht. Einige von ihnen wuchsen in einem Abstand von zwanzig bis dreißig Fuß voneinander, und obwohl viele Seitenzweige weit hinausragten und sich vermischten, fanden die unzähligen Mondstrahlen zahlreiche Wege und Gucklöcher zur Erde darunter. Es war auch der Zufall, dass ich an einer Stelle angehalten hatte, wo die spitzen Stämme ohne Zweige beträchtlich in die Höhe ragten. Diese Besonderheit war eine große Hilfe bei der Zerstreuung der blau-weißen, nebligen Atmosphäre, die mich umgab. Ich schien in einem Geisterland zu stehen; alles war düster; Sogar die rauen Baumstämme wirkten dürftig und bereit, sich aufzulösen und bei einem Windhauch zu verschwinden. Aber es gab keinen Wind. Ich starrte um mich herum und staunte über dieses gemeinsame Geheimnis des Mondscheins, das noch so unergründlich war; Ich spüre, wie es in Frieden in meine Seele eindringt, Wellen erzeugt und meine müde Brust tröstet. Also verschränkte ich meine Arme und lehnte mich gegen eine nahegelegene Eiche, entschlossen, einfach dort zu bleiben.

Es war der erste Moment, in dem ich seitdem ruhig aufwachte – wie glückselig es war! Wie friedlich! Wie über alle armen Worte von mir zu beschreiben! Bild Urschöpfung. Keine umgehauenen Bäume, keine unschönen Baumstümpfe, keine Splitter von der unerbittlichen Axt. Nur ein mächtiger Wald, der schon immer so gewesen war. Einsamkeit, Stille. Eine allumfassende, blauweiße Nacht und ein einsamer Mann, der inmitten dieser ewigen Realitäten nach geistiger und seelischer Ruhe strebt. Wie gut war es zu spüren, wie sich meine enge Brust lockerte; zu spüren, wie diese schreckliche Klammer von meinen Schläfen fiel, wo sie mich gedrückt und mich fast bis zum Wahnsinn geärgert hatte. Ich atmete tief diese klare, süße Luft ein; riesige, entzückende Atemzüge, die mir schwindelig machten. Und selbst als sich ein anerkennendes Lächeln auf meine Lippen schlich und meine Augen unter dem seltsamen Zauber des Ortes halb geschlossen waren, wusste ich, dass ich nicht allein war. In der Ferne, in einer gewundenen Aussicht, bewegte sich etwas. Die Entfernung war zu groß und das Licht zu schlecht, als dass ich hätte sagen können, was es war. Eine graue Gestalt störte die nebulöse Perspektive; eine Form, die zeitweise fast Proportionen annahm, um dann fast wie etwas Eingebildetes zu werden. Ich änderte meine Einstellung nicht, denn bisher war nur eine leichte Neugier vorhanden. Es kann alles sein, von einer streunenden Kuh bis hin zu einem Schwarzbrenner auf dem Weg zur Arbeit. Was auch immer es sein mochte, ich hoffte, es würde mich nicht stören, sondern seinen Weg gehen. Es kam auf mich zu; Ich konnte es nicht direkt bezweifeln. Es würde im rechten Winkel an mir vorbeifliegen, vielleicht zehn Meter entfernt. Es war mir egal, gesehen zu werden, wenn es ein Mensch war; Ich war nicht in der Stimmung, einen Teil dieser Wundernacht dem ländlichen Unsinn zu opfern. Ich schlüpfte leise in den Schatten meiner Eiche. Es ertönte ein Geräusch, wie ein silbriges Lachen, gepaart mit einem rauen Gackern, und darauf folgte das schnelle Trampeln rennender Füße, die mit gedämpftem Schritt auf dem mit Moos und Blättern bedeckten Boden aufschlugen. Ich streckte meinen Kopf heraus, um zu sehen, was diese seltsamen Geräusche bedeuteten. Gott oben! Die Dryade und der Satyr, Hand in Hand, fegten wie ein Hurrikan an meinem Versteck vorbei. Sie war neben mir. Was sie trug, kann ich nicht sagen. Es war etwas ganz Weißes, an der Taille mit einer Ranke umgürtet, denn ich sah Blätter und Ranken daran hängen. Sie hatte ihr Haar nach unten geschüttelt. Der Satyr trug keinen Hut, und sein zerlumpter Mantel wehte, als er dahinraste. Ich erhaschte einen flüchtigen Blick auf sein Gesicht, und es spiegelte nur ehrliche Heiterkeit wider. Direkt mir gegenüber lachten sie erneut, ohne ersichtlichen Grund, wie es Kinder beim Toben tun, und wie unpassend es klang; Celestes musikalische Glockentöne und Jeff Angels brüchige und schrille Stimme. So tollten diese beiden Kinder der Natur Hand in Hand, in vollkommenem Verständnis und guter Kameradschaft durch die mondbeschienenen Gassen ihrer geliebten Wälder, glücklich in ihrer Wildheit und Hemmungslosigkeit.

Bevor ich mich von meinem tiefen Erstaunen erholen konnte, waren sie in einem nebligen Gang verschwunden, der von zitternden, durchsichtigen, leuchtenden Schatten bedeckt war; war mit der perlgrauen Düsternis der Ferne verschmolzen, und eine wilde, unheimliche Note von etwas, das durchaus einem barbarischen Gesang entlehnt sein könnte, drang zurück zu meinen verblüfften Gefühlen. Ich fing nur die Töne auf, aber sie drangen wie feuergezackte Pfeile in mein Gehirn ein und brachten es zum Handeln. Sie war fast in Reichweite meines Arms vorbeigekommen! Sie! Derjenige, wegen dem sich dieser schreckliche Abgrund für mich aufgetan hatte. Sie war vorbeigegangen, und ich hatte wie ein Idiot dagestanden und sie gehen lassen! „Lessie! Lessie!" Ich sprang vorwärts, angetrieben von Liebe und Verzweiflung, und rannte ihnen mit aller Schnelligkeit nach, die ich befehlen konnte. „Dryade! Dryade!" Ich rief lauthals, aber es kam keine Antwort. Ich blieb stehen und hielt mit der Hand an einem Baum den Atem an, um zuzuhören. Kein Laut, aber mein eigenes Blut hämmerte in meinen Ohren. Als mir dann die Chance, die sich mir geboten hatte und die ich dummerweise verpasst hatte, voll und ganz bewusst wurde, überkam mich ein Gefühl wahnsinniger Rücksichtslosigkeit, und ich stürmte wieder vorwärts, blind, nur wissend, dass irgendwo vor mir Celeste war. Einmal sah ich etwas Weißes und stürzte mit ausgestreckten Armen und einem unterdrückten Freudenschrei darauf zu. Es war ein Teil einer vorspringenden Erdbank, bedeckt mit einem Gewächs, das winzige weiße Blüten trug. Der Vollmond schien es und hatte die grausame Täuschung bewirkt. Ich fiel auf die reinen kleinen Blumen und zerriss sie brutal; Ich warf sie nieder und setzte meine Füße darauf, dann nahm ich meine Suche erneut auf. Wut erfüllte meine Brust. Wut auf mich selbst, auf das Schicksal, auf Oma, auf Beryl Drane, und dieses tierische Gefühl muss meine Augen geblendet haben, denn in meiner kopflosen, methodenlosen Verfolgung prallte ich schließlich mit voller Wucht gegen eine riesige Buche und fiel bewusstlos zu ihren Füßen.

Ich glaube nicht, dass es lange dauern konnte, bis ich aufwachte, denn das strahlende Licht ließ nicht nach, wie es beispielsweise der Fall ist, wenn der Mond untergeht. Es war gut für mich, dass ich bewusstlos war, aber nur für kurze Zeit, vermute ich, denn als ich meine Augen öffnete, bemerkte ich sofort ein weiteres Paar über mir. Ein Paar, das aus Schwefel zu bestehen schien, mit abwechselnd roten und grünen Ringen, die böse leuchteten. Dann erkannte ich die Umrisse eines undeutlichen Körpers von vielleicht einem Meter Länge, der auf einem niedrigen Glied direkt über mir ausgestreckt war. Es war eine riesige Wildkatze und er verfolgte mich. Ich bezweifle nicht, dass er innerhalb von weiteren fünf Minuten umgefallen wäre, denn noch während ich zusah, begann sich sein Rücken zu wölben und die Krallen seiner Hinterfüße raschelten über die Rinde. Mit dieser suggestiven Bewegung senkte sich auch sein Kopf unter das Glied, und mir kam der Gedanke, dass er die Entfernung für seinen Sprung abschätzte. Ich war kein Jäger, aber 'Crombie war es, und von ihm hatte ich gelernt, dass Wildkatzen einen Menschen nicht angreifen, es sei denn, sie werden vom Hunger getrieben oder in einer Ecke in die Enge getrieben. Also saß ich unruhig da; Warf meine Arme aus und schrie. Mit der Beweglichkeit seines Stammes drehte er sich sofort um, und noch eine Sekunde später huschte er den Baum hinauf.

Ich stellte fest, dass ich oben auf meiner Stirn einen schmerzhaften Striemen hatte, aber keine andere Verletzung war erkennbar. Mein Herz wurde krank, als die Erinnerung mit Schwalbenflügeln zurückkam. Es blieb uns nichts anderes übrig, als nach Hause zu gehen. Die missliche Lage habe ich mir selbst zu verdanken. Aber wo war zu Hause? Wohin meine Flucht mich geführt hatte, hatte ich keine Ahnung. Ich hatte versucht, der schwer fassbaren Spur zweier Nachtwanderer zu folgen, und sie hatten sich als Irrlichter erwiesen. Warum hatte die Dryade nicht auf meinen Ruf hin angehalten? Ich fragte mich, als ich mich beharrlich von der Stelle entfernte. Sicherlich hatte sie es gehört. Bestimmt wusste sie, wer es war, denn niemand sonst nannte sie so. Könnte es sein, dass Oma ihren Verstand verdreht hatte? Oder war es ihr egal? Dass ich nur ein Zwischenfall war und so schnell und plötzlich aus ihrem Leben verbannt wurde, wie ich darin eingetreten war? Ich würde das nicht glauben; Ich konnte es gar nicht glauben. Der Schlag, den ich vor kurzem erlitten hatte, führte zu einer radikalen Veränderung meines Geisteszustands, und während meine Brust immer noch vor unerbittlichem Groll gegen das namenlose Etwas brannte, das dazu geführt hatte, dass ich Celeste nicht eingeholt hatte, stellte ich fest, dass meine Gedanken freier und vergleichsweise klarer waren . Ich konnte nicht glauben, dass sie mich unter den Horizont ihres Lebens gestoßen hatte und singend durch den Wald gegangen war, als wäre nichts passiert. Die Idee war ungeheuerlich, entsetzlich, abstoßend. Es war völlig inakzeptabel. Dass meine beiden Besuche bei ihr zu Hause keine Früchte trugen, legte ich Oma vor die Tür. Der alte Beldam hatte es irgendwie geschafft. Hatte das Mädchen versteckt gehalten und verhindert, dass irgendjemand im Haus meiner Aufforderung Folge leistete. Warum war die Dryade in Tränen ausgebrochen und ins Haus gerannt, als Oma glaubte, sie hätte mich der Doppelzüngigkeit überführt und mich von hier weggeschickt? Ah! meine Seele! Das war tröstlich! Celeste weinte nicht vor Angst; Sie war an Omas Wutanfälle gewöhnt. Sie weinte, weil sie für einen Moment die Dinge im gleichen Licht und aus dem gleichen Blickwinkel sah wie dieser alte Termagant – mögen ihre Knochen unbegraben bleiben! Sie hat sich um mich gekümmert – sie *hat sich* um mich gekümmert – sie HAT SICH um mich gekümmert, und das wusste ich. Ich konnte es nicht lösen, wie sie mit ihrer halb verrückten Cousine im Wald herumtollte. Ich konnte ihr Lachen und Singen nicht enträtseln. Ich kenne solche Dinge nicht mit schwerem Herzen auf der Welt, aber vielleicht suchte sie Erleichterung, indem sie ihrer geliebten Angewohnheit folgte, ungezähmt und frei zu rennen, wohin auch immer ihre Hoyden-Schritte sie führten. Ich werde sie noch sehen und es herausfinden. Ich werde sie dazu bringen, die Wahrheit zu erkennen und diese alte Teufelin zu überlisten, die mich mit ihrer Einmischung in Qualen gestürzt hat.

Moonset fand mich mühsam die Straße zur Lodge hinauf. Ich war über meinen Hügel gestolpert. Der Schlaf kam sofort, und wie doppelt süß war das tiefe, lautlose, uferlose Meer, als ich in meiner Barque of Dreams darauf hinausglitt!

Der nächste Tag war Mittwoch. Die ganze Bulldogge in meinem Wesen wurde entfesselt – und ein großer Teil meines Wesens wird durch die Hybridrasse aus Bulldogge und Maultier repräsentiert – ich ging nach Lizard Point, mit der Entschlossenheit, vor meiner Abreise mit jemandem zu sprechen. Ich war kein Schuljunge oder unreifer Jugendlicher, mit dem man auf diese Art herumspielen konnte. Als Gentleman hatte ich bestimmte Rechte, und diese Rechte wollte ich einfordern. Aber leider für die menschlichen Hoffnungen – und Entschlossenheiten! Ich konnte nichts von einer leeren Veranda, einer geschlossenen und verschlossenen Tür oder mit Vorhängen zugezogenen, festgenagelten Fenstern verlangen. Ich nehme an, dass sie festgenagelt waren, denn meine eigenartige Natur veranlasste mich, zu versuchen, zwei von ihnen hochzuziehen, als wiederholte Anrufe und viel Klopfen an der Tür keine Ergebnisse brachten. Die Schärpen zitterten nicht einmal unter meinen Händen. Ich sah ein kaputtes Geländer in der Nähe einer Ecke des Hauses liegen. Ich schaute darauf und auf das leere Fenster. Das würde mich reinbringen oder jemanden rausholen. Beides würde genügen. Ich war so aufgeregt, dass ich mich tatsächlich auf das Stück Holz zubewegte, bevor mir klar wurde, was ich vorhatte. Es wäre bahnbrechend; böswillige Zerstörung von Eigentum – beides Straftaten im Gefängnis. Auf die Durchführung dieses Projekts muss ich verzichten, so sehr es mich im Moment auch gereizt hat. Nichts würde Oma besser passen. Sie würde im Handumdrehen das Gesetz gegen mich verhängen und mich endgültig loswerden.

Ich ging nach Hause.

Es ist nicht meine Absicht, meine Wanderungen für den Rest dieser Woche im Detail zu schildern. Manches davon würde sich als Wiederholung erweisen, anderes davon wäre uninteressant. Auch wenn mein Aufenthalt im Inferno nicht so grauenhaft war wie der des Helden von Ithaka und auch nicht voller majestätischer Schrecken wie der des unsterblichen Dante, so war es doch unbestreitbar wahr. Eines Nachts bestieg ich den Gipfel dreimal zwischen Einbruch der Dunkelheit und Tagesanbruch. Beim letzten Aufstieg war ich so erschöpft, dass ich auf der tischähnlichen Platte lag und das wundersame Geheimnis des Morgens beobachtete. Es war das erste Mal, dass ich es aus großer Höhe gesehen habe, und der Eindruck lässt sich nicht in Worte fassen. Ich bin versucht, es zu versuchen – oh! der unsägliche Ruhm der magischen Metamorphose! – aber nein, ich werde der Neigung widerstehen. Das Ergebnis wäre vergleichbar mit dem Ergebnis, das ein dreijähriges Kind erhalten würde, wenn man ihm die nötigen Pigmente gäbe und ihm sagen würde, es solle einen Sonnenuntergang malen. Es gibt Zeiten, in denen selbst Narren sich nicht drängen lassen; das ist einer von ihnen.

Wieder Sonntagabend, während ich diese Worte niederschreibe. Sieben Tage! Sieben Äonen! Meine Uhr zeigt mir, dass es zwölf Uhr ist. Während ich einen Moment innehalte, ertönt ein Geräusch durch mein offenes Fenster. Es ist nicht das Gezwitscher eines Nachtvogels, denn ich kenne jeden meiner Sänger der Dunkelheit. Jetzt wird es einfacher. Eine Art Pfeifen würde ich sagen, obwohl ich es schon lange nicht mehr gehört habe. Der Eindruck ist verschwommen, als wäre es nachlässig gemacht worden. Ich habe Jungen so zwischen den Zähnen pfeifen hören. Was passiert ohne meine Tür, frage ich mich? Niemand ist auf Unfug aus, denn solche Leute machen keine Werbung für ihr Vorgehen. Das Pfeifen hat aufgehört. Ich erkläre, ich höre Schritte, und sie kommen näher. Ich bin kein bisschen beunruhigt. Ich denke, ich beweise dies, indem ich meine Aufgabe fortsetze, während die unbekannten Schritte immer näher kommen. Sie stoppen. Ich schlage nach. Mit verschränkten Armen steht der Satyr auf meinem Fensterbrett, zur Begrüßung mit dem Kopf wackelnd und mit dem Ziegenbüschel wedelnd. Bevor ich etwas sagen kann, lockert er diesen beschwipsten Stab:

„Sagen Sie mal, Mr. Rabbit, Sie sehen verdammt schlank aus!" „Ja, mein Gott! Ben hat ausgespuckt, Phlim!"

KAPITEL NEUNZEHN

IN DEM DER SATYR UND DER ERZÄHLER SEHR BETRUNKEN WERDEN UND Letzterer WIEDER AUF DIE ERDE gehoben wird

„Komm rein, Jeff Angel!" Ich weinte, die Freude bei seinem Anblick wuchs und mein Gesicht erhellte sich mit einem Willkommenslächeln. Ich ließ meinen Stift fallen und winkte eifrig.

Sein Grinsen wurde breiter, als er meine Einladung sofort durch das Fenster annahm. Ich meinte, dass er natürlich durch die Tür eintreten sollte, aber stattdessen machte er einen Satz und kam windend und zappelnd wie eine große Raupe herein. Ich stand auf und hielt ihn an der Hand, sobald seine Füße den Boden berührten.

„Wo ist Lessie? Wie geht es ihr? Welche Gefühle hat sie mir gegenüber? Warum hast du nicht aufgehört, als ich dich neulich Abend angerufen habe? Reden Sie, Mann! Beeilen Sie sich!"

Das Grinsen des Satyrs schien starr.

„Was zum Teufel, yo' Ben?" sagte er gedehnt, löste meine Umklammerung und rutschte um den Tisch herum zu einem Platz auf einer Kiste.

Ich rüttelte ungeduldig mit meinem Stuhl auf dem Boden und flehte ihn an, das anzunehmen, aber er lehnte ab.

„Ich bin nicht daran gewöhnt", erklärte er. Dann, noch einmal, in echter und offener Neugier: „Whur 'n hell yo' ben?"

„Du hast es gesagt – zum Teufel!" Ich antwortete wütend, schob meine Papiere beiseite und setzte mich auf die Tischkante. „Und Oma, deine gesegnete Tante, ist diejenige, die mich hineingestoßen hat – gut und tief!"

„Haw! Haw! Haw! Haw!" brüllte Jeff Angel mit einem Tonfall, der unbeschreiblich lächerlich wäre, wenn ich in der Stimmung gewesen wäre, es zu genießen. Er drehte den Kopf zurück und sein geschwungener Schnurrbart zitterte wie ein gebogener Zeigefinger.

„Verdammt, Mann!" Die schrecklichen Erlebnisse dieser Woche machten mir die Zähne aus, ich war jähzornig; „Lache und scherze nicht die ganze Nacht! Erzähl mir von Lessie – dann machen wir bis zum Morgen fröhlich, wenn du willst!"

„Wir werden trinken, bis wir mitten auf der Straße versinken, aber wir werden nicht nach Hause gehen, bis Mawn – 'n'!"

So besang dieser unbändige Antik und holte aus einer Nische in seinen Lumpen die Flasche, die ich zuvor gesehen hatte.

Ich starrte ihn hilflos an. Vielleicht war er etwas betrunkener als damals, als ich ihm das Abendessen gab. Da saß er, wiegte seinen Kopf hin und her und starrte mich schelmisch aus seinen wässrigen blauen Augen an, verantwortungslos wie ein Kleinkind. Dann erkannte ich die Sinnlosigkeit von Wut oder Aufdringlichkeit. Dieses seltsame Wesen würde sprechen, wenn er sich bereit machte, und nicht vorher. Ich gab mir große Mühe und legte den Eifer ab, alles auf einmal wissen zu wollen. Ich würde dieser halb zivilisierten, halb verrückten Person Humor geben.

„Dann lasst uns trinken!" Ich stimmte zu und beugte mich mit ausgestrecktem Arm nach vorne. „Ich brauche sowieso eine Armschiene."

Daraufhin setzte sich der Satyr mit gespreizten Lidern und geöffnetem Mund auf und hielt sich in einer starren Senkrechten, indem er seine Hände auf beide Seiten legte und sein Gewicht darauf verlagerte.

„Ufer ist genug?" er platzte heraus.

„Ufer ist genug!" Ich antwortete mit einem positiven Nicken. „Gib mir etwas von deinen weißen Blitzen; ich habe mich daran gewöhnt, zu schießen."

Er hob zögernd die Flasche auf, als wäre er trotz meiner Worte und meiner wartenden Hand zum Unglauben gezwungen, legte seinen Daumen auf den Kolbenstopfen und begann, den Inhalt heftig zu schütteln.

"Wofür ist das?" Ich fragte.

„Schüttel die Fusic ab!" Er klärte mich auf und es dauerte ein oder zwei Momente, bis ich verstand, was er meinte. Fusilöl im Whisky steigt; Jeffs energische Aktion bestand darin, es zu zerstreuen. Seine Verfälschung des Wortes verriet mir, dass er völlig unwissend darüber war, was er wirklich tat.

Er zog den Stopfen mit den Zähnen auf und reichte mir die Flasche. Ich glaube, ich habe an anderer Stelle in dieser Erzählung gesagt, dass das Trinken von Whisky nicht zu meinen Schwächen gehört. Das heißt, es ist keine Gewohnheit. Ich kann mir kaum vorstellen, dass ein Mann dreißig Jahre in Kentucky lebt, ohne ein wenig Whisky zu trinken. Ich wusste, dass das Zeug, das ich in der Hand hielt, abscheulich war, aber ich legte es aus zwei Gründen an meine Lippen. Ich war todmüde und wollte die Zunge dieses widerspenstigen Wesens dazu bringen, Themen anzusprechen, die mich interessieren würden. Ich nahm einen großen Schluck, schluckte und dachte, meine Zeit sei gekommen. Heiß? Meine Kehle war wie zugeschnürt, und eine Zeit lang konnte ich nicht atmen. Mein Mund brannte, als wäre er kauterisiert worden. Ich rutschte vom Tisch, würgte, hustete und aus meinen Augen liefen Tränen. Zurück in der Küche schnappte ich mir einen Schluck aus dem Eimer auf dem Regal – nach etwas, das meine Luftröhre öffnen würde. Während ich rannte, hallten die hohen, gackernden Töne des Satyrs in meinen Ohren, Salve um Salve, während er seine Knie umarmte und in hemmungsloser Freude schaukelte und webte.

„Was ist los?" fragte er mit gespielter Überraschung, als ich mit meinem Taschentuch um Augen und Mund wieder auftauchte.

„Nichts mehr von diesem Kram, Jeffy!" antwortete ich, steckte meine Hand in die Medizintruhe an der Wand und holte einen Liter zehn Jahre alten Roggenwhisky hervor. „Wenn ich mit dir fröhlich bin, wähle ich mein Getränk."

„Das ist Frühlingswatte!" er kam verächtlich zurück. „Das füttern wir hier draußen an die Babys."

„Vielleicht ist es Quellwasser, aber es ist stark genug für deinen Onkel."

Während ich sprach, zog ich den Korken heraus, legte mein privates Brandzeichen auf den Tisch, fand meine Pfeife und setzte mich meinem seltsamen Gast gegenüber.

Er beschämte mich dann, indem er sich einen sehr großzügigen Trank gönnte, am Ende voller Begeisterung mit den Lippen schmatzte und mir auf eine Weise zuzwinkerte, die seine Überlegenheit zum Ausdruck bringen sollte.

„Wo ist deine Geige?" Ich fragte; nicht, dass es mir besonders am Herzen lag, aber es war meine Pflicht, freundlich zu sein.

Der Satyr zeigte mit dem schmutzigen Daumen auf das Fenster, das ihn gerade hereingelassen hatte.

„Donnerstag draußen auf dem Müll. Es ist eingepackt und der Jude wird ihm nicht schaden."

In der kurzen Stille, die darauf folgte, brachten wir unsere Pfeifen zum Klingen.

„Hast du das vor einiger Zeit gepfiffen?" Ich fuhr fort, nachdem ich vergeblich darauf gewartet hatte, dass mein Besucher freiwillig etwas sagte.

„Das bin ich, ein Spieler."

„Spielen?"

„Ja, ich spiele ein Schilfrohr. Was für ein Ding, aus dem ich jemals Musik herausgeholt habe."

Wieder war seine Hand für einen Moment in seinen Fetzen verborgen und kam mit etwas heraus, das wie ein langer, schlanker Stock aussah. Diesen hielt er nach Art eines Klarinettenspielers an seinen Mund und blies einen reinen, flötenähnlichen Ton. Dann sah ich, dass das Instrument hohl war und entlang seiner Länge kleine runde Löcher aufwies.

„Pipes o' Pan, bei Jove!" Ich atmete. „Mach mir Musik, Satyr."

Ich war mir bereits der Wirkung dieses Schlucks weißer Blitze bewusst. Eine langsame, aber stetige Hochstimmung begann mich unnatürlich aufzuheitern, und ich spürte die Überschwänglichkeit des Geistes, die dem Wissen um eine große Freude folgt.

„Pfeife für mich, du heidnischer Minnesänger!" „Fügte ich hinzu und lächelte ihn mit zusammengekniffenen Augen an. „Zeichne aus diesem Stück Holz die Dinge, die dir die Vögel, die Bäume, die Bäche und die Blumen erzählt haben. Triller mir einen Mondschein-Reigen, wie er die Füße von Feen inspiriert; lass mich die Waldveilchen sehen, die im Wald nicken warme Abenddämmerung, und lass mich das Summen der Bienen im Becher der Tigerlilie hören. Erklinge für mich das Traumlied des Rinnsals, wie es über seinem Kieselbett und zwischen seinen moosbedeckten Ufern im silbernen Sternenlicht flüstert und plappert. Bring mir die tiefe Liebesbotschaft der Taube, wenn die Brise nur ein Seufzer ist und das Hexenlicht einer gerade untergegangenen Sonne den ganzen Wald mit einem geläuterten Glanz erfüllt und ihn zu einem riesigen Heiligtum macht, das von einer Million Säulen getragen wird. Es Gibt es das Leben Ihres Schutzpatrons – des großen Gottes Pan? Sagen Sie mir nicht, Sie haben ihn noch nie an ruhigen Tagen am Flussufer gehört, wenn die Eichhörnchen schlafen und die Streifenhörnchen schlafen und die Vögel ihre Melodien vergessen. Wahrscheinlich haben Sie es Ich habe ihn nie gesehen, denn für Sterbliche bleibt er immer unsichtbar; aber du, oh Satyr, bist mit Sicherheit ein Cousin, wenn nicht sogar ein näherer Verwandter, und vielleicht haben du und er schon so manche bacchantische Feier zusammen getanzt. Kennen Sie ihn – den großen Gott Pan? Ziegenbeinig, hornköpfig, vergnügungssüchtig, mit seinen Pfeifen zum Zeitvertreib?"

Ich habe nicht darüber nachgedacht, dass dieser Ausbruch für die Ohren, die ihn aufgenommen haben, reiner Fachjargon war. Mein Geist war plötzlich voller poetischer Gedanken, und ich schüttete sie auf den hilflosen Kopf von Jeff Angel aus.

„Um Himmels willen! – Luft, deine Pflaume ist weg?" rief er in unverstellter Beunruhigung und warf einen schnellen Blick um sich, als würde er über die Flucht nachdenken.

„Das hat dein Saft bei mir bewirkt", erklärte ich lachend, um ihn von meinem Verstand zu überzeugen. „Noch einen Schluck, dann haben wir eine Melodie!"

Wir spendeten einander unsere jeweiligen Flaschen, und der Satyr spielte.

Wieder einmal fühle ich mich behindert, denn ich kann diese Darbietung nicht in Worte fassen. Es war die erstaunlichste Ausstellung, die ich je gehört habe. Seine Arbeit an der Violine lag völlig außerhalb meines Verständnisses, doch die schlummernden Möglichkeiten lagen in der Violine. Was war da in diesem schlanken Rohr? Ungeahnte Klangwunder! Ich saß da und starrte auf die groteske Form auf der Schachtel und fragte mich zunächst, ob ich wirklich so berauscht war, dass meine Fantasie als Verbündeter dieses vagabundierenden Künstlers fungierte. Nein, das Können dieses unhöflichen Musikers war echt und meine Wertschätzung wurde durch die subtile Kraft des Bergtauzuges nur noch gesteigert. Während ich in träger Zufriedenheit dasaß und schnaufte, zogen viele Waldumzüge vor meinen Augen vorbei. Ich sah alles, wonach ich gefragt hatte, und noch mehr. Unter seinen Händen wurde das stumme Schilfrohr zu einer fühlenden Macht; wurde zu einer lebendigen, sprechenden Kraft. Die unendlichen Geheimnisse der Natur strömten in reinsten Klangperlen daraus hervor. Ich hörte Vogelgezwitscher; der Liebesruf, der Wutschrei, der Alarmschrei, das Muttergesang. Ich hörte das Heulen des Windes, wenn der Sturm sich sammelt und seine unsichtbaren Bataillone auf die unzähligen Bäume schleudert. Ich hörte das wortlose Lispeln des Matin-Zephyrs, wenn im Morgengrauen ein neuer, frischer Atem über die Welt weht. Ich hörte die Vesper wie ein Gebet von müden Lippen seufzen. Ich hörte das Pfeifen der Flügel der Taube in ihrem erschrockenen Flug und den Flüssigkeitsruf der Wachtel. Ich hörte die heilige Hymne der Mitternacht, wenn der Mond groß und gelb hängt und die zahllosen Saiten der Uralten Harfe sanft auf ihren Ruf hin vibrieren. Ich hörte das süße Plätschern von fließendem Wasser und das kaum hörbare Echo des Summens eines Insekts.

Ich hatte weder ein Lob noch ein Kompliment, als Jeff die Pfeife von seinen Lippen nahm und sie achtlos beiseite legte. Was ich gerade gehört hatte, war jenseits von Plattitüden oder leidenschaftlichen Adjektiven; über jeden Kommentar hinaus. Schweigen war das einzig wahre Mittel, das ihm zuteil werden konnte, und das gab ich.

Jeff seufzte, drehte seine Schultern, als wollte er einen Krampf loswerden, fuhr sich mit der Zunge über die Lippen und nahm seine Flasche.

„Wuz das, was du wolltest, während du so laut redest?" wagte er es mit einer schüchternen Seitwärtsbewegung seines Kinns.

Ich nickte. Hier lag eine Kombination vor, die einer gründlichen Untersuchung würdig war. Völlig ungebildet, verdorben, aber nicht entwürdigt, mit einer Seele, die so voller Musik war, dass selbst sein vernarrter Zustand nichts dagegen tun konnte. Ich habe es nicht verstanden.

Eine Stunde lang bemühte ich mich danach mit allen mir zur Verfügung stehenden Geschicklichkeit und nutzte alle Kunstgriffe, um den Satyr herauszuholen und ihn sagen zu lassen, was er wusste. Vergeblich. Er durchschaute jedes Gerät; er vermied jede versteckte Falle. Er trank oft und bestand gutmütig darauf, dass ich jedes Mal etwas trinken sollte. Es half nichts, aber im Moment nahm ich nur noch einen Fingerhut auf einmal, denn mir wurde klar, dass mein Zustand immer unsicherer wurde. Jeff schien gegen das Zeug gewappnet zu sein, denn er schüttete es rücksichtslos aus, ohne dass sich eine spürbare Wirkung zeigte. Aber als er nach einer Weile aufstand und in seiner Hosentasche nach einem Streichholz suchte, sah ich Ergebnisse. Er kicherte, schwankte und setzte sich ganz plötzlich wieder hin. Ich stand gastfreundlich auf, um seine Bedürfnisse aus einer Kiste auf dem Kaminsims zu decken, als ich zu meiner Bestürzung und großen Überraschung feststellte, dass sich der Raum zu drehen begann und die Möbel eine stille Bewegung machten. Ich zog mein Gesicht streng nach unten, um mich für diese Halluzination zu tadeln, und machte mich entschlossen auf den Kaminsims zu. Wo war der Kaminsims? Als ich saß, war es zu meiner Linken. Als ich stand, war es vorne. Jetzt war es an meinem *Rücken* ! Ich wirbelte wütend herum und stieß mit Jeff Angel zusammen, der aufgestanden war, um die Untersuchung seiner Hosen – ich meine Hosen – erneut durchzuführen. Jeff trug keine Hosen; er trug Hosen – und das ist für sie ein zu würdevoller Name. Wir stießen zusammen, kämpften instinktiv und landeten wie von selbst auf dem Boden. Jeff fiel obenauf; Ich spürte, wie dieses abscheuliche Kinnbüschel meinen Hals kitzelte. Ich stieß ihn ab, und in wenigen Augenblicken hatten wir das erreicht, was ich als schräge Senkrechte bezeichnen würde. Das heißt, sowohl seine als auch meine Füße standen auf dem Boden, aber seine waren etwas entfernt von meinen, und wir stützten uns gegenseitig auf unsere ineinander verschlungenen Arme. Er betrachtete mich mit einem wässrigen Blick und hochgezogener Augenbraue, während ich mich bemühte, sehr würdevoll auszusehen; Mit welchem Erfolg, kann ich natürlich nicht sagen.

„Du bist ein verdammt guter Kerl!" „Behauptete mein Tassenbegleiter und blinzelte mühsam.

Es gelang mir, meine Füße ein wenig nach vorne zu bewegen und meinen geneigten Körper entsprechend aufzurichten. Dann kam mir der Gedanke, dass ich Gastgeber war und mein Gast ein Gegenstück wollte. Ich suchte nach dem Kaminsims; es war nicht in Sicht. Ich drehte mich ernst zu meinem *Gegenüber um* .

„Wohin, Mann?" Ich fragte, wann eine Schwächung meiner Taillenmuskulatur dazu führte, dass ich mich höchst unbeholfen nach vorne und dann nach hinten beugte.

Anstatt auf meine Frage zu antworten, begann der Satyr, den Blick glasig auf die Leere gerichtet, noch einmal mit seinem höllischen Geschwätz.

„Opossum lebt in einem Brüllbaum, Waschbär an irgendeinem alten Ort; Kaninchen trinkt Alkohol und spuckt einer Bulldogge ins Gesicht!"

Dieser klassische Vierzeiler wurde nach mehreren Versuchen vorgetragen, und ich verneigte mich zustimmend, als der alberne Singsang zu Ende ging.

Wie es zustande kam, kann ich heute Abend nicht sagen, da ich mit schmerzendem Kopf dasitze und die Geschichte meiner Schande schreibe, aber irgendwie haben wir unsere ursprünglichen Plätze gefunden.

„Hungrig, nicht wahr?" fragte Jeff mit einem meiner Meinung nach sardonischen Blick.

„Nein, ich bin nicht ‚ung'y."

„Ja, du Luft – hungrige Pelznachrichten! Huh? Er! Er! Er!"

Ich schluckte und starrte ihn mit steinernem Blick an. Er würde nachgeben.

„Ich bin hungrig – Bauchhunger – und du gibst mir gutes Essen. Jetzt bist du hungrig – Herzhunger – und ich werde deine Pflaume satt machen!"

Ich versuchte, die Knie zu kreuzen, um mich zu vergewissern, dass es mir eigentlich gut ging, aber mit meinem angehobenen Bein ging etwas schief. Es fiel zu kurz, rutschte an meinem anderen Schienbein herunter und blieb in einer einzigartigen Drehung am Spann hängen. Ich lasse es bleiben. So verwirrt ich auch fast bis zur Hilflosigkeit war, wusste ich dennoch, dass der Satyr trotz der enormen Menge an Gift, die er konsumiert hatte, seine Fähigkeiten weitaus besser unter Kontrolle hatte als ich. Ich konnte jedoch aufmerksam zuhören, wenn meine Rede schwierig war.

„Mach weiter", ermutigte ich und sprach die beiden einsilbigen Worte ohne Probleme.

„Das Mädchen hat die Geistlichen angelogen und die Geistlichen erzählten es Oma, nicht wahr?"

Diese abrupte und verblüffende Aussage machte mich fast benommen.

„Woher weißt du das?"

„Ich bin neulich zum Pint, ich habe mich um die Uhr gekümmert und am Donnerstag einen Tur'ble-Eintopf gehört. Oma hat mir alles erzählt und wie." Sie würde dich davon abhalten, zu zählen, was die Nichte des Priesters ihm erzählte. Aber sie hat gelogen, sho!"

„Woher weißt du das?"

„Oma hat es gesagt, aber ich wusste es, als es passierte, weil ich immer munter bin und an unerwarteten Orten herumlaufe. Ich wandere viel."

„Whurruz zhe?"

„Dieses Weinhaus ist nicht aus der Hecke gewachsen, und ich habe zufällig lange auf der anderen Seite gelegen und alles gehört, was du gesagt hast. Also habe ich es geschafft. „Ein großes Dankeschön an Oma und Lessie, dass du die Wahrheit gesagt hast und das Mädchen gelogen hat, weil ich alles gehört habe."

„Was macht sie?"

„Sie war wie eine Schlammfrau, zwinkerte und schluckte, ihr Mund stand offen wie der eines toten Fisches –"

„Was macht *sie* ? – Lesshe?"

„Sie umarmte Oma, und sie umarmte Gran'fer, und sie umarmte mich, und sie umarmte mich, sie sagte mir, wir würden in dieser Nacht laufen gehen, ja, zähl'n wir mal „Die gute Nachricht, die ich überbracht habe."

„Das gebe ich dir."

„Häh?"

„Ich gebe zu, dass du – angerufen – nicht aufgehört hast. Warum hast du nicht aufgehört?"

„Ich habe dich nie gehört; wir rennen."

Der Vortrag des Satyrs wurde nicht mit der Klarheit meiner Transkription vorgetragen. Es war stockend, stotternd, stellenweise unsicher, aber es vermittelte eine herrliche Wahrheit, die mir einen Stein von der Brust rollte. Sogar in den Tiefen meines Zustands der Trunkenheit fühlte ich mich gestärkt. Ich erblickte noch einmal das Licht der Welt, der Pfade der Düsterkeit und des Grauens eingeschlagen hatte. Ich erinnere mich, dass ich mit der Absicht aufstand, seine Hand zu ergreifen, um ihm zu danken, dann fiel ein Schleier vor meine Augen und mein Geist wurde leer.

Ich bin heute Morgen mit platzendem Kopf und steifen Gelenken aufgewacht. Die restlichen Stunden der Nacht hatte ich auf dem Boden verbracht. Mein erster Gedanke galt meinem Besucher. Ich setzte mich auf und sah mich um, aber er war weg. Den ganzen Tag habe ich versucht, mich zusammenzureißen. Ich war noch nie zuvor betrunken – schrecklich betrunken. Ich werde es nie wieder sein. Es sind nicht die körperlichen Beschwerden, die mich zu dieser Erklärung veranlassen. Das ist schon schlimm genug, aber ich bin kein feiger Feigling und bin bereit, die Strafe für jedes bewusste Vergehen zu zahlen. Es ist die Schande, die mich dazu bringt, es zu sagen.

Wenn ein Mann sich aufmacht, die ganze Wahrheit über sich selbst zu sagen, steht er vor einer Aufgabe. Gerne hätte ich diese skandalöse Episode weggelassen; nicht freiwillig, aber gern. Ich fühle mich gedemütigt; Ich fühle mich dieser großen Freude nicht würdig, die sicherlich meine sein wird, sobald ich meine Dryade sehen kann. Stimmt, ich habe es für sie getan. Ich musste diesem albernen Geschöpf Humor vermitteln, um ihm sein Geheimnis zu entlocken. Meine Seele ist heute Nacht in Frieden, trotz des Elends meines misshandelten Körpers. Jetzt muss ich ins Bett und ich glaube, ich kann schlafen. Morgen – morgen – oh, meine Brüder! Bist du jemals in dem festen Glauben zu Bett gegangen, dass sich morgen die Himmelspforte für dich öffnen würde?

KAPITEL ZWANZIG

IN DEM ICH EINE LEERE WELT ANSEHE, HEUCHLER HANDELTE UND EIN LIEBEBEKENNTNIS HÖRE

Ich frage mich manchmal, warum sich die Probleme häufen. Warum sie nicht durch unser Leben verstreut werden, anstatt sich anzusammeln und uns dann auf einmal auf den Kopf zu werfen. Es scheint mir kein faires Spiel zu sein. Es scheint, als würde etwas unsere Hilflosigkeit ausnutzen. Sie sehen, ein Kerl kann sich unter ein oder zwei Rückschlägen des Schicksals erholen, wenn sie nicht zu hart sind und wenn er irgendwie kämpferisch ist. Aber wenn sie oft kommen und groß und stark sind, werden seine Knie wackelig und sein Geist wird krank. Ist er schuld?

Ich befinde mich heute Abend in einer solchen Notlage, denn die offene Himmelstür, an die ich beim Einschlafen gedacht habe, ist überhaupt nicht offen. Es könnte sein – ich glaube, es wäre, wenn ich Celeste sehen könnte, aber sie ist weg. Ich staune über die ruhige Hand, mit der ich diese Worte nachzeichne. Es liegt nicht daran, dass ich nicht fühle. Es gibt unsichtbare Finger an meiner Kehle und eine stachelige Hand um mein Herz. Jedes krampfhafte Pochen scheint die Herzwände gegen Brennnesseln zu drücken. Wenn mein Tagebuch nicht so weit fortgeschritten wäre, würde ich es wahrscheinlich hier beenden. Es sieht so aus, als wäre dies ohnehin das logische Ende. Wenn ich heute Abend von meiner Arbeit aufstehe, werde ich vielleicht die beschriebenen Blätter einsammeln und sie, so viel Altpapier, in die schwarzen Backen des alten Kamins werfen. Ich weiß nicht. Ich bin gekommen, um mich auf das Schreiben meines Abends zu freuen. Es ist kein Tagebuch, verstehen Sie? Es ist – nun ja, es muss in gewisser Weise eine Geschichte sein, aber wie könnten wir so einfache und heimelige Dinge, wie ich sie aufgeschrieben habe, als Geschichte bezeichnen? Ich bin mir sicher, dass es nicht wie die andere Geschichte ist, die ich geschrieben habe; das Buch, das veröffentlicht wurde und das niemand lesen würde. Das habe ich aus dem ganzen Stoff gemacht. Ich frage mich, ob die Leute es wussten – und ich frage mich, ob sie meinem Wort glauben würden, dass dies die Wahrheit ist. Aber wenn ich heute Abend aufhöre zu schreiben, werde ich keine Geschichte haben. Die Dinge gingen immer weiter, und hier bin ich unsterblich in Celeste Somebody verliebt, und anderswo sind die anderen, die ich getroffen habe und die mein Leben auf verschiedene Weise berührt haben. Alles wartet gewissermaßen in der Schwebe auf die weitere Entwicklung. Ich kann mein Tagebuch heute Abend nicht beenden. Das heißt, ich kann es nicht beenden und von einem vernünftigen Menschen erwarten, dass er es zwischen Buchdeckel legt. Wäre das nicht eine

Innovation! Der Gedanke amüsiert mich inmitten meines Kummers. Aber Celeste ist weg, und da sie weg ist, gibt es nichts mehr zu sagen. Ich könnte kaum etwas anderes bieten als Mark Twains unvergessliches Tagebuch an Bord: „Aufgestanden, gewaschen und ins Bett gegangen." Sie muss zurückkommen, das ist alles. Ich weiß nicht, wo sie ist und wie lange sie weg sein wird. Diese Dinge werde ich herausfinden. Hier bin ich wie ein alter Mann herumgelaufen, ohne zuerst das Abenteuer des Tages niederzuschreiben und es dann zu kommentieren, wenn ich Lust hätte. Ich bitte um Verzeihung. Heute Abend bin ich wirklich nicht fit und sollte nicht versuchen zu schreiben. Aber ich habe begonnen; Untätigkeit wäre ärgerlich, also werde ich fortfahren.

War ich heute Morgen früh aufgestanden? Der erste graue Pfeil, mit silbernen Stacheln versehen und düster gefiedert, hatte mein kleines Fenster noch nicht gefunden, als ich mit einem Liedfetzen aus meiner Kehle aufstand und zum großen Waschzuber hinter der Küche eilte, der die Funktion einer Badewanne erfüllt in der Zivilisation. Ich war noch nie so vollkommen glücklich, seit ich ein Junge auf der Farm meines Großvaters war. Ich wollte sogar pfeifen, während ich mich rasierte, ich war so voller Gesang und Gelächter. Das Frühstück zuzubereiten war ein lustiger Spaß; Es zu essen ist ein köstlicher Zeitvertreib. Dann war ich verschwunden wie ein Reh, das seine Deckung sprengte, und die Tür zur Lodge war weit geöffnet. Sie kannte die Wahrheit, und vielleicht traf ich sie sogar, als sie zu mir kam.

Als ich auf dem nun vertrauten Weg entspannt durch den Wald lief, bemerkte ich, dass meine übermütige Stimmung zu schwinden begann. Eine Vorahnung einer Katastrophe beschlich mich heimlich und stetig, bis ich tatsächlich ein eiskaltes Gefühl über den Rücken verspürte und ein klägliches Sinken in meiner Brust verspürte. Dieses Phänomen kann, wie viele andere, die unser tägliches Leben begleiten, nicht erklärt werden. Ich litt wirklich, bis ich das Dach sah, das meine Geliebte schützte; Dann, als ich mit plötzlich bleiernen Füßen die Baumbrücke hinaufstieg, erfasste mich eine taube Ruhe. Ich stand da und lehnte mich gegen den Teil der wurzelgepolsterten Scheibe, der über den Stamm der Eiche hinausragte, während kleine Spinnen des Gefühls von einem Zentrum über meinem Herzen über meine ganze Brust huschten. Keine Anzeichen von morgendlicher Aktivität begegneten meinem verzweifelten Blick. Das Haus war still und leblos wie der Baumstamm unter meinen Füßen. Aus dem Küchenkamin stieg kein blauer Holzrauch auf. Nicht einmal der Hund war zu sehen. Nur aus der Wabe des Hühnerstalls schrie ein einsames Perlhuhn rau. Ich schleppte mich vorwärts. Als ich das Haus erreichte, ging ich mechanisch nacheinander zu jeder Tür und jedem Fenster. Sie waren befestigt, aber ich entdeckte, dass das Esszimmerfenster weder Rollo noch Vorhang hatte, und drückte mein Gesicht an eine Glasscheibe und schirmte meine Augen mit meinen Händen vor dem Licht ab. Langsam nahm der Innenraum Gestalt an. Ein mit Wachstuch bedeckter Tisch; ein paar Stühle mit niedriger Lehne und gepolstertem Boden; ein kleinerer Tisch an der Wand, auf dem etwas stand, das wie ein Glas Honig aussah; ein Safe mit blechgetäfelten Türen, die in irgendeiner Form voller Löcher waren; In der Ecke eine Fliegenbürste aus in Streifen geschnittenem Zeitungspapier, die am Ende einer Bambus-Angelrute befestigt war. Ein nackter Boden, gut geschrubbt. Ich habe niemanden gesehen; Ich hörte nichts, obwohl ich mehrere Minuten lang mit geöffneten Lippen zuhörte. Sie waren nicht mehr da. Alle waren weg. Wo? Vielleicht einfach nur, um den Tag mit einem Nachbarn zu verbringen. Ich wusste, dass dies ein ländlicher Brauch war. Die Hoffnung flammte auf, als ich diese Idee schnell begrüßte. Wo waren diese Nachbarn? Ah ja! Die Toller! Celeste hatte mir davon erzählt, als ich das erste Mal mit ihr gesprochen hatte. Sie hatte gesagt, sie lebten auf der anderen Seite des Hügels. Also ging ich geradeaus über den Hügel und ignorierte die Straße, die mich aller Wahrscheinlichkeit nach zu meinem Ziel führen würde. Es war ein harter Aufstieg, denn der Sporn erhob sich schroff und bedrohlich, aber ich gewöhnte mich allmählich an solche Dinge und bemerkte die Anstrengung kaum noch. Als ich auf der anderen Seite das Tal erreichte, stieß ich auf die Straße. Als ich diesem ein kurzes Stück folgte, entdeckte ich eine Blockhütte, die gefährlich nahe am Ufer eines Baches stand. An einer Seite brodelte ein riesiger schwarzer Kessel über einem Scheiterhaufen, und daneben stand eine Frau, die mit einem langen Stock in den Kleidungsstücken rührte, die sie gerade zum Waschen vorbereitete. Kinder waren überall, wie Eichhörnchen in einem Hickorybaum zur Nusssaison. Es müssen vierzehn gewesen sein, und der Älteste war noch lange nicht erwachsen. Bei meinem Anblick stieß einer einen schrillen kleinen Schrei aus, dann begann eine gewaltige Suche nach Verstecken. Die meisten machten sich auf den Weg zur Tür der Hütte, einige fanden Zuflucht hinter bequemen Bäumen, während einer der Jungen wie in Todesangst eine Asche hochschimmerte. Zwei oder drei weitere ließen sich über das abfallende Ufer des Baches fallen, hielten sich mit zähen, schmutzigen Pfoten an der Grasnarbe fest, hoben ihre Köpfe und beobachteten mich mit leuchtenden, tanzenden Augen. Die Kleinsten suchten Schutz in den zerschlissenen Röcken ihrer Mutter, die sie sich übers Gesicht zogen und so das durchdringende Wehklagen einigermaßen unterdrückten, das sie auf ihrem Weg zu ihrer Seite markiert hatte. Die Frau drehte sich angesichts des Trubels ungeduldig um, wischte sich den Rauch aus den Augen und starrte mich mit verzogenem Gesicht an.

Ich kam kühn auf sie zu. Ich wusste bereits, dass die, die ich suchte, nicht hier war, aber ich musste meinen Auftrag bekannt geben.

„Ich suche – eine Person“, begann ich, mir bewusst, dass ich meine Mission sehr lahm formulierte.

Eine Mischung aus List und Aufsässigkeit breitete sich auf dem faltigen, blassen Gesicht der Frau aus. Was für ein erbärmliches Aussehen sie gemacht hat! Mir wurde versichert, dass sie nicht älter als dreißig sei, aber sie schien eher fünfzig zu sein. Hüftlos, flachbrüstig, sehnighalsig; Ihre Hände und Handgelenke waren rot und rau. Ihr spärliches Haar hatte eine blasse strohgelbe Farbe, zeigte Schmutz und war nach hinten gekämmt und zu einem etwa walnussgroßen Knoten auf ihrem Scheitel zusammengebunden. Ihr Kleid war – einfach ein Schutz vor Nacktheit.

„Ich höre dir das besser an, Idiot!" rief diese Mutter von vielen plötzlich mit schmerzlicher Direktheit aus.

„Ja", stimmte ich zu; „Ich melde mich gleich. Hast du Lessie heute Morgen gesehen? Sie ist es, die ich will!"

"Oh!"

Die ausgewaschenen blauen, fast leeren Augen öffneten sich vor Erleichterung noch weiter. Dann wusste ich es. Ihr Mann war ein Putzer, und als sie auf den ersten Blick sah, dass ich nicht aus der Nähe war, hatte sie Visionen von Finanzbeamten und Gefängnissen, als ich vage erklärte, dass ich nach einer Person suche.

„Lüften Sie ihn?" fuhr sie fort, kniff ein Auge zusammen und zuckte leicht mit dem Kopf.

Daraus schloss ich, dass mein Ruhm sich in der ganzen Gegend verbreitet hatte und dass sich ihre zweideutige Frage auf den unglücklichen Bewohner auf dem Schoß des alten Baldy bezog.

„Ich bin er", gab ich zu, ein dumpfer Kummer ließ mich unvorsichtig sprechen. „Hast du Lessie heute Morgen gesehen?" Ich wiederholte lustlos.

Die Frau holte tief Luft und war sichtlich tröstend.

„Nein. Sie ist zu Besuch. Der Rumpfbausatz und der Tuk-Zug fahren heute Morgen um 18:00 Uhr. Ich bin bei Oma, um mir ein Stück auszuleihen O' Soap. Sie macht sich große Sorgen, und sag mir, dass sie noch eine Weile weg sein wird.

"Wohin sind sie gegangen?"

„Snack Holler."

"Wo ist das?"

„Lard weiß es! Es gibt andere auf der Welt, einige, Leute nicht. Oma hat Leute."

Sie wandte sich wieder dem Wasserkocher zu und begann, die Kleidung umzurühren.

„Du sagst, sie sind mit dem Zug von Hebron losgefahren?"

„Ich habe nie Hebrin gesagt, aber das ist der Ort, an dem die Tuk-Züge fahren ... Ich würde mich nicht auf einen der Mörder in der Eisenbahn einlassen", vertraute sie fast augenblicklich an.

„Dann müssen sie auf eine lange Reise gehen?"

„Zum Snacken, Holler, sag ich dir. Oma hat Leute bis Donnerstag."

„Sie wissen nicht, ob Snack Hollow in Kentucky liegt oder nicht?"

Eine aus Verzweiflung geborene Hartnäckigkeit drängte mich dazu, so viel wie möglich über das Ziel der Flüchtlinge herauszufinden, denn ich hatte keinen Zweifel, dass dies ein Schachzug von Omas Seite war, um mir völlig und für immer zu entgehen.

„'Birnen zu mir, du hast Fragen gestrichen, 'nough fur a plum' Fremder, 'und' ich bin zu beschäftigt, um mich nicht belästigen zu lassen. 'Das geht mich nichts an, während Snack Holler da ist,' Was mich nichts angeht, lasse ich in Ruhe. Das ist eine tödliche Angelegenheit, Fremder – kümmere dich nicht darum, was andere Leute etwas angeht!"

Die ungepflegte Brut, bei der meine Annäherung so große Bestürzung hervorgerufen hatte, begann sich wieder zu manifestieren. Diejenigen, die flusswärts geflohen waren, hockten nun am Rande des Ufers; diejenigen, die ins Haus gestürmt waren, hatten sich zentimeterweise zurückgezogen und an der Hüttenwand aufgereiht; Diejenigen, die sich beeilt hatten, die Dicke eines Baumes zwischen sich und die tödliche Gefahr zu bringen, die von meiner einfachen Anwesenheit ausging, stolzierten nun kühn ins Freie, während die Säuglinge die Falten des Kleides ihrer Mutter verlassen hatten und auf Händen und Knien fleißig waren Sie verfolgen die unberechenbare Reise einer gefleckten Kröte und schlagen ihr mit den Fingern in den Hintern, wenn sie sich ausruhen möchte. Der Baumkletterer war immer noch vorsichtig; Ich konnte seine schlanken braunen Beine und knorrigen Knie sehen, die unter einem Ast baumelten, auf dem er rittlings saß.

Ich hatte das Gefühl, dass diese Bergfrau mehr wusste, als sie mir gesagt hatte, aber wie sollte ich es nach dieser letzten Rede von ihr erfahren? Man konnte davon ausgehen, dass die Tollers gute Freunde von Granny waren und dass Vertraulichkeiten für diese Menschen ebenso wichtig waren wie für die zivilisierteren. Ich beschloss, eine Strategie anzuwenden. Würde es meinem Gewissen schaden? Bah! Für Celeste würde ich lügen, stehlen oder töten!

„Frau Toller", begann ich, als hätte ich in diesem Moment eine Entdeckung gemacht. „Ich erkläre dir, dass du viele schöne, hübsche Kinder hast. Alle davon deine?"

Lächelnd wandte ich mich von einer Gruppe zur anderen. Als mein Blick wieder zu der Frau zurückkehrte, sah ich mit Freude, dass sich ihre Gesichtszüge entspannt hatten und etwas, das einem Grinsen ähnelte, um ihre blutleeren Lippen spielte. Sie gab die Arbeit auf und strahlte stolz auf ihre zerzausten, zerfetzten Nachkommen, als wäre jeder von ihnen ein Welteroberer gewesen und nicht ein schmutzig emaillierter Zwerg der Unwissenheit. Ah! die Einfachheit und die Schönheit der Mutterschaft!

„Jedes Mädchen und Kind gehört mir und dem alten Mann." Wie sich ihre Stimme verändert hatte; Ein silberner Faden hatte sich dort eingeschlichen, wo vorher Eisen geklingelt hatte. „Fünfzehn von ihnen, Sir, und wir haben vor fünfzehn Jahren in Jinnywary geheiratet!"

„Gut, gesunder Haufen!"

Ich rieb mir das Kinn und warf einen neuen Blick auf die kleinen Kreaturen mit den Spindelschenkeln, den zusammengekniffenen Wangen und dem Talggesicht. Dabei beruhigte ich mein Gewissen, so gut ich konnte, indem ich mich an die fehlerhafte alte Weisheit erinnerte, dass der Zweck die Mittel heiligt. Aber ich wusste, dass ich log, und ich war es nicht gewohnt. Es stimmt, diese Lüge würde gut tun. Es würde Frau Toller ein ungetrübtes Glück bescheren, und ich hatte das Gefühl, einen Keil hineingelegt zu haben, mit dem ich die von mir begehrten Informationen herausholen konnte.

Frau Toller ließ den Stock los, drehte der Kleidung den Rücken zu und verschränkte zufrieden die Arme.

„Sie *strahlen* einen wahrscheinlichen Blick auf junge Leute aus, da Sie so freundlich sind, das zu sagen. Es steht mir nicht zu, damit zu prahlen, denn ich bin die Mutter." – sie konnte diesen Satz kaum aussprechen, vor Stolz, der ihr die Kehle zuschnürte – „aber hier sind keine –, nicht mal auf dem Hebrin-Weg, was ist nett und männlich und nett – " specb'l, sho!"

Die Wanderungen der verfolgten Kröte hatten sie, nachdem sie einen unregelmäßigen Halbkreis beschrieben hatten, nun in die Nähe der Stelle geführt, an der ich stand. Nachdem das geduldige Reptil die drei Säuglinge schuftete; zwei von gleicher Größe und scheinbar gleichem Alter und einer, der gerade erst die Krabbelphase erreicht hatte. Dieser befand sich übrigens ständig im hinteren Teil der Prozession, da sein einzelnes Kleidungsstück seine Kniebewegung behinderte und jede Art von Geschwindigkeit unmöglich machte. Der Frosch hatte die erzwungene Reise satt und wurde mit jedem kleiner werdenden Sprung immer schwerer zu bewegen. Jetzt saß es mit zitternden Seiten da und weigerte sich hartnäckig, einen weiteren

Sprung zu machen, während der Finger des führenden Peinigers mit dumpfer Beharrlichkeit auf seinem Hinterteil herumstocherte.

Bis zu diesem Zeitpunkt hatte Frau Toller dem einzigartigen Zeitvertreib ihrer drei Jüngsten keine Beachtung geschenkt, da solche Beschäftigungen möglicherweise das Interesse an ihrer Alltäglichkeit verloren hatten. Jetzt jedoch beugte sie sich plötzlich vor und rief schrill:

„Du Stephen Alec! Lass dich nicht schon wieder von diesem Biest anstecken! Willst du überall Warzen haben?"

Stephen Alec zog sich sofort zurück und schob die Hand, die in Gefahr war, hinter sich. Er blickte seinen wütenden Elternteil mit offenem Mund an und begann dann eine Reihe außerordentlich durchdringender Schreie.

Seht meine Chance! Ich trat vor, nahm Stephen Alec in meine Arme und setzte ihn auf meine Schulter. Dann warf ich ihn sanft. Als nächstes saß ich auf dem Boden und hielt meine Uhr an sein Ohr. Die Schreie verstummten, und plötzlich drängten sich Brüder und Schwestern um mich. Ich erzählte ihnen eine Geschichte – eine der ganz alten Lieblingsgeschichten, mit denen unsere Großmütter ihre Kinder zu beruhigen pflegten, und bevor sie fertig war, war ein kleines Mädchen über den nackten Boden so nah an mich herangerutscht, dass ich, immer noch redend, den Mund aufschlug meinen Arm, schlang ihn um sie und zog sie auf mein Knie. Daraufhin kam ein anderer freiwillig und hockte sich an mein Bein. Plötzlich drängte sich die ganze zerlumpte, ungewaschene Crew so nah wie möglich an mich, und ich suchte in den ungenutzten Winkeln meines Geistes nach der korrektesten Version von Rotkäppchen und Drei kleine Schweinchen. Arme Frau Toller! Glückliche Frau Toller! Sie flatterte vom schwarzen Wasserkocher zu meiner Gruppe hin und her, lauschte schweigend wie eines der Kinder und eilte dann zurück zu den Kleidern. Ich muss eine ganze Stunde lang Entertainer gespielt haben, obwohl ich es interessant fand und nicht müde wurde. Als ich ankündigte, dass ich gehen wollte, stieß ich auf eine lautstarke Ablehnung, und ich musste zwangsläufig einige der Geschichten ein zweites Mal erzählen. Aber schließlich war ich auf den Beinen und ging, während sich Bengel an jeden verfügbaren Griff um mich herum festklammerten, auf mich zu, um Mrs. Toller Lebewohl zu sagen.

„Ich bin unheimlich froh, dich und all diese aufgeweckten kleinen Leute gesehen zu haben!" (Ich hätte mich schämen sollen; ich weiß es.) „Ich muss jetzt weiterkommen."

Frau Toller war tatsächlich verlegen.

„Vielleicht hätte ich ein bisschen ruhiger mit dir gesprochen, wenn ich gewusst hätte, dass du ein netter Mann bist. Ein Mann kann nicht zu wählerisch sein, weißt du." , „besonders, wenn der Mann die meiste Zeit so unterwegs war. Da das Kind dich mochte, habe ich nichts dagegen, zu sagen, dass Oma mir gegenüber gegrüßt hat, dass sie es mitgenommen hat." Lessie, weit weg aus der Nachbarschaft, ist ein Mann, aber sie hat ihn nie beim Namen genannt, weil die Leute auch keine Namen und Geschichten erzählen, es ist ein dünner Gin'r'l.

„Ich bin Ihnen wirklich sehr dankbar. Freut mich, Sie gesehen zu haben. Guten Tag."

„Gut, Mann. Komm wieder zurück, wenn du einsam bist."

Eine halbe Stunde später saß ich auf der Veranda des verlassenen Hauses in Lizard Point. Genau dort saßen wir vor so kurzer Zeit und sie hatte ihr ABC gelernt. Bei meinem ersten Besuch waren wir diesen gewundenen Pfad entlang geschlendert, und sie hatte große Mühe, mir von dem dunklen Haus zu erzählen, in dem sie wohnte. Und ich wollte ihr helfen. Ich hatte ihr bereits geholfen, und jetzt – ich knirschte vor Wut mit den Zähnen und sprang auf. Wo war Jeff Angel? Mit ihnen gegangen? Wo war jemand, der mir einen Ausweg zeigen konnte? Pater John! Vielleicht weiß er etwas über diesen abgelegenen Ort mit dem klassischen Namen, wo Oma „Leute hatte". Ich wollte sowieso Beryl Drane sehen. Ich war noch nie zu ihr gegangen, weil ich genau wusste, dass es nichts Gutes bringen würde. Heute wollte ich in Gegenwart ihres Onkels vor ihr stehen und sie fragen, warum sie diese bösartige Lüge erzählt hatte, die so viel Unheil angerichtet hatte. Ich wollte sie mit ihrer Niedrigkeit konfrontieren und eine Erklärung ihrer mutwilligen Bosheit verlangen. Der Sinn für Ritterlichkeit, der in meinem Blut geboren war und der mich einst veranlasst hatte, sie zu beschützen, obwohl ich mich selbst geopfert hatte, war verschwunden. Es wurde im heißen Ofen meines Zorns und meiner Empörung verzehrt. Ich wollte Celeste – Celeste – Celeste! Ich würde Himmel und Hölle in Bewegung setzen, um sie zu holen, denn das Wunder und Geheimnis ihrer seltenen Schönheit und die hypnotische Wirkung ihrer süßen Persönlichkeit hatten sich furchtbar vereint und in mir Chaos angerichtet. Der elementare Frieden, der an diesem sonnigen Sommermorgen wie eine lebendige Präsenz über der Erde brütete, wurde für mich zu einer beunruhigenden, erschütternden Kraft, ganz im Gegensatz zu dem schrecklichen Tumult, der in meiner Brust kochte. Ich war einsam – einsam und verzweifelt. Ich hatte alles ertragen, was ich konnte. Diese schreckliche Woche, in der ich weder die Sonne sah noch eine Vogelstimme hörte oder den beruhigenden Segen einer Brise spürte, hatte mich körperlich und geistig nahezu erschöpft. Dieses krönende Unglück würde ich nicht demütig hinnehmen. Ich würde dagegen ankämpfen; Ich würde seine Existenz leugnen. Es war ungerecht, ungerecht, verräterisch und feige. Ich war von Anfang an ehrlich gewesen, und wenn ein Mann das Spiel des Lebens fair und ehrlich spielt, hat nicht einmal die Vorsehung oder welche Großmacht auch immer das Recht, ihn auszunutzen und zu versuchen, ihn zu überwältigen. Um dieser goldhaarigen Dryade mit den Flammenlippen willen würde ich alles wagen – Himmel und Hölle, wenn nötig. Sie war gewaltsam entfernt worden. Sogar der Verstand eines Liebhabers ist scharfsinnig, wenn es um den Gegenstand seiner Anbetung geht, und ich wusste – ich wusste, dass Celeste mich liebte! Was war sonst noch wichtig? Diese Zwangstrennung? Eine große Welle des Triumphs stieg in mir auf und das Licht des Sieges erschien in meinen Augen. Was waren das für arme, unwissende Marionetten, die versucht hatten, mir mein seltenes Juwel zu stehlen? Das Leuchtfeuer ihrer hellen Krone würde mich bis in den entlegensten Winkel der Erde führen, und wenn es nötig gewesen wäre, wäre ich über Meer und Ebene und Berge und Wüste gefolgt; gefolgt von einem feuerumhüllten Herzen unsterblicher Hingabe, so wie Three einst einem bestimmten Stern folgte.

Voller gemischter Gefühle, alle ursprünglich, alle der Superlative, so dass mein Kopf von einem eng anliegenden Metallband umschlossen zu sein schien, machte ich mich auf den Weg nach Hebron entlang der staubigen Straße. Meine Stimmung war rücksichtslos. Ich wollte diese kleine Kätzin sehen, deren geringe Rachsucht der Grund für meine gegenwärtige unglückliche Lage war. Ich würde meine Worte weder verschonen noch wählen. In meiner Seele lauerte jetzt keine Tapferkeit mehr, um die Anschuldigungen zu mildern, die einem empörten und gequälten Geist entsprangen. Der kleine Priester tat mir leid, denn er liebte sie sehr. Aber Unschuldige leiden täglich mit und für die Schuldigen. Es ist Teil dieses Plans, den wir blind akzeptieren sollen, und wenn wir ihn in Frage stellen, wie sanftmütig und mit dem wahren und ernsthaften Wunsch nach Licht, werden wir mit einem Strick um den Hals als Ketzer und Atheisten fortgejagt. Pater John musste Zeuge der Zerstörung eines Idols werden, denn ich war gnadenlos und wusste, dass die Macht in mir lag, jedes dreiste Leugnen dieser Kreatur niederzuschlagen. Eine mächtig seltsame Sache ist Liebe, meine Meister!

Mit schweren Schritten stapfte ich über die selbstgebaute Brücke. In der Tür der Schmiede stand eine Gestalt, in Lederschürze gekleidet, groß und kräftig. Ich schritt mit gesenktem Kopf den Hang hinauf und erreichte einen Punkt gegenüber von ihm, bevor ich Buck ansah. Die Arme in die Seite gestemmt, die kräftigen Beine gespreizt, ein Grinsen auf seinem Gesicht, das in ein leises, tiefes Lachen überging, als er meinen Blick auf sich zog. Ich blieb fast stehen, während meine Fäuste sich mit dem Instinkt eines Wilden ballten. Aber ich machte weiter, das grollende, spöttische Lachen hallte in meinen Ohren wider. Er wusste, dass sie weg war. Vielleicht hatte er etwas damit zu tun, dass sie gegangen war. Dieses beleidigende, schadenfrohe Lachen könnte leicht Anlass zu einem solchen Verdacht geben, oder es könnte sein, dass es ihm genauso schlecht ging und er einfach diese Methode übernommen hatte, um mich zu quälen.

Ich erreichte das Haus des Priesters mit einem Gefühl, wie ich es mir bei einem Tiger vorstelle, wenn er sich zusammenrafft, um sich auf seine Beute zu stürzen. Es war meiner Natur völlig fremd, aber es war den Umständen entsprungen, nicht meinem Willen, und ich machte keine Anstalten, es zu beseitigen oder einzudämmen. Die Haustür war geschlossen, wahrscheinlich wegen der Hitze. Ich schlug mit der Faust auf eine Tafel und ignorierte dabei die sanfteren und raffinierteren Aufforderungen, die üblicherweise mit den Fingerknöcheln gegeben werden. Während ich wartete und mich unruhig von einer Seite zur anderen drehte, bemerkte ich, dass die Jalousien der beiden sichtbaren Fenster bis auf einen Fuß von ihren jeweiligen Fensterbänken herabgezogen waren. Bei dieser Entdeckung ergriff mich eine wilde und grundlose Angst. Ich hämmerte erneut gegen die Tür, ergriff sogar den Türknauf und schüttelte ihn kräftig. Ein Schlüssel knackte, und die Tür wurde geöffnet und enthüllte das hagere Gesicht und die knochige Gestalt von Marie, der Haushälterin. In ihren strahlend schwarzen Augen leuchteten Staunen und eine Art Entsetzen.

„Pater John!... Fräulein Drane!" Rief ich grob aus und schlenderte an ihr vorbei in den Flur. „Wo sind sie? In der Bibliothek? Ich muss sie beide gleichzeitig sehen – zusammen!"

Ich blieb stehen und starrte die Frau mit bedrohlicher Stirn an.

„Seine Ehrwürdigkeit und Mees Bereel sind nicht hier!" sagte sie einfach und ruhig.

„Nicht hier! *Nicht hier!*... Wo sind sie?"

„Gegangen. Mees Bereel ist gestern nach Hause gegangen. Seine Ehrwürdigkeit ist mit ihr nach Lou-ees-ville gegangen und ist nicht zurückgekehrt; *oui* ."

Ich gab keine Antwort, sondern verließ das Haus und wandte mich mechanisch wieder dem kleinen Weiler zu. Gegangen! War das der eintönige und tödliche Refrain, zu dem die Welt in Bewegung gesetzt worden war? Alle weg. Alle weg. Wo auch immer ich mich umdrehte – weg. Mit hängenden Schultern trottete ich weiter und versuchte, an etwas anderes zu denken. Wo war Snack Hollow? Wo war Snack Hollow? Wo war Snack Hollow? Dieser Satz raste mit der Regelmäßigkeit eines Pendelschlags durch mein Gehirn. Warum, der Stationsagent würde es wissen! Ich hatte den Fuß des steilen Hügels erreicht, wo die Strecke verlief, als mir diese aufschlussreiche Idee kam. Zu meiner Rechten befand sich das kleine Depot, vor dem sich eine hohe Plattform befand, auf der Fracht von einer Autotür aus entladen werden konnte. Unter der Wucht meiner Entdeckung blickte ich plötzlich auf und sah Jeff Angel auf dieser Plattform sitzen, seine dünnen Beine hingen daran herunter, ein mit Wachstuch bedecktes Bündel an seiner Seite. Er aß gemächlich Käse und Cracker aus einer gelben Papiertüte. Was für ein froher Anblick war er für mich inmitten einer leeren Welt!

„O du gesegneter alter Satyr!" Ich schrie und rannte sofort auf ihn zu.

„Was ist denn los?" fragte er leise und versuchte, ein Willkommenslächeln zu lächeln, doch es gelang ihm nur, ein paar unvollkommene Zähne zu zeigen, die mit Käse und Teig verkrustet waren.

„Na, verdammt noch mal, dein dreckiges, gutes altes Fell, ich freue mich, dich zu sehen!" Ich fuhr fort, sprang auf einen Platz zu seiner Linken und drückte seine gelöste Hand. „Ich bin zu ungefähr zwei Dritteln verrückt, weißt du, und ich brauche jemanden, der mich festhält, wenn das andere Drittel ausrutscht. Glaubst du, dass du das kannst?"

Ich stupste scherzhaft seine dürren Rippen an. Mein geistiger Zustand war in diesem Moment wirklich nicht auf dem neuesten Stand.

„Huh!" grunzte Jeff und warf mir einen kurzen, amüsierten Blick zu.

„Warum hast du nicht gewartet und gefrühstückt?" fragte ich und holte tief Luft, bis die tiefste Zelle meiner Lunge durchflutete.

Ich sage Ihnen, es tat gut, neben diesem zerlumpten Stück Strandgut zu sitzen. Ich spürte, wie die Hoffnung zurückkam, denn ich wusste, dass er mein Freund war.

„Aufgewacht – durstig. Du bist weg, meiner weg. Musste etwas Alkohol trinken, also habe ich mir etwas angezündet, ruhig, damit ich dich nicht aufwecke. Hatten ein bisschen Aufsehen, nicht wahr? – Hä?"

Ich nickte. Es war mir nicht wichtig, die Ereignisse dieser Nacht noch einmal Revue passieren zu lassen.

„Sieh mal, Satyr", sagte ich abrupt; „Wo ist Lessie?"

„Ich schätze, sie ist mit Oma und Oma zusammen", antwortete er mit einer Selbstverständlichkeit, die mich einen Moment lang fragen ließ, ob er von ihrer Abreise wusste. „Wie dem auch sei, sie sind zusammen weggegangen", fügte er nach einer kurzen Pause hinzu.

„Wo sind sie hin? – Wofür sind sie hingegangen? – Wann kommen sie zurück?"

Mein Begleiter warf sich das letzte Stück Käse samt Rinde in den Mund; drehte den Sack um und ließ alle Krümel in die gleiche Richtung laufen; Er ließ den Sack aufplatzen, platzte auf seinem Knie und fing an, nach seiner Pfeife zu tasten, bevor er antwortete.

„Ich weiß nicht, warum sie gegangen sind. Sie haben Lessie von dir abgeholt. Sie kommen bald wieder zurück."

„Ich weiß, wohin sie gegangen sind! Es geht nach Snack Hollow!"

„Wer hat es dir gesagt?"

Der Blick, den er auf mich richtete, war eine Mischung aus Mitleid und Verachtung.

„Frau Toller. Ich komme gerade von dort. Sie war zuerst unhöflich, aber ich habe mich mit den Kindern versöhnt, dann sagte sie, Oma hätte ihr gesagt, sie würde nach Snack Hollow gehen, wo sie ein paar Leute hatte. Wo ist das? Ort, Satyr? Ich fahre auch, nächster Zug.

„Nein, Partner."

Er kratzte den schmutzigen Stumpf eines Streichholzes auf einem Brett und zündete sich an.

„Granny – und Gran'fer – und Lessie – das ist doch kein Snack, Holler!"

Der schicksalhafte Satz kam stoßweise und stoßweise heraus. Ich dachte, er wollte mir Angst machen.

„Du kannst mich nicht täuschen, Jeff", erwiderte ich, aber meiner Stimme mangelte es an Sicherheit. „Wie weit ist dieses Snack Hollow entfernt und wie schnell kann ich dort ankommen?"

Mit der größten Unbekümmertheit sang der vagabundierende Geiger in demselben Singsang, mit dem ich vertraut geworden war:

„Der Waschbär hat einen ringförmigen Schwanz, der Opossum-Schwanz hat einen Schwanz; Kaninchen hat überhaupt keinen Schwanz, Jes ist ein kleiner Haufen!"

Für Jeff war es offensichtlich egal, ob ich ihm glaubte oder nicht. Ebenso deutlich war, dass er wusste, wovon er sprach.

„Ich glaube dir, Satyr. Aber wer hat es dir gesagt?"

Er wurde sofort besänftigt.

„Niemand für mich, aber ich bin kein Pflaumenmensch."

„Aber Frau Toller –"

„Schau her, Partner!" Jeff wand sich herum und schob sein Ziegenbüschel nach vorne. „Granny Tuk Lessie hat sich von diesen Teilen auf dich verlassen. Sie wollte glauben, was ich dir von dem Gel erzählt habe, das auf dir liegt, aber das ist überhaupt nicht der Fall. „Reue muss in Omas

Vorstellungen gesteckt werden. Sie hat sich sowieso aus Widersprüchlichkeit gemacht. Sie muss mit ihrem Ärger grübeln und grübeln. ith Ar'minty 'n' alles, was sie jes' 'sagte, es ist gut, nicht für einen Zauber auszuleuchten. 'N' hev yo' hatte wenig 'nug Sünde, um 'einen Moment lang das Fell zu verlieren', würde sie das langzüngig erzählen Ab'gail Toller, warum geht sie? Ja, sie hat Ab'gail Toller gesagt, dass sie zum Snack geht. Holler – und warum? Weil sie wusste, dass du herumlaufen würdest. Keine Fragen, der erste Ort, an den du gehen würdest, wäre genau am Donnerstag.

Bei diesen verhängnisvollen Worten spürte ich, wie sich das Wasser erneut über mir zusammenzog.

„Aber weißt du das nicht?" Ich drängte verzweifelt. „Hast du nicht Oma gefragt?"

„Ja, ich habe sie gestrichen, und sie hat gesagt, das ist nichts für mich."

„Aber Sie sagten, sie würden bald zurückkommen. Woher wissen Sie das?"

Ein verschlagenes Grinsen schlich sich auf seine dünnbärtigen Lippen.

„Schau her, Kumpel. Ich und du sind Freunde. Ich habe dich gefressen und deinen Schnaps getrunken und auf deinem Boden geschlafen. Ich weiß, dass du Lessie liebst Ich liebe sie. Ich bin bereit, sie zu dir zurückzubringen. Ich sagte, ich wüsste nicht, wohin sie gingen, und das weiß ich auch nicht, aber ich habe meine Meinung. Es könnte eine Woche dauern, es könnte ein Monat sein, und es könnte länger sein. Aber ich bin bereit, es zu tun. Ich weiß nicht, wie ich es schaffen werde. Dieser Tag Ich finde sie an dem Tag, an dem sie nach Hause gehen, und ich glaube auch nicht, dass ihr Fell so unruhig ist.

Bei diesem völlig unerwarteten Akt großzügiger Hingabe spürte ich, wie mir die Kehle zuschnürte. Ich weiß, dass meine Augen feucht wurden und es mehrere Augenblicke dauerte, bis ich etwas sagen konnte.

„Satyr, ich – ich – du weißt nicht, wie sehr ich das schätze. Ich verdiene es nicht. Aber – kann ich dich nicht auf die Suche begleiten?"

Jeff Angel lachte sein freudloses, albernes Lachen, bevor er antwortete.

„Herr, nein! Dieser Vergnügungsausflug geht mir nur zu. Du musst herumhängen und warten, bis du schläfst!"

„Du brauchst Geld – wie viel?"

Meine Hand wollte auf eine Innentasche zusteuern, doch Jeffs lange, drahtige Finger packten sie sofort und zogen sie nach unten.

„Nein, das tust du nicht, Kumpel!"

In seiner Stimme lag eine besondere Ernsthaftigkeit und in seinen trüben Augen lag ein erhabener Ausdruck, als er meine Hand fest auf den Bahnsteig drückte und fortfuhr:

„Ich wollte Pater John gerade aus Neugier predigen hören. Er erzählte eine Geschichte von einem Feller, den ein paar Heiden ans Kreuz genagelt hatten, und dieser Feller hat ihn getötet." Er hätte sich selbst getötet, wenn Er es gewollt hätte, aber Er ließ zu, dass sie ihn töteten, damit die anderen am Leben blieben. Pater John sagte: „Das wüsst nicht für dich und mich." Auch und niemand, aber ich glaube, er hat diesen Teil der Geschichte verdreht, denn das ist nicht selbstverständlich. Wie dem auch sei, er hat das getan, was Feller getan hat, und das hat er gerettet 'Welt', 'n' Er hat es 'ohne Geld und' ohne Preis gemacht. Das ist es, was mir in den Sinn gekommen ist. Jes' denke darüber nach! 'Ohne Geld und' ohne Preis! Ich bin kein Typ von o ' erklärt, aber es scheint mir, dass wenn ein Kerl einiges für einen anderen Kerl tun kann, ohne irgendeine Art von Bezahlung zu haben – einiges und das ist nicht genug, weißt du –, dass es' Das würde mich ganz schön schreien und glücklich machen. Das ist es, was ich meine, Kumpel, und das ist es, was ich für dich tun möchte – verdammt, meine Güte! Ich liebe dich '!"

⸺

KAPITEL EINZWANZIG

In dem seltsamerweise die Zeit vergeht. Außerdem erhalte ich drei Warnungen und werde Zeuge einer unvergleichlichen Episode in der Schmiede

Vier Wochen sind vergangen, seit Jeff Angel sich auf die Suche gemacht hat. Bis heute Abend hatte ich es nicht übers Herz, mich meinem Tagebuch zu widmen. Aber heute kam mir eine Vorahnung, dass meine Zeit des Wartens zu Ende ging, und indem ich meinen Glauben an diesen unsichtbaren, stillen Herold hänge, der zuvor mit prophetischer Stimme zu mir gesprochen hat, ergreife ich wieder meine Feder.

Jeffs loyale, wahre Aussage hat mich fast verblüfft. Es war völlig unerwartet. Ich konnte mir einen solch aufopferungsvollen Adel bei ihm nicht vorstellen. Ich hatte nicht ernsthaft an ihn gedacht und ihn als das akzeptiert, was er oberflächlich betrachtet zu sein schien; ein harmloser, fast dämlicher Wanderer in der Wildnis um Hebron, verflucht mit einer übermäßigen Vorliebe für starke Getränke und gesegnet mit der reinen Seele der Musik. Und hier, als mein Fall so gut wie aussichtslos schien, hatte er sich gerne und bereitwillig für eine Aufgabe gemeldet, die keine leichte sein konnte.

Ich drängte ihn, etwas Geld zu nehmen – und sei es auch nur ein wenig; genug, um ihn vor Hunger zu schützen, aber er weigerte sich. Er sagte, er habe nie Probleme gehabt, Essen zu bekommen, und er würde herumtrampeln. Er brauchte nichts. Er wollte sofort anfangen – an diesem Nachmittag. Ich ließ ihn zum Abendessen mit in die Lodge kommen, wünschte ihm schnellen Erfolg und wünschte ihm mit einem kräftigen Händedruck gute Besserung. Er schritt davon und sang eines seiner absurden Reime.

Als er ging, überkam mich ein großes Gefühl der Einsamkeit. Ich spürte die kalte Hand der Verzweiflung an meiner Kehle. Mit einer Willensanstrengung warf ich das erdrückende Gewicht von mir und begann energisch auf meinem Plateau auf und ab zu gehen, die Hände auf dem Rücken, den Kopf gedankenverloren gesenkt. Ich darf mich jetzt weder als Schwächling noch als Feigling erweisen. Celeste würde zurückkehren. Jeff würde sie finden – oder wenn nicht, würde ich es tun. Die Welt war nicht groß genug, um sie vor mir zu verbergen. Eine Art wahnsinnige Freude breitete sich bei diesem Gedanken in meiner Brust aus und ich lächelte grimmig. Jeff hatte positiv gesagt, dass sie an dem Tag, an dem er sie fand, nach Hause gehen würden. Woher wusste er das? Ich hatte ihn gedrängt, es mir zu sagen, aber er hatte nur gelacht und seine Aussage wiederholt. Ich konnte diesen Punkt nicht klären, aber ich ließ mich davon nicht deprimieren. Ich war überzeugt, dass der Satyr echt war und wusste, wovon er sprach.

Seine Abwesenheitszeit war auf unbestimmte Zeit. Das war am schwersten zu ertragen. Hätte es einen bestimmten Tag in der Zukunft gegeben, auf den ich mit der Gewissheit zugehen könnte, dass ich an diesem Tag meine Geliebte wieder begrüßen würde, hätte ich stundenlang lachend weitermachen können. Aber das ungewisse Warten – das Aufgehen einer Sonne nach der anderen und das Untergehen einer Nacht nach der anderen und die stillen, leeren Minuten, die es zu leben gilt! In den ersten Stunden, nachdem mein selbsternannter Bote gegangen war, bemühte ich mich, mich zu trösten. Er kannte diese Knöpfe genau. Er war in ihnen geboren worden, er hatte sie sein ganzes Leben lang durchstreift, er kannte kilometerweit jeden Winkel und jedes Versteck in ihnen. Er hatte auch seine Überzeugung zum Ausdruck gebracht, dass die Flüchtlinge nicht weit gekommen seien. Vielleicht würden ein paar Tage unser Wiedersehen herbeiführen; Sicherlich würde es nicht länger als eine Woche oder höchstens zwei Wochen dauern. Dieser Gedanke war tröstlich. Und als ich diesen Phantomglauben an mich drückte, verlangsamte sich mein rasendes Tempo, und ich setzte meinen Spaziergang mit nüchternerem Gang fort, immer noch zu beunruhigt, um mich hinzusetzen und ruhig nachzudenken.

Wie schmerzte mein Herz an diesem Nachmittag wegen meiner verschwundenen Dryade! Möge noch eine Gelegenheit kommen! Nein, lass sie doch kommen, und ich würde die Gelegenheit nutzen. Ich hatte gezögert. Ich hatte nicht früh genug auf die Eingebungen meines Herzens gehört, und nun hatte sie mir eine eifersüchtige alte Frau entrissen, die es nicht verstand. Dann kam der ablenkende Gedanke, dass Jeff vielleicht scheitern würde! Vielleicht war Omas Plan tiefer, als es schien, und es könnte sein, dass sie in einen weit entfernten und unbekannten Teil des Commonwealth oder sogar in einen anderen Staat geeilt war. Die Tatsache, dass sie arm waren, konnte dieser Theorie keinen Abbruch tun. Leute wie sie und Gran'fer waren nicht so arm, wie sie schienen. Sie gaben nie Geld aus, außer für das Nötigste, und während ihres langen gemeinsamen Lebens hatten sie zweifellos gespart und gespart, bis ein stattlicher Schatz in irgendeinem Winkel oder Loch verstaut wurde. Ich glaube, ich kannte Omas Gedanken. Es konnte immer nur eine Idee nach der anderen berücksichtigt werden, und es war ihr völlig unmöglich, beide Seiten einer Frage zu betrachten. Trotz meines Ärgers hatte ich Mitleid mit ihr. Sie hatte allen Grund für ihren Kurs gehabt, und ich musste für die Sünde eines kultivierten Abtrünnigen aus der höheren Welt leiden. Oma hatte entschieden, dass alle Beziehungen, welcher Art auch immer, zwischen ihrer Enkelin und mir aufhören müssten. Sie misstraute mir, trotz der Beweise, die sie von meiner Aufrichtigkeit und Ehrlichkeit hatte. Da ich nicht weggehen wollte, würde sie Celeste mitnehmen. Ich bin mir sicher, dass sie für die Umsetzung ihrer Idee die jahrelangen Ersparnisse geopfert hätte. Das war der Gedanke, der jetzt heiß in meiner Brust brannte. Dann kam mir die Vision von Jeff Angel in den Sinn, der niedergeschlagen die Straße zu meinem Plateau hinaufkam, mit der Nachricht, dass die Verlorenen nicht gefunden werden konnten. Oh, es ist eine schreckliche Sache, meine Brüder! Plötzlich und schnell in den Strudel einer mächtigen Liebe hineingezogen zu werden und dann mit dem möglichen Verlust des Mädchens konfrontiert zu werden, das dieses Gefühl geweckt hat.

In dieser Nacht bestieg ich den Gipfel; Ich kletterte allein durch das sanfte Licht der Sterne hinauf, denn der Mond war jung, und ich sah ihn erst, als ich oben angekommen war – einen halbmondförmigen silbernen Faden, der auf den Wipfeln der Bäume im äußersten Westen lag. Dort oben, sozusagen zwischen Schöpfung und Unendlichkeit, wandte ich alle Philosophien an, die ich für meinen Fall einsetzen konnte. Ich habe auch Ergebnisse erzielt, Gott sei Dank! Wäre es mir nicht gelungen, meinen Verstand von einem bestimmten gesunden Menschenverstand zu überzeugen, kann ich nicht sagen, was aus mir geworden wäre, denn ich war idiotisch verliebt. Doch ich verließ mich auf die Grundlagen meiner Vernunft und suchte nach Stärke und Führung, und tief in meinem Inneren, wo die Grundlagen des Charakters für immer verankert sind, fand ich das, was mich rettete.

So argumentierte mein vernünftiges Ich mit meinem verrückten Ich:

Wahnsinniges Selbst : Wenn mir Celeste nicht innerhalb kurzer Zeit zurückgegeben wird, werde ich verrückt.

Sane Self: Was nützt es, sich auszutoben? Dann bist du nicht in der Lage, sie zu begrüßen, wenn sie kommt, und verlierst sie möglicherweise für immer.

Wahnsinniges Selbst : Ich kann weder ruhen noch schlafen, bis ich sie wieder sehe.

Gesundes Selbst : Eine selbstmörderische Haltung. Seien Sie stattdessen vernünftig. Passen Sie gut auf sich auf und seien Sie in jeder Hinsicht fit, um sie wieder willkommen zu heißen.

Wahnsinniges Selbst : Aber ich muss sie sehen; Ich *muss* sie bald sehen!

Gesundes Selbst : Vielleicht. Ruhig sein. Mit Unbesonnenheit ist nichts zu gewinnen. Es wird dir nur gelingen, dich zu ermüden.

Wahnsinniges Ich : Ich bin heute Abend auf diesem Höhepunkt, weil mein Geist zerrüttet ist. Vielleicht besteige ich ihn noch vor dem Morgen.

Sane Self: Was ist mit Buck Steele?

Wahnsinniges Selbst : Ah!

: Was ist mit Buck Steele? Seine Liebe ist genauso groß wie deine – vielleicht größer, denn er hat nicht die zurückhaltende Leine eines kultivierten Geistes. Er ist dein Rivale. Zehrt er an Kräften, indem er auf Nahrung verzichtet, durch den Wald streift und Berge besteigt? NEIN; Er macht diese eisernen Muskeln jeden Tag in seiner Schmiede härter, und wenn die Zeit kommt, in der Sie und er sich gegenüberstehen – wie es unweigerlich sein muss –, wird er Sie wie ein im Winter verfaultes Unkraut entzweireißen! Er ist vernünftig; Sie sind ein Narr!

Mein verrücktes Ich antwortete nicht auf diese letzte Rede, weil sie nicht mehr existierte. Ich war tatsächlich nüchtern. Was Bucks Lachen an diesem Morgen bedeutete, spielte keine Rolle. Den ganzen Tag über war er für mich am Rande meiner Gedanken, aber ich war zu sehr mit anderen Themen beschäftigt, um ihn einer eingehenden Untersuchung und Prüfung zu unterziehen. Nun begann mein normaler Verstand, ihn unerbittlich voranzutreiben, und ich akzeptierte seine Anwesenheit als etwas durchaus Notwendiges, aber Unerwünschtes. Ob er die bevorstehende Begegnung so deutlich spürte wie ich, konnte ich natürlich nicht sagen. Aber ich wusste, dass sich in ihm der bullige Entschluss festgesetzt hatte, Celeste zur Frau zu haben, und es brauchte keinen Seher, um zu erklären, dass er jede Waffe in seiner Reichweite einsetzen würde, um mich davon abzuhalten, sie zu nehmen. Er hatte nur eine Waffe – seine überragende körperliche Stärke – und ich wusste, dass er ein Treffen arrangieren oder provozieren würde, wenn sich nichts von selbst ergeben würde. Was würde dann aus mir werden? Instinktiv beugte ich meinen rechten Arm und ergriff den hervorstehenden Bizeps. Wie Rock. Ich war mir sicher, dass es nicht so groß war wie das des Schmieds, aber es könnte dort wohnen. Ich fühlte meinen anderen Arm, meine Beine und schlug mit der Faust auf meine Brust. Ja; Auch ich war ein Mann. Ich war am ganzen Körper hart wie Nägel, aber ich war furchtbar müde. Alles was ich brauchte war Ruhe; gut, gesund, acht Stunden am Tag schlafen, und bald wäre ich fit. Ich muss ein starres Lebenssystem übernehmen und treu daran festhalten, bis diese schwierigen Zeiten vorüber sind.

Dann arbeitete mein Geist vielleicht zwei Stunden lang rational, und als ich meinen Platz verließ, um vorsichtig den gefährlichen Abhang hinabzusteigen, stellte ich mit großer Befriedigung fest, dass ich mich bewundernswert gut im Griff hatte.

Die Tür zur Lodge stand offen. Ich erinnere mich deutlich daran, dass ich es nach meinem Herauskommen hinter mir hergezogen hatte, obwohl ich es nie verschlossen hatte. Die Nacht war ruhig. Es konnte nicht vom Wind weit weggeweht worden sein. Nicht beunruhigt, aber ein wenig unruhig, trat ich ein und ging zum Tisch. Ich wusste, dass hier eine Schachtel Streichhölzer war, und streckte meine Hand aus. Es stieß auf etwas, das in der Dunkelheit aufrecht stand; etwas, das dort nicht hingehörte, denn der Gegenstand gab der Kraft meiner Berührung nach und flog an seinen Platz zurück, als ich meine Hand wegnahm. Nervös fummelte ich herum, bis ich die Streichhölzer ergriff. Schnell traf ich eines, und im Licht seiner winzigen Flamme sah ich, was das Fremde war. Aber trotz der beunruhigenden Natur meiner Entdeckung zündete ich ganz ruhig meine Lampe an. Dann steckte ich die Hände in die Taschen und starrte auf das lange Jagdmesser, das durch den geordneten Stapel Manuskripte, aus denen mein Tagebuch bestand, tief in die Eichenholzplatte des Tisches getrieben worden war. Da war es, mit Horngriff und Heft, mit einer mörderischen, sechs Zoll langen Klinge.

Ich könnte nicht an seiner Bedeutung zweifeln, wenn ich dazu geneigt wäre, genauso wenig wie ich an der großen braunen Hand zweifeln könnte, die diese Stahlklinge so tief und fest in das Holz gepflanzt hatte. Es war eine Warnung; Eine Warnung, wie sie im Mittelalter gegeben wurde, aber der Mann, der sie überbracht hatte, gehörte genau dorthin. Er lebte in derselben geistigen und moralischen Atmosphäre wie seine Vorfahren vor Hunderten von Jahren. Und seine Kriegserklärung war sicherlich überzeugend. Nichts könnte realer, bedeutungsvoller und kontemplationsfördernder sein als dieses Stück eingebetteten Stahls, das bedrohlich im Lampenlicht leuchtet. Ich habe von diesem finsteren Boten eine tröstliche Tatsache erfahren. Zwischen Buck und Celeste war nicht alles gut. Auch er tappte im Unklaren darüber, wo sie sich aufhielt, und auch er versäumte es, in seinem Herzen eine beruhigende Botschaft zu bewahren, bevor sie ging. Offensichtlich hatte dieser Mann in seiner Verliebtheit ein Stadium erreicht, in dem er alle Mittel einsetzen würde, um mich loszuwerden. Zweifellos hatte er in dieser Nacht eine klare Bilanz gezogen. Er hatte mich herausgefunden, wahrscheinlich gewartet, und als ich nicht gekommen war, hatten sein wilder Hass und seine wahnsinnige Wut in der grausamen Tat ihren Ausdruck gefunden, deren Ergebnis mir nun klar wurde. Ich schaute noch lange auf dieses Messer und hatte viele Gedanken. Auch sie wurden immer ernster, als ich die nahe Zukunft auf einen Höhepunkt zurückführte, der so feststeht wie das Schicksal. Es gab wie immer zwei Wege, aber keinen dritten, der mit der Ehre vereinbar war. Ich muss die Dryade aufgeben, oder ich muss töten oder getötet werden. Keine der Alternativen trug rosige Farbtöne. Der Gedanke, einem Menschen das Leben zu nehmen, erfüllte mich mit rebellischem Entsetzen, aber der Gedanke, Celeste – meine goldhaarige, grauäugige Dryade – den unhöflichen Liebkosungen des Schmieds von Hebron zu überlassen, erfüllte mein Innerstes mit einer weißglühenden Ablehnung . Ich würde es nicht tun. Ich konnte es nicht tun. Die Entscheidung war meiner Kontrolle entzogen. Ich würde auf sie warten; Ich würde mich mit der ganzen Kraft meines Geistes nach ihrer süßen Gegenwart sehnen und bis zum Tod für sie kämpfen! Seltsam, dass nicht ein einziges Mal der Gedanke kam, dass ich besiegt werden könnte.

Ich streckte meinen Finger aus und bewegte die Waffe hin und her. Es war gut gepflanzt. Dann ergriff ich den Griff und versuchte, ihn herauszuziehen. Was für einen Halt es hatte! Am Ende musste ich mich mit den Knien auf den Tisch setzen und beide Hände ergreifen, um die Klinge loszudrücken. Ein alberner und eifersüchtiger Zorn erfasste mich nun über die hier gezeigte Macht. Ich nahm unbenutztes Papier, machte daraus ein Bündel, das möglichst der Größe meines Manuskripts entsprach, und legte es auf den Tisch. Dann biss ich die Zähne zusammen, ergriff das Messer und hob meinen Arm, während ich wütend nach unten fuhr. Der Schlaganfall kam dem von Buck Steele völlig gleich, wie eine kurze Untersuchung ergab, und löste einen warmen Schimmer tierischer Zufriedenheit aus.

Zum ersten Mal seit Beginn meines Lebens in der Lodge ließ ich die schwere Holzstange vor dem Schlafengehen in die Halterungen auf beiden Seiten der Tür fallen und sorgte so für absoluten Halt. Die Fenster blieben wie üblich offen, aber ich legte meinen Revolver unter mein Kissen.

Die nächsten zehn Tage wären idyllisch gewesen, wenn ich vollkommen in Frieden gewesen wäre. So konnte ich viel von ihnen aufnehmen, was mich stärkte und tröstete. Jedes war eine wundersame Prozession perfekter Stunden. Ich hatte einige einfache Verhaltensregeln aufgestellt, die ich strikt befolgte. Ich stand früh auf, badete, frühstückte, nahm an einem Calisthenics-Kurs teil, der Muskeln in Bewegung brachte, die bloßes Trampeln nur schwach erreichen konnte, und erledigte Gartenarbeit. Die Hektik der jüngsten Ereignisse hatte meine gärtnerischen Vorstellungen kläglich beeinträchtigt, und jetzt war es für alles andere als Mais und Bohnen zu spät. Nach dem Abendessen ruhte ich mich eine Stunde aus und ging dann bis zur Abenddämmerung spazieren. Die Suche nach der Lebenspflanze war schon vor langer Zeit mechanisch geworden, und ich bewegte mich nie ohne das Bewusstsein, dass ich sie dieses Mal finden könnte. Aber ich war in letzter Zeit zu der Überzeugung gekommen, dass ich es jetzt nicht mehr brauchte. Vielleicht hatte Crombie meinen Fall falsch diagnostiziert – er hatte zu viel für selbstverständlich gehalten und einen Mann mit einem Halsgeschwür oder Zahnfleischbluten verbannt. Zum ersten Mal fiel mir ein, dass mein Hals bei diesem Interview wund *war*! Kann es möglich sein? Ich hatte mich nie besser gefühlt als jetzt, als die längsten Spaziergänge und die härtesten Züge über die steilen Hügelketten zum Vergnügen wurden. Ich war jede Nacht um neun Uhr im Bett.

Unter dieser Kur erlangte ich schnell wieder meine innere Ruhe. Es schien, als ob Kraft in mich strömte, und ich muss gestehen, dass ich auf meine hervorragende körperliche Verfassung stolz bin.

Dann, an einem perlgrauen Morgen, der einen makellosen Tag versprach, stieß ich die Tür auf und sah, dass mir ein Blatt Papier ins Gesicht flatterte.

Genau auf Augenhöhe hing und wand es sich in der Dämmerungsbrise, als wäre es ein Lebewesen, das unter dem glänzenden neuen Hufeisennagel litt, der es aufspießte. Mit Finger und Daumen löste ich das schmutzige, dünne Laken. Es war ein zerrissenes Stück Geschenkpapier und trug eine kurze Nachricht; ein formloses Gekritzel, nachgezeichnet mit einem stumpfen Bleistift.

„Diese Holers sind nicht gesund für Sity Fellrs Flugzeuggespräch ist besser zu verstehen"

Es war Bucks zweite Warnung an mich, zu gehen. Hätte er meinen Geisteszustand gekannt, als ich die unwissenden, drohenden Zeilen las, hätte selbst er, glaube ich, gezögert, bevor er einen radikalen Schritt unternommen hätte, um mich loszuwerden. Ich war nicht beunruhigt; Ich war nicht einmal verärgert. Ich bin mir sicher, dass meine Herztätigkeit überhaupt nicht beschleunigt wurde. Man kann vermuten, dass ich die volle Bedeutung der Worte nicht verstanden habe. Hab ich doch. Sie meinten, anders dargestellt: „Wenn du nicht von hier wegkommst, bringe ich dich um." Ich wusste, was er sagen wollte, und ich wusste, was er tun wollte. Es muss das Bewusstsein meiner körperlichen Kraft gewesen sein, das auch nur das geringste Zittern verhinderte, als ich mich durch das falsch geschriebene, kaum verständliche Schreiben kämpfte. Einen Moment, nachdem ich es gemeistert hatte, betrachtete ich es fast desinteressiert, zerknüllte es dann zu einem Bündel und warf es beiseite. Zu verschiedenen Zeiten im Laufe des Tages dachte ich daran, aber nur, wenn die Gedanken ganz natürlich zu einem Vorfall zurückkehren. Ich hätte nicht gedacht, dass der Schmied mich überfallen würde. Abgesehen von der Ermordung war der Glaube in mir stark, dass ich mit ihm mithalten und sogar noch mehr.

Am dritten Samstag nach dem Verschwinden der Familie am Lizard Point fuhr ich nachmittags nach Hebron. An diesem Tag überkam mich ein Gefühl äußerster Einsamkeit, und mir wurde klarer als jemals zuvor, dass der Mensch von Natur aus gesellig ist. Wie andere Tiere muss er die Kameradschaft seiner Art haben. An diesem Samstagmorgen schienen die wogenden Gebirgsketten eine Art ewige Einsamkeit zu sein, und die alten Spaziergänge, die bisher so bezaubert hatten, waren vom Echo toter Stimmen lebendig. Mir wurde plötzlich bewusst, dass ich jemanden sehen wollte, eine menschliche Stimme hören wollte, wie rau und ungelehrt sie auch sein mochte. Ich wollte jemandem in die Augen schauen, mit jemandem reden, mich neben jemanden setzen, die Beine übereinander schlagen und rauchen. Die Sehnsucht wuchs, bis ich mittags wusste, dass ich einige meiner Mitgeschöpfe sehen musste. Soll ich zum Priester gehen? Er war freundlich, kultiviert und gastfreundlich. NEIN; Ich wollte keine Freundlichkeit und Kultur. Ich wollte einfach nur mit einfachen *Menschen* auf Tuchfühlung gehen

. Außerdem wäre ich bei Pater John mehr oder weniger eingeschränkt gewesen. Es lag nicht in der Natur eines einfachen Mannes, zu vergessen, dass Beryl Drane der Grund für all diese erbärmlichen Zustände war, und wenn ich mich mit seiner Ehrfurcht unterhalten hätte, hätte ich mir überschwängliche Lobeshymnen auf diese – Person anhören müssen , und man hätte auch erwarten können, dass ich mein kleines Wort der Anerkennung und des Kompliments hinzufüge, da ich das seltene Vergnügen hatte, das Vorbild kurz kennenzulernen.

Ich ging nach Hebron, mit einer schönen, großen Tabakdrehung in der Tasche und dem sehnsüchtigen Verlangen, einfach nur unter Menschen zu sein.

Es war Hebrons arbeitsreichster Tag – oder der arbeitsreichste halbe Tag der ganzen Woche. Erst als ich in Sichtweite der kleinen Siedlung schwebte und eine Reihe von Pferden sah, die an einer Stange in der Nähe des Ladens befestigt waren, und mindestens acht oder zehn Personen in Sichtweite, wurde mir die Wahrheit klar. In fast allen ländlichen Gemeinden ist die gesamte landwirtschaftliche Arbeit am Samstagmittag beendet. Dann folgt die Zerstreuung, indem man in den Laden geht. Es gibt nichts anderes zu tun, es sei denn, man schleicht sich in die Scheune und schläft auf dem Heu oder schlüpft zum Fluss und geht auf die Suche nach Wadenfängern. Aber die Wadenfischerei war illegal, und dies war sowieso die falsche Jahreszeit. Es war früher Nachmittag, noch nicht einmal zwei Uhr, und nur die Vorhut war eingetroffen. Aber der Anblick machte mich froh. Ich wollte an diesem Tag mit der Freibauernschaft in Kontakt kommen, mich bewegen und mit ihr reden. Also schlenderte ich die Straße hinauf zum Laden und achtete beim Vorbeischlendern nicht auf die offene Schmiedetür. Buck war einer, der diesen Tag nicht locker lassen konnte, denn mehr als einem Pferd war der Huf wund geworden, weil er einen Teil dieser Woche barfuß gegangen war und auf diesen Nachmittag gewartet hatte. Obwohl ich den Kopf nicht drehte, wusste ich, dass unter dem Schuppen vor dem Laden mehrere Pferde standen. Ich war kaum daran vorbei, als ich ein raues, langes – hörte.

„ *Wow-oa!* Verdammt! Kannst du nicht eine *Minute still stehen* ?“

Begleitet wurde dies von einem schlurfenden Geräusch im Inneren. Ich drehte mich um und sah, wie ein paar Straßenkinder durch die breite Tür flüchteten, und ich konnte die Angst in ihren Gesichtern erkennen, als ihre nackten Füße den heißen gelben Staub der Straße streichelten. Sie steuerten auf den Bach zu, über dem die selbstgebaute Brücke hing, und sie hielten weder an noch verringerten sie ihre Geschwindigkeit, bis sie ins seichte Wasser spritzten. Es war auch keine vorgetäuschte Angst, denn jetzt standen sie da, hielten sich gegenseitig an den Armen und blickten zurück zum Laden.

Ich drehte mich um und ging unter dem Schuppen hindurch.

Ich bin nicht in die Schmiede gegangen, weil es nicht nötig war. Dort war es taghell, und ich wäre damals im Weg gewesen. Ich sah drei Leute und ein Maultier, offensichtlich jung und offensichtlich widerspenstig. Es war ein schöner Jährling; fett, schlank, wohlgeformt. Buck Steele stand mit einem kleinen, länglichen Eisenschuh in der linken Hand in halbprofilierter Haltung dem Mann gegenüber, der das Tier hereingebracht hatte. Ein Negerjunge lümmelte neben der Schmiede, die Hand am Griff des Blasebalgs.

„Was ist los mit dem dummen Tier?" sagte Buck, als ich unter dem Schuppen stehen blieb. Er hatte meine Annäherung nicht gesehen.

„Fus' Zeit, weißt du", erwiderte der Mann mit schmeichelnder Stimme, schob seinen Daumen unter seinen bettlägernden Hosenträger und jagte ihn mit diesem Glied über seine Schulter. „Du wirst verdammt noch mal nett sein, Buck" – er verlagerte seinen Griff vom Seil des Halfters auf das Halfter selbst – „weil er dich beim letzten Mal um keinen Zentimeter verfehlt hat."

Das Maultier hatte Angst. Es zitterte bei jeder Bewegung, die Buck machte, und seine Augen waren geweitet und rollten.

„Nichts hier im Laden ist jemals barfüßig ohnmächtig geworden, so dass ein Mann Schuhe anziehen möchte!" unterhielt den Schmied. „Wenn du dieses Tier beschlagen willst, werde ich es beschlagen!"

„Ich will, dass ich beschlagen bin!"

Der Sprecher ergriff erneut das Halfter, und sein haariges Gesicht verzerrte sich in einem Ausdruck, der nicht zu deuten war, als Buck vortrat und seine Hand auf den glatten Widerrist des jungen Maultiers legte. Unter seiner Berührung schrumpfte es zusammen und stieß kurze, böige Atemzüge aus. Buck wartete geduldig, bis das Tier still wurde, dann tätschelte er sanft die rotbraune Haut und bewegte seine Hand nach und nach an der Seite entlang, bis er seine Flanke erreichte. Dort bückte er sich mit leisen, beruhigenden Worten, und eine große Bewunderung für seinen Mut erwachte in mir, als ich sah, wie er sich neben diesem sehnigen, von Muskeln gespickten Oberschenkel beugte. Sanft glitten seine großen braunen Finger über das schlanke Sprunggelenk, dann schoss das seidige Glied wie der Abprall einer Armbrust in einem Anfall ungezähmter Angst hervor. Es war ein Blitzschlag, der so schnell ausgeführt wurde, dass meine Augen ihm nicht folgen konnten. Buck sah, wie es begann, so winzig die Zeit von seinem Anfang bis zu seiner Ausführung gewesen sein musste – vielleicht spürte er, wie die Stahlhähnen unter seiner Hand hart wurden –, denn er sprang gleichzeitig rückwärts. Diese Aktion rettete ihm das Leben. So wie es war, schnitt die Kante des kleinen Hufes wie eine Rasierklinge in seine Stirn und hinterließ eine purpurrote, tropfende Lücke. Es ging knapp unter die Oberfläche und betäubte nicht einmal den Schmied. Er taumelte zwar, aber vor seinem eigenen Zurückschrecken, und richtete sich einen Augenblick später wieder auf. Dann wurde ich Zeuge eines Anblicks, den ich auch nach einem Jahrhundert nie vergessen werde.

Der Schmerz des Schmerzes und der Verrat des Tieres beanspruchten zunächst Bucks gesamten Verstand und sein gesamtes Urteilsvermögen. Er war in diesem Moment genauso tierisch wie der Vierbeiner vor ihm. Sein bärtiges Gesicht verzog sich fürchterlich, seine Augen schossen Feuer, und mit dieser roten Wunde in der Stirn, aus der unbemerkt winzige Bäche tropften, trat er einen Schritt vor, zog seinen Arm zurück und versetzte dem Maultier einen Schlag, der es vor unseren Augen tot hinstreckte !

Den Höhepunkt dieses Vorfalls schreibe ich mit Widerwillen. Nicht wegen seines brutalen und etwas erschütternden Gesichtsausdrucks, sondern wegen der Angst, dass viele versucht sein könnten, tolerant zu lächeln und in der Güte ihres Herzens diese offensichtlichste Fiktion in einem Buch voller Tatsachen zu verzeihen. Aber es ist dennoch wahr, und ich wage zu behaupten, dass es im Knob-Land eine Geschichte bleiben wird, lange nachdem spätere und unbedeutendere Dinge vergessen wurden.

Als das Maultier fiel, kreischte der Negerjunge und kletterte aus dem nächsten Fenster. Eine Minute später war der Laden voller aufgeregter, lauter und fragender Menschenmenge. Jemand führte Buck zu der Wanne mit Wasser, in der er heißes Eisen abkühlte, und badete seine Wunde, ohne sich Gedanken darüber zu machen, ob dieses besondere Wasser völlig hygienisch sein würde. Der Kadaver wurde schnell zum Mittelpunkt eines Kreises erstaunter Landsleute, und ich, der einzige Schweigende der Anwesenden, lehnte mich an den Türpfosten und stopfte langsam meine Pfeife. Die Demonstration, deren Zeuge ich gerade geworden war, war nicht besonders tröstlich.

Ein etwa neunzehnjähriger Jugendlicher stand neben dem Kopf des Maultiers. Er war barfuß und die Gesamtheit seiner Kleidung bestand aus zwei Kleidungsstücken; ein Hemd mit nur einem Knopf, der bis zum Hals reichte, und eine Hose (keine Hose), die einige Zentimeter über seinen großen Knöchelknochen abrupt endete. Er trug keinen Hut irgendeiner Art. Hätte er zum Zeitpunkt des Alarms eines besessen, wäre es in der darauffolgenden Hektik verschwunden. Dieser Jugendliche war stark beeindruckt.

„Daid!... Plum' daid!" Ich hörte, wie er mit ehrfürchtigem Unterton ausrief und für einen Moment den starren Blick, mit dem er das Maultier seit seiner Ankunft betrachtet hatte, zurückzog, um einen ungläubigen Blick in die Runde zu werfen.

„Daid ez a nit ist er, fur sho!" stimmte ein anderer zu, ein fröhlich aussehender Kerl mit einem runden Bauch, über den sich die Bande bis zur Hose weigerte, sich zu treffen. „Hundert und fünfzig Dollar für lebendes Fleisch, das in einer Sekunde in Kohlenstoff verwandelt wurde … Wer soll dafür bezahlen? Was ist das Gesetz, Squar?"

Er sah einen großen Mann mit vollem Schnurrbart an, der mir den Rücken zuwandte.

Der Squire räusperte sich und tastete nach seinem Tabak.

Der Besitzer des Maultiers drängte in der Zwischenzeit vor und brachte es direkt vor den Richter.

„Ja, ich möchte auch das verdammte Gesetz zu diesem Thema kennen!" brüllte er und machte offensichtlich keine Anstalten, seine Gefühle zu zügeln. „Mit hundert und fünfundsiebzig – mit zwei Hundert von diesem Maultier! Sechs Fuß und Zoll – das ist er! Messen Sie ihn, wenn Sie mir nicht glauben! „Jährling" in meiner Scheune – mehlnasig obendrein! So viel gutes Geld, um den Bussarden Drogen zu geben – *verdammt*!"

Er spuckte auf den Boden und verdrehte vor Wut den Absatz seines Stiefels.

„Dies ist ein gewöhnlicher Fall – ich könnte sagen, ein Fall, der von vornherein bedingt ist", sagte der Squire mit versöhnlicher Stimme. „Wir werden es gleich hier und jetzt regeln, entsprechend dem Testbericht und meiner Lektüre des Gesetzes, und jeder wird damit einverstanden sein. Yo' c'n Bring es zur Küste, Heiliger, aber die Anwälte werden dich auffressen. Bes' regeln bin-am-bin'c'ble, genau hier und jetzt.

An diesem Punkt erhob sich Bucks große Gestalt neben der Wanne, wo er auf einem Nagelfass gesessen hatte, während eine mütterliche Matrone aus Hebron Balsam auf die Verletzung aufgetragen und sie mit einem weißen Tuch verbunden hatte. Er trat langsam vor, die Lederschürze noch um den Hals, und drängte sich durch den Ring.

„Worüber redest du, Bart Crawley?" er forderte an. Das Feuer in seinen Augen war zu einem schwelenden Schimmer erloschen, aber seine Stimmung war hässlich.

Der Angesprochene sah ihn an und schlurfte dann sofort ein wenig zurück.

„Das ist das beste Maultier in dieser Gegend –"

„Du meinst, er *hat* das Maultier des Besten verwüstet!" unterbrach Buck im Geiste rücksichtsloser Teufelei.

Crawley errötete, wurde blass, ballte die Fäuste und starrte den Sprecher hasserfüllt an.

„Hier nun, Männer", sagte der Gutsherr und legte eine knorrige Hand auf die Schulter des Besitzers. „Leas' Gesagtes ist bald geheilt. Sie sind nicht in der Lage, weiterzumachen und sich hart zu fühlen … Buck, halt dich ! „Das. Wer sind die Zeugen? Wer hat gesehen, wie dieses Maultier hier getötet wurde?"

Sein Kopf hob sich, und seine Augen wanderten über das überfüllte Innere des Ladens.

In diesem Moment wünschte ich mir weg. Hätte ich die öffentliche Untersuchung vorhersehen können, die jetzt im Gange ist, hätte ich mich mit Sicherheit außerhalb meiner Reichweite begeben, denn Buck war in dieser Angelegenheit schuld, und meine Aussage würde es zwangsläufig zeigen. Natürlich wollte ich keine bösen Gefühle hervorrufen, die ich vermeiden konnte. Vielleicht schlüpfe ich auch jetzt noch unbemerkt davon. Aber der Gedanke war zum Scheitern verurteilt, als er mir in den Sinn kam. Bart Crawley antwortete umgehend.

„Ich und der Nigger und Buck – und er!" zeigt triumphierend auf mich.

Sofort waren alle Augen auf mich gerichtet. Ich blickte Buck direkt an, ruhig und fest. Sein erwiderter Blick war bedrohlich, und während der kurzen Zeit, in der wir uns in die Augen sahen, glaubte ich in ihm die Botschaft zu lesen, dass er so lange gewartet hatte, wie er wollte – oder konnte.

Die Stimme des Knappen, der mit undeutlichem Akzent sprach, unterbrach die Stille, die herrschte. Er bemühte sich offensichtlich, die Würde seines hohen Amtes zu wahren, und zwar anhand der sorgfältigen Art und Weise, in der er seine Aufgaben erfüllte.

„Bart, der Besitzer des nicht mehr existierenden Tieres, ich sag mal: Sag mir, wie und warum, dieser einjährige Maultier wurde von Buck niedergestreckt Steele.

Mr. Crawley war der Ansicht, dass die Darstellung eines Vorfalls unvollkommen wäre, wenn er nicht den kleinsten Vor- und Begleitumstand berücksichtigte, und begann folgendermaßen:

„Nun, ,Squar, das ist zur Zeit des Fütterns, kurz vor Sonnenaufgang, schätze ich, es ist vielleicht schon ein bisschen früher gewesen, ich habe es meinem Jungen Tommy gesagt – meinem Sektenjungen , der eine mit der Hasenscharte, du weißt schon, dass ich dazu neige, Schuhe zu tragen –"

„Es geht ihnen nicht darum, dir zu sagen, was du zum Frühstück machst, Bart", unterbrach ihn der Richter mit unbewusster Ironie. „Beginnen Sie zu dem Zeitpunkt, an dem Sie mit Ihrem Maultier diesen Laden hier betreten haben."

„Nun", fuhr Mr. Crawley fort, „ich bin bis zum Ziel geritten, bin von meinem Maultier gerutscht und habe gesagt: ‚Mawn'n‘, Buck, wie geht es deinem Körper?" ' Ein bisschen mürrisch, weil du weißt, dass ich niemanden hasse. Buck macht sich mit einem Witzbold lustig und ist ein bisschen mürrisch, als hätte er nicht geschlafen „Gut, du hast sonst irgendjemanden getroffen, der nicht so gut mit ihm war." Das wollte ich. Da sind ein paar Kinder von Kleinkindern hier drin, die sich in den Hufen rasieren und Hufnägel machen, kleine Kinder reichen schon aus. Naja „Buck war nicht allzu besorgt wegen der Arbeit, also habe ich, um seinen Geist ein wenig zu versüßen, gesagt, ich mache einen Witz über …"

„Ich habe Einwände gegen den Witz, Bart", unterbrach der Squire erneut auf sehr richterliche Weise und räusperte sich, wie er es vom Richter in Cedarton gehört hatte.

„Okay, 'Squar, wir lassen den Witz übergehen, aber es ist verdammt gut. Nun, dann habe ich Buck gesagt, dass das Maultier noch nie zuvor eine Schmiede gesehen hat', „ „Buck" brüllte, ein bösartiger Kerl: „Verdammtes Maultier, er würde mich beschlagen, ich bin grün, du bist pleite!" Mein Witz hat mich nicht im Geringsten angesprochen, aber er hat etwas mit „Squar" zu tun. Wir haben ihn in unserem Abschnitt „Off and On" für „Squar" erzählt Jahr, schätze ich, es ist nie wieder gut, sho! Nun, Buck blieb mürrisch und bekam die Schuhe, und trotz allem, was ich ihm sagte, marschierte er direkt zu diesem Tier Hinterteile und Recken nach unten und packten ein Sprunggelenk, derselbe 'twuz ein alter' Pflugschädel. Dann ließ das Tier fahren, meine Güte! 'n' es kam kurz vor dem Ende von Buck, Ich bin hier, um es dir zu sagen! In diesem Moment taumelten Hir'ms Kinder so, als ob ein Stinktier loslassen würde, und dachten, *er* sei hereingekommen und hätte sich wieder vorgebeugt die Tür. Der mühevoll verdrehte Zeigefinger des Sprechers zeigte erneut direkt auf mich. „Dann habe ich Buck gesagt, er solle vorsichtig sein, denn ich habe gesehen, dass es ihm hässlich geht, und ich habe versucht, ihn zu überreden, du wärst ein verwöhntes Kind. Und das hat er Gehen Sie dem Hinterfuß das nächste Mal etwas schärfer nach, aber verdammt dünn, Sie wissen, dass der Hinterfuß genauso hoch ist wie ein Schlingenbaum, und die Hilfe dieses Hufes hat eine Pflaume gepflügt. Als ich es sah, drehte sich mein Magen ganz zusammen, und meine Knie wurden schwach. „Mein Gott, ich dachte, er wäre getötet! Aber nein, Sir! Er riz frum, als er zurückgesprungen war." ' hockte sich hin, und er schenkte dem Blut in seinen Augen nicht mehr Aufmerksamkeit, als wenn es geschwitzt hätte. Er würgte zurück, 'ist fis', meine Herren, genauso wenig wie ein Schlitten - Hammer, er hat dieses Maultier getötet! Genauso wie Sam die Malekiten in der Heiligen Schrift mit dem Kieferknochen getötet hat! Er fiel hin, zitterte und starb ! Ich habe nicht einmal den Schwanz aufgeschnappt, nur schnaubend, nur mit der Wimper zuckend! Der einjährige Hoss-Maultier, den ich sage, ist zweihundert und fünfzig Dollar wert, mehr als das Geld eines jeden Mannes, schwarz, weiß. 'N' Jetzt ist er Bussardfutter, nicht mehr aus diesem Laden hier. Meine Herren, ich will Scherz!"

Mr. Crawley hatte es geschafft, sich beim Reden ziemlich in Raserei zu versetzen, und er lieferte eine dramatische und aussagekräftige Darstellung, wie das Maultier sein Ende fand. Als er mit einer ausladenden Geste abschloss, die völlig bedeutungslos war, zeigte mir eine kurze Umfrage unter seinem Publikum deutlich, dass die öffentliche Meinung auf seiner Seite war. Es herrschte ein paar Momente absoluter Stille, die schließlich durch das Rascheln der geilen Hand des Knappen unterbrochen wurde, als er sie in seine Hosentasche steckte, um noch einmal zu kauen. Der Anlass erforderte reichlich Tabak. Nach langem Hin und Her knabberte er einen großzügigen Teil des Steckers ab, doch als er sich darauf vorbereitete, die Ermittlungen fortzusetzen, geschah etwas.

Der Schmied war während Barts ausführlichem Vortrag still und schweigsam geblieben, aber seine düsteren Augen hatten das Gesicht des anderen Mannes nie verlassen. Mit der leidenschaftlichen, wenn auch groben Ansprache, mit der Bart seine Aussage abschloss, bemerkte ich die Vorzeichen eines Sturms. Die vorherrschenden Elemente in Bucks Natur waren rein barbarisch. Er hatte in letzter Zeit viel gelitten und Selbstbeherrschung war etwas, das er nicht einmal im Entferntesten kannte. Später würde er sich wahrscheinlich für den Schlag schämen, den er dem harmlosen Ding zu seinen Füßen zugefügt hatte, das seinem Instinkt gehorchte und Widerstand gegen etwas leistete, das es fürchtete. Aber in diesem Moment wurde die Vernunft, die Buck gewöhnlich besaß, von einer schwarzen Welle des Hasses überschwemmt. Ich sah es kommen, von meiner Position an der Tür aus. Ich sah Blitze unter den heruntergezogenen Lidern, verhaltenes Heben der großen, behaarten Brust, Hände, die abwechselnd Fäuste und Hände waren, und auf den schweren Gesichtszügen einen geradezu teuflischen Ausdruck. Er wartete eine Weile, nachdem Bart fertig war – wartete, bis es dem Knappen mit dem Kauen gelungen war, dann machte er zwei schnelle Schritte und stellte sich dem Maultierbesitzer entgegen.

„Du verdammter Hund!" er zischte. „Ich könnte dir den Winder wegwerfen! Ich könnte dir ein Mädchen auswringen! Splitter der Kiefer, Ihr wisst es! Aber Ihr seid nicht damit klar! Verdammt, Ihr und Ihr Maultier! Verdammt, der Quadrat! Ihr alle – zum Teufel mit euch!"

Akkurat und absichtlich spuckte er Bart Crawley einen Schluck Ambier auf die Nase, dann drehte er sich um und verließ den Laden, während die Leute vor ihm erschrocken zurückwichen.

Zwei Stunden später wandte ich mein Gesicht Bald Knob zu. Die Ermittlungen wurden nie abgeschlossen, teils, weil einstimmig zugegeben wurde, dass Buck aufgrund seines Verhaltens im Unrecht war, und teils, weil Bart Cedarton sofort aufforderte, Anklage gegen den Schmied zu erheben und einen Haftbefehl gegen ihn auszuhändigen . Die unerwartete und verblüffende Lösung sorgte im Laden für Bestürzung, und es wurde freimütig die Meinung geäußert, dass Buck „aus" sein müsse. Es ist sicher, dass er Hebron sofort verließ und die Eisenbahn hinaufging, und niemand folgte ihm. Die Menge versammelte sich sofort mit vielen ehrlichen, gut gemeinten Fragen um mich, und ich sagte ihnen offen, dass Bart meines Wissens die Wahrheit gesagt hatte. Es gab viele und unterschiedliche Kommentare zu Bucks merkwürdigen Taten, aber ein Nachdenken führte zu der allgemein akzeptierten Meinung, dass er mit Sicherheit „daneben" war. Das dachte ich auch in gewissem Maße, obwohl ich es nicht aussprach, denn ich wusste Dinge, die die Leute von Hebron nicht wussten.

Aber ich blieb zwei Stunden lang unter ihnen und lauschte ihren unhöflichen Umgangssprachen und provinziellen Sprüchen; und als schließlich mitten auf der Straße direkt vor dem Laden ein Hufeisenspiel begann und ein selbsternanntes Zweierkomitee begann, den Hügel hinaufzusteigen, um Pater John mit dem einzigen wirklichen Ereignis des Jahres bekannt zu machen , ich machte mich auf den Heimweg.

Ich fühlte mich nicht wohl. Einer der Gründe, weshalb ich hier geblieben war, war die Hoffnung, dass Buck zurückkommen würde. Aber er tat es nicht. Der Mann war verzweifelt. Ich konnte nicht länger daran zweifeln. Er war halb verrückt. Normalerweise wäre er mit Bart einen Kompromiss eingegangen. Er war jetzt einfach ein entfesselter Teufel, frei und auf Unfug aus.

Meine Gefühle wurden nicht beruhigt, als ich die Lodge erreichte. An der Tür war mit demselben Nagel, an dem die Nachricht befestigt war, ein Blatt meines Briefpapiers befestigt, und darauf war ein großes, unhöfliches Kreuz abgebildet, das ich mit einem in Blut getauchten Finger nachgezeichnet hatte.

Es war die dritte und letzte Warnung.

KAPITEL ZWEIUNDZWANZIG

IN DEM ICH MIT DEM TOD kämpfe

Die letzte Woche, die in der Nacht ihren Höhepunkt fand, in der ich mit vergitterten Türen und geschlossenen Fenstern sitze und schreibe, war für mich hart und gefährlich. Dreimal bin ich dem Tod so knapp entkommen, dass man meinen könnte, die Vorsehung sei im Spiel gewesen. Zu keinem Zeitpunkt war der mutmaßliche Attentäter zu sehen, aber ich wusste genau, dass der Zufall diese gezielten Schläge nicht auf mein Leben gerichtet hatte. Ich kann Bucks Taktik nicht verstehen. Sie sind verborgen, gnadenlos und wild in ihrer tödlichen Absicht. Ich hätte nicht gedacht, dass er sich darauf einlassen würde. Ich hatte diese Möglichkeit ausgeschlossen, als ich über meinen Aktionsplan nachdachte. Es war unglaublich, aber heute Abend bleibt es zweifellos in meinem Herzen. Buck Steele versucht, mich heimlich zu ermorden, und zwar auf eine Art und Weise, als wäre es das Ergebnis eines Unfalls. Seine Handlungsstränge lassen auf die Gerissenheit eines unruhigen Geistes schließen, aber auch wenn er sicherlich unter der Kraft seiner wahnsinnigen Leidenschaft angespannt ist, glaube ich nicht, dass Bucks Gehirn aus dem Gleichgewicht geraten ist. Er möchte, dass ich ihm nicht im Weg stehe, aber gleichzeitig möchte er jede Feindseligkeit vermeiden und die Freiheit haben, sein Leben hier in Hebron zu leben. Er weiß, dass es zumindest mein Exil bedeutet, wenn er mich offen tötet. Ich habe lange und oft über das Problem nachgedacht und bin sicher, dass ich die richtige Lösung gefunden habe. Dass er kein Treffen erzwingt, das zu einem fairen Kampf führen könnte, für den ihm kein besonderer Vorwurf zufallen würde, wenn er sich als Sieger erweisen sollte, liegt einfach daran, dass er Angst hat, das Risiko einzugehen – die Möglichkeit zu akzeptieren, getötet zu werden, statt dessen Tötung. Ich meine damit nicht, dass er ein Feigling ist, aber sein Verlangen nach Celeste hat ihn so stark beeinflusst, dass er alle Chancen auf eine Niederlage ausschließt, obwohl sein Sinn für Ehre und Fairness, falls er welche hatte, damit einhergeht. Er ist zu einer intriganten Maschine geworden, und ich muss gestehen, zu einer äußerst furchteinflößenden Maschine. Jetzt werde ich kurz schildern, was in den letzten sieben Tagen passiert ist.

Samstagabend, vor dem Schlafengehen, diskutierte ich über die Schließung der Loge, nachdem die letzte, purpurrote Warnung entdeckt worden war. Ich zögerte, mir einzugestehen, dass ich begonnen hatte, Angst zu verspüren, aber etwas war in mir erwacht, das mir zuflüsterte, dass ich von dieser Stunde an vorsichtig sein müsse. Ich glaube nicht, dass ich dieses Gefühl gekannt hätte, wenn mein Feind offen und fair in seinen Bewegungen gewesen wäre. Aber es liegt in der Natur des Menschen, den unsichtbaren Schrecken zu fürchten, der in der Dunkelheit lauert, und ich wusste, dass ich das Vernünftige tat, als ich meine Tür verriegelte und den Fensterladen neben meinem Feldbett herunterließ. Ich habe diesen Laden mit einem langen Haken gesichert, der in eine große Klammer passte. Bevor ich die Lampe auspustete, schaute ich lange auf das andere Fenster. Schließlich kam ich zu dem Schluss, dass Buck seine Masse nicht durch die Öffnung quetschen konnte, und ging zu Bett.

Ich schlief schnell ein, obwohl mein Geist nicht ruhig war. Dieser Geisteszustand muss dazu geführt haben, dass ich gegen Mitternacht aufwachte, was ein beispielloses Ereignis war. Ich lag da und hörte zu. Ich hörte etwas, und es war nicht der Wind; denn obwohl draußen in den Kiefern eine Brise rauschte, war das Geräusch von Schritten deutlich zu hören. Sie blieben an der Tür stehen, gingen zum geschlossenen Fenster, blieben noch einmal stehen und gingen dann um das offene Fenster herum. Leise schob ich meine Hand unter mein Kissen und zog meinen Revolver heraus. Zum Glück lag ich vor der kleinen Öffnung. Sonst hätte ich wegen des Lärms, den die Tat mit sich gebracht hätte, Angst gehabt, mich umzudrehen. Die quadratische Öffnung war kaum zu erkennen, und ich schloss daraus, dass die Nacht bewölkt war. Ich richtete meinen Blick mit größter Intensität auf das Fenster, hob meine Waffe und wartete, wobei ich mir gleichzeitig vornahm, nicht zu schießen, bis ich sah, dass mein Leben in Gefahr war. Eine formlose Gestalt verdeckte das Quadrat aus weniger dichter Düsternis, und eine Zeit lang herrschte Stille. Ich glaube, der Herumtreiber hat versucht, mich zu lokalisieren, und ich atmete leise und gab keinen Laut von mir. Das Warten dauerte für mich endlos, obwohl ich annahm, dass es in Wirklichkeit nicht länger als eine Minute dauerte. Dann schwankte die Gestalt am Fenster geräuschlos von einer Seite zur anderen, sank herab, um sofort wieder aufzutauchen. Ich hörte ein Rascheln, ein gedämpftes Geräusch, wie es eine trockene Bohnenschote in einer Herbstböe macht, und während ich mich noch darüber wunderte, was passieren würde, verdrehte sich die Form grotesk und ich hörte das Gleiten eines Körpers über mir ein anderer. Im nächsten Augenblick traf etwas Kaltes und Kriechendes mein Handgelenk, glitt darüber und fiel mit einem fleischigen Knall auf den Boden. Dann packte mich der Horror. Der Horror ist überwältigend und schrecklich. Ich hätte schreien können, wenn meine Stimme nicht in meiner Brust verschlossen gewesen wäre. Ich zitterte von Kopf bis Fuß und eisige Wellen fegten über mich hinweg. Was war das? Was hätte es sein können, aber – – In diesem Moment erklang einer der entsetzlichsten und nervenaufreibendsten Geräusche, der jemals das Blut eines Sterblichen in Wasser verwandelte und seinen tapferen Mut in feige Feigheit verwandelte. Es war die haarsträubende Warnung einer wütenden Klapperschlange! Mit einem knurrenden Schrei purer Angst sprang ich im Bett auf und feuerte auf das Fenster – dreimal, bevor ich meinen Zeigefinger, der automatisch reagierte, unter Kontrolle bringen konnte. Die Tat war spontan. Ich habe nicht mit dem Wunsch geschossen, jemanden zu treffen. Wie ich am nächsten Morgen feststellte, drang keine der Kugeln durch das Fenster. Den Meldungen folgte das Geräusch von jemandem, der lief, begleitet von einem zweiten surrenden Rasseln. Konnte das Ding im Dunkeln sehen? War es bereit, mich anzugreifen? Als das Rasseln dieses Mal aufhörte, wusste ich, dass es springen würde. Ich schlug die Decke von mir und warf mich zum Fußende des Bettes, wobei mir klammer Schweiß ausströmte. Ich erreichte den Boden. Als ich eine zitternde Hand nach der Stelle ausstreckte, an der ich wusste, dass sich der Tisch befand, hörte ich das böse Geräusch des Aufpralls des Reptilienkörpers gegen die Kante des Feldbetts und seines anschließenden Sturzes auf die Bretter darunter. In der völligen Stille folgte das zischende Gleiten von Falte um Falte, als sich das Monster erneut zusammenrollte – das Flüstern eines schrecklichen Untergangs. Meine gelähmten Finger berührten den Tisch, und plötzlich lag ich darauf, kauerte zwischen meinen Büchern und Manuskripten und tastete schwach nach der Lampe und den Streichhölzern. Bevor ich Licht anzünden konnte, sprang es erneut auf, schaffte es abermals nicht, über das Feldbett zu klettern, und fiel zurück. Vier Streichhölzer zerbrachen in meinem ungeschickten Griff, aber das fünfte schlug zu. Ich habe die Lampe angezündet, bevor ich mich umdrehte. Der Anblick war beeindruckend genug, aber die sichtbare Bedrohung war weitaus besser als das todbringende Ding, das sich in der Dunkelheit bewegte. Es lag zusammengerollt direkt am Rand meines Bettes. Große, dicke, fleischige, fleckige Falten, die zu einer unheimlichen Spirale verwoben waren, aus deren Mitte der Schwanz mit der Rasselkappe hervorragte, der jetzt mit der Schnelligkeit einer Alarmglocke vibrierte. Vorne war der abstoßende Kopf erhoben; flach, mit Edelsteinaugen. Als ich dieses weltberühmte Sinnbild von Verrat und Arglist betrachtete, wurde mein normales Wesen mit einer Plötzlichkeit, die fast einem Schraubenschlüssel gleichkam, wiederhergestellt. Jetzt, wo ich es sah und wusste; Jetzt, da mein Gehirn die Situation genau erfassen und damit umgehen konnte, wurde ich wieder ein Mann. Aber ich möchte mich nicht für mein Verhalten in den letzten Minuten entschuldigen. Was verächtlich erscheint, muss es auch bleiben. Aber ich war noch nie so nahe daran, vor schlichter Angst zu sterben wie in dieser Zeit.

Ich wurde fast sofort ruhig. Die Schlange war vom Licht benommen und unternahm keinen dritten Angriff, behielt jedoch ihre Kampfhaltung bei und sendete ab und zu diesen unbeschreiblichen Alarm aus. Ich hatte meinen Revolver fallen lassen, als ich mich von der Pritsche sprang, und sah nun die Waffe in der Bettdecke neben dem Fuß liegen. Ich war wieder Herr meiner selbst. Leise stieg ich ab, sicherte mir den Revolver und zehn Sekunden später war alles vorbei. Dann öffnete ich die Tür und warf den Kadaver nach draußen, kam hinein und verbarrikadierte den Eingang erneut. Ich zögerte nicht länger wegen des offenen Fensters, sondern schloss es auf die gleiche Weise wie das andere. Mein Fuß ist gegen einen Gegenstand gestoßen. Es war ein Schuhkarton aus Pappe von außergewöhnlicher Größe. Ich hob es auf und ging näher an die Lampe heran. Ein Ende war an den Ecken nach unten geschlitzt, so dass es beim Anheben der Oberseite wie an einem Scharnier herunterfiel.

Ich stellte die Schachtel auf den Tisch, trank einen kräftigen Schluck Whisky, holte meine Pfeife heraus und zündete sie an. Ich musste mich stärken, denn als ich die volle Bedeutung dieses üblen und teuflischen Angriffs begriff, überkam mich körperliche Übelkeit. Der Alkohol löste eine Reaktion aus, und ich setzte mich im Nachthemd hin, schnaufte heftig und betrachtete fasziniert den großen Schuhkarton. Es gab Klapperschlangen – und zwar jede Menge. Ich hatte sie auf meinen vielen Reisen durch die Wildnis gehört und gesehen, aber ich hatte ihnen immer den unangefochtenen Besitz des besonderen Territoriums zugesprochen, das sie gerade besetzten, als wir uns trafen. Buck hatte einen gefangen; ein Patriarch von seiner Größe. Die Erfassung war nicht schwierig. Die lidlosen Augen dieser Reptilien haben eine sehr kurze Sichtweite. Ein vorsichtiger Mann mit einem gegabelten Stock kann einen erschlagen, wann immer er will. Auch die Übertragung in eine Box war einfach. Das alles hatte er getan und war dann mitten in der Nacht gekommen, mit der bösen Absicht, das Ding auf mich fallen zu lassen, während ich schlief. Ich glaube nicht, dass ich jemals von einem so hinterhältigen und gefühllosen Projekt gehört oder gelesen habe. Es war etwas, vor dem selbst der Teufel schaudern würde, wenn er es gestehen würde.

Der zweite Versuch, mich auf scheinbar natürliche Weise zu entfernen, erfolgte am Dienstag.

Sonntag und Montag blieb ich auf dem Plateau. Ich glaubte nicht, dass der Schmied den Punkt der Verzweiflung erreicht hatte, an dem er mich öffentlich erschießen würde, und es kam für mich nicht in Frage, ein Gefangener in der Loge zu bleiben. Ich hatte keinen Zweifel daran, dass ich beobachtet wurde, obwohl ich weder etwas gesehen noch gehört habe, was diesen Verdacht bestätigt hätte.

Ich vermaß die Rassel, bevor ich sie vergrub, und stellte fest, dass sie an der größten Stelle fünf Fuß lang und 10,5 cm dick war. Für die Kentucky Knobs hatte es gigantische Ausmaße, wo sie selten länger als einen Meter waren. Ich war froh, als das lärmende Ding außer Sichtweite war.

Am Dienstagmorgen kam mir der Gedanke, dass Buck vielleicht in die Fänge des Gesetzes geraten war. Ich verspürte ein Gefühl der Erleichterung angesichts dieser Wahrscheinlichkeit, und die Tatsache, dass zwei Tage und Nächte vergangen waren, ohne dass sich irgendwelche ungünstigen

Anzeichen bemerkbar machten, schien die Idee durchaus vernünftig zu machen. Bart Crawley war am Samstag wütend und rachsüchtig auf dem Weg zur Kreisstadt, um einen Haftbefehl auszustellen. Es war die Pflicht des Sheriffs oder eines Stellvertreters, die Strafe sofort zuzustellen und den Täter in Gewahrsam zu nehmen. Ich beschloss, nach Hebron zu gehen und es herauszufinden. Ich wusste, dass ich ein großes Risiko einging, denn die Straße war einsam und abgelegen, und es musste noch ein dichter Wald durchquert werden, bevor ich Lizard Point erreichte. Kein Mensch könnte sich eine bessere Umgebung für die Begehung eines versteckten Verbrechens wünschen. Und so wachsam ich auch sein mag, ich hätte mit meinem Leben überhaupt keine Chance, sollte etwas dagegen unternommen werden. Auf der gesamten Strecke gab es keinen Erdballen, auf dem ein Hinterhalt nicht erfolgreich hätte gelegt werden können. Die Aussicht war deprimierend, aber ich entschied mich trotzdem für das Unterfangen, denn wenn ich wüsste, dass der Schmied im Gefängnis saß, würde mir eine schwere Last aus dem Kopf fallen.

Es gab keine Vorsichtsmaßnahmen, die ich treffen konnte, bevor ich losfuhr. Ich trug einfach meinen kräftigen Stock in der linken Hand und hielt die rechte Hand in der Seitentasche meines Mantels, während ich den Griff meines Revolvers umklammerte. Das war alles, was ich tun konnte. Ein Gefühl der Verwegenheit umgab mich, als ich das Plateau entlang des von Bäumen gesäumten und von Weinreben bewachsenen Weges hinunterschritt. Würde ein wirklich ausgeglichener Mensch sein Leben aufs Spiel setzen? Höchstwahrscheinlich würde er es nicht tun. Aber eine gewisse Rücksichtslosigkeit hatte mich befallen, verursacht durch die grausame Abwesenheit der Dryade, mein langes Warten und die plötzliche Aggressivität von Buck. Wenn das Temperament eines Mannes von einem Gefühl dieser Farbe überflutet wird, kann man von ihm erwarten, dass er Dinge tut, die in vernünftigeren Stimmungen nicht einmal an die Grenze seiner Existenz gerückt wären. Als ich ohne Belästigung weitermachte, gewann eine Art hartnäckiger Trotz an Bedeutung und mein Kopf hob sich, während mein Gesicht sich zu einer Maske der Entschlossenheit verzog.

Ich habe niemanden gesehen. Ich hörte nichts als die friedlichen Geräusche der Natur und ihrer Geschöpfe. Sicherlich hatte Buck viel zu tun, sonst hätte er sich diese einmalige Chance niemals arbeitslos entgehen lassen. Als ich zur Baumbrücke kam, waren meine Befürchtungen verschwunden; Der Rest der Reise hatte für mich keine Angst. Als ich das noch leere Haus betrachtete, in dem Celeste lebte, verspürte ich einen heftigen Schmerzstoß. Hätte ich der Aufdringlichkeit der eifrigen Stimmen nachgegeben, die bei diesem Anblick in meiner Seele zu schreien begannen, wäre ich schnell kaputt gegangen. Ich habe nicht über den schrecklichen Kampf geschrieben, den ich geführt habe, seit ich in dieser Nacht auf dem Gipfel meinen Verstand verloren habe, aber der Grund dafür ist, dass ich in den Augen derjenigen, die diese Worte lesen, nicht absolut albern erscheinen möchte. Aber ich brauchte meine ganze Kraft, um den harten Weg der Vernunft und des gesunden Menschenverstandes durchzuhalten. Meine Liebe zu ihr mit dem weizengoldenen Haar –

Schnell überquerte ich die Brücke und wandte mich nach Hebron, wobei ich fest entschlossen die Zähne auf die Unterlippe setzte und schnell ging.

Als ich in Sichtweite des Weilers kam, blieb ich stehen und lauschte. Aus dem Laden drang kein Klingeln zu mir herüber; Die Schmiede war still. Ich ging langsamer weiter. Alles schien die Theorie zu stützen, dass mein Feind verhaftet worden war. Die Schmiede war geöffnet, aber leer; das Feuer war erloschen. Ich drängte weiter zum Laden. Herr Todler (seinen Namen hatte ich erst am Samstag zuvor erfahren) saß heute Morgen nicht auf der Veranda, und das aus gutem Grund. Die Sonne war glühend heiß und fiel direkt auf die Keksschachtel, wo der Ladenbesitzer sich auszuruhen pflegte. Zwar hätte er die Kiste auf die andere Seite der Tür bringen können, wo die Sonne nicht hinkam, aber das wäre mit einigem Aufwand verbunden gewesen. Ich ging hinein. Zuerst dachte ich, der Platz sei leer, und lauschte dem Summen einiger grüner Fliegen, die mit ihren albernen Köpfen gegen die Fensterscheiben stießen – Scheiben, die so schmutzig waren, dass sie wie Glimmer aussahen. Dann sah ich Herrn Todler. Er lag ausgestreckt auf der Trockenwarentheke in einem etwa zwei Meter breiten Raum, sein Kopf ruhte auf einem dicken Ballen ungebleichter Baumwolle, eine Zeitung über seinem Gesicht. Hinter ihm befanden sich weitere Bolzen unterschiedlicher Art, übereinander gestapelt, und auf dem Ganzen lag eine Schildpattkatze, die friedlich schlummerte. Auch Herr Todler schlummerte, aber nicht friedlich. Der Laden kümmerte sich um sich selbst.

Da ich davon ausging, dass diese einzigartige Person in der Erwartung einschlief, geweckt zu werden, falls vielleicht ein Kunde ankäme, nahm ich die Zeitung heraus und hoffte, ihn so aufzuwecken. Aber die süßen Bande, die ihn hielten, sollten nicht so leichtfertig gelöst werden. Er schnarchte weiter, und ich ertappte mich dabei, wie ich seinen schmutzigen Kragen betrachtete, seine ausgefranste, schmutzige, grün-gelbe Krawatte – eine von der fertigen Sorte, bei der man ein Band durch ein Loch steckt und es an einer Nadel hängen bleibt. Ich packte ihn an der Schulter und schüttelte ihn, denn die Informationen, die ich suchte, waren von größter Bedeutung. Er stieß einen Laut aus, der aus einer Mischung aus Grunzen und Stöhnen bestand, und begann, langsam mit seinen schweren Lidern zu schlagen.

„Was willst du?" „murmelte er mit dicker Zunge, weil ihn der Schlaf immer noch bedrückte."

„Ist Buck Steele im Gefängnis?" Ich fragte schnell, denn ich sah Symptome, die auf eine weitere Phase der Bewusstlosigkeit hindeuteten.

"Bock?" sagte er leise und auf eine Weise, die mich glauben ließ, dass er meine Frage nicht verstanden hatte. Seine Augen hatten sich wieder geschlossen.

„Ja, Buck!" Ich weinte, schüttelte ihn ein zweites Mal und hob meine Stimme auf eine harte Tonart. „Bart Crawley hat am Samstag einen Haftbefehl beantragt. Hat der Sheriff ihn schon erwischt? Antworten Sie mit Ja oder Nein, und ich werde Sie nicht mehr belästigen!"

Herr Todler stand unter meinen vehementen Worten weder auf noch rührte er sich, aber seine Augen öffneten sich lustlos, er blinzelte mich einige Sekunden lang an und antwortete:

„Er wollte kein Tuk fahren, wenn wir schlafen wollten. Und was noch wichtiger ist: Er wird kein Tuk fahren – nicht Buck!"

Diese lange Rede muss anstrengend gewesen sein, denn Herr Todler seufzte am Ende müde, drehte mit einer Grimasse den Kopf und zog die Zeitung langsam wieder über sein Gesicht.

Ich habe ihm nicht gedankt. Die Nachricht war zu schwer zu gewinnen und zu unbefriedigend.

Der Mann hatte Recht. Mir war sofort klar, dass Buck sich niemals einer Inhaftierung beugen würde. Er hatte eine ernstere Aufgabe zu erledigen, als nur den Geboten des Gesetzes zu gehorchen.

Ich begann den Rückmarsch mit niedergeschlagenem und beunruhigtem Geist. Wenn Jeff Angel nur käme und die Dryade mitbrächte! Ich würde nicht – ich konnte nicht gehen, bevor sie nach Hause kam. Obwohl hinter jedem Baum in der Gegend ein blutrünstiger Schmied lauerte, wollte ich dennoch bleiben. Wenn sie in den nächsten Tagen wieder gefunden würde, könnte es mir vielleicht gelingen, Buck zu entkommen und uns sicher davonzubringen. *Uns!* Ja, sie sollte mit mir gehen. Obwohl ich keine Erklärung abgegeben hatte, sagte mir eine gewisse Intuition, dass alles gut wäre, wenn ich noch einmal in ihrer Gegenwart stehen würde. Mein Wissen war ausreichend, um diese Zusicherung zu verdienen.

Ich verließ den Highway und nahm die Hauptstraße, die an Lizard Point vorbeiführte. Ungefähr eine halbe Meile vom Hecht entfernt verlief die unbefestigte Straße an mehreren Ruten entlang unter einer Klippe hindurch; ein steiler Kalksteinabgrund mit einer Höhe von fünfzig oder sechzig Fuß. Hier spürte ich plötzlich, dass mir eine Gefahr drohte, obwohl ich fast bis zur Abstraktion in mich vertieft war. Ich schritt schnell voran, und als mir der Gedanke kam, blieb ich abrupt stehen. Zwei weitere Schritte hätten mich tot gestreckt. Denn augenblicklich hörte ich ein leises Pfeifgeräusch, das immer lauter wurde, etwas sauste vor meinem Gesicht herab, so nah, dass ich die Luft aus seinem Durchgang spürte und zurücksprang. Ein riesiger Stein, so groß wie ein halber Scheffel, schlug fast vor meinen Füßen auf der weichen Erde auf, prallte ab und rollte auf ein zehn Fuß entferntes Fenchelfeld.

Ich schaute auf, und die Wut löste in mir eine Kühnheit aus, die sich wie ein Spott über die Gefahr ausdrückte. Wo ich stand, war ich noch ein hervorragendes Ziel, aber daran dachte ich damals noch nicht. Ein harsches Lachen erklang; Ich sah, wie das dichte Laub am Rande des Abgrunds heftig aufgewühlt wurde, und es war mir, als hörte ich das Knacken trockener Zweige, als würde man einen schweren, unvorsichtigen Schritt machen. Ich konnte nicht folgen, obwohl ich in diesem Moment in meinem Herzen den wilden Wunsch verspürte, zu töten. Das hatte ich vorher noch nie gewusst. Es war schrecklich – aber es war auch süß! Ich hätte diesen schleichenden Feigling über mir töten und vor Freude lachen können. Etwas wurde in mir entfesselt, von dem ich nie wusste, dass ich es besaß. Etwas, das ich im Moment nicht hätte zurückhalten können, wenn der Gegenstand meines Zorns vor mir gestanden hätte. In diesem Augenblick wurden Jahrhunderte überbrückt, und meine Vorfahren der Steinzeit hatten in meinem Wesen einen passenden Vertreter. Diese Welle ursprünglicher, gedankenloser Leidenschaft, die mich dazu zwang, rücksichtslos zu zerstören, ließ nicht sofort nach, und erst nachdem ich meinen Weg eine Zeit lang verfolgt hatte, erlebte ich das Wiederaufleben meines normalen Selbst.

Ich rechnete nicht mit einem zweiten Angriff, bevor ich zu Hause ankam. Jeder dieser feigen Versuche war im Voraus geplant worden und entweder erfolgreich gewesen, niemand hätte Buck Steele als meinen Jäger bezeichnen können. Zumindest für einen weiteren Tag war ich in Sicherheit, und da ich von dieser Tatsache eine vorübergehende Erleichterung verspürte, stapfte ich deprimiert weiter zur Lodge.

Als ich mich am nächsten Tag mittags mit einem Eimer Wasser in der Hand vom Brunnen abwandte, sah ich von der Stelle, an der die Straße hinaufführte, eine Gestalt mit Gürtel und Stiefeln auf mich zukommen. Der Fremde hatte eine athletische Haltung, trug einen billigen Strohhut, der völlig außer Form war, und trug ein Gewehr in der Armbeuge. Ich ging auf ihn zu, denn ich erriet sofort seine Mission.

„Sie sind der Sheriff dieses Bezirks?" fragte ich freundlich, stellte meinen Eimer ab und schüttelte mir die Hand.

Der Mann nahm seinen Hut ab und zog den Hemdsärmel über sein tränendes Gesicht. Der Abdruck seines Hutbandes zeigte einen roten Balken auf seiner weißen Stirn.

„Nö, Stellvertreter. Ich bin seit vier Tagen auf der Jagd nach einem Schmied, und es ist noch schlimmer als die Jagd auf vierblättriges Kleeblatt."

Er lachte, als wäre die Aufgabe nicht so beschwerlich, wie seine Worte vermuten ließen, und zog seine Hose hoch.

„Hier draußen gibt es jede Menge Platz zum Verstecken", stimmte ich zu. „Komm rüber ins Haus und trink etwas. Du scheinst heiß zu sein."

„Nun, ich schätze. Schlechte Zeit im Jahr für eine Fahndung."

Er ging neben mir zu einer Bank, und als er gierig drei Tassen Wasser getrunken hatte, bat ich ihn, sich hinzusetzen und eine Weile auszuruhen. Die Einladung gefiel ihm, und schon bald begannen wir ein angeregtes Gespräch. Ich erfuhr bald, dass er die meiste Zeit in und um Hebron verbracht hatte; dass er nicht einmal einen Blick auf seine Beute geworfen hatte und dass ihm jemand im Weiler vorgeschlagen hatte, zu mir zu kommen. Eine kurze Überlegung zeigte mir, dass ich den Offizier nicht zum Vertrauten machen konnte, so sehr ich es auch wollte, denn eine Erklärung für Bucks Feindseligkeit wäre angebracht. Dies konnte ich nicht geben, ohne den Namen eines Dritten anzugeben und einem zufälligen Bekannten das geschätzte Geheimnis in meinem Herzen preiszugeben. Nein, Buck und ich müssen diese Angelegenheit alleine und im Stillen regeln. Stattdessen sagte ich dem Stellvertreter, dass ich dabei gewesen sei, als das Maultier getötet wurde, und dass dies tatsächlich mit einem einzigen Faustschlag geschehen sei. Daraufhin erklärte er, dass er froh sei, Bart Crawleys Aussage bestätigt zu sehen, da die meisten Bürger von Cedarton sie mit einem Körnchen Salz aufgenommen hätten, er persönlich jedoch davon überzeugt sei, dass sie wahr sei. Dann wurde er ziemlich gesprächig und erzählte einige der Heldentaten von Bucks Vater, einem Riesen, der seinen Sohn an Umfang und Statur übertroffen hatte. Ich hörte höflich der weitläufigen Erzählung zu und tröstete mich sehr mit der schlichten Anwesenheit meines Anrufers.

„Der alte Mann ist endlich verrückt geworden", schloss der Stellvertreter. „Ich habe geschrien, war verrückt und bin in einer Winternacht von einer Klippe im Fluss gesprungen."

"Wurde verrückt?"

Meine Lippen wiederholten die beiden Worte unwillkürlich und ich drehte mich zu dem Mann um, als hätte ich nicht richtig gehört. Die Aussage löste in mir ein Zeichen der Angst aus.

„Ja, wahnsinnig verrückt", bestätigte die fröhliche Stimme. „Er ist irgendwie mit jemandem verärgert und hat sich große Sorgen gemacht. Die alten Leute sagen mir, dass es ein Versagen der Familie ist – die meisten von ihnen haben so enden ... Dieser Bock hat das hier versteckt -a-way. 'Natürlich nicht, oder?... Ich weiß nicht.'

Er schüttelte den Kopf und blickte mit zusammengezogenen Brauen über den weiten Wald.

Ich antwortete nicht, sondern griff langsam nach meiner Pfeife.

„Wenn ein Mann im Amt ist und einen Krieg führen will, muss er ihn abgeben oder schreien. Ich hatte keine Lust auf diesen Punkt, ich kann sagen: ‚n' Wenn ich gewusst hätte, dass Buck sich versteckt, wäre ich verdammt, wenn ich glaube, ich wäre gekommen! Irgendjemand frisst auf Bucks Seite und bringt das Maultier um – das kannst du nicht Sag es mir!... Nun, ich muss mich umsehen. Er stand auf, trank noch eine Tasse Wasser und stand einen Moment da, die Mündung seines Gewehrs mit beiden Händen umklammernd, den Schaft zwischen seinen Füßen. „Glauben Sie nicht, dass Sie ‚ihn' gesehen haben?" fügte er in einem sanfteren, nachdenklichen Ton hinzu.

„Nein, nicht, seit er an diesem Tag den Laden verlassen hat."

Plötzlich drehte sich der Stellvertreter um und sah mich an.

„Pardner", sagte er ernst genug, wenn man den fast scherzhaften Ton bedachte, den er zuvor verwendet hatte; „Ich glaube, Buck geht es genauso wie seinem Papa!"

"Warum?"

Ich versuchte, meine Stimme auf einem mutigen Niveau zu halten, aber die Einsilbe klang hohl.

„Die Zeichen stimmen nicht", kam sofort die Antwort. „Buck hätte das Maultier nie zur Schau gestellt, wenn er selbst gewesen wäre. Er hat Dutzende junge Maultiere beschlagen. Als nächstes hätte er sich stattdessen mit Bart abgefunden." Ich spucke ihm ins Gesicht und verdammt noch mal alles und auch das Gesetz. Ich habe die Idee, diesen lästigen Krieg zu verlieren und dorthin zurückzukehren, wo die Menschen leben!"

Er drückte deprimiert seine Hand auf eine Tasche seines Hemdes und ich hörte das Rascheln von Papier. Dann lachte er leise, verabschiedete sich ziemlich abrupt und ging davon.

Ich werde nicht versuchen, die Gedanken aufzuzeichnen, die mich nach dem Weggang des Stellvertreters überfielen.

Gestern gab es den dritten Versuch in meinem Leben.

Da ich nun glaubte, dass der Geist meines Rivalen betroffen war und dass er den festen und entschlossenen Gedanken gehabt hatte, mich auf eine völlig natürliche Weise davonzumachen, blieb ich nicht länger in der Loge und hielt mich nicht länger an die begrenzten Grenzen des Plateaus . Ich ging im Ausland, immer vorsichtig und wachsam, das stimmt, und hielt meine Füße von verdächtigen Wegen fern. Meine Sehnsucht nach der Dryade war zu einer Art Manie geworden, und jeden Morgen stand ich mit der innigen Hoffnung auf, dass dieser Tag sie nach Hause bringen würde. Wie ich nach der zerlumpten, unhöflichen Gestalt von Jeff Angel gesucht habe! Aber seine groteske Gestalt blieb abwesend, und ich blieb der fruchtlosen Kontemplation überlassen, eine Beute der Angst.

Gestern habe ich eine neue Route gewählt. Untätigkeit war unerträglich, und meine täglichen Streifzüge waren alles, was mich stützte. Es war Nachmittag, als ich mich an der Flanke eines steilen Hügels befand, mehrere Meilen von zu Hause entfernt. Ich war eine ganze Strecke vorsichtig vorgegangen, da meine ziellosen Schritte mich in eine wirklich gefährliche Position geführt hatten. An der Stelle, an der ich sie überquerte, ragte ein massiver Felsvorsprung aus der Kuppe heraus, und darunter fiel ein ununterbrochener Abgrund von mehreren Metern Höhe in ein dicht mit Bäumen bewachsenes Tal. Ich blieb stehen, um die Szene zu genießen, denn selbst in meinem gegenwärtigen geistigen Aufruhr verlangte der Anblick nach Anerkennung und Wertschätzung. Ich beugte mich nach vorne und nach außen und behielt mein Gleichgewicht durch sorgfältiges Training bestimmter Muskeln. Die grüne Pracht der allumfassenden Hügel, die grenzenlose Weite der mit Bäumen bewachsenen Gebirgsketten und Täler und das waldige Gewirr des Ortes unter mir wirkten zusammen stark auf meine Empfindungen ein. Ich liebte die Natur. Ich betete in den mit Weinreben geschmückten, von Blüten erhellten Höfen der ungezähmten Wildnis; in dem nicht von Hand erbauten Tempel, in dem jeder hoch aufragende Baum eine Säule und jede moosbehangene Schale ein Altar war. Hier jubelte meine Seele, wo das Plätschern eines verborgenen Baches sanfte Musik erklang und der Attar aus vielen Blumenkelchen seinen unvergleichlichen Weihrauch verbreitete – die unbefleckte Gabe der Natur an den Gott der Natur. In diesem Moment war ich begeistert, als ich mich nach vorne beugte und die vielfältigen Köstlichkeiten trank, die sich meinen hungrigen Augen frei entfalteten.

Inmitten dieser Hochstimmung ertönte ein teuflischer Triumphschrei in meinen Ohren, und ich spürte, wie eine schwere Hand auf meinem Rücken mich gewaltsam nach vorne schob – ins Verderben. Zu spät wurde mir meine Indiskretion bewusst. Ich hatte zugelassen, dass das Gefühl den Platz des Urteils einnahm. Während ich in der unvergleichlichen Szene schwelgte, die die Natur zu meinem Vergnügen bereitet und mir vorbehaltlos geboten hatte, hatte sich Buck mit Katzenfüßen an mich geschlichen. Ich riss meinen Körper hin und her, in dem verzweifelten Versuch, meinen Halt zu behalten, aber im nächsten Moment fiel ich durch den Weltraum. Wie ein Stein fiel ich hinab – hinab. Ich krachte durch den Wipfel einer Eiche, prallte gegen einen Ast, kam irgendwie daran vorbei, stürzte, prallte gegen eine andere, rutschte daran entlang und stieß mit einem fürchterlichen Stoß gegen den Stamm.

Einen Moment lang versuchte ich nicht, mich zu bewegen. Dann setzte ich mich langsam auf das Glied und untersuchte es. Bis auf einen Schmerz in meiner Seite, den der Kontakt mit dem ersten Glied gequetscht hatte, war ich wie durch ein Wunder davongekommen. Da ich dachte, Buck könnte einen Umweg machen und nachsehen, ob ich wirklich umgekommen war, stieg ich so schnell wie möglich zu Boden und kehrte auf Umwegen zur Lodge zurück.

Den größten Teil des heutigen Tages habe ich unter Dach und Fach verbracht und über dem düsteren Problem gebrütet, das von Stunde zu Stunde bedrohlicher wird. Die Dinge haben ihren Höhepunkt erreicht. Ich kann die Wahrheit nicht vor mir verbergen. Wenn der Schmied verrückt ist, kann man nicht sagen, welchen Schritt er als nächstes machen wird. Ein unausgeglichener Geist ist niemals standhaft, und jeden Moment kann er die bisher angewandten Taktiken aufgeben und immer sicherere Mittel anwenden, um meine Zerstörung herbeizuführen.

Es ist furchtbar heiß hier drin, weil der Raum dicht verschlossen ist. Ich würde jetzt nicht ein einziges Mal daran denken, mich zum Schlafen bei offenem Fenster hinzulegen. Ein paar weitere Tage werden die Geschichte erzählen. Ich glaube, ich bin unnatürlich ruhig, wenn man bedenkt, was diese Woche passiert ist. Ich habe keine Angst, aber ich bin besorgt. Ich möchte diese friedlichen Seiten nicht durch die Erzählung einer Tragödie trüben. Ich möchte ihnen nicht gestehen, wie ich ein Mitgeschöpf getötet habe. Ich bin ein Mann des Friedens. Aber heute Abend wird mir klar, dass Kräfte am Werk sind, die außerhalb meiner Kontrolle liegen. Sofern Celeste nicht bald kommt, wird der letzte Akt des Dramas gespielt. Es kann sein, dass ich nicht mehr am Leben sein werde, um sein Ende zu dokumentieren. Es kann sein, dass ich mit unvollendetem Liebestraum in den Tod gehe. Aber ich glaube das nicht. Wenn es noch schlimmer kommt, glaube ich, dass ich der Sieger sein werde. Ich habe keinen Grund dafür , außer dem großen Vertrauen, das ich in meine Fähigkeit habe, mit dem Schmied von Hebron fertig zu werden.

Ich bete, dass alles schnell ein Ende hat, denn ich habe so viel ertragen, wie ein Sterblicher ertragen kann.

KAPITEL DREIUNDZWANZIG

IN DEM, OBWOHL DIE WELT NOCH NICHTS IST, EIN GROßES LICHT SCHEINT

Zwei Tage sind vergangen.

Der Sonntag war eine einzige lange Monotonie, bestehend aus vergeblichem Zuschauen und rastloser Kontemplation. Heute ist etwas wirklich Erstaunliches passiert. Etwas so wirklich Großartiges und Lebenswichtiges, dass ich wahnsinnig glücklich bin, auch wenn Celeste nicht zurückgekehrt ist und sich mein Tod, soweit ich weiß, in der nächsten Minute verbirgt. Ich werde die großartigen Neuigkeiten so schnell wie möglich verkünden.

Heute Morgen, hell und früh, traf ein Bote von Pater John ein. Er übermittelte keine schriftliche Mitteilung, sondern erklärte nervös, ruckartig und atemlos, dass seine Ehrwürdigkeit meine Anwesenheit zum frühestmöglichen Zeitpunkt in einer Angelegenheit von größter Bedeutung wünschte. Das waren nicht seine Worte, aber so wurde seine stockende Umgangssprache ins Englische übersetzt. Ich befragte das schäbige, unbeholfene Rustikale. Er wusste nichts anderes, als dass ich gesucht wurde, und zwar schnell, und dass derjenige, der dieses Wort sandte, „tarnationszappelig" war. Unfähig, irgendeine Vermutung über die Natur dieser besonders dringenden Angelegenheit anzustellen, machte ich mich sofort in Begleitung des halbwüchsigen Jugendlichen auf den Weg, ohne seine Anwesenheit bei dieser Gelegenheit zu bereuen, wie ich es wahrscheinlich bei jeder anderen Gelegenheit getan hätte.

Der alte Priester traf mich an der Tür, und ich sah sofort, dass er aus irgendeinem Grund mächtig beeindruckt war. Seine langstielige Pfeife hielt er in der Hand, war aber nicht angezündet. Er führte mich höflich zu dem Stuhl, auf dem ich bei einem früheren Besuch gesessen hatte, und nahm gegenüber Platz. Der Bibliothekstisch stand wie zuvor zwischen uns. Ich sah zwei Briefe nebeneinander auf dem Tisch vor ihm liegen. Eines war fast quadratisch, blassblau, und ein Blick verriet mir, dass die Aufschrift von einer Frau stammte. Der andere hatte die normale Größe eines Unternehmens, hatte in der Ecke eine Karte, die ich nicht erkennen konnte, und die Adresse war mit der Maschine geschrieben. Ich wartete schweigend.

„M'sieu –"

Er blieb stehen und ich sah, dass seine Gefühle ihn stark belasteten. Seine empfindlichen Lippen zitterten und zuckten, und seine Gesichtsmuskeln waren erregt. An die Stelle des Staunens trat in mir ein mitfühlendes Mitleid, und ich verspürte den Wunsch, etwas zu tun oder zu sagen, das ihm helfen würde. Aber ich konnte nichts tun oder sagen. Ich tappte völlig im Dunkeln und konnte ihm nur respektvolle, aber stille Aufmerksamkeit schenken.

„M'sieu", begann er erneut, nach einer kurzen Pause, in der ich wusste, dass er mannhaft mit seinen Gefühlen kämpfte; „Ich habe einiges zu sagen – viel zu sagen. Noch nie war ich so schockiert – so verletzt, M'sieu. Nie mehr Überraschung." Seine Stimme wurde jetzt sicherer. „Ich habe hier zwei Briefe. Zis ist aus Bereel." Er legte die Spitze eines gelben Fingers auf den hellblauen Umschlag. „Darin gesteht sie, dass sie dich belogen hat. Sie sagt, es sei nur ein Scherz gewesen, und ich hätte es korrigieren sollen; sie hätte dich geliebt, und nicht du sie. O ze Schade, m'sieu – ze schade!" Er legte eine Hand auf seine Augen und schüttelte traurig den Kopf. „Ich glaube ihr, wenn sie mir ihre erste Geschichte erzählt hat, denn sie ist mein Blut, und ich liebe sie, und ich war wütend auf dich, meine Frau. Wenn Bereel und ich einen Grund dafür haben." leiden und ihren Willen verlieren, Ma'm'selle – ich werde uns nie verzeihen! Ah! M'sieu, ich schäme mich, um Verzeihung zu bitten – aber sie war mein Blut – mein Bereel, und' Ich glaube ihr.

„Sei nicht zu traurig, Vater", unterbrach ich ihn. „Ich werde nicht leugnen, dass durch diese seltsame und unprovozierte Unwahrheit viel Schaden entstanden ist, Miss Drane hielt es für angebracht, es Ihnen zu sagen. Ich wurde daraufhin aus dem Haus in Lizard Point vertrieben, und bald darauf verschwand Granny und nahm Gran'fer mit und Celeste mit ihr. Über meine eigenen Leiden werde ich nicht sprechen. Ich vergebe Miss Drane aus freien Stücken, jetzt, wo sie versucht, die Dinge in Ordnung zu bringen; was Sie betrifft, lieber Herr, es gibt nichts zu vergeben. Sie haben nur in gutem Glauben gehandelt, und wie Sie hätten handeln sollen, nachdem Sie die Informationen erhalten hatten, an deren Echtheit Sie kein einziges Mal gezweifelt hatten.

Er ergriff hastig meine Hand aus Dankbarkeit, die ebenso real wie rührend war, und seine hellen Augen leuchteten vor Gefühl, als er antwortete:

„Sie sind edel, m'sieu; mag – magnan'mous. Ich kann Sie nicht versenken – ich kann nur sagen: Gott segne Sie!"

Er ließ meine Hand los, ließ sich in seinen Stuhl zurückfallen und begann gedankenverloren an seiner kalten Pfeife zu paffen.

Beryl Dranes verspätetes Geständnis, so aufwühlend es auch war und normalerweise höchst erfreulich auf meinen Geist einwirkte, blieb nicht lange im Vordergrund meiner Gedanken. Pater John schien in eine Art Träumerei verfallen zu sein, und als die Stille länger wurde, richtete sich mein Blick immer wieder auf den zweiten Umschlag. Was war darin? Pater John hatte es fast in seinen ersten Satz aufgenommen. Aufgrund der getippten Adresse konnte es nicht von einem Mitglied der verschwundenen Familie stammen, und doch enthielt es offensichtlich etwas, das mich interessierte. Sofort änderte ich absichtlich meine Position und hustete leicht. Der Versuch war erfolgreich. Der Priester zuckte zusammen, hob mit einem Lächeln und einem unverständlichen Murmeln den Kopf und nahm den zweiten Umschlag.

„Zis, m'sieu", sagte er mit ehrfürchtiger Stimme, als er den Zaun herauszog, „ist wunderbar. Es ist die Hand Gottes, die die menschlichen Angelegenheiten regelt."

Langsam, mit einem fast seligen Ausdruck auf seinem süßen alten Gesicht, plötzlich verherrlicht von einer triumphierenden inneren Flamme höchsten Glaubens, streckte er seinen Arm aus und legte die gefalteten Blätter in meine Hand.

„Lesen Sie alles – alles", sagte er schlicht, dann lehnte er sich in seinem Stuhl zurück, schloss die Augen und verschränkte die Finger unter dem Kinn.

„ NOTRE DAME, INDIANA " , 1. August 19 –

„ *Rt. Rev. Jean Dupré* " , *Hebron, Ky* .

„ LIEBER PATER DUPRÉ : Ich schreibe Ihnen im Auftrag und auf Wunsch eines gewissen Hannibal Ellsworth, mit dessen geologischen Forschungen in Form wertvoller Beiträge zur Zeitschriftenliteratur Sie zweifellos vertraut sind. Auf jeden Fall kennen Sie den Mann oder kannten ihn er ist letzte Nacht gestorben.

„Am späten Abend kam aus einem Krankenhaus die Nachricht, dass ein schwerkranker Patient einen Priester aufsuchen wollte Nur Nichtkatholik, aber auch Ungläubiger, aber für ein Geständnis anderer Art. Ich werde seine Geschichte in meinen eigenen Worten wiedergeben, denn ich erinnere mich gut an alles, was er sagte, obwohl ich nicht versuchen kann, es in seiner Sprache wiederzugeben.

„Er sagte, sein Name sei Hannibal Ellsworth – ein Name, der mir ziemlich bekannt war, obwohl ich den Mann noch nie zuvor gesehen hatte –, dass er fünfundfünfzig Jahre alt sei und dass er vor zwanzig Jahren eine Todsünde begangen habe Um seiner Arbeit nachzugehen, war er in die Hügel um Hebron gegangen, und als er feststellte, dass das Feld so reichhaltig war, errichtete er etwa auf halber Höhe des Abhangs eines bestimmten hohen Hügels mit einer kahlen, kegelförmigen Spitze ein Haus oder eine Hütte. Hier lebte er für mehr als ein Jahr. Hier gewann er die Liebe eines Mädchens aus der Nachbarschaft – ihr Vorname war Araminta – und in seiner wahnsinnigen Leidenschaft für ihre körperliche Schönheit heiratete er sie heimlich. Als die erste Welle der Besessenheit vorüber war, wurde ihm klar, was Er hatte es getan. Dann, kurz bevor das Kind zur Welt kam, verließ er es nachts und stahl sich davon, ohne ihr ein Wort zu sagen, und ohne etwas für den Unterhalt seiner Frau und des erwarteten Kindes zurückzulassen. So tiefgreifend ist die Schurkerei fast unverständlich. Der Mann sagte, sie hätte Eltern, die in der Nähe wohnten, die sich um sie kümmern würden, und dass die Menschen draußen in diesen Hügeln nur ein wenig zu essen und ein wenig zum Anziehen bräuchten. Er erzählte von seinem herzlosen Verhalten auf die sachlichste Art und Weise, als wäre es nichts Außergewöhnliches. Er sagte, er glaube nicht, dass es ein Leben darüber hinaus gäbe, obwohl ihn die anhaltende christliche Propaganda beunruhigt habe, wie es bei allen intelligenten Menschen der Fall sei. Für den Fall, dass die Kirche Recht hatte und er vor Gericht gehen sollte, wollte er denjenigen, denen er Unrecht getan hatte, so viel wie möglich wiedergutmachen. Er nannte mir Ihren Namen und bat mich, mit Ihnen zu kommunizieren, da Sie die betreffenden Parteien kannten – oder zumindest seine verlassene Frau kannten.

„Es scheint, dass er ein vermögender Mann war, und vor meiner Ankunft hatte er sich lange mit einem Anwalt hier beraten, der sein Freund war. Er hat vereinbart, sein gesamtes Geld an seine Frau weiterzugeben, sollte sie noch leben. Wenn sie tot ist, soll sie zu dem Kind gehen – ob Sohn oder Tochter, weiß er nicht. Der Anwalt, der für seine weltlichen Angelegenheiten zuständig ist, ist Rehabeam Justin, 21 Eighth Street. Sie können sich dort mit den erforderlichen Beweisen an ihn wenden die Gültigkeit des Anspruchs der Frau oder des Kindes. Ich versuchte, Mr. Ellsworth für die Erlösung seiner Seele zu interessieren, aber der Gegner hatte sich so fest etabliert, dass nichts, was ich sagen konnte, auch nur die geringste Wirkung hatte. Er dankte mir jedoch höflich für mein Interesse.

„Er sagte, dass seine Ehe vollkommen legal sei; dass er die junge Frau nachts in eine Stadt namens Cedarton in der

Nähe gebracht habe und die Zeremonie von einem protestantischen Geistlichen vor Zeugen durchgeführt worden sei. Die Lizenz, zusammen mit der Heiratsurkunde, habe er sagt, kann in einer kleinen Blechdose unter dem Stein in der vorderen rechten Ecke des Kamins in der Hütte gefunden werden, falls sie noch steht. Warum er diese Papiere geheim hielt, anstatt sie zu vernichten, wie man aufgrund seines berüchtigten Werks natürlich vermuten würde Aktion, er erklärte nicht.

„Ich vertraue darauf, dass Frau und Kind beide am Leben sind und dass Sie ihnen diese verspätete Wiedergutmachung schnell bringen werden. Wahrlich, diese Welt ist der Aufenthaltsort der Sünde und des Kummers."

„Glauben Sie mir, ich empfehle Sie der Obhut Gottes und Seiner Heiligen,

„Mit freundlichen Grüßen in Christus,

„ ALPHONSUS EREMY , CSC"

Zehn Minuten nachdem ich diesen Brief zu Ende gelesen hatte – zehn Minuten, in denen ich mit brummendem Gehirn und begeisterter Seele still dasaß – hob ich den Kopf und sah Pater John an. Seine Augen waren jetzt geöffnet und er musterte mich mit einem Ausdruck, den ich nicht deuten konnte. Freude, Demut, Mitgefühl, Trauer und Liebe waren in seinen Zügen vereint. Vorsichtig, als wäre es etwas Zerbrechliches, das leicht zerbrechlich wäre, legte ich den Brief zurück auf den Tisch.

„Behalten Sie es", sagte Pater John mit leiser Stimme und machte eine leichte Geste nach oben. „An sich ist es ein Beweis für den Fall, dass die Papiere nicht gefunden werden."

Ein plötzlicher Alarm traf mein Herz.

„Aber-", begann ich.

Mit seinem seltenen, strahlenden Lächeln unterbrach der Priester.

Dann breitete sich plötzlich ein Ausdruck müder Melancholie auf seinen Zügen aus, und ich wusste, dass er wieder an die Treulosigkeit seiner geliebten Nichte dachte. Jeder Muskel meines Körpers zog mich zur Hütte und ich stand nun auf.

„Ich kann Ihnen nicht so danken, wie ich es getan hätte, dass Sie mich holen lassen und sich mir anvertrauen, wie Sie es getan haben", sagte ich mit

zitternden Worten, weil alles, was geschehen war, seltsam auf mich
eingewirkt hatte.

Er machte mit beiden Händen eine abfällige, charakteristische Geste.

„Zey ist heute Morgen gekommen, M'sieu", antwortete er traurig und warf
einen Blick auf den Tisch. „Ich sende nach dir, wenn ich sie lese."

Er seufzte, schüttelte den Kopf und griff nach seinem Tabakglas.

„Ich gehe davon aus, dass es Null sein wird, aber – das passiert, meine Güte,
und das können wir nie sagen. Es ist schon zwanzig Jahre her."

„Aber eine Blechdose, Vater – die wird sie sicher aufbewahren!" Rief ich aus
und er strahlte tolerant über meinen jungenhaften Eifer.

„Ja; Zey sollte Null sein."

„Du hast nichts von Oma gehört – und von ihnen?" Ich wagte es, denn der
Wunsch, Celeste zu sehen, war in der letzten Viertelstunde zu einer
unwiderstehlichen Kraft geworden. Ich wartete mit angehaltenem Atem auf
seine Antwort.

„Nein", antwortete er fast sofort. „Zey ist gegangen, während ich weg war.
Ich habe Schnupfen gehört."

Ich versuchte noch einmal, meine Dankbarkeit auszudrücken, aber der sanfte
alte Mann hielt mich davon ab. Diesmal drängte er mich nicht zu bleiben,
denn er kannte den Magneten, der mich zurück zur Hütte auf Bald Knob
zog.

„Ich versinke, bis Ma'm'selle bald kommt", sagte er, während er zum
Abschied meine Hand hielt; „Zen, wir sagen es ihr, und sie wird glücklich
gemacht."

Vergessen war Buck und seine niederträchtige Absicht, vergessen war der
verlorene Jeff Angel, als ich in schnellem Schritt durch Hebron lief und
plötzlich loslief. War das die gleiche Straße, derselbe Wald, derselbe Himmel,
die gleiche Erde? So schön es schon immer gewesen war, so war es jetzt
verklärt. Meine Dryade! Meine schöne, unschuldige Dryade war frei von dem
Stigma, das überkritische Moralisten ihr auferlegt hätten! Mit jedem Atemzug
eilte ich auf den Beweis zu – auf den Beweis, der all diese Wochen in
Reichweite meiner Hand gelegen hatte! Mein Herz jubelte mit jedem
weiteren Sprung, und ich schien leicht wie Luft, so magisch wirkte meine
Freude auf mich. Schnell rannte ich, aber der Weg war noch nie so lang
gewesen. Ich habe den Punkt erreicht. Ich verachtete die Brücke, die bisher
eine willkommene Hilfe beim Überqueren des Baches gewesen war, und
sprang an einer Stelle ins Wasser, von der ich wusste, dass sie flach war, und
machte mich einen Moment später auf den Weg zur Lichtung der Dryade.

Sehr bald darauf kniete ich vor dem einfachen Kamin in der Hütte und starrte mit gerötetem Gesicht und faszinierten Augen auf den vorderen rechten Eckstein.

Es unterschied sich in keiner Weise von allen anderen. Ein unvollkommenes Quadrat mit rauer Oberfläche und einer durchschnittlichen Breite von zehn bis zwölf Zoll, wobei die unregelmäßigen Zwischenräume zwischen ihm und seinen Nachbarn mit Erde gefüllt sind. Es war auf Augenhöhe mit den anderen. Nichts deutete darauf hin, dass darin ein Geheimnis verborgen lag, das so viel bedeutete. Jetzt, wo ich gekommen war; Jetzt, da ich jeden Moment beweisen konnte, ob Hannibal Ellsworths Aussage wahr oder falsch war, zögerte ich. Vielleicht hatte er sogar zuletzt gelogen. Ein Mann, der zu der teuflischen Tat fähig war, die er begangen hatte, wäre auch zu diesem hämischen Scherz fähig. Wenn das wahr wäre – wenn, als ich den Stein hob, nichts offenbart wurde, was dann? Dieser quälende Gedanke hat mich entschieden. Ich sprang auf, nahm das Messer vom Tisch, mit dem Buck Steele mein Tagebuch durchbohrt hatte, und begann mit seiner Spitze, den Schmutz zwischen den Spalten aufzukratzen. Ich arbeitete fieberhaft, und als ich das Messer fallen ließ, packte ich den Stein und wuchtete. Es bewegte sich. Wieder beugte ich mich nach hinten, und nun drehte sich der Stein teilweise in seinem Bett, wo er zwanzig Jahre lang sicher gelegen hatte. Ungeachtet der gezackten Kanten zwang ich meine Finger an den rauen Seiten durch den gelösten Schmutz, krallte und grub mich, bis ich einen weiteren und stärkeren Halt gefunden hatte. Noch einmal zog ich, und meine Last kam körperlich hoch – hoch und hinaus. Ich warf es auf den Dielenboden und blickte zitternd vor Angst in die Höhle, die es hinterlassen hatte. Ich habe nichts gesehen. Nichts als die braunen Erdseiten und der braune Erdboden. Ich sank stöhnend nach hinten. Ah! Hannibal Ellsworth! Wenn du am Leben wärst und diese Hände an deiner Kehle wären! Du Betrüger, selbst im Tod! Du bist der Auserwählte Satans! Du – Ein neuer Gedanke kam. Ich ergriff das Messer und stieß es verzweifelt in das Loch, so wie ich es in das schwarze Herz von Hannibal Ellsworth gerammt hätte, wenn er damals vor mir gestanden hätte. Der Punkt stieß auf teilweisen Widerstand, dann ging es weiter. Ich zog das Messer heraus und spießte darauf eine kleine Blechdose auf – eine Tabakdose, mehr nicht. Man hatte es umwickelt und mit einer Art Schnur zusammengebunden, denn die modrigen Reste hingen noch daran. Es öffnete sich am Ende. Jetzt zitterte ich mit der Heftigkeit eines Gelähmten, und plötzlich stürzte das Dach herunter. Ich setzte mich auf den Boden, zog die Schachtel von der Messerspitze und steckte meinen Finger und Daumen hinein. Etwas war darin – etwas eng gefaltetes, das den kleinen Raum so ausfüllte, dass ich es nicht fassen konnte. Ich habe es lange genug unterlassen, um die Öffnung dem Licht entgegenzuhalten und hineinzuschauen. Ich sah scheinbar viele Falten aus gelblich-weißem Papier, die genau in den engen Raum passten.

Nun stellte sich eine gewisse Ruhe ein, und noch einmal nahm ich das Messer und schaffte es, den Inhalt der Schachtel herauszuholen. Was der Priester in Notre Dame Pater John geschrieben hatte, war wahr. In meiner Hand hielt ich die beglaubigte Heiratsurkunde von Hannibal Ellsworth und Araminta Kittredge sowie die vom Beamten des Bezirks ausgestellte Lizenz. Die Papiere waren trocken und knisterten in meinem Griff; Sie waren durch gelbe Flecken entstellt und hatten den eigentümlichen Geruch, den altes Pergament immer annimmt.

Den ganzen Nachmittag saß ich am selben Ort, mit diesen unschätzbaren Dokumenten vor mir. Ich habe jedes davon hundertmal gelesen und jeden Buchstaben jedes geschriebenen Wortes untersucht. Sie waren die Pässe meiner Frau, um in meine Welt einzutreten. Erst als es zu dunkel wurde, um etwas sehen zu können, legte ich sie zurück in die Kiste, steckte die Kiste in das Loch und legte den Stein wieder auf den Schatz. Dort wäre es sicherer, bis ich es wegnehmen könnte.

Nach dem Abendessen ging ich zu einer der Bänke davor und rauchte. Der Mond ging bald auf; ein großer, großer, gelber Mond, der sich majestätisch über dem Waldmeer erhebt. Es schien so groß wie das Ende eines Zuckerfasses, und das darauf eingravierte Gesicht der Dame war ein Cameo-Auftritt von Celeste Ellsworth. Ich frage mich, ob irgendein anderer Mann irgendwo auf der Welt jemals gewagt hat, sich vorzustellen, dass diese Monddame Ähnlichkeit mit jemandem hat, an dem er interessiert war? Er war sehr albern und anmaßend, wenn er das tat, denn das Profil dieser Mondzauberin spiegelt Zeile für Zeile das meiner Dryade wider!

Die sanfte, lautlose Mittsommernacht wirkte auf wunderbar friedliche Weise auf mich. Doch bevor ich eintrat, wuchs in mir eine positive, unerschütterliche Entschlossenheit. Ich werde noch einen Tag warten – nur einen. Wenn Celeste morgen nicht zurückkommt, beginne ich am nächsten Tag mit der Suche. Es gibt nichts zu gewinnen, wenn man länger hier bleibt, und alles zu verlieren, sogar das Leben. Wenn ich sie finde – wenn ich sie finde – mein Gott! Bei dem bloßen Gedanken durchströmt mich meine Liebe, so dass meine Brust schmerzt und meine Augenlider heiß auf den Eiern sind. Ich schreibe heute Abend nichts mehr. Ich bin einsam und hungere – nach ihr! Ich möchte ihr goldenes Haar im Wind zittern sehen, sie lachen hören, in die Tiefen ihrer Augen schauen, sie an mich drücken und ihr sagen, dass ich sie liebe – ich liebe sie!

KAPITEL VIERUNDZWANZIG

IN DEM ICH EINEN DÄMONISCHEN BEWINDE UND IN RUHE EINGEHE

Dies wird einen Monat später geschrieben.

Der nächste Tag verlief ereignislos. Ich blieb auf dem Plateau, denn jetzt hatte ich einen noch größeren Grund, keine unnötigen Risiken einzugehen. Nach dem Abendessen suchte ich meinen Platz vom Vorabend auf und entschied mich. Wieder sah ich den Mond am Himmel aufsteigen, und in dieser Nacht war es voll; seine riesige Scheibe war ein perfekter Kreis. Ich saß da und beobachtete die grotesken, sich ständig verändernden Formen, die sich aus meinem Pfeifenrauch entwickelten und im Mondschein silbrig leuchteten, und fragte mich, wie und wo ich morgens mit meiner Suche beginnen würde. Dann wanderten meine unkontrollierten Gedanken zu Celeste, und während die Minuten vergingen, spürte ich, wie die Zurückhaltung, die ich mir selbst auferlegt hatte, immer mehr nachließ. Ich habe keine Anstalten gemacht, meinen Vorstellungen zu folgen oder deren Trend umzukehren. Die Stunde wurde durch dieses geistige Vergnügen köstlich gemacht; durch erhabene Visionen darüber, wie die Zukunft aussehen würde. Am strengsten hatte ich mich seit jener Nacht auf dem Gipfel unter Kontrolle gehalten, als ich mit dem Gefühl aufwachte, in welchem Zustand ich mich befand und wohin er mich führen würde. Jetzt würde ich mich entspannen und zulassen, dass meine Gefühle wieder die Oberhand gewinnen, denn ich hatte den ständigen Kampf, dieses Mädchen aus meinem Gehirn zu verbannen, satt, und außerdem war das Spiel so gut wie gespielt. Wenn Buck mich nicht in dieser Nacht traf, würde ich schnell außerhalb seiner Reichweite sein.

Als meine entfesselten Gefühle mich immer mehr beherrschten, erfasste mich eine tiefe Unruhe, die natürliche Folge unbefriedigter Sehnsüchte. Die Bank, auf der ich in der Nacht zuvor zufriedene Stunden verbracht hatte, wurde schließlich unerträglich, und ich stand auf, mein Gesicht hungrig auf den flüsternden Wald gerichtet. Süß lockte es mich mit seinem Hauch duftenden Grüns; Es zog mich stark durch sein Geheimnis des Seins an und ich reagierte darauf. Ich würde zur Lichtung der Dryade gehen.

Ich war ohne Mantel und Hut. Mein Hemd war bis zum Hals offen und die Ärmel über den Ellenbogen hochgekrempelt, denn der Tag war einer der heißesten gewesen, die ich je erlebt hatte, und in der frühen Nacht war die Hitze noch nicht von Tau und Schatten besiegt worden. Wie gut und stark ich war! Ich verweilte einen Moment vor der unbeleuchteten Loge, um mich an meiner hervorragenden körperlichen Leistungsfähigkeit zu erfreuen. Es ist etwas, das einen Menschen zum Jubeln bringt – dieses bloße Wissen um rohe Macht. Ich hatte es in dieser Nacht in Perfektion, und als ich meine bösartigen Lungen mit einem tiefen Atemzug des exquisiten Öls der Natur überschwemmte, entfernte ich mich.

Ich hatte es schon immer geliebt, nachts umherzuwandern; Ich hatte es schon immer geliebt, durch die Wildnis zu streifen; Ich hatte das Gesicht der alten Erde schon immer am meisten geliebt, wenn es vom Mondlicht geküsst wurde. Diese drei Bedingungen wurden zu wichtigen Begleitern meiner Stimmung an diesem Abend, einer Stimmung, die sowohl zart als auch heftig war. Ich erreichte den Fuß meines Zufluchtshügels, drehte mich mechanisch nach Westen und ging mit gesenktem Kopf und gemächlichen Schritten vorwärts, wo alles weit, düster und heilig war, um den Segen der Bäume zu empfangen. Ich nahm meine Umgebung kaum wahr, obwohl meine Wahrnehmung die umhüllende Stille und die perlgraue Düsternis empfing und schätzte. Die subtilen Düfte von Moos und taugetränkter Erde sowie der unbeschreibliche Geruch von Rinde und Blättern erfrischten meine Nase mit ihren gemischten Düften. Ich hatte das Gefühl, im ersten Zufluchtsort zu sein, den die Welt je gekannt hatte; ein Ort, an dem Schöpfer und Schöpfung alles andere als eins waren; ein Ort, der unbefleckt ist von den Füßen gieriger, schmutziger Männer. Wenn in diesem Tempel ein Gebet geboren wurde, dann aus dem Geist und nicht aus murmelnden Lippen, die eher daran gewöhnt sind, Lügen und Heuchelei zu formen.

Ein Geräusch drang zu mir und durchdrang die Stille wie ein Flötenton; elfenhaft, schwer fassbar, wild. Für einen Moment dachte ich, ich wäre getäuscht. Ich blieb stehen und lauschte. Der Ton durchdrang den ununterbrochenen Seufzer, der in einem riesigen Wald selbst in Zeiten größter Ruhe nie fehlt, und erklang erneut, gefolgt von einer Reihe von Schrullen und Trillern. Unheimlich genug war das Geräusch. Hat sich der Scherz bewahrheitet, den ich dem Satyr unter Alkoholeinfluss angeboten hatte? Lebte der große Gott Pan tatsächlich noch, und vergnügte er sich mit Sommernächten im Waldhof und in den Weinbergen? Mir wurde kalt bei dem Gedanken, und einen Moment lang war ich versucht, es zu glauben. Würde ich ihn sehen, wenn ich vorsichtig und ohne Lärm vorwärts ginge? Würde ich ihn zu seiner eigenen Musik eine betrunkene Rolle tanzen sehen? Ausnahmsweise habe ich Logik und gesunden Menschenverstand beiseite gelassen und beschlossen, diese heidnische Gottheit zu verfolgen. Ich beugte mich vor und bewegte mich mit äußerster Vorsicht auf den Fußballen. Von Zeit zu Zeit hörte ich die heidnischen Fantasien – wirre Takte der faszinierendsten, unmelodischsten Musik, die je in Umlauf gebracht wurde. Anhand vertrauter Zeichen wusste ich, dass ich mich meinem Zielpunkt näherte. Mein Eifer steigerte sich, als die Pfeifentöne immer lauter erklangen, und dann fiel die Tonleiter plötzlich um eine ganze Oktave oder mehr, und die flüssigen Töne, die nun durch die bewegungslose Luft drangen, waren mit einer Last beladen, die ich kannte. Ich blieb stehen, ergriff einen Baum und legte meine linke Hand an meine Stirn. Ich habe Jeff Angels Zauberrohr gehört! Er spielte das Lied vom Bach, so wie er es mir an jenem denkwürdigen Abend vorgespielt hatte. War die letzte Spur seines Geistes verschwunden? War es ihm gelungen? Warum zögerte er hier, wenn er doch wusste, dass mein Herz wegen der Nachricht, die er überbringen würde, schmerzte und brach? Diese Gedanken und ein Dutzend weitere beschäftigten mein Gehirn während der flüchtigen Sekunde, in der ich mich an den Baum lehnte. Dann richtete ich mich auf und stürmte vorwärts. Es war eine Art natürlicher Weg, den ich hinuntereilte und dessen anderes Ende in die Lichtung der Dryade mündete. Schnell und rücksichtslos, während ich raste, sah ich, was mich aufhielt, bevor ich ins Freie stürmte; was mich sanft und atemlos zur Seite trieb, wo ich sehen konnte, ohne die Chance einer Entdeckung.

Die Dryade war nach Hause gekommen. Ich weiß, dass ich die Szene heute Abend nur schlecht beschreiben kann, aber wenn ich in diesem Moment Stift und Papier besessen hätte, wäre meine Lage genauso oder noch schlimmer gewesen. Etwa die Hälfte des kleinen Waldhofs wurde durch das Strahlen von oben weiß, und der andere Teil lag abwechselnd in Licht und Schatten. Aber selbst in diesem Teil – der neben mir lag – war deutlich eine sich bewegende Gestalt zu erkennen. Der wildeste, bizarrste und anmutigste Tanz war im Gange. Celeste war ganz in Weiß; ein lockeres, fließendes Gewand mit flügelähnlichen Ärmeln, die von ihren ausgestreckten Armen wehten und flatterten. Auf ihrem Kopf befand sich ein Kranz aus großen, glockenförmigen, schneeweißen Blumen, und um ihre Taille war locker eine ähnlich gearbeitete Girlande drapiert. Es waren die exquisiten Blüten des Jimson-Unkrauts, dieser bescheidenen Pflanze, die ungestört auf jedem Scheunengrundstück in Kentucky wächst. Sie raste hin und her und im Kreis, in den komplizierten Schritten eines Tanzes, bei dessen Anblick mir schwindelig wurde. Einmal kam sie an meinem Versteck vorbei – so nah, dass ich ihren schnellen Atem hörte und das Glitzern ihrer Zähne hinter ihren geöffneten Lippen wahrnahm. Ich sah auch ihren Gesichtsausdruck, als sie vorbeiwirbelte, und es war pure Freude. Auch der Satyr pfeifte und tanzte. Er war seltsam und fantastisch, mit den Schößen seines langen Mantels, die nach hinten flatterten, und dem Zuckerhut auf seinem Kopf. Immer wieder maß er den Durchmesser der Lichtung und drehte sich um, nachdem er sie überquert hatte, um seinen Weg zurückzuverfolgen. Seine Bewegungen ähnelten stark denen eines Tortenläufers auf einer Parade. Seine Mitte war vorgestreckt, seine Schultern waren zurückgezogen und sein Gesicht war direkt dem Himmel zugewandt. Das Ziegenbüschel schaukelte und zitterte bei jedem tänzelnden Schritt, und immer erklang die wunderbare Musik, die er der Quelle der Musik entnommen hatte.

Für einen Moment in die Passivität verfallen, ging ich in die Hocke und starrte auf diesen seltsamen Anblick. Dann verließen die Tänzer auf einmal die einzelnen Figuren, auf denen sie getreten hatten, fassten sich an den Händen, seine Linke in ihre Rechte, und der Satyr begann, nur mit einer Hand spielend, eine flötenartige, verträumte Bewegung, zu deren betörender Melodie sie von neuem begannen , ein ganz anderes Maß. Dies dauerte eine Minute oder länger, nicht ohne ein gewisses Maß an Würde, dann sprang der Satyr abrupt wie ein Blitz von seinem Partner weg, brach in völlig unzivilisiertes Gelächter aus und begann wütend das Lied des Sturmwinds. Ich hatte es schon einmal gehört, aber nicht mehr so wie jetzt. Als wären sie zu neuen Anstrengungen inspiriert, begannen alle zu rennen. Es war jetzt halb Rennen, halb Tanz, denn selbst in der scheinbaren Nachlässigkeit dieser Flucht konnte ich bestimmte Schritte erkennen, die im Hinblick auf Zeit und Rhythmus ausgeführt wurden. Noch nie habe ich eine so außergewöhnliche Leistung gesehen! Allein der Kontrast der Teilnehmer machte es einzigartig, aber diese unbewusste Wiederbelebung längst vergangener Riten verlieh dem Ganzen eine tiefere und rätselhaftere Bedeutung. Es gab nichts Unziemliches an diesem Fest, wenn ich es so nennen darf. Es war einfach ein Ausdruck ihrer Liebe zum Wald, der sie wiegt und genährt hatte. In allem außer dieser gemeinsamen Zuneigung waren sie weit voneinander entfernt, aber in der Anbetung am Heiligtum der Natur waren sie eins. Jeder verspürte den Ruf zu den stillen Orten, und wenn wir, die das Leben grausam zwischen Backsteinmauern, Steinstraßen und Stahltürmen gedrängt hat, nach solchen Dingen schmachten, bis unsere Seelen aufschreien, wie viel mehr sollten sie dann allein hinausschlüpfen, um ihre Freude zu genießen von ihnen. Das war alles, worauf es hinauslief, und selbst mein eifersüchtiges Auge konnte nichts finden, worüber ich mich hätte ärgern können. Zwei Kinder waren zum Spielen herausgekommen, mehr nicht.

Das vom Lied des Sturmwinds vorgegebene Tempo war zu rasant, um lange anzuhalten. Plötzlich war der Höhepunkt erreicht, und Jeff warf sich wie ein müder Junge auf den Boden, die dünnen Beine ausgestreckt, den Körper nach hinten geneigt und von den nach hinten ausgestreckten Armen gestützt. Celeste blieb neben mir stehen, fast in der Mitte des mondbeschienenen Raums, warf die Arme hoch, neigte den Kopf zur Seite und stieß einen tiefen, glücklichen Seufzer aus. Ich wusste, dass es glücklich war, denn ihr Gesicht strahlte zärtlich. Schnell trat ich vor und stellte mich mit ausgestreckten Händen vor sie.

„Dryade! O kleine Dryade! Ich habe dich so vermisst!"

Ein erschrockener Ausdruck erschien auf ihrem Gesicht, aber er verschwand augenblicklich, und mit einem leisen, unartikulierten Schrei machte sie einen Schritt und legte ihre Handflächen auf meine.

Im nächsten Moment waren meine beiden Arme um sie gelegt und ich drückte sie immer näher, näher, rief ihr alle kostbaren Namen, die nur Liebende kennen, küsste ihr Gesicht, ihre warmen, süßen Lippen, ihr zerzaustes Haar. Ihre Arme schlangen sich um meinen Hals, ihr weicher junger Körper sank zitternd auf meine Brust. Sie gehörte mir! Was wir in den nächsten fünfzehn Minuten sagten, bedarf keiner Transkription. Ihre Worte stellten die göttlichste Rede dar, die jemals über die Lippen eines Sterblichen kam, aber es gibt Narren auf der ganzen Welt, die es nicht verstehen würden, also unterlasse ich es. Dann gingen wir, ihren Arm in meinem, auf den Satyr zu, immer noch in seiner unkonventionellen Haltung der Ruhe. Als wir näher kamen, sah ich, dass sein hässliches Gesicht einen Ausdruck zeigte, der darauf hindeutete, dass er über die Begegnung, deren Zeuge er gewesen war, über alle Maßen empört war. Ich bereitete mich gerade darauf vor, ihn scherzhaft zu begrüßen, denn mein Herz schlug so hoch vor Glück, dass mir fast schwindelig wurde, als sich seine Gesichtszüge in einem Ausdruck tödlicher Angst verzogen und ich wusste, dass er auf etwas hinter mir starrte. Ich hatte kein Geräusch gehört, aber meine Intuition gab mir jetzt die nötige Warnung. Mit dem Arm, den ich mit ihrem verbunden hatte, schleuderte ich Celeste so weit ich konnte nach vorne und von mir weg und drehte mich gleichzeitig mit der Beweglichkeit und Wildheit eines Tigers um. Ich wusste, was ich sehen würde, aber ich war völlig unvorbereitet auf das wirklich schreckliche Schauspiel, das mir bevorstand.

Der Schmied war fast bei uns. Ohne Kopf kam er, völlig nackt bis zur Hüfte. Außerdem war er barfuß. Seine riesige, behaarte Brust und Arme, sein bärtiges Gesicht und sein bärtiger Hals und das lange, ungepflegte Haar auf seinem Kopf verliehen ihm eine gewisse Abscheulichkeit, die selbst das mutigste Herz zu einem Schauer der Angst hätte auslösen können. Er knirschte mit den Zähnen wie ein Wolf – ich konnte sie deutlich klicken hören – und murmelte kehlige, zornige Laute von sich. Er stoppte seinen Ansturm, als ich mich umdrehte und ihn ansah, und stand zehn Fuß entfernt und starrte wahnsinnig wütend von mir zu Celeste, von Celeste zu mir. Sein Verstand war verschwunden; Ich wusste es damals. Während ich auf seinen Angriff wartete, stieß er einen Schrei aus, der aus einer furchtbaren Mischung aus Kreischen und Lachen bestand, beugte sich vor, als wollte er mich angreifen, und dann schwang er mit so schnellen Bewegungen, dass ich seine höllische Absicht nicht begreifen konnte, einen kurzen, kräftigen Schlag Keule, die er hielt und mit aller Kraft warf – auf Celeste! Es sang teuflisch an meinem Ohr, ich hörte einen Schrei, und da lag meine Dryade auf dem Boden, ein zerknittertes Stück Weiß in der schattenübersäten Lichtung. Für einen Moment wurde die Nacht schwarz. Die Dunkelheit verging. Ich habe noch einmal nachgeschaut. Jeff Angel beugte sich über sie. Ich konnte noch nicht zu ihr gehen. Es ist Zeit, meine Toten zu begraben, als ihr Mörder … Ein neues Geräusch zerstreute die betäubende Lethargie, die der Schlag dieses Teufels auf mich geworfen hatte. Es war Buck, der lachte. Er beugte sich vor, die Hände auf den Knien, und seine wahnsinnige Fröhlichkeit war knirschend und mechanisch. Dann sprang ich zu ihm; still, grimmig. Er sprang mit einem krächzenden Krächzen zur Seite, gab einer grundlosen Launenhaftigkeit nach, wirbelte herum und rannte los. Ich war hinter ihm her, bevor er seinen ersten Schritt gewagt hatte, denn jetzt wurde ich von den Hunden der Verzweiflung und des Hasses geplagt, und mein Leben hatte bis auf einen jeden Sinn und Zweck verloren. Ich wusste, dass ich es schaffen würde – ich wusste, dass ich es schaffen musste, sonst wäre ich für immer ein Fluch für mich.

Buck rannte mit der Geschwindigkeit eines Windhunds, sprang ab und zu wie ein Dämon in die Luft und schlug dabei mit den Fäusten zu. Er schwieg nie. Mal kreischte er sein blutrünstiges Lachen, mal schrie er unzusammenhängende Sätze mit einer Stimme, die nicht mehr menschlich war, mal sang er etwas, das trotz all seiner konsonanten Unschärfe und dürftigen Reichweite ein Kriegsgesang der Hunnen hätte sein können. Er blickte auch nie zurück. Er hatte den natürlichen Weg genommen, den ich gekommen war, und auf dem er mir zweifellos auf unbeschuhten, geräuschlosen Füßen gefolgt war. Ich gab mein Bestes und versuchte, ihn zu überholen. Obwohl ich stetig und mit wissenschaftlicher Sorgfalt lief und er bei seinen zahlreichen Aufwärtssprüngen Kraft aufwendete und Distanz opferte, konnte ich keinen Zentimeter gewinnen. Ich bezweifle, dass ein solches Unterfangen jemals zuvor unternommen wurde. Ein halbnackter, haariger, wahnsinniger Riese an der Spitze und ein fast ebenso großer, vernünftiger Mann, dessen heiligste Gefühle empört waren, folgten. Weiter fegten wir durch die karierten Räume des Waldes, unser Fortschritt wurde von dem grollenden Gesang begleitet, der an vergessene Zeiten erinnerte. Ich weiß nicht, wie so etwas ist, aber es kann sein, dass die schlummernde Spannung, die über viele Generationen von einem alten Kriegervorfahren weitergegeben wurde, der lebte und kämpfte, als die Welt noch jung war, im primitiven Gehirn beschleunigt wurde, als die Vernunft es verließ. Er hatte jetzt aufgehört zu lachen und ununterscheidbare Worte zu murmeln, aber mit jedem Atemzug erklangen die klangvollen Töne dieses Gesangs einer fernen Vergangenheit.

Wir erreichten den Fuß des Bald Knob, und statt sich an der Schlucht festzuhalten, die um ihn herumführte, bog Buck in die Straße ein, die hinaufführte. Er ging zur Lodge. Schön und gut. Ich würde es lieber auf dem Plateau beenden als anderswo. Durch das Unkraut und die Ranken, die den Aufstieg erschwerten, stürzten wir ab, und als ich die Ebene vor der Lodge erreichte, sah ich mit Freude, dass ich den Abstand zwischen uns verringert hatte. Buck raste direkt auf die offene Tür zu, und ich flog, um ihn zu überholen, denn das, was am besten geschehen musste, geschah im Freien.

Vergeblich. Ich konnte diesen Merkurfuß-Vulkanier nicht fangen. Als ich sah, wie er im Haus verschwand, machte er eine geschickte Flankenbewegung und umkreiste es. Sofort war ich wieder auf seiner Spur. Jetzt hatte er sein Gesicht auf den Gürtel aus immergrünen Pflanzen gerichtet, der im strahlenden Mondschein schwarz über uns aufragte. Eine Angst erfasste mich. War es seine hinterhältige Absicht, zuerst diesen Unterschlupf zu erreichen und sich zu verstecken, bevor ich heraufkommen konnte? Ich hegte diese Idee nur eine Sekunde lang. Dieses Wesen hatte keine Angst vor mir. Dass er geflohen war, als ich versuchte, ihn anzugreifen, lag einzig und allein an einer albernen Wendung seines unverantwortlichen Geistes. Jeden Moment könnte sich seine Stimmung ändern. Die dichte Dunkelheit verschluckte ihn, doch als Wegweiser durch die Dunkelheit schwebte der Gesang zurück. Wie er es schaffte, unter so schrecklicher Anstrengung durchzuhalten, konnte ich nicht verstehen. Er muss aus Eisen und Stahl bestanden haben. Ich machte weiter. Als ich durch den äußersten Rand der umlaufenden Baumgruppe platzte, sah ich ihn noch einmal. Er hatte aufgehört zu rennen, da dies hier praktisch unmöglich war, und mühte sich lautlos den steilen Hang hinauf, denn sein Gesang war endlich verstummt. Einen Moment lang stand ich mit gespreizten Beinen da, meine Brust hob und senkte sich mühsam, denn ich spürte die harte Jagd. Die große Gestalt, die jetzt gruselig wirkte, stieg hinauf zum Gipfel.

Die Erinnerung an die weiße, zerknitterte Gestalt, die auf der Lichtung lag, überfiel mich heftig, und ich zuckte darunter zusammen, als hätte ich weißglühendes Eisen berührt, schrie einen schrecklichen Fluch und warf mich auf den Abhang. Ich muss dorthin gelangen, als er es tat. Ich muss gleichzeitig den Kamm erklimmen, damit er auf der anderen Seite keine Chance hat, abzusteigen. Eine Zeit lang rannte ich, obwohl die Aufgabe eine Herkulesaufgabe war, und der stechende Gedanke an meine verlorene Liebe trieb mich vorübergehend in den Wahnsinn. So kam ich bis auf meine eigene Länge an den kletternden Dämon heran, der noch nie einen Blick hinter sich geworfen hatte und der, obwohl er mein Vorankommen gehört haben musste, ohne ein Zeichen direkt weiterging. Es war grausam. Inmitten des Infernos, in dem meine Seele brannte, erkannte ich die unheimliche Fremdartigkeit der Szene. Nacht. Eine Wildnis. Ein hoch aufragender grauweißer Erdgipfel und an seinem Hang zwei kriechende Flecken, einer auf – Gott weiß was! – gerichtet, der andere auf Rache bedacht. In dieser Nacht herrschte in meinem Kopf das Gesetz des Mose; das Gesetz Christi war vergessen. Vergessen oder ignoriert. Ich kannte kein Gesetz. Ich wurde auf die einfache Ebene reduziert, auf der ich ein Leben beanspruchen würde – ein niedriges und wertloses Leben im Austausch für das reine und unbezahlbare Leben, das er genommen hatte. Die einheitliche Logik aller vereinten Kirchen innerhalb oder außerhalb der Christenheit hätte mich nicht davon überzeugen können, dass ich falsch lag.

Wir erreichten den letzten Anstieg, fast senkrecht, und hier erwartete ich, dass der Schmied zögern oder anhalten würde. Er tat weder das eine noch das andere. Er hat sich sofort darauf eingelassen und ich habe es ihm nachgemacht. Sein Weg hierher ging schneller als meiner. Es muss an seinen nackten Füßen gelegen haben, die es ihm ermöglichten, mit seinen sehnigen Zehen zu greifen, sich festzuhalten und zu stoßen. Als wir uns langsam dem Gipfel näherten, hatte er sich ein beträchtliches Stück von mir entfernt. Ich habe meine Anstrengungen verstärkt. Wenn ich ihn jetzt verlieren würde, würde ich ihn wahrscheinlich nie wieder sehen. Ich sah, wie seine riesigen Arme, die wie moosbedeckte Gliedmaßen aussahen, in die Höhe schossen und wie seine Finger die Spitze des Gipfels umklammerten. Ich schloss meine Zähne und meine Augen und drückte alles aus, was in mir war. Jetzt war ich oben, und dort drüben – dort drüben hockte Buck direkt gegenüber von mir am anderen Rand und bereitete sich offensichtlich auf den Abstieg vor, denn ein Bein befand sich über der ziemlich abrupten Kante. Ich konnte ihn nicht erreichen; Er würde herunterrutschen und verschwinden, bevor ich die Passage schaffen konnte, so kurz sie auch war. Meine Hand ruhte auf einem kleinen Stein. Mehr aus Impuls als aus Vernunft warf ich den Stein nach ihm. Der Schlag versetzte ihm einen schmerzhaften Schlag auf einen Arm, und er drehte sich knurrend um, halb hockend, halb sitzend.

"Mörder!" Ich keuchte; „Komm zurück und kämpfe!" Ich kann nicht sagen, ob er es verstanden hat. Ich bezweifle es, aber meine Stimme wirkte zusätzlich irritierend auf den Betonstein. Ich hörte das wütende Knirschen seiner Zähne, als er aufstand und auf mich zustürzte, mit der Absicht, mich zu umarmen. Ich hatte keine Lust auf diese Taktik und wich gerade so weit aus, dass ich ihm entkommen konnte. Daraufhin stieß er ein Gebrüll aus, drehte sich um und schlug nach mir. Der Schlag war überhaupt nicht dosiert und ich hatte keine Probleme, ihn abzuwehren. Dann standen wir uns eine Weile gegenüber, nicht mehr als einen Meter voneinander entfernt, und unser schweres Atmen war das einzige Geräusch. Als ich ihn genau beobachtete, übertraf seine Subtilität meine Vorsicht. Er tat so, als würde er sich zurückziehen, als wollte er sich umkreisen, und im nächsten Moment raste er mit einem gewaltigen Satz durch die Luft auf mich zu. Ich hätte seinen Ausbruch verhindern können; Ich weiß es nicht. Doch schon als ich ihn mitten in der Luft sah, wurde in mir der verzweifelte Entschluss geboren, die Partitur zu beenden, und zwar schnell. Anstatt also irgendetwas zu unternehmen, was zu einer Verzögerung führen würde, nahm ich meine Kräfte zusammen und sprang ihm entgegen! Wir stürzten beide gemeinsam von der Erde ab und verriegelten uns mit den Griffen, die wir finden konnten. Durch die ungeheure Wucht des Aufpralls gingen wir in die Knie und blieben eine Weile dort, Brust an Brust und Wange an Wange. Der tiefe, angestrengte Atem des Schmieds zischte in heftigen Stößen an meinem Ohr vorbei, und ich befand mich in keiner besseren Lage, denn meine Lungen schienen zu brennen und mein Einatmen brachte keine Erleichterung von der Folter. Es konnte nicht lange gedauert haben, bis wir so blieben, und während die Ruhe anhielt, war unsere Umarmung so intensiv, dass wir wie ein Körper waren. Buck machte den ersten Schritt, denn ich begnügte mich damit, eine Zeit lang so weiterzumachen und mich so einigermaßen von der Erschöpfung zu erholen, die der Lauf und der steile Aufstieg verursacht hatten. Plötzlich wurde mir bewusst, dass die stahlartigen Bänder, die mich umgaben, tiefer in mein Fleisch eindrangen, mit einer Plötzlichkeit und einer Gewalt, die erschreckend war. Für eine Sekunde krümmte ich mich, dann reagierten meine Rückenmuskeln und ich spürte, wie sie sich vor Widerstand wölbten und anschwollen. Jetzt war mein Körper in starre Kraftfalten gehüllt und gehüllt, und ich versuchte, meinen Gegner zurückzudrängen. Mein Gehirn war in einen blutigen Nebel gehüllt, und wütende Wellen rauschten und donnerten in meinen Ohren, aber ich wusste, dass er nachgab! Mit zusammengebissenen Zähnen und großen Augen rief ich noch einmal zu mir selbst, aber jetzt fiel der zottelige Kopf nach vorne, und der Unhold biss mich brutal zwischen Schulter und Nacken. Der Schock des Schmerzes ließ mich entspannen, und von einem gemeinsamen Impuls bewegt, standen wir auf. Dann sah ich sein Gesicht, und wenn ich nicht annähernd so verrückt gewesen wäre wie er, hätte der Anblick jeden Nerv erschüttert. Seine nach hinten gekräuselten Lippen waren feucht und rot von meinem Blut, sein Gesicht drückte die wahnsinnige Wut aus, die ihn erfüllte, und seine Augen – seine Augen werden mich bis zu meinem letzten Tag verfolgen, denn sie hatten überhaupt keine Bedeutung! Nur zwei glasige, hervorstehende Kugeln, die leer im friedlichen Mondlicht leuchteten. Dann lachte er; hohl, heiser und rasselnd, und fing wieder den teuflischen, runenartigen Kampfgesang an. Es war nur eine kurze Atempause, die kam, nachdem wir aufgestanden waren. Diesmal ergriff ich die Initiative und schloss mich ihm sofort schweigend an. Der Schmied hatte neue Kräfte gewonnen, und in der nächsten Minute war ich mehr als einmal von den Füßen gerissen und wurde von seiner überragenden Kraft körperlich vom Boden gezerrt. Die Stelle, an der wir kämpften, hatte einen Durchmesser von etwa zehn Metern, war fast vollkommen flach und mit einer Art körnigen Schicht bedeckt, die uns am Ausrutschen hinderte. Wir zogen und mühten uns über diesen schmalen Bereich, wobei wir uns manchmal gefährlich der Kante näherten, uns aber schließlich auf sichereres Gelände zurückarbeiteten. Wenn er nur mit dieser hirnzermürbenden, heidnischen Litanei aufgehört hätte! Aber nach einer Weile kam es stoßweise, denn trotz seiner wunderbaren Ausdauer begann mein Feind endlich, die Anstrengung zu spüren. Wie lange wir auf dem Gipfel gekämpft haben, weiß ich nicht, aber es kam eine Zeit, in der ich das Gefühl hatte, seit Anbeginn der Schöpfung gegen Buck Steele gekämpft zu haben. Ich hatte Schmerzen vom Kopf bis zum Fuß; Mir war schwindelig und ich wurde immer schwächer, aber man versicherte mir, dass es ihm nicht besser ginge. So taumelten wir, eingesperrt wie zwei Hirsche, die bis zum Tod kämpften, hin und her. Dann wurden unsere Bemühungen automatisch, denn jeder hatte den Punkt erreicht, an dem er nicht mehr in der Lage war, intelligent zu handeln. Plötzlich fiel der Mond vom Himmel, direkt auf die Spitze des Waldes. Dann prallte es zurück in den Himmel und begann eine Reihe höchst unberechenbarer Bewegungen. Der Funke Sinn, den ich noch hatte, löste in mir Angst aus. Ich wusste, dass meine Grenze erreicht war. Dann wurde auf diesen Funken bewusster Mentalität das Bild meiner erschütterten Dryade projiziert – und jetzt lachte ich! Ja, lachte wild und freudlos, als ich einen Arm unter die riesigen Schinken des Schmieds schob und mit einem widerstandslosen Angriff rasender Kraft seine gewaltige Gestalt hochhob, als hätte ich ein Kleinkind großgezogen. Ob er sich wehrte, wusste ich nicht, denn in diesem erhabenen Moment war ein Titan auf die Erde gekommen. Zu der rinnenartigen Rutsche trug ich ihn und warf ihn hinunter – hinab in die Dunkelheit und in die Hölle!

Wie ich zur Lodge zurückkam, weiß ich nicht. Aber als ich zur offenen Tür taumelte, siehe! Da stand Crombie vor dem Kamin, der Satyr kauerte auf einer Kiste, und neben dem Tisch saß meine Dryade!

Bei diesem Anblick fiel ich bewusstlos nach vorne.

Meine Frau sitzt neben mir und liest im ersten Lesebuch, während ich diese letzten Zeilen meines Tagebuchs schreibe. „Crombies Anwesenheit in der Lodge ist leicht zu erklären. Die Zeit für seinen alljährlichen Ausflug in die großen Wälder im Norden war gekommen, und er beschloss, vor seiner Abreise vorbeizulaufen und mich zu überraschen, um zu sehen, wie es mir ging. Er fuhr von Cedarton weg und kam gerade an, als Jeff Angel Celeste zur Lodge hinaufführte. Bucks Keule hatte sie nicht getroffen. Als sie seine Absicht sah, war sie vor Schreck ohnmächtig geworden. „Crombies Kommen war eine günstige Gelegenheit, denn er hat mir gesagt, dass ich ohne seine bereitwillige Hilfe gestorben wäre." Mir ging es ziemlich schlecht.

Ich freue mich, Ihnen mitteilen zu können, dass ich Buck Steele nicht getötet habe. Wie er der Zerstörung entkommen ist, kann ich nicht sagen, aber am Morgen nach unserem schrecklichen Kampf unternahm Crombie auf meinen Rat hin eine gründliche Suche am Fuß des Gipfels, fand aber nichts. Auf wundersame Weise wurde das Leben des Schmieds gerettet, obwohl dies im Widerspruch zu meiner damaligen Absicht und Absicht stand. Aber jetzt, wo meine goldhaarige Dryade hier sicher in meinem Zuhause ist, bin ich froh. Es fiel mir schwer, Oma davon zu überzeugen, dass dieses Arrangement das Beste sei, aber Gran'fer stand mir tapfer zur Seite und Pater

John half mir ebenfalls, sodass die Angelegenheit friedlich geregelt werden konnte. Ich fragte den Satyr, wie er es geschafft habe, die Ausreißer zur Rückkehr zu bewegen, und der unbarmherzige Schurke teilte mir mit, dass er ihnen gesagt habe, ich sei nach Hause zurückgekehrt! Eine gesegnete Lüge, lieber Satyr!

Ich befragte Crombie auch nach der Lebenspflanze, denn ich hatte es mir bei diesem Thema nie ganz leicht gemacht.

„Du hast es gefunden und wusstest es nicht, mein Sohn", sagte er, sein gutes, ehrliches Gesicht strahlte. „Erinnern Sie sich an meine Beschreibung davon? Nun, der leuchtend grüne Stängel ist das universelle Grün des Kleides der Natur; die goldenen Blätter sind das heilende Sonnenlicht und die Blume – die Ansammlung klarer kleiner Kügelchen – ist die kristallklare Luft und das Wasser der Natur." Unbefleckt wild. Ich habe dich in gewisser Weise getäuscht, mein Sohn, denn es war alles symbolisch, aber es war zu deinem Besten. Jetzt denke ich, dass ich mit meiner Diagnose voreilig war und dass mit dir nichts falsch war. Vergibst du mir?"

Er lächelte mich fast erbärmlich an.

„Es war das Beste, was mir passieren konnte!" Ich antwortete und dachte, dass ich dadurch Celeste gewonnen hätte.

Jetzt fällt mir ein, dass ich meine Geschichte erzählt habe, aber nie meinen Namen. Das zeigt, dass ein Name sehr wenig bedeutet. Aber es mag einige neugierige Leser geben, die es gerne wissen würden, und für solche habe ich nichts dagegen, es zu verkünden.

Es ist Nicholas Jard.

DAS ENDE